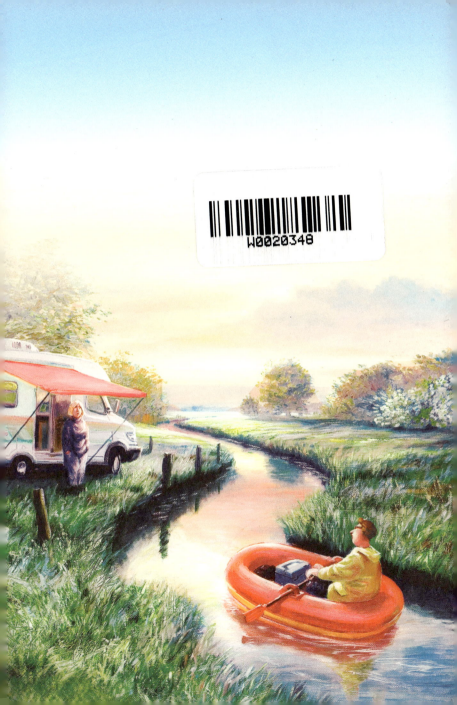

Emma verduftet

Das Buch

Emma hat ein schönes Haus, ein kleines Architekturbüro, das sie gemeinsam mit ihrem Mann betreibt, und eine hübsche Tochter, die in Frankreich studiert. Sie hat es im Leben geschafft, glaubt sie. Bis sie bei einem Besuch in Nizza feststellt, dass ihre Tochter Lilly keineswegs fleißig studiert, sondern versucht, eine Modelkarriere zu starten. Als ob das nicht schon genug wäre, muss Emma auch noch mit ansehen, wie ihr Mann einer langbeinigen Russin schöne Augen macht. Emmas einziger Lichtblick ist die Wiederbegegnung mit ihrer alten Freundin Nora, die sie noch aus Studientagen kennt. Nora ist Künstlerin und weckt in ihr die alte Lebenslust. Sie ermutigt Emma, sich neu zu entdecken und ihrer heimlichen Leidenschaft nachzugehen: der Kreation von Düften. Der Lavendelbauer David inspiriert Emma zu einem ganz besonderen Duft und ist schon bald nicht nur an Emmas »goldener Nase« interessiert …

Die Autorin

Tessa Hennig ist seit vielen Jahren als freie Journalistin, Regisseurin und Autorin tätig. Wenn sie vom Schreiben und ihrem Wohnort München eine Auszeit benötigt, reist sie auf der Suche nach neuen Stoffen und Abenteuern gern in den Süden.

Von Tessa Hennig sind in unserem Hause bereits erschienen:

Mutti steigt aus
Elli gibt den Löffel ab

Tessa Hennig

Emma verduftet

Roman

List Taschenbuch

Besuchen Sie uns im Internet:
www.list-taschenbuch.de

Originalausgabe im List Taschenbuch
List ist ein Verlag der Ullstein Buchverlage GmbH, Berlin.
1. Auflage Mai 2012
3. Auflage 2012
© Ullstein Buchverlage GmbH, Berlin 2011
Umschlaggestaltung: bürosüd° GmbH, München
Titelabbildung: © Marunde
Satz: LVD GmbH, Berlin
Gesetzt aus der Garamond
Papier: Munkenprint von Arctic Paper Munkedals AB, Schweden
Druck und Bindearbeiten: CPI – Clausen & Bosse, Leck
Printed in Germany
ISBN 978-3-548-61092-4

Prolog

Die Essenz perfekter Liebe war umhüllt von geschliffenem Glas, das mit bunten Ornamenten versehen war. Im Schein der ersten Sonnenstrahlen, die sich im Spiegel vor ihr zu einem Lichtstrahl bündelten, begann es regelrecht zu leuchten. Emma hielt den Flakon nun schon eine ganze Weile unschlüssig in der Hand und bewunderte seine vollendete Schönheit. Was für ein charmant verspieltes Artefakt aus der Zeit des Art déco. Allein das Fläschchen musste ein Vermögen wert sein, noch mehr aber dessen Inhalt.

Hatte sie wirklich den Stein der Weisen gefunden, wie ihr Nora im Scherz gesagt hatte? Das, wonach Alchimisten aus aller Herren Länder über Jahrhunderte gesucht hatten? Typisch Nora mit ihren maßlosen Übertreibungen, die sie stets zum Schmunzeln brachten.

Nein! Ein Schmunzeln war das eigentlich gar nicht. Ihr Spiegelbild strahlte sie förmlich an. Bildete sie sich das nur ein oder sah sie nun, mit dreiundfünfzig, jünger und vitaler aus als noch vor wenigen Jahren? Ihre braunen Augen funkelten jedenfalls voller Lebenskraft, ihr brünettes Haar glänzte seidig. Sie war glücklich. Lag dies am Ende an jenem Duft, den sie in ihren Händen hielt? Versuchung pur! – Nicht jetzt!, sagte sie sich, wusste aber zugleich, dass sie sich der hypnotischen Wirkung des schillernden Lichtspiels der Substanz nicht entziehen konnte. »Spür mich, berühr mich!«, schien ihr der Geist der Flasche mit der verführerischen Kraft von Sirenen zuzurufen. Nur kurz, nur daran schnuppern, nahm Emma sich tapfer vor, ein Atemzug, der, obgleich sie nur einen Hauch des Dufts aus dem Behältnis befreite, eine halbe Ewigkeit zu dauern schien. Ein Strom von Duftmolekülen entlud sich im Raum und füllte ihr Herz mit Liebe, aber auch mit der Erinnerung an Leidenschaft, Freundschaft, die bei aller fühlbaren Harmonie nahezu perfekt orchestriert von kleinen dissonanten Tönen unterbrochen wurde und gerade deshalb Neugier weckte. Wie mächtig doch das komplexe Spiel der Essenzen dieser erlesenen Komposition war. Kopf-, Herz- und Basisnote wie wohlklingende Akkorde meisterhaft aufeinander abgestimmt. Prickelnd, originell und auf den Punkt beim ersten Eindruck. Wärmende Geborgenheit und Vertrauen mit blumigen Zwischentönen im Duftverlauf. Solide, aber nicht langweilig. Das Bouquet zudem Boden einer Basis aus edlem Zedernholz – unerschütterlich und dennoch weich auf einem Fond aus Moos gebettet. Sosehr sie den Duft auch liebte, passte er zu ihr? Gab es so etwas wie die »perfekte Liebe« überhaupt? Die Urgewalt dieses Dufts schien ihr dies immer wieder zu suggerieren. Er konnte einen in einen Dämmerzustand hüllen, ließ Raum und Zeit vergessen, als bette er die Seele selbst in einen süßen Traum. Emma starrte immer noch nahezu regungslos auf den Flakon.

»Schatz, bist du schon fertig? Wir müssen.« Die ihr vertraute Männerstimme, die vom Flur ins Badezimmer drang, riss Emma abrupt zurück ins Hier und Jetzt, erinnerte sie daran, warum sie an diesem Morgen so früh aufgestanden war. Eilig verschloss sie den Flakon wieder, doch auch jetzt war immer noch genug von der Substanz im Raum wahrnehmbar. So verführerisch, so hypnotisch. Erneut vernahm sie die dringlich klingende Stimme.

»Schatz, ich fahr den Wagen schon mal vor!«

Aus der Traum, aber wer sagt eigentlich, dass die Realität nicht viel schöner sein kann? Erleichtert darüber, der Kraft der Essenz nun Paroli bieten zu können, stellte Emma den Flakon mit einem Hauch Wehmut zurück in ein Holzschränkchen, natürlich nicht, ohne noch einmal sanft und fast zärtlich mit der Hand über den vergoldeten Verschluss zu streichen.

Kapitel 1

Emma fragte sich, ob die letzte Plastiktüte mit Lillys Tennissachen noch in den Kofferraum passen würde, der bereits jetzt bis zum Anschlag vollgestopft war. So etwas nannte man wohl »Umzug auf Raten«.

»Wieso hat sie ihren ganzen Krempel nicht gleich auf einmal mitgenommen?«, beschwerte sich Georg, während er versuchte, den Tennisschläger noch irgendwie zwischen ihre zwei Koffer und die Tüten mit Lillys Klamotten zu pressen. »Diese ganzen Tüten, so was von asozial«, grantelte Georg weiter und warf Emma dabei einen vorwurfsvollen Blick zu.

Wenn dieses rastlose Energiebündel, das sie vor fünfundzwanzig Jahren geheiratet hatte, einmal in Fahrt war, hielt man sich besser mit einer passenden Replik zurück. Eine Tüte konnte gar nicht asozial sein, sondern nur praktisch. Wenn allerdings Georg das Wort »asozial« in den Mund nahm, musste es für alles Mögliche herhalten. In diesem Fall eine unschuldige Plastiktüte, mit der man sich in seinen Augen höchstens im Discounter blicken lassen konnte.

»Wofür haben wir eigentlich die teuren Ledertaschen im Keller?«, blaffte Georg weiter.

Zumindest was ihren Taschenbestand betraf, hatte er ja

recht, aber wenn Emma ihm jetzt den Vorteil von kleineren Packstücken erklären wollte, die man flexibler im Kofferraum verstauen konnte, hätte ihn das nur noch mehr in Rage gebracht. Dass es im Kofferraum nach Öl und Metall stank und man diesen dumpfen Mief mit Hilfe der Plastiktüten besser von Lillys Kleidung fernhalten konnte, würde er sowieso nicht gelten lassen. Vermutlich nahm er den Eigengeruch des Kofferraums nicht einmal wahr. Um des lieben Friedens willen erklärte sie die Plastiktütendebatte mit einem devoten Schulterzucken für beendet. Es war sowieso schon ein Wunder, dass er diesmal mitfuhr. Die letzten Besuche bei ihrer Tochter in Nizza hatte sie allein absolvieren dürfen. Nur zweimal war er bisher mitgekommen, was man ihm aber nicht zum Vorwurf machen konnte. Die Arbeit ging nun mal vor. Georg lief Tag und Nacht irgendwelchen Financiers und Neureichen hinterher, die sich ein maßgeschneidertes Haus und somit ihn, einen Architekten, leisten konnten. Kein Wunder, dass gelegentlich die Pferde mit ihm durchgingen. Sein Schatzi, wie er sie gelegentlich nannte, hatte sich um die Buchhaltung und die geschäftliche Abwicklung zu kümmern, zwar auch ein Fulltime-Job, aber sicherlich weniger stressig als Georgs unermüdliche Akquise. Ihn so zornig mit den Päckchen und Tüten kämpfen zu sehen hatte auch etwas unfreiwillig Komisches. Georg erinnerte sie nicht zum ersten Mal an das HB-Männchen aus der Werbung, mit der ein Tabakkonzern bis weit in die siebziger Jahre hinein versucht hatte, seine Zigaretten als »Beruhigungsmittel« an den Mann zu bringen. Genau so kam er ihr jetzt vor, wie jenes Trickfilmmännchen, das kurz vor dem Herzinfarkt stand und jeden Moment mit Raketenantrieb gen Himmel abzuheben drohte. »Wer wird denn gleich in die Luft gehen?«, hieß es damals. Auch optisch hatte er, abgesehen von seinen blonden Haaren, etwas von der bekannten Zeichentrickfigur: klein, gedrungen, große Nase und Häschenblick, in den sie sich vor Jahren verliebt hatte, nur dass aus dem Häschen mittlerweile ein schlachtreifer Hase geworden war – Tribut an ungesunde Ernährungsgewohnheiten und das berühmt-berüchtigte Gläschen Wein zu viel.

Gut, dass nun alles verstaut war. Ob der Kofferraumdeckel zugehen würde, war allerdings fraglich. Georg kämpfte tapfer, drückte immer wieder rhythmisch auf das Blech, bis der ganze Wagen anfing zu wippen. So musste sich ein Fahrzeug bei einem Erdbeben bewegen. Vergebens! Georgs Zorn wuchs im Sekundentakt und entlud sich schließlich in brachialer Gewalt. Wie ein aus dem Meer emporsteigender Pottwal schmiss er sich mit der Wucht seiner Pfunde auf die Abdeckhaube. Zu dumm, dass er sich dabei den Zeigefinger zwischen der Abdeckhaube und der Halterung des hinteren Scheibenwischers einklemmte.

»So ein Scheißdreck!«, fluchte er. Dann überzog jedoch ein selbstironisches Lächeln seine Miene. Wer wirklich daran schuld war, stand sowieso schon fest. Wenn Emma nicht dabeigestanden hätte, hätte er sich natürlich besser konzentrieren können, und das kleine Malheur wäre gar nicht erst passiert. Überraschenderweise blieb dieser Vorwurf jetzt jedoch aus. Ansonsten liebte er es aber, sie aufzuziehen und ihr die Schuld an einfach allem zu geben, selbst an einem Börsencrash in China oder einem neuartigen Computervirus, der das Pentagon lahmgelegt hatte.

»Können wir jetzt?«, hakte er ungeduldig nach.

»Du willst fahren, mit *dem* Finger?«, wunderte sie sich. Das musste beim Lenken doch ordentlich weh tun. Georg nickte nur gleichgültig und stieg wortlos in den Wagen.

Schmollend, versteht sich. Emma warf noch einen letzten Blick zurück zu ihrem Haus. Alle Türen waren verschlossen, doch wer immer auch in ihren Palast aus Glas einbrechen wollte, hätte sowieso leichtes Spiel. Das teure Interieur, ihr Schmuck, der heimkinogroße Plasmafernseher – alles war letztlich nur einen »Steinwurf« weit entfernt.

»Hier bricht schon niemand ein«, sagte Georg genervt. Er konnte es nicht ausstehen, wenn sie sich mehrfach versicherte, ob die Tür auch wirklich verschlossen war.

Also einsteigen!

Zehn Stunden Fahrt lagen vor ihnen und mindestens ein Strafzettel wegen Geschwindigkeitsüberschreitung, sofern es ihr nicht gelingen würde, ihn auf der Fahrt für längere Zeit abzulösen.

Im Auto war aber erst einmal eine Runde Schweigen angesagt. Schweigen bis Trento – »Strafe« für seinen eingeklemmten Finger, der mittlerweile eine ungesunde Rötung und Schwellung aufwies. Immerhin hatte Emma auf der Höhe von Innsbruck in sachter Anspielung auf einen gemeinsamen Skiurlaub in Österreich vage versucht, so etwas wie eine Konversation auf Sparflamme in Gang zu bringen.

»War doch schön. Wir sollten mal wieder fahren.« Mehr als einen fragenden Blick ernten zu wollen hätte wohl die Götter herausgefordert, sprich ihn: den »Göttergatten«. Manchmal war er nur noch mit Humor zu ertragen. Sich Georg als kleinen Zeus vorzustellen, der erst zornig seine Blitze verschleuderte und dann schmollend auf einer Schäfchenwolke saß, machte sein Schweigen erträglicher. Ein Gespräch war angesichts des Affenzahns, mit dem er auf der Überholspur allen Geschwindigkeitsbegrenzungen zum Trotz »grenzdebilen Sonntagsfahrern« zeigte, wo »es

langging«, sowieso unmöglich, ohne sich dabei zwangsläufig anzubrüllen, zumal ihr in die Jahre gekommener
BMW-Motor ab Tempo hundertsechzig unerträglich laut
wurde. Merkwürdig, am Vortag war Georg doch noch so
gut drauf gewesen, um nicht zu sagen: so richtig in Fahrt.
Sie hatten Freunde eingeladen, und das gemeinsame Essen
am offenen Kamin in ihrem Garten war gut angekommen.
Georg wusste, wie man Gäste unterhielt, und seine jüngste
Reise nach St. Petersburg war genug gewesen, um die
Freunde einen Abend lang bei Laune zu halten. Die Strapa-
zen der Reise etwas herunterspielen, den Begriff »Russische
Mafia« ein paarmal beiläufig erwähnen sowie einen geklau-
ten Notebook-Akku – und schon stand man als Held da.
Zugegebenermaßen hatte er einen sagenhaften Business-
deal an Land gezogen. Rettung war in Sicht für ihre in-
zwischen fast leergeräumten Geschäfts- und Privatkonten.
Russische Geschäftsleute hatten ihn engagiert, damit er
ihnen eine Traumvilla in Südfrankreich entwarf. Um passende Locations in Bestlage sollte er sich kümmern. Eine
Runde Applaus.

Erfolg macht ja angeblich sexy, zumindest hatte sie am
Vorabend überraschenderweise einen Hauch von Lust auf
Georg verspürt. Warum eigentlich? Emma musterte ihn
nun ausgiebig, aber nicht allzu auffällig von der Seite. So
verhärmt und verbissen, wie er jetzt am Steuer saß, erschien
der Gedanke an diese »Lust« wie ein Alptraum. Hatte sie
etwa selbst zu viel getrunken? Hatten die Komplimente seiner neureichen Fangemeinde sie etwa geblendet? Fakt war,
dass nach dem Essen wieder einmal nichts gelaufen war –
trotz ihrer eindeutigen Annäherungsversuche. Abgefüllt
und wie ein Sack Kartoffeln hatte er neben ihr gelegen. Allerdings ein erfolgreicher schlapper Sack. Emma konnte gar

nicht anders, als sich darüber zu amüsieren und leise vor sich hin zu feixen.

»Was ist?« Georg erwachte aus seiner Starre.

»Nichts!« Emma konnte ihm ja schlecht die Wahrheit sagen. Es hätte ihn nur verletzt.

Eigentlich war es nicht richtig, sich über den Mann, den man liebte, lustig zu machen, vor allem nicht darüber, dass er schon seit Jahren nur noch selten im Bett in Fahrt kam – Folge des Dauerstresses, dem er ausgesetzt war. Gut, Alkohol und viel zu viele Zigaretten kamen noch erschwerend hinzu. Wenn man dann selbst noch der Typ war, der verführt werden wollte und nur auf einen Kuss, der aber nicht mehr kam, wartete, schlief das Liebesleben zwangsläufig ein. Vielleicht sind Frauen ab einem gewissen Alter nicht mehr attraktiv genug?, fragte sie sich. Konnte das sein? Sicher, nicht alles an ihr war noch straff genug, um es mit einer Zwanzigjährigen aufnehmen zu können, aber selbst ihre Falten im Gesicht hatten sich bisher auch ohne Botox in Grenzen gehalten. Was soll's. Es gab schließlich Schlimmeres im Leben als eingeschlafene Leidenschaft! Georg war fürsorglich und hilfsbereit – ein klares Plus. Vieles passte, und sei es nur sein schräger Humor oder wie er sich über alles Mögliche maßlos und übertrieben aufregen konnte. Nicht zu vergessen gemeinsame Interessen, Werte und Lebensperspektiven. Bekanntermaßen das A und O einer guten und vor allem stabilen Ehe.

»Hast du Hunger?«, fragte er sie völlig überraschend.

Mehr als ein Nicken und einen wohlwollenden Brummlaut, der in Anbetracht der verringerten Geschwindigkeit auch hörbar gewesen sein musste, hatte er nach seinem »Strafschweigen« trotzdem nicht verdient.

Da sehnte man sich danach, dem Grau der heimatlichen Gefilde für ein paar Tage zu entfliehen, hatte ab dem Brenner endlich Sonne pur, und kaum an der Raststätte angelangt, durfte man sich eines Wolkenbruchs erfreuen. Emma erinnerte sich in diesem Moment daran, dass Georg Unglück dieser Art geradezu anzog. Wie hieß es so schön? Wie man in den Wald hineinruft, so schallt es heraus, jedenfalls im übertragenen Sinne.

»Bleib ruhig hier. Reicht ja, wenn einer von uns nass wird. Was magst du? Panini mit Parma?«, fragte Georg mit einer liebenswerten Selbstverständlichkeit. So viel Fürsorge war ein versöhnliches Lächeln wert. Und schon riss Georg die Fahrertür auf und spurtete zum Betonbunker, der sich Raststätte nannte. Es verstand sich von selbst, dass er dabei mit zwei Kindern, die in Begleitung ihrer Eltern ebenfalls auf das Gebäude zuschossen, kollidierte und zu allem Überfluss auch noch in eine Pfütze stapfte. Durch die geschlossene Scheibe war zwar der Fluch, den er dabei ausstieß, nicht zu hören, aber sein zorniger Blick, den er den Eltern zuwarf, und die Art, wie er sie anblaffte, sprachen Bände. Kein Wunder, dass die Mutter ihre Tochter gleich von diesem »bösen Mann« wegzog und ihm anscheinend eine passende Bemerkung zuwarf.

Ihre kleine süße Lilly! Das Mädchen sah ihr bei näherem Hinsehen zum Verwechseln ähnlich. Was waren das noch für glückliche Zeiten gewesen. Vollblutmutter zu sein. Rund um die Uhr gefordert. Das Leben hatte in dieser Zeit mehr Sinn gehabt. Vielleicht hatte man als Mutter aber auch nur keine Zeit, um über den Sinn des Lebens nachzudenken. Auch Georg hatte seine Vaterrolle genossen, mit Lilly gespielt, gemeinsame Ausflüge mit ihr unternommen, mit seinem süßen Mäuschen, wie er sie genannt hatte.

Ein wirklich schöner Lebensabschnitt, aber wie oft hatte sie sich auch damals trotz allem nach einer Auszeit gesehnt, sich vorgenommen, die Zeit nach ihrem Dasein als Muttertier ausgiebig mit Georg zu genießen: gemeinsame Reisen, spontane Städtetrips. Mal schnell nach London, um ein Musical zu sehen, in Soho zu essen und am nächsten Tag shoppen bis zum Umfallen. Es war aber alles ganz anders gekommen. Noch mehr Arbeit und noch weniger Zeit füreinander. Was so ein starker Regenguss und eine schwarze Wolkenfront doch für eine depressive Kraft hatten. Bald Mitte fünfzig, hämmerte es in ihrem Kopf. Wie viel Zeit würde ihnen noch bleiben, ihr Leben zu genießen? Georg war ja jetzt schon alles zu viel. Samstage auf der Couch, zu Gast bei RTL. Maximal zwei Konzertbesuche pro Jahr und gelegentliche Essen mit Freunden. Das lähmende Gift des Alltags eben. Lilly hatte wohl aus den Fehlern ihrer Eltern gelernt. Eine Karriere im diplomatischen Dienst anzustreben war sicherlich eine kluge Entscheidung. Lilly würde die Welt sehen, interessanten Menschen begegnen. Sie hatte ihr ganzes Leben noch vor sich. Emmas schien schon vorbei zu sein. Umso mehr freute sie sich jetzt auf ihre Tochter. Nur noch wenige Stunden Fahrt, tröstete sie sich und entspannte sich allmählich, zumindest so lange, bis Georg die Tür aufriss und ihr eine Tüte mit Proviant in den Schoß warf, bevor er sich pudelnass auf den Fahrersitz plumpsen ließ.

»Kannst du mir die Tüte nicht normal geben?«, beschwerte sie sich.

Prompt nahm er sie ihr wieder ab, um sie ihr demutsvoll und sanft wie ein Lamm erneut zu offerieren. Er wusste meistens, wann er zu weit ging, und liebte es zweifelsohne, sie zu necken – wie ein kleiner durchtriebener Junge, der nie erwachsen werden wollte. Und wenn er dann noch lächelte wie ein Lausbub, konnte man ihm nicht einmal böse sein.

»Meinst du, Lilly gefällt das?«, fragte er und zog im selben Atemzug aus seiner Jackentasche einen Schlüsselanhänger, an dessen Ring ein silberner Delphin baumelte.

»Klar«, erwiderte sie, bevor sie herzhaft in ihr Panino biss. Schon als Kind hatte Lilly ihre Zimmer mit allerlei Delphinstofftieren vollgestopft. Sie liebte diese Tiere über alles.

Noch etwas zog er aus seinem Jackett und reichte es ihr. Eine Audio-CD mit entspannender Lounge-Musik und eine Eurovision-Song-Contest-CD. Seltsam, dass es so etwas in Italien an einer Raststätte zu kaufen gab. Die Italiener waren doch seit Jahren nicht mehr dabei gewesen. Auf alle Fälle genau ihr Geschmack.

»Danke!«, sagte sie und lächelte erfreut.

Georg war mit seinen Gedanken jedoch ganz woanders. Er rekelte sich und gähnte.

»Soll ich fahren?«, fragte sie ihn.

Er nickte nur. »Aber leg die Lounge-CD ein. Damit halte ich es bestimmt etwas länger aus«, sagte er und lächelte süffisant – in Anspielung auf ihre angeblich so schlechten Fahrkünste.

Das alte Spiel. Dennoch war es nett von ihm, dass er ihr ein paar neue CDs besorgt hatte. Vielleicht würde es ihr sogar gelingen, sich auf der restlichen Fahrt etwas zu entspannen – trotz seiner kleinen Sticheleien, die er einfach nicht lassen konnte. Gott sei Dank hörte es auf zu regnen, was Georg einen wissenden Blick gen Himmel abrang, als wollte er damit sagen, dass es nur seinetwegen vorhin gegossen hatte. Wahrscheinlich hatte er damit sogar recht.

»Gib Gas! Die hat uns geschnitten«, ereiferte sich Georg kurz vor der französischen Grenze.

Inzwischen um Hunderte von Flüchen und Verwünschungen gegen andere Verkehrsteilnehmer reicher, hatte Emma jedoch keine Lust darauf, es der »blonden Schnepfe«, wie er die Fahrerin vor ihr im roten Alfa Cabrio nannte, in irgendeiner Form heimzuzahlen, was sowieso nicht ihre Art war.

»Die lässt du jetzt nicht mehr raus!«, rief er fast schon hysterisch.

Warum um alles in der Welt sollte sie den Alfa daran hindern, wieder auf die linke Spur zu wechseln?

»Du forderst das ja heraus. Wenn man so eine große Lücke lässt, da würd ich auch ausscheren.«

»Das nennt man Sicherheitsabstand. Und ich hab keine Lust auf einen Auffahrunfall«, konterte Emma nun doch leicht gereizt.

Drei Stunden neben Georg als Beifahrer waren mindestens so ermüdend wie ein furchtbar stressiger Arbeitstag im Büro. Daran konnte auch die Entspannungs-CD nichts ändern. Im Gegenteil. An sich wäre ihr jetzt mehr nach hartem Rock, allein schon, um dieses Gekeife vom Beifahrersitz abzustellen.

»Du fährst so was von scheiße!«, ätzte er.

Die alte Leier und fast nicht mehr auszuhalten. Nun könnte sie Georg zwar seinen aktuellen Punktestand in Flensburg vorhalten oder den Umstand, dass er schon zweimal nach Führerscheinentzug wegen Trunkenheit am Steuer fahrzeugtechnisch auf dem Trockenen gesessen hatte, doch dazu hatte sie keine Lust! Also: CD raus und irgendeinen Sender suchen, auf dem laute Musik lief. Egal was! Auf Anhieb hatte sie avantgardistischen Italo-Rock eines Privatsenders gefunden – wunderbar grässlich. Aufdrehen, selbst wenn man dabei Gefahr lief, Ohrenkrebs zu bekommen! Es bedurfte keines Seitenblicks zu Georg, um zu spüren, dass er vor Zorn jeden Moment zu platzen drohte. Schon war seine Hand am Autoradio. Die hektische Suche nach einem anderen Sender begann. Es gab kaum etwas Nervenaufreibenderes, als sich bei voller Lautstärke durch diverses Radioknacksen, Fiepen, Piepen, Knallen und atmosphärisches Rauschen zu navigieren, das nur von marktschreierischer italienischer Werbung oder sich überschlagenden Moderatorenstimmen unterbrochen wurde. Nun klingelte auch noch sein Handy. Ein Wunder, dass er es bei diesem Lärm überhaupt hörte. Bestimmt Lilly, die wissen wollte, wann sie ankommen würden. Immerhin fand er den Ausknopf des Autoradios auf Anhieb.

»Bergmann. Hallo?«, meldete er sich. »Nein, noch nicht, aber ich habe da ein bestimmtes Objekt im Auge ... In der Nähe von Grasse ... Ich kann es mir morgen ansehen ... Selbstverständlich gebe ich Ihnen sofort Bescheid.« Seine Stimme war wie ausgewechselt. Georg der Geschäftsmann in von jetzt auf gleich fast unterwürfiger, um nicht zu sagen serviler Tonlage.

Moment! Hatten sie sich nicht vorgenommen, ein Segelboot zu mieten und einen Tag mit Lilly an der Küste entlangzufahren?

»Die Russen?«, fragte sie, in der vagen Hoffnung zu erfahren, welchen Teil seiner Terminplanung er ihr offenbar verschwiegen hatte.

Georg nickte. »Hat sich so ergeben«, erwiderte er lapidar.

»Aha! Und warum erfahre ich das erst jetzt?«

»Du hast mich ja nicht danach gefragt«, erwiderte Georg trocken und beinahe angriffslustig.

»Ich dachte, du würdest dich auf Lilly freuen.«

»Natürlich freue ich mich auf Lilly. Ist doch nichts dabei. Ich schau mir nur ein Grundstück an«, versuchte er, sich zu rechtfertigen.

»Meinst du, das lohnt sich noch, für einen halben Tag ein Boot zu mieten? Dann können wir ja gleich im Hotel bleiben, oder noch besser: Warum bringen wir Lilly nicht ihre Sachen und fahren gleich nach deinem Termin wieder nach Hause?«

Schweigen! Das übliche Schweigen und der Griff nach der Zigarette.

»Muss das jetzt sein?«

Nun kurbelte er auch noch das Beifahrerfenster komplett herunter. Bei dem Fahrtwind flog die Asche bestimmt ins Auto und der Gestank würde sich im Wagen tagelang festsetzen. Doch das interessierte sie im Moment weniger als die Frage, warum ihre Tochter ihm so wenig wert war.

»Du bist in der ganzen Zeit, seitdem Lilly in Nizza ist, nur einmal zu Besuch gewesen, also erzähl mir nicht, dass du dich freust. Auf den Geschäftsabschluss vielleicht, aber …«

»Nein …«, erwiderte er und wand sich fast ein bisschen schuldbewusst.

Wirkliche Erkenntnis sah anders aus. Stattdessen blies er eine weitere Rauchwolke in Richtung Fenster, wo sie der Fahrtwind erfasste und genau zu ihrer Nase lenkte.

»Ich weiß manchmal wirklich nicht, was in dir vorgeht. Es ist doch nichts dabei, Privates mit Geschäftlichem zu verbinden, aber warum sagst du mir nichts davon?«, versuchte es Emma erneut.

Wieder nur ein intensiver Zug an der Zigarette. In seinem jetzigen Zustand war Georg unerträglich. Sie hatte die Wahl zwischen Zorn und Schweigen. Sofort stellte sich in der Magengegend jenes dumpfe Gefühl ein, jene lähmende Angst, dass seine Stimmung kippen könnte und für den Rest der Strecke so blieb. Vielleicht schätzte sie die Situation ja auch nur falsch ein, machte aus einer Mücke einen Elefanten, aber was tun, wenn die Mücke, die in ihrem Kopf ständig umherschwirrte, keine Ruhe geben wollte? Nein, es war nicht richtig, Lilly eine Bootsfahrt zu versprechen und in dieser Zeit einen Geschäftstermin zu vereinbaren.

»Georg, warum tust du das?«, platzte es aus ihr heraus.

»Was?«, fragte er in genervtem Tonfall. Dabei wusste er genau, wovon sie sprach.

»Du bist mein Mann. Und die Firma gehört uns beiden. Wenn dir das aber mittlerweile gleichgültig ist, dann …«

»Mein Gott! Ich hab's vergessen. Ist das so schlimm?«, rechtfertigte sich Georg.

Sagte er ihr die Wahrheit? Regte sie sich tatsächlich ohne Grund auf? Nein! Hier ging es um Wertschätzung und Respekt, für die eigene Frau, aber auch für Lilly.

»Ich hab immer mehr das Gefühl, dass wir aneinander vorbeileben«, setzte sie nach. Mist! Dies war die Ouvertüre zu einer handfesten ehelichen Auseinandersetzung in Grundsatzfragen.

Georg verdrehte nur die Augen und nahm den letzten Zug von seiner Zigarette, die er anschließend aus dem Fenster schnippte.

»Kriegst du eigentlich noch mit, wenn du andere verletzt?«, fragte sie scharf. Kaum hatte sie es ausgesprochen, erschrak Emma über ihre eigenen Worte.

»Was hab ich dir denn getan?«, fragte er mit dem Blick eines Unschuldslamms.

Diesem temporären Gedächtnisschwund, unter dem er

wohl gerade litt, konnte man abhelfen, auch wenn es nicht ihre Art war, olle Kamellen aufzuwärmen. Es ging nicht anders. Das Ventil am Druckbehälter ihrer Seele, einem Verlies, in dem sie alles wegsperrte, was sie verletzte, war schon seit einiger Zeit porös und nun undicht geworden.

»Ostersonntag. Schon vergessen? Wir waren zum Essen verabredet. Du hast mich versetzt. Was glaubst du eigentlich, wie es sich anfühlt, wenn dir andere wichtiger sind als ich?« Sie hatte gekocht, sein Lieblingsessen, und er war stockbetrunken nach einer Sauftour mit neuen Freunden, die er beim Golfen kennengelernt hatte, nachts um halb vier nach Hause getorkelt, hatte Mühe gehabt, seine Schuhe auszuziehen und dabei auch noch debil gekichert.

»Das haben wir doch schon durch«, antwortete er etwas gelangweilt. »Ich hätte dir Bescheid gegeben, wenn mein Akku nicht leer gewesen wäre. Wie oft soll ich dir das denn noch erklären?«

»Und die anderen? Die hatten auch kein Handy dabei? Und der Wirt hatte bestimmt auch kein Telefon …« Emma merkte, wie die Wut jenes Abends wieder in ihr hochstieg.

»Du hättest das Essen doch auch aufheben können.« Wieder eine seiner Rechtfertigungen, die es zumindest abzuwägen galt. Mücke oder Elefant? Das war die Frage. Er bereute also lediglich, sie nicht angerufen zu haben. Dass man sich mit seiner Frau verabredete und sie dann auch noch an einem Feiertag versetzte, war offenbar zweitrangig. Andererseits, sollte sie nicht Verständnis dafür haben, dass er gelegentlich freie Abende für seine Freunde brauchte? Engte sie ihn am Ende zu sehr ein? Aber gebot es nicht der Anstand, zumindest zu Hause Bescheid zu geben? Warum konnte er nicht verstehen, wie sehr er sie an jenem Abend verletzt hatte? Und das alles nur, um mit ein paar Freunden

einen über den Durst zu trinken. Wie auch am Abend ihres
letzten Geburtstags, den er lieber mit den Golfern verbracht
hatte, als mit ihr gemeinsam zu feiern. Stopp! Emma zwang
sich dazu, keine weiteren Erinnerungen dieser Art mehr zuzulassen. So war Georg nun mal. Er meinte es nicht böse.
Und so war er schon immer gewesen, wobei es sich nicht
leugnen ließ, dass Georg sich noch vor ein paar Jahren so
eine Nummer nie geleistet hätte. Kleine und für sich allein
betrachtet bedeutungslose Aussetzer, die in jeder Ehe vorkamen, häuften sich. Kurz nach diesem Vorfall war dessen
ungeachtet wieder alles gut gewesen. Ihr traumhafter Urlaub in Südafrika. Was hatten sie für Spaß gehabt. Georg
hatte vielleicht recht. Sie sollte aus einer Mücke keinen Elefanten machen. So jämmerlich und in sich zusammenge-
sunken, wie er jetzt neben ihr saß, tat es ihr sogar fast leid,
jenen Abend überhaupt noch einmal angesprochen zu haben. Wenigstens gab er jetzt Ruhe und würde für den Rest
der Fahrt nicht mehr an ihrem Fahrstil herummäkeln.

Schon als sie von der Stadtautobahn in Richtung Meer zur
Promenade des Anglais abbogen und Emma den süßlich-
frischen Piniengeruch durch das geöffnete Fahrerfenster
wahrnahm, besserte sich ihre Laune. Französisches Flair
partout und in jeder Seitenstraße, an der sie vorbeifuhren
das gleiche Bild: der kleine Tabakladen, vor dem sich ein
paar Einheimische versammelt hatten und mit Sicherheit
über die Neuigkeiten aus dem Viertel plauderten, ein gutbe-
suchtes studentisches Bistro und gleich daneben ein edles
Restaurant mit Geschäftsleuten, aber auch älteren Paaren,
die die großartige französische Küche genossen. Emma lief
beim Anblick der Meeresfrüchte und Fischgerichte, die verführerisch drapiert auf den Tellern lagen, sofort das Wasser

im Mund zusammen. Junge verliebte Pärchen, Studenten wie ihre Lilly, schlenderten an ihnen vorbei. Eine ältere, aber äußerst attraktiv gekleidete Dame ging mit ihrem Hund spazieren. Touristen streiften durch die Gässchen der Altstadt. Das war das Nizza, das sie kannte. Was für ein schönes Jahr hatte sie hier verbracht. Die Erinnerungen an ihre Studienzeit klebten an jedem Stein. Vermutlich studierte Lilly deshalb hier, weil Emma ihr des Öfteren von ihrem großartigen Studentenleben an der Côte d'Azur erzählt hatte. Georg kannte Nizza nur von einigen Besuchen, aber auch ihm schien es zu gefallen.

»Herrlich, diese Luft«, bemerkte er, als sie Nizzas Prachtstraße erreichten, die am Strand entlangführte und mit einem Luxushotel nach dem anderen protzte. Er schien sich also wieder beruhigt zu haben ... Aber warum lächelte er so geheimnisvoll, als sie in die Zufahrt eines edlen Hotels abbogen? Wieso hielten sie ausgerechnet hier? Das *Negresco* war sicherlich eines der schönsten Hotels am Platz, aber wahrscheinlich auch das teuerste. Er hatte doch nicht etwa ausgerechnet hier ein Zimmer gebucht?

»Das ist nicht dein Ernst«, sagte sie und sah ihn fragend an.

»Doch!«, erwiderte er knapp.

Ein paar hundert Euro pro Nacht würden flöten gehen – mindestens. Dagegen war ja nichts einzuwenden, wenn man aus Entenhausen kam und über einen gutgefüllten Geldspeicher verfügte. Hatte Georg etwa vergessen, dass ihre Konten so gut wie leer geräumt waren und sie sich so etwas beim besten Willen nicht leisten konnten?

»Das Hotel vom letzten Mal hätte es doch auch getan«, merkte sie noch an, doch zu spät. Schon hievten Gepäckträger in Uniform ihre Koffer aus dem Wagen. Für diese

Eskapade hatte sie also in den letzten zwei Monaten auf den Einkauf im Feinkostladen zugunsten eines Discounters verzichtet. War Georg etwa immer noch nicht richtig klar, dass sie kurz vor der Pleite standen? Hatte er ihr wieder einmal nicht zugehört? Gut, sie war für die Buchhaltung zuständig. Er kümmerte sich um die Außenkontakte und wickelte die Projekte ab, aber er musste doch mitbekommen haben, dass zwei ihrer Kunden in Konkurs gegangen waren und ein Auftrag geplatzt war.

»Ist doch schön hier. Genieß es.« Georgs Tonfall war ihr zu lapidar, und die lässige Art, wie er die Fassade des Hotels bewunderte und dem Pagen nonchalant gleich zehn Euro Trinkgeld in die Hand drückte, hatte etwas Großkotziges.

»Du hättest das mit mir absprechen können.«

»Ich wollte dich überraschen.«

»Georg, wir können uns das nicht leisten«, protestierte sie.

»Jetzt dramatisier nicht schon wieder. Du musst immer alles zerreden!« Georgs Anspannung stieg sichtlich, was Emma ziemlich wütend machte. Er nahm sie einfach nicht ernst.

»Das sind die Studiengebühren für Lilly, die wir hier verprassen!«, setzte sie nach. Apropos Lilly. Emma blickte auf ihre Armbanduhr. Schon Viertel vor neun. Sie mussten sich sputen, da sie mit ihr gegen neun zum Essen verabredet waren. Der uniformierte Page fragte sie bereits, ob er für sie den Wagen in der Tiefgarage des Hotels parken dürfe. Georg nickte und reichte dem Uniformierten den Autoschlüssel.

»Hast du das Essen mit Lilly vergessen?«, fragte sie verwundert.

Georg überlegte kurz, schüttelte den Kopf.

»Wieso willst du dann den Wagen parken? Wir haben doch nur noch eine Viertelstunde.«

Er schwieg einen Moment und rang sich dann ab: »Fahr ruhig allein. Ich bin schon sehr müde.«

»Du kannst ihr ruhig persönlich sagen, dass der Ausflug ins Wasser fällt.« Davonstehlen kam nicht in Frage.

Emma drückte auf die Schnellwahlnummer ihres Telefons.

Der Hotelpage ging bereits in Richtung Fahrertür.

»Attendez!«, rief sie ihm zu, was Georg mit einem genervten Blick kommentierte.

Keine Antwort von Lilly. Sie ging nicht ans Telefon.

»Lilly ist nicht zu erreichen.«

»Sie wird unterwegs sein. Vielleicht hat *sie* es ja vergessen.«

»Lilly doch nicht. Wir haben noch gestern Abend darüber gesprochen.«

»Hinterlass ihr eine Nachricht auf der Mailbox. Sie meldet sich schon. Ich leg mich jetzt hin.«

Wie konnte Lilly ihrem Vater nur so gleichgültig sein? Er wusste doch genauso gut wie sie, dass Lilly äußerst zuverlässig war und überpünktlich. Irgendetwas stimmte nicht. Sie hätte ihnen Bescheid geben, wenn sie verhindert wäre.

»Wir sollten zu ihr fahren und nach dem Rechten sehen.«

Georg verdrehte nur die Augen.

»Sie ist auch deine Tochter.«

Georgs wachsende Unruhe entlud sich ebenso schlagartig wie lautstark, so schneidend und aggressiv, dass selbst der Page zusammenzuckte. »Mach doch, was du willst!«, herrschte er sie an. Damit drehte er sich um und verschwand in Richtung der Promenade des Anglais, ohne sie auch nur noch eines Blickes zu würdigen. Er ließ sie einfach stehen.

Wieder einer seiner üblichen Aussetzer. Warum nur hatte er sich nicht im Griff? Vermutlich belastete ihn der existentielle Druck doch mehr, als Emma sich das bisher vorstellen konnte. Vielleicht hatte er das teure Hotel gerade deshalb gebucht. Nannte man so etwas nicht Eskapismus?

»Madame?« Der Page wartete mit ihren Wagenschlüsseln in der Hand offenbar auf eine klare Ansage.

»Non, je prends la voiture«, sagte sie. Am besten, sie fuhr gleich zu Lilly. Nachlaufen würde sie Georg jedenfalls nicht, und allein im Zimmer zu warten, bis er sich wieder beruhigt hatte, kam auch nicht in Frage. Lilly würde sich früher oder später melden, und ihre Gesellschaft würde ihr angesichts dieser desaströsen Anreise sicherlich guttun.

Kapitel 2

Die Rue Verdi gehörte zu den Straßen, die typisch für die Wohnviertel von Nizza waren: alte Wohnhäuser aus hellem Stein, verspielt verzierte Fassaden mit hohen Fenstern, die bis zum Boden reichten und mit schmiedeeisernen Fenstergittern versehen waren. Die Häuser hatten Pariser Charme, der jedoch immer wieder von modernen Betongebäuden unterbrochen wurde – Bausünden aus den Siebzigern, dafür mit richtigen Balkonen, die in Südfrankreich wegen der Hitze im Sommer aber so gut wie niemand nutzte. Hier war leider nichts mehr von dem Pinienduft, den der Wind vom Burgberg in weite Teile der Stadt trug, zu spüren. Es roch nach Abgasen, altem Fett aus dem Abzugsrohr eines nahe gelegenen Imbiss-Restaurants. Die Luft schien an diesem ziemlich warmen Abend förmlich zu stehen.

Dennoch befand sich Lillys Wohnung in Bestlage, genau zwischen dem Boulevard Hugo und dem Boulevard Gambetta. Viele kleine Läden in Reichweite – von der Boulangerie, deren leckeren Tartines Emma kaum widerstehen konnte, wenn sie Lilly einen Besuch abstattete, bis hin zum kleinen Supermarkt. Dementsprechend hoch waren die Mieten. Aber Lilly war ihnen das wert. Georg hatte sich nicht lumpen lassen … Oder war es Lilly etwa wieder einmal gelungen, ihn um den Finger zu wickeln? Ein einfaches Studentenwohnheim hätte es doch auch getan, doch Lilly bestand auf ihrem eigenen Reich. Trotz fortgeschrittener Stunde fand Emma in der belebten Straße sogar einen Parkplatz. Sie parkte den Wagen »französisch« ein – mit Stoßstangenkontakt zum vorderen und hinteren Wagen. Das störte hier niemanden, und auch wenn sie ohne die anderen Autos zu touchieren in diese Lücke gekommen wäre, genoss Emma es, sich diese Freiheit zu nehmen – in kritikfreier Zone, sprich Georgs Abwesenheit, sowieso. Lilly war offenbar immer noch nicht zu Hause. Es brannte kein Licht im dritten Stock. Auch nach dreimaligem Klingeln keine Antwort. Wie war noch gleich der Code an der Haustür? Vierstellig. Ach ja, natürlich, Omas Geburtstag, der 22.04. Sesam, öffne dich! Wie praktisch dieses System doch war. Man brauchte keinen Hausschlüssel und hatte zugleich einen guten Schutz vor Einbrechern. Dummerweise hatte Lilly weder ihr noch Georg einen Schlüssel zur Wohnungstür gegeben. Sollte sie besser im Auto auf ihre Tochter warten oder womöglich im Treppenhaus? Nein. Also, Tüten raus, in den Hausflur stellen und bei der Concierge klingeln. Ein guter Plan, zumal die Hausmeisterin gleich im Erdgeschoss wohnte. Eigentlich war so eine Aktion nur für Notfälle gedacht, aber Lilly würde jeden Moment nach Hause kommen und es ihr bestimmt nicht übelnehmen, wenn sie in ihrer Wohnung auf sie wartete.

»Bonsoir, Madame Dassonville, excusez-moi de vous déranger, mais …« Weiter kam sie nicht. Die grauhaarige ältere Dame mit Nickelbrille auf der Nase hatte sie wohl von ihren letzten Besuchen gleich wiedererkannt.

»Ah … Madame Bergmann. Comment allez-vous?«

»Ça va«, erwiderte Emma. Was für eine schön nichtssagende Floskel. Nach Georgs Ausraster und Lillys offensichtlicher Abwesenheit ging es ihr jedoch alles andere als gut. Die Schlüsselfrage war schnell geklärt, und freundlicherweise half ihr Madame Dassonville sogar noch, die Tüten in den dritten Stock zu schleppen. Emma machte Licht und reihte die Tüten fein säuberlich in dem schmalen Flur auf. Sofort fiel ihr die Unordnung ins Auge. Eigentlich nicht Lillys Art. Schuhe lagen kreuz und quer herum. Eine Abfalltüte wartete wahrscheinlich schon eine ganze Weile darauf, hinuntergebracht zu werden, und erfüllte den Raum mit einem süßlichen Duft, der sich zur abgestandenen Luft eines nicht gelüfteten Zimmers gesellte. Klamottenhaufen bedeckten einen Baststuhl, und auf Lillys roter Knuddelcouch lagen ganze Ladungen ungebügelter Wäsche und jede Menge Bikinis herum. Seit wann hatte Lilly so viele Bikinis? Nette Teile und teilweise ziemlich knapp. Emma konnte sich nicht daran erinnern, dass ihre Tochter zu Hause auch so viele Bikinis angesammelt hatte. Und was waren das für Fotos, die auf Lillys Schreibtisch lagen? Gelungen, aber Moment mal, das war ja eine Bikiniaufnahme nach der anderen. Hastig zog sie gleich noch einen Stapel hervor. Lillys blondes Haar, ihre großen rehbraunen Augen, der von mediterraner Sonne gebräunte Teint – wie ein Model. Auf dem Schreibtisch lag auch noch ein Umschlag. Hineinsehen oder nicht? Die Neugier obsiegte. Zur Belohnung präsentierte sich Lilly diesmal in anderer Kleidung. Sie musste nebenbei als Model arbeiten – eine andere Erklärung gab es dafür nicht. Dass sie bei dem stressigen Studium für so etwas überhaupt Zeit hatte, wunderte Emma, und sie beschloss, erst einmal etwas aufzuräumen, zumindest die Kleidung. Vielleicht sollte sie Georg kurz Bescheid geben. Aber wozu? Er saß jetzt bestimmt schon seit geraumer Zeit in einer Bar und schüttete sich mit Wein zu. Am besten, sie packte die Tüten aus und machte es sich dann auf Lillys Couch bequem, um auf ihr »Nachwuchsmodel« zu warten.

Lilly, endlich!, schoss es Emma durch den Kopf, als sie von einem Geräusch an der Eingangstür wach wurde. Ein Blick auf ihre Armbanduhr verriet, dass es schon mitten in der Nacht war. Halb drei. Sie musste auf Lillys Couch eingeschlafen sein, noch dazu in ziemlich unbequemer Stellung, wie ihr steifer Nacken ihr gerade signalisierte. Warum machte Lilly kein Licht? Emma richtete sich auf und erblickte im Halbdunkel den breiten Rücken einer dunklen Gestalt. Das konnte unmöglich Lilly sein. Einbrecher! Panik! Hilfe! Blitzartig war sie wach und spürte den Puls in ihrer Halsschlagader pochen. Waffe! Sie brauchte eine Waffe. Der Brieföffner! Wie gut, dass sie Lilly dieses Ding von ihrer letzten Venedig-Reise mitgebracht hatte. Besser als nichts. Oder doch lieber hinter Lillys großem Schrank verstecken? Unter dem Bett? Zu spät. Die Schritte des Mannes näherten sich. Emma beschloss, sich hinter die halb geöffnete Tür zu stellen. Das Licht ging an. Dazu gesellte sich ein merkwürdig nervöses Klappern, das Geräusch von Metall, das mit der Geschwindigkeit eines Kolibriflügelschlages gegen den Türrahmen schlug. Tack, tack, tack, tack, tack. Mist! Warum mussten ihre Hände nur so zittern? Der Eindringling wurde zwangsläufig auf sie aufmerksam, zog die Tür ruckartig zur Seite und erschrak. Emma tat es ihm gleich und streckte den Brieföffner wie einen Dolch in seine Richtung, woraufhin er zurücksprang, um nicht von ihr aufgespießt zu werden.

»Qu'est-ce que vous faites ici?«, würgte sie mit einem Kloß im Hals hervor, wobei sie sich bemühte, ihre Stimme möglichst scharf klingen zu lassen. Er hob nun die Hände und trat ins Licht. Für einen Einbrecher sah er ausgesprochen sympathisch aus. Kurzes lockiges Haar, braune Augen, ebenmäßige Gesichtszüge. Eine gepflegte Erscheinung mit warmer Ausstrahlung. Lillys Freund? Er war etwa Mitte dreißig. Aber war das nicht schon ein bisschen zu alt für ihre Tochter?

»Frau Bergmann?«, stammelte er mit umwerfend charmantem Akzent.

Jetzt war Emma baff. Er kannte sie?

»Lilly hat mir mal ein Bild von Ihnen gezeigt«, erklärte er.

»Und Sie sind …?«

»Wenn Sie den Brieföffner herunternehmen, stelle ich mich gerne vor«, schlug er vor.

»Excusez-moi … ähhh, sorry … ja …«

Als sie die Waffe brav zurück auf den Schreibtisch legte, erntete sie nicht nur ein erleichtertes, sondern auch noch ein äußerst einnehmendes Lächeln.

»Ich bin David«, stellte er sich vor und reichte ihr die Hand.

»Sie sind ein Freund meiner Tochter?«

»Ja, wir kennen uns von der Uni.«

»Sind Sie noch Student?«, fragte sie, obwohl dies doch angesichts seines Alters eher unwahrscheinlich war.

»Nein, ich unterrichte gelegentlich dort. Alles, was mit Düften und dem ökologischen Anbau von Pflanzen zur Duftgewinnung zu tun hat, aber eigentlich baue ich hauptberuflich Lavendel an.«

Ein dozierender Landwirt mit dem Aussehen eines James Franco? Und seit wann interessierte sich Lilly für Düfte?

»Ich dachte, Lilly studiert Politik, Französisch und Spanisch.«

»Wir sind uns auf einer Party begegnet, und seither besucht sie meine Kurse«, erklärte er.

»Wissen Sie, wo sie ist?«

David nickte zwar, und Emma war erst mal erleichtert, doch was er dann sagte und vor allem, wie er es sagte, beunruhigte sie nur noch mehr.

»Ich wollte ihr nur ein paar Sachen holen.«

»Wo ist Lilly?«, fragte sie scharf. Wieso wich er ihrer Frage aus? Sein Zögern war äußerst irritierend.

»Im Krankenhaus«, erwiderte er schließlich verlegen.

Das war er, der Genickschlag. Ihre Lilly im Krankenhaus. Bestimmt hatte sie einen schlimmen Autounfall gehabt, oder sie war überfallen worden, oder … oder … oder. Ein Szenario nach dem anderen lief vor ihrem geistigen Auge im mütterlichen Kleinkino ab.

»Was ist passiert? Ist sie krank? Ein Unfall?«

»Könnte man so sagen.«

»Was jetzt – krank oder Unfall?«, insistierte sie.

»Unfall«, präzisierte er mit wachsendem Unbehagen.

Um Gottes willen. Lilly lag bestimmt im Koma. Sie sollte jetzt vielleicht doch Georg verständigen.

»Sie ist gestürzt.«

»Wann? Heute?«

Wieder nur ein Nicken.

»Jetzt sagen Sie schon, was los ist!«

»Lilly ist ausgerutscht. Auf einer Party. Nichts Dramatisches. Ich hab mit dem Arzt gesprochen. Es ist alles in Ordnung.«

Erst Model und nun Partymäuschen, das auch noch durch die Gegend stolperte.

»Wir packen jetzt ein paar Sachen. Hat Sie Ihnen gesagt, was sie braucht?«, fragte sie ihn.

»T-Shirt und eine Jeans. Ich fahre Sie hin, wenn Sie mögen«, schlug er kleinlaut vor.

»Gut!«

Dass sie in ihrem Leben noch mal auf einer Vespa sitzen würde, genau wie früher, als sie hier studiert hatte, hätte sich Emma nicht im Entferntesten vorstellen können. Auch wenn sie die Sorge um Lilly plagte, fühlte sich die rasante Fahrt verdammt gut an. David hatte sie überzeugt, dass sie mit seinem Roller dort besser parken konnten, und hatte ihr kurzerhand einen zweiten Helm in die Hand gedrückt. Nachts durch die halbleeren Straßen von Nizza zu fahren hatte etwas Magisches. Es waren nur noch einige Taxis und wenig Privatverkehr auf den sonst fast menschenleeren Straßen unterwegs. Der Fahrtwind zerrte an ihrem Haar, ihr Kleid flatterte im Wind, rieb sich an ihrer Haut. Ein Gefühl wie damals, als sie nach durchzechter Nacht mit ihrer Freundin Nora zurück zum Campus gefahren war. Wie viele Spritztouren hatten sie auf so einem ähnlichen Motorroller gemacht. Zugegebenermaßen fühlte es sich auch gut an, sich an so einen kräftigen Mann zu schmiegen. Davids Haut roch sehr angenehm, stellte sie fest, als sie sich in der ersten Kurve, die er mit Schwung nahm, näher an ihn pressen musste, um nicht von der Vespa zu fliegen. An seinem Nacken hing noch der Hauch eines eher schweren, doch nicht zu aufdringlichen Parfüms für den Abend. Dazu gesellte sich der Eigengeruch des Leders seiner Jacke, an der ihre Hände Halt suchten. Ihre Freundin Nora hatte bei ihren Streifzügen durch die Nacht meist eine ähnliche Jacke angehabt. Mit welcher Macht Gerüche doch Erinnerungen in einem wachrufen konnten. Dabei kamen aber nicht nur reine Fakten zutage, irgendein Ereignis, das man wie ein Puzzle rekonstruierte. Nicht der Verstand erzeugte diese Erinnerung, sondern die Seele selbst. Gerüche brachten etwas so intensiv aus der Vergangenheit zum Vorschein, dass man das Gefühl hatte, es im Hier und Jetzt noch einmal zu erleben. Für einen Moment versuchte Emma, die Sorge um Lilly zu vergessen. Sie schloss die Augen, genoss den Fahrtwind, das Geräusch des Motorrads, das in den Häuserschluchten scharf wie ein Messer die Stille der Nacht durchschnitt. Das Gefühl von damals verstärkte sich. Sie hörte Noras ausgelassenes Lachen, spürte jene Lebensfreude wieder, die sie in jungen Jahren in sich getragen hatte. Was war das für ein schönes Gefühl gewesen, zu glauben, dass einem die Welt zu Füßen lag. Wie schön es doch war, jung zu sein, und wie schade, dass man von dieser Unbeschwertheit Jahr für Jahr ein Stück verlor. David bremste abrupt vor dem modernen Klinikgelände, das von einer Parkanlage umgeben war, und riss Emma so jäh aus ihren Gedanken.

»Wir sind da«, sagte er und wartete darauf, dass sie abstieg.

Schade. Diese Fahrt hätte sie zu gern noch ein wenig länger genossen.

Es bedurfte nur weniger Schritte im grell beleuchteten und nach Desinfektionsmitteln riechenden Gang der Notaufnahme, um Emmas Sorge um Lilly wieder in ungeahnte Höhen zu treiben. David hatte sie zwar damit beruhigt, dass nichts Ernstes passiert sei, aber sein zögerliches Verhalten hatte sie doch verunsichert. Da half auch das sympathische Lächeln der diensthabenden Krankenschwester am

Empfang nichts, die sie mit einem freundlichen »Attendez!« vertröstete und erklärte, dass der Notarzt im Moment allein auf der Station sei und es gerade in dieser Nacht ziemlich hektisch zuginge.

»La galère!«, fluchte sie, als der nächste Neuzugang von zwei Sanitätern in Begleitung eines zappeligen Ehemannes an ihnen vorbeigetragen wurde – eine schwangere Frau, die sich den Bauch hielt. Ein Déjà-vu! Georg hatte sie vor gut zwanzig Jahren ebenfalls in die Notaufnahme gefahren, weil Lilly sich ad hoc dazu entschlossen hatte, doch noch im Sternzeichen des Stiers und nicht des Zwillings das Licht der Welt zu erblicken. Eine weise Entscheidung. Stiere waren bodenständig und familientreu. Ganz ihre Lilly.

»Soll ich Ihnen einen Kaffee holen?«, fragte David aufmerksam, als sie sich die Augen rieb.

»Gerne. Aber mit Milch, wenn's geht.«

Sollte sie Georg nun nicht doch Bescheid geben? Immerhin war Lilly auch seine Tochter. Vielleicht war es ja ganz gut, ihm die »guten Neuigkeiten« mitten in der Nacht zu überbringen. Verdient hätte er es nach diesem Tag.

»Madame Bergmann?«, rief sie die Schwester am Empfang. »Monsieur Regnier.« Sie nickte bedeutsam in Richtung eines jungen Arztes, der übernächtigt aussah und im Stechschritt auf sie zueilte.

»Madame Bergmann. Parlez-vous français?«

Emma nickte brav, und dann legte er los, stichpunktartig und nicht ohne unentwegt auf seine Armbanduhr zu sehen. Lilly sei vor einigen Stunden mit einer Alkoholvergiftung eingeliefert worden. Vermutlich habe sie noch irgendeine Partydroge eingeworfen. Welche, hätten sie im Labor noch nicht herausgefunden. Ihr ginge es den Umständen entsprechend gut, sie solle sich keine Sorgen machen.

»Tout va bien, vraiment. La jeunesse. Ils font des conneries tout le temps«, sagte er kopfschüttelnd.

Ihre Lilly und Dummheiten? Saufgelage und Partydrogen, an die dieser Arzt offenbar gewöhnt war. Eine sofortige Starre ergriff von ihr Besitz, da half es auch nichts, dass er ihr noch sagte, sie könne Lilly am Morgen abholen, nachdem sie ihren Rausch ausgeschlafen habe. Emma wurde schlagartig schlecht. Sie suchte mit ihren Händen Halt an der Wand.

»Ça va?«, fragte der Arzt sie besorgt.

»Oui, ça va.«

»Bien. Alors, bon courage!« Er schenkte ihr ein kurzes aufmunterndes Lächeln, bevor er in den Gang abbog, in dem auch schon die beiden Sanitäter mit der Schwangeren verschwunden waren.

»Voilà, le café.« David war zurück, aber der Kaffee interessierte sie nun nicht mehr.

»Wo war Lilly gestern Nacht? Ich weiß Bescheid, also, sagen Sie mir einfach, was Sie wissen.«

In David schien es zu arbeiten. Er hatte offenbar ein schlechtes Gewissen. Schließlich gab er sich einen Ruck. »Lilly war mit Freundinnen auf irgendeiner Model-Party. Sie ist da hin, um Kontakte zu knüpfen, und hat dann wohl etwas zu viel getrunken.«

Model-Party. Drogen! Lilly!

»Sie hat sich übergeben und mich dann angerufen, weil sie frische Kleidung brauchte.«

»Verstehe!«, sagte Emma, obwohl sie die Welt nicht mehr verstand.

»Macht Lilly so etwas öfter? Sie kennen sie doch anscheinend ziemlich gut.«

David schüttelte den Kopf und nippte nur an seinem Pappbecher mit dem dampfenden Kaffee. Die Schwingtür am anderen Ende des Gangs klappte erneut auf. Der nächste Notfall.

»Möchten Sie hierbleiben?«, fragte er.

Lilly lag in der Ausnüchterungszelle und schlief sowieso, also warum nicht zurück ins Hotel fahren? Faktisch hatte sie ja jetzt die Wahl, auf Georgs Ausnüchterung oder auf die ihrer Tochter zu warten. Desolat und niederschmetternd. Oder doch lieber in Lillys Wohnung nächtigen? Nein, Georg würde sich sicher Sorgen machen.

»Könnten Sie mich zurück zu meinem Wagen fahren?«

»Gerne.«

Emma war trotz des Schocks noch so geistesgegenwärtig, der Schwester an der Rezeption zu sagen, dass sie im *Negresco* zu erreichen sei, und rang ihr das Versprechen ab, sofort anzurufen, sobald Lilly nicht nur wach, sondern auch transportfähig sei.

Sie hatte Georg tatsächlich unrecht getan. Emma schämte sich im Nachhinein dafür, auch noch Georgs Atem kontrolliert zu haben, weil es im Zimmer nicht nach alkoholischen Ausdünstungen roch. Friedlich wie ein kleines Kind schlummerte er in Seitenlage auf seinem Kopfkissen. Mittlerweile war es halb fünf. Bestimmt hatte er sich Sorgen gemacht, aber hätte er dann nicht bei ihr angerufen? Wenn er nicht in einer Bar saß, wieso hatte er sich nicht gefragt, wo seine Frau war? Gut, er hatte vielleicht angenommen, dass sie bei Lilly schlafen würde. Vermutlich war er immer noch sauer, dass sie ihm das teure Hotel vorgehalten hatte. Einen Spaziergang um den Block, um aufgestaute Wut abzubauen, kannte sie von ihm gar nicht. Auf alle Fälle hatte es jetzt keinen Sinn mehr, ihn aufzuwecken. Abgesehen davon, dass seine Tochter dabei war, in seine Fußstapfen zu treten, was Hochprozentiges anbetraf, war ja nichts Schlimmes passiert. Mit etwas Glück bekam sie noch zwei bis drei Stunden Schlaf.

Wie vertraut es sich anfühlte, sich neben Georg ins Bett zu legen. Ein Hauch von Geborgenheit und Nähe, auch wenn er wie fast immer von ihr abgewandt dalag. Das vertraute Schnarchgeräusch, sein Atem und selbst der Geruch seines Eau de Toilette, das sie auf seinem Kissen riechen konnte, beruhigten sie. Hatte sie sich in ihrer Ehe denn je mehr gewünscht, als jene Vertrautheit zu spüren? Jeden Abend. Turbulenzen und Streiterei gab es in jeder Partnerschaft, warum also nicht auch in ihrer? Hatte nicht jeder Mensch seine Eigenarten? Nein, an sich hatte sie keinen Grund, sich zu beschweren. Gemeinsam mit Georg hatte sie sich ein schönes Leben aufgebaut. Das große Haus mit Garten. Lilly hatte immer alles bekommen, was sie brauchte. Wahrscheinlich hatten sie sie, wie die jüngsten Ereignisse belegten, sogar zu sehr verwöhnt. Anders ließen sich ihre Ausschweifungen momentan nicht erklären. In Emmas Innerem kehrte eine gewisse Ruhe ein. Dennoch wollte sich der Schlaf nicht einstellen, jedenfalls so lange nicht, bis sie jedes einzelne Detail ihres edel möblierten Zimmers inspiziert hatte und anfing, die Glasperlen des Kronleuchters zu zählen, der an der Stuckdecke hing.

Ein aufdringlicher Summton, riss Emma blitzartig aus dem Schlaf. Das Zimmertelefon. Ein kurzer Blick auf die Uhr: halb acht. Das musste das Krankenhaus sein. Lilly! Noch nicht mal eine Stunde geschlafen, und trotzdem war sie sofort hellwach, was man von Georg nicht behaupten konnte. Er räkelte sich ein wenig im Bett und gab nichts weiter als ein etwas gequältes Stöhnen von sich.

»Bergmann, oui?«, krächzte sie ins Telefon, nachdem sie den Hörer abgenommen hatte.

Doch nur die Rezeption. Um die Zeit? Also, so etwas dürfte in einem guten Hotel nun wirklich nicht vorkommen. Da hatte bestimmt jemand die falsche Zimmernummer für einen Wake-up-Call aufgeschrieben. Mitnichten. Eine freundliche Frau am anderen Ende der Leitung wollte sie lediglich fragen, ob die Flasche Champagner für Zimmer 212 auch auf ihre Rechnung geschrieben werden dürfte. Es sei keine Kreditkarte hinterlegt worden, und bei höheren Beträgen frage man sicherheitshalber nach. Das sei in ihrem Hause üblich.

»Champagner?« Mehr brachte Emma nicht heraus. Wer um alles in der Welt bestellte so früh am Morgen Champagner und ließ diesen merkwürdigen Luxus auch noch auf ihr Zimmer anschreiben. Zum edlen Tropfen geselle sich auch noch Kaviar, wie ihr die Rezeptionskraft mitteilte. Da kämen schnell mal dreihundertfünfzig Euro zusammen. Emma wurde blass. Was ging hier vor? Sicher ein Missverständnis … Leider nein! Das Ganze sei schon am vergangenen Abend auf ihr Zimmer angeschrieben worden: gleich zwei Flaschen Krimsekt und dazu noch ein opulentes Dinner mit Hummer und Crèmes brulée. Emma fühlte, dass ihre Hände vor Aufregung zu zittern begannen. Irgendein Hotelgast nistete sich offenbar auf Kosten anderer ein und bestellte sich das Feinste vom Feinsten. Gut, dass Georg inzwischen die Augen aufgeschlagen hatte.

»Mit wem telefonierst du?«, wollte er noch etwas schlaftrunken wissen.

»Rezeption.« Und dieser machte sie sogleich klar, dass sie dringend mit den Herrschaften von Zimmer 212 sprechen wolle.

»Zimmer 212?«, fragte Georg etwas verwirrt nach, setzte sich blitzartig auf und war schlagartig hellwach.

»Die Leute haben auf unsere Kosten gefressen und gesoffen. Die knöpf ich mir vor.«

»Emma, lass doch. Dafür gibt es bestimmt eine Erklärung. Ich geh gleich runter zur Rezeption und regle das.«

Emma konnte sich nicht erinnern, sich jemals so schnell angezogen zu haben.

»*Ich* kläre das. Und zwar sofort.«

»Emma. Mach dir doch nicht so einen Stress. Wie war's eigentlich bei Lilly?«

»Erzähl ich dir später«, sagte sie und schlüpfte bereits in ihre Schuhe. Wie konnte Georg angesichts dieser bodenlosen Frechheit nur so ruhig bleiben? Vermutlich würde er ihr wieder vorhalten, hysterisch zu sein, aber bei Bestellungen, die deutlich über der Grenze ihres aktuellen Budgets lagen, war Schluss mit lustig. Warum nur sank Georg kraftlos zurück ins Bett, als sie das Zimmer verließ?

Zimmer 212 befand sich Gott sei Dank auf der gleichen Etage. Nur wenige Meter im Stechschritt: eine Sache von Sekunden. Diese Nassauer konnten sich auf etwas gefasst machen. Emma holte tief Luft und wollte schon gegen die Tür hämmern … Andererseits … Vielleicht würden sie ihr dann nicht öffnen. Also, ganz sachte und dezent.

»Roomservice«, sagte sie.

Zunächst keine Reaktion, dann ein Tapsen, bevor die Tür aufging und eine dunkelhaarige Schönheit in seidenem Morgenmantel, die sie verblüfft ansah, zum Vorschein kam. Klar, nach Roomservice sah Emma im Moment wirklich nicht aus. Mit ihrer Out-of-Bed-Frisur musste sie etwas befremdlich wirken.

»Vous désirez?«, fragte die etwa Dreißigjährige, die auf jedem Laufsteg der Welt hätte bestehen können. Auch noch frech werden.

Emma kam sogleich auf den Punkt. Die Bestellungen auf ihren Namen.

»Sie sind Frau Bergmann?«

Das Luder sprach auch noch Deutsch, mit russischem Akzent und rollendem Bergmann-R ... Aber Moment, woher kannte sie eigentlich ihren Namen? Gut recherchiert, damit das mit dem Abrechnungsbetrug auch ja klappte.

»Emma, ich kann alles erklären.« Georgs Stimme hallte durch den Gang. Seine eiligen Schritte ebenso.

Warum lächelte die Russin sie so unverfänglich an? Musterte sie sie mit einem Hauch von Mitleid, oder bildete sie sich das nur ein? Plötzlich wurde Emma klar, was hier gespielt wurde. Affäre, schoss es ihr durch den Kopf. Georg hatte eine Affäre!

»Du Schwein! Du elendiges Schwein!«, schleuderte sie ihm entgegen, noch bevor er sie erreichte.

»Frau Bergmann, ihr Mann ...«

»Schlampe!«, fuhr Emma die Frau aus 212 an. Sie fragte sich gerade, was sie mehr an diesem Russenflittchen hasste, ihre prallen Brüste, an denen sich Georg gestern bestimmt zu schaffen gemacht hatte, oder ihr rollendes R, das sie vermutlich zeit ihres Lebens tinnituslike in sich tragen und ewig hören würde.

»Das ist Irina Baskova aus St. Petersburg.«

Wen interessierte es, wie diese Schwarze Witwe hieß, in deren Netz sich Georg offenbar verfangen hatte?

»Emma, beruhige dich doch. Frau Baskova vertritt unsere russischen Geschäftspartner.«

Luft holen. Baskova gründlich mustern. Die nickte. Georg

mustern. Er schien sie nicht zu belügen, aber das hieß ja
nichts. Hirn einschalten! Russin, Kaviar, Krimsekt. Vermutlich konnten Russen und insbesondere Russinnen
ohne diese Kombination im Ausland nicht leben. Vielleicht ein Stück Heimat, und Georg wollte nur spendabel
sein, aber warum in Gottes Namen, ohne ihr auch nur ein
Wort davon zu sagen?

»Georg, wir müssen reden!« Das war nicht der schlech-
teste Abgang, zumal sie mit diesen Worten zurück in ihr
Zimmer stürmen konnte, ohne sich bei der Russin für ihren Auftritt entschuldigen zu müssen.

»Peinlicher geht's nicht«, warf ihr Georg vor, als er die Tür
zu ihrem Zimmer hinter sich zuzog. »Was soll denn Irina
jetzt von mir denken?«

Emma interessierte nicht die Bohne, was diese Russin
von ihm dachte, dafür umso mehr, was in Georgs Hirnwin-
dungen vorging. »Dass du eine hysterische Frau hast? Sag's
doch gleich.«

Georg lief aufgeregt im Zimmer auf und ab. »Wenn dieser Deal platzt … dann …«

»Was dann?«, stichelte sie. »Wir leiten die Firma gemeinsam! Krimsekt im *Negresco*. Geht's noch?«

»Man muss gelegentlich etwas investieren«, versuchte
Georg, sich zu rechtfertigen, aber ohne Erfolg.

»Investment? Jetzt sag mir bloß noch, dass du gestern
mit ihr den Abend verbracht hast … Moment. Sie war der
Grund, weshalb du hier gebucht hast. Um Eindruck zu
schinden, vor den Russen. Verstehe … Den großen Macker
spielen. Und jetzt erzähl mir nicht, dass gestern zwischen
euch nichts lief.«

»Du spinnst doch.« Das klang aus seinem Munde aber

einen Tick zu wenig vehement. Fast ein wenig geistesabwesend und wie eine Floskel.

»Georg! Wenn du einen Geschäftspartner triffst, dann triffst du ihn mit mir gemeinsam, und ich möchte darüber vorher informiert werden. Diese ganzen Heimlichtuereien machen alles kaputt. Deine vielen Alleingänge in letzter Zeit ...« Emma merkte, wie ihre Wut auf Georg langsam purer Verzweiflung wich, als sie sich wie in einem Film in Zeitraffer unwillkürlich an die Dinge erinnerte, die er sich in den letzten Monaten geleistet hatte. »Wenn du mich nicht dabeihaben willst, dann sag es doch einfach.«

Merkwürdigerweise hielt Georg nun am Fenster inne und starrte hinaus. Da war sie wieder, jene Schweigeminute, die in sonst etwas ausarten konnte. Schweigen war für ihn schon immer eines der besten Argumente gewesen, weil man es nicht widerlegen konnte und es den anderen zugleich dazu veranlasste, den eigenen Standpunkt zu überdenken oder wenigstens anzuzweifeln. Kein Wunder, dass sie ihm nun zugutehielt, die hohen Ausgaben letztlich für die Firma getätigt zu haben, für den Auftrag. Wer weiß, vielleicht kleideten sich russische Geschäftsfrauen nun mal etwas figurbetonter, noch dazu, wenn sie so gut aussahen. War sie am Ende wirklich hysterisch? Es wäre sicher nicht schlecht, wenn sie versuchen würden, vernünftig darüber zu sprechen.

»Georg ... Jetzt rede mit mir. Das ist gerade eben nicht optimal gelaufen, aber ...«, lenkte sie ein.

Blitzartig drehte sich Georg um und baute sich vor ihr auf, weiß wie die Wand, seine Augen stechend, seine Gesichtszüge hart.

»Du kotzt mich an. Mich regt schon deine Stimme auf. Ich hab's so satt, von dir kritisiert zu werden. Ich möchte mich auch nicht mehr rechtfertigen müssen und auch keine Rücksicht mehr nehmen auf deine ›Wunschvorstellungen‹, wie alles zu sein hat. Kapierst du das? Ich will einfach nur tun und lassen, was ich will. Das ist alles!«, fuhr er sie an und schnappte sich mit einem Handgriff sein Jackett, bevor er aus dem Zimmer stürmte, nicht ohne die Tür hinter sich ins Schloss zu werfen.

Eine Liebeserklärung war das nicht gerade. Georg wollte also tun und lassen, was ihm in den Sinn kam, ohne Rücksicht, ohne Rechtfertigungen, ohne Kritik. So etwas musste man erst einmal sacken lassen. Emma fiel förmlich in sich zusammen. War sie vorhin zu weit gegangen? Seine Nerven waren im Moment nicht die besten, aber diese Vorwürfe eben … So hatte sie Georg noch nie erlebt. Aus dem flauen Gefühl in der Magengegend wurde langsam ein Stein, der sie regelrecht ins Bett presste. Dass das Telefon erneut klingelte, nahm sie für einen Moment gar nicht mehr wahr. Noch eine Bestellung aufs Haus? Vielleicht Lilly. Der Anruf war tatsächlich vom Krankenhaus. Ihre Tochter war wieder zu sich gekommen. Ob sie selbst nach Georgs Auftritt die Chance haben würde, wieder zu sich zu kommen, schätzte Emma als eher fraglich ein.

Das Krankenhaus machte einen viel freundlicheren und einladenderen Eindruck als noch in der Nacht zuvor, wobei sich Emma gerade fragte, ob man angesichts des Zwecks einer solchen Einrichtung überhaupt von »einladend« sprechen konnte. Dennoch, hier wurden Menschen geheilt, ihre Knochenbrüche, Verletzungen und organischen Probleme behoben, Leben gerettet. Also doch ein positiv besetzter Ort, überlegte sie, als sie durch die Anlage schritt. Vielleicht sollte sie sich gleich selbst einweisen, so schlecht fühlte sie sich. Bleischwerer Schritt, ein Druck in der Magengegend, Kopfschmerzen und Übernächtigung nagten an ihrem Wohlbefinden – und doch schmerzte sie eine Sache mehr als alles andere. Es war die klaffende Wunde in ihrer Seele, die ihr Georg zugefügt hatte und die mit jeder Minute, die verstrich, immer größer wurde. Georg hatte ihr klargemacht, dass er allein leben wollte. Wie sonst ließen sich seine Worte interpretieren: »Tun und lassen, was ich will«? Das war keine Grundlage mehr für eine Ehe. So viel stand fest. Vermutlich hatte er mit der Russin sowieso schon getan, was er wollte. Als die nächste Parkbank in Sicht war, spürte Emma das dringende Bedürfnis, sich zu setzen. Sie hatte das Gefühl, keinen Schritt mehr weitergehen zu können. Nur noch diese wenigen Meter. Und Lilly? Sie würde sicher bereits auf sie warten. Nur ein paar Minuten sammeln, die Gedanken ordnen, ein bisschen zur Ruhe kommen. Was ging nur in Georg vor? Hatte er es vorhin wirklich so gemeint, wie sie es verstanden hatte? Dies beschäftigte Emma noch mehr als die Frage, ob er etwas mit der Russin hatte oder nicht. Worauf hatte er denn Rücksicht nehmen müssen? Auf seine Familie? Früher, als Lilly noch klein war, mussten sie beide ihr Leben einschränken, wurden nachts geweckt, hatten weniger Zeit füreinander. Meinte er etwa das? Die Verantwortung für eine Familie? Für den Partner? Emma konnte sich nicht erinnern, jemals etwas von Georg verlangt oder irgendetwas außer für die Familie oder für Lilly eingefordert zu haben. Rücksicht? Aber worauf? Hatte sie nicht jahrelang Rücksicht auf *ihn* genommen? Und was meinte er mit Kritik und Rechtfertigung? War es wirklich so abwegig gewesen, von ihm zu verlangen, geschäftliche Dinge mit ihr zu besprechen, statt im Alleingang irgendwelche Entscheidungen zu treffen und sie vor vollendete

Tatsachen zu stellen? Kein einziges Mal hatte sie ihn dafür kritisiert, dass er sich oft genug in den Vollrausch soff. Kein einziges Wort darüber, dass er fast immer darüber bestimmte, was sie im Fernsehen sahen. Lief ein Song im Autoradio, der ihm nicht gefiel, wurde der Sender gewechselt. Ob ihr das Lied gefiel, spielte keine Rolle. Wer hatte sich denn immer zurückgenommen, nur damit er vor seinen Freunden glänzen konnte? Wer hatte sich stundenlang seine beruflichen Probleme angehört und eigene Sorgen geschluckt, nur um ihn nicht noch mehr zu belasten? Ihr Kopfkino spielte verrückt. Rücksicht! Wer nahm unentwegt Rücksicht auf wen? Oder war dies am Ende nur alles eine Frage der Perspektive? Was konnte sie dafür, dass es mit der Firma nicht mehr so gut lief und er tausend Projekte anfing, aus denen immer seltener etwas wurde? Rücksicht! Sosehr sie sich auch bemühte, Emma fiel kein einziges Beispiel dafür ein, ihm jemals im Weg gestanden zu haben. Er machte doch sowieso immer, was er wollte. Hatte sie dies jemals gestört? Nein! Georg war eben so. Dennoch, und dies ließ sich kaum mehr bestreiten, hatte er sich verändert, und das jagte ihr Angst ein. Angst vor der eigenen Hilflosigkeit, nicht mehr zu wissen, wie sie sich ihm gegenüber verhalten sollte.

»Excusez-moi Madame.« Eine ältere Dame steuerte auf die Parkbank zu und riss Emma aus ihren Gedanken. Sie fragte nach dem Weg zum Klinikeingang, suchte aber allem Anschein nach auch ein Gespräch. Danach stand Emma jetzt aber beim besten Willen nicht der Sinn.

»Tout droit«, sagte sie ihr und deutete in Richtung des Haupteingangs. Die Frau musste ihr angesehen haben, dass sie in Ruhe gelassen werden wollte. Nach dem Weg fragen – auch eines jener Dinge, die Georg nicht ausstehen konnte.

Obwohl sie sich auf ihrer letztjährigen Tour nach Venedig x-mal verfahren hatten, hatte sie es nicht gewagt, jemanden zu fragen, weil er sich darüber immer aufregte. Letzte Woche genau das Gegenteil. Da hatte ihr Georg vorgeworfen, nicht schon viel früher nach dem Weg zum neueröffneten Factory-Outlet am Stadtrand gefragt zu haben. Wie sie es machte, machte sie es verkehrt. Oder letzten Samstag. Er hatte sich einen Spaziergang am Schliersee in den Kopf gesetzt, sich unterwegs aber plötzlich für eine Bergwanderung entschieden. Ihr dann vorzuhalten, den Wanderführer nicht dabeizuhaben, war ja wohl die Höhe. Tausend dieser kleinen alltäglichen Dinge erschienen auf einen Schlag widersprüchlich und absurd, wie ein Spiel, aber war es wirklich so, dass er nur mit ihr spielte? »Ich will tun und lassen, was ich will.« Immer wieder dieser Satz, der sich in sie hineinfraß und ihr auch jetzt noch einen kalten Schauer über den Rücken jagte.

Kapitel 3

Lillys Kopf brummte immer noch ordentlich vom gestrigen Alkoholabusus, wie es Doktor Regnier genannt hatte, bevor er sie auf dem Gang stehengelassen hatte und zum nächsten Notfall geeilt war. Man könnte es aber genauso gut als Komasaufen bezeichnen. An sich nicht ihr Ding, aber gestern Abend war so ziemlich alles schiefgelaufen. Jean-Luc, ihr »Fotograf« – wohl eher ein Aufschneider mit Möchtegernambitionen und »Angeblichkontakten« –, hatte sie mit zu diesem genialen »Gig« geschleppt: einer verrotteten Villa in einem halbvertrockneten Palmengarten, in der sie erst mit ein paar anderen Mädchen ein paar Aufnahmen für die Bewerbungsmappe hatte hinter sich bringen müssen, bevor überhaupt so etwas wie Partystimmung aufkam. Gegen neun hatte dann ein lemmingartiger Zustrom von angeblich geladenen Gästen eingesetzt, die aber eher so aussahen, als seien sie auf der Straße aufgelesen worden. Von wegen, Kontakte knüpfen. Die Großen der Modewelt seien da, hatte Jean-Luc behauptet. Lächerlich! Immerhin tauchten später wie aus dem Nichts ein DJ und mit ihm einige Kisten Alkohol verschiedenster Art auf. In Begleitung von Sophie und Marie-France, zwei ihrer Kommilitoninnen, hatte sie sich zumindest vor allzu aufdringlicher Anmache sicher gefühlt. Aber der Frust, einen Abend, an dem sie genauso gut auch für ihr Studium hätte lernen können, in den Wind geschossen zu haben, war einfach zu groß gewesen. Oder der Wodka-Lemon zu verführerisch und eindeutig zu hochprozentig. Erst einen und dann noch weitere. Wein, Bier, und siehe da, auf einmal war doch glatt so etwas wie Stimmung aufgekommen, jedenfalls bis zu dem Moment, in dem alles auf einen Schlag schwarz geworden war. Sie musste hingefallen sein, wie sonst ließen sich die Pflaster an ihrem Ellbogen und an ihrer Hand erklären? Das Schlimme daran war, dass ihre Mutter gestern im Krankenhaus gewesen sein musste. Doktor Regnier hatte ihr gesteckt, dass sie sehr »überrascht« gewesen war. Bestimmt eine dezente Untertreibung. Wenn Mama »überrascht« wirkte, dann hatte sie vermutlich der Schlag getroffen. Sie würde ihr ganz schön die Leviten lesen. Wo blieb sie eigentlich? Die Schwester hatte sie darüber informiert, dass sie auf dem Weg sei. Hoffentlich war Papa mit dabei. In seiner Gegenwart rastete sie nicht so leicht aus.

Wieder eine Viertelstunde vergeblich gewartet. David anzurufen und ihn zu fragen, was ihre Mutter mitbekommen hatte, war auch keine Option. Er hielt montags für gewöhnlich seine Vorlesungen und war nicht zu erreichen. Ihre Mutter musste ihm in ihrer Wohnung begegnet sein. Eine andere Erklärung dafür, dass er mit ihr hier gewesen war, gab es nicht. Auf seine Diskretion konnte sie sich jedoch verlassen. Mehr, als dass sie gestern einen über den Durst getrunken hatte, konnte ihre Mutter also nicht wissen. Lilly ging zum Fenster, das bis zum Boden reichte, um nach ihrer Mutter Ausschau zu halten. Wie passend, dass auf ihrem iPod, den sie sich eingestöpselt hatte, um dem lauten Stimmengewirr dieser Station zu entfliehen, gerade

»Rehab« von Amy Winehouse in voller Lautstärke lief. Mit Amy, Gott hab sie selig, war sie im Moment wohl in bester Gesellschaft. War die Frau auf der Parkbank nicht ihre Mutter? Mama? Wieso um alles in der Welt saß sie seelenruhig auf einer Parkbank? Sonnte sie sich etwa? Worauf wartete sie? Hatte ihr die Schwester vielleicht gesagt, dass sie unten auf sie warten sollte? Egal. Augen zu und durch!

Obwohl die Stimme ihrer Tochter nicht sonderlich kräftig war und aus einiger Entfernung vom Klinikeingang zu ihr drang, wirkte sie auf Emma wie eine Wiederbelebungsmaßnahme. Danke, Lilly, dachte Emma, aber mit dir habe ich gleich mehrere Hühnchen zu rupfen. Ein tapferes Vorhaben, denn kaum hatte Lilly sie erreicht, überwog grenzenlose Erleichterung. Alles, was sie in diesem Moment wollte, war, ihre Tochter in den Arm zu nehmen.

»Hallo, Mama.« Lillys Stimme klang wie das Frohlocken eines Engels. Und sah sie nicht wie ein Engel aus? Ihr kleiner Engel! Und Lilly war anzumerken, dass sie sich für ihre nächtliche Eskapade schämte. Den nach unten gerichteten Blick und ihre hängenden Schultern hatte sie schon früher immer gehabt, wenn sie etwas ausgefressen hatte.

»Lilly, du machst vielleicht Sachen …«, sagte Emma so sanft wie nur möglich.

Wie sollte Lilly darauf auch anders reagieren, als sich ein Lächeln abzuringen? Sie hatte bestimmt mit einer ganz anderen Begrüßung gerechnet.

»Tut mir leid. Diese Nacht würde ich gerne aus meinem Leben streichen«, versicherte sie ihr, und zwar glaubwürdig. Der Umarmung stand nun nichts mehr im Weg, und Lilly schien sie ebenso zu genießen.

»Was war denn los?«, fragte Emma nun und bemerkte

sofort, dass Lilly sich anscheinend erst überlegen musste, was sie ihr am besten sagen sollte – und das war mit Sicherheit nicht die volle Wahrheit.

»Wir waren nach der Uni noch einen trinken. Enzo hat uns eingeladen. Du weißt schon, der Typ, mit dem ich immer lerne.«

»Enzo?« Emma konnte sich kaum vorstellen, dass Enzo auch im Modelbusiness war. Bei einem Mann mit Nickelbrille und einer Figur, mit der er Ottfried Fischer Konkurrenz machen konnte, schwer vorstellbar. Erzähl nur weiter, meine Kleine.

»Ja. Wir arbeiten gerade an einer Seminararbeit über das systeminhärente Korruptionspotential in der EU. Du wirst nicht glauben, wie viele Gelder in dunklen Kanälen verschwinden.«

»Hab davon gehört.« Dunkle Kanäle also.

»Dann kamen noch ein paar Leute dazu. Du weißt ja, wie das dann läuft.«

Das wusste sie nicht, aber sie konnte es sich lebhaft vorstellen. In Anbetracht von Georgs Alkoholkonsum vor allem in Gesellschaft ja auch keine große Kunst. Dummerweise kannte sie die Wahrheit bereits und beschloss, diese aus Lilly genussvoll herauszukitzeln. Auf der Fahrt in ihre Wohnung hatten sie dazu ja genug Zeit.

»Wo ist eigentlich Papa?«, fragte Lilly und hoffte, das eben stattfindende penible Zwiegespräch mit ihrer Mutter in eine andere Richtung lenken zu können. Erst beim Einsteigen in Mamas Wagen, der auf dem Parkplatz des Klinikgeländes stand, war ihr wieder eingefallen, dass ihre Mutter Enzo ja während des Umzugs kennengelernt hatte. Ob sie ihr abkaufen würde, dass ausgerechnet er sie zum Trinken animiert hatte? Zu gefährlich, ihn weiterhin mit ins Spiel zu bringen.

»Papa ist beschäftigt«, erwiderte ihre Mutter überraschend kurz angebunden.

»Wollten wir heute nicht zum Segeln?«

»Etwas Geschäftliches ist ihm dazwischengekommen.« Die Art, wie ihre Mutter »Geschäftliches« betonte, war etwas eigenartig. Vermutlich war sie sauer auf ihn, was in letzter Zeit ja öfter vorgekommen war. In Lillys gegenwärtigen Zustand war an eine Segeltour sowieso nicht zu denken. Allein bei dem Gedanken, jetzt auf einem schaukelnden Boot zu sein, wurde ihr augenblicklich schlecht.

»Wie läuft's denn so an der Uni?« Ihre Mutter war nicht aus dem Konzept zu bringen, obwohl sie mit dem regen morgendlichen Verkehr zu kämpfen hatte und um ein Haar von einem Wagen, der frankreichtypisch abbog, ohne den Blinker zu setzen, gerammt worden wäre. Hatte David ihr doch mehr erzählt? Nein! Das war völlig unmöglich. Nicht David.

»Stressig«, erwiderte sie nun auch etwas knapp. In gewisser Weise stimmte das ja auch. Sie hatte kaum noch Zeit, um für die Uni zu lernen. Die Modelkarriere war jetzt schließlich wichtiger.

»Machst du diesen Sommer wieder ein Praktikum?«, bohrte ihre Mutter nach, kurz bevor sie in ihr Viertel abbog.

»Klausuren. Muss lernen.«

»Praktika sind wichtig für den Lebenslauf. Politik und Sprachen. Das machen doch so viele.« Mein Gott, konnte ihre Mutter hartnäckig sein.

»Ohne gute Noten geht gar nichts.« Blöde Ausrede, denn Lilly wusste, dass sie davon derzeit meilenweit entfernt war.

»Du möchtest also immer noch für den auswärtigen Dienst arbeiten? Das ist ein ganz schönes Stück Arbeit.«

»Klar!« Lilly versuchte, so viel Selbstverständlichkeit wie möglich in ihre Stimme zu legen, aber warum fragte ihre Mutter danach? Am besten sofort noch ein paar Kohlen nachlegen, um glaubwürdig zu bleiben. Es war ja nicht so, dass sie log. Das Studium würde sie ja brav zu Ende machen, aber sie hatte keine Lust, nur dafür zu leben, den Erwartungshaltungen ihrer Eltern, vor allem ihrer Mutter, gerecht zu werden.

»Die Welt sehen, fremde Kulturen kennenlernen …«, schwärmte sie, obwohl sie dabei an eine mögliche Karriere als Model und an Fotosessions in Kapstadt oder Miami dachte. Zumindest dürfte so ihre Schwärmerei glaubwürdig rüberkommen.

»Da bin ich ja beruhigt.« Warum sagte sie das mit leicht ironischem Unterton? Ihre Mutter wusste sicher mehr, als ihr recht sein konnte. Lilly wurde heiß. Hitzewallungen – und das in ihren jungen Jahren.

»Deine Sachen hab ich gestern Nacht noch hochgetragen«, sagte ihre Mutter, als sie versuchte, in eine äußerst knappe Parklücke ganz in der Nähe ihrer Wohnung einzuparken.

»Dann hast du David in der Wohnung getroffen?«

»Du warst ja telefonisch nicht zu erreichen. Madame Dassonville hat mir freundlicherweise aufgemacht. Ich wollte nicht im Treppenhaus auf dich warten.«

Erst jetzt dämmerte Lilly, warum ihre Mutter so auffällig viele Fragen über ihr Studium stellte. Die Fotos!

Lillys Sturzflug zum Kühlschrank, gleich nachdem sie ihre Wohnung betreten hatten, machte Emma die Bedeutung des Begriffs »Brand« nach Alkoholexzessen klar. Ein halber Liter Wasser auf ex.

»Magst du auch was?« Lilly drückte ihr nur die Flasche in die Hand und wirkte etwas angesäuert. »Aufgeräumt hast du also auch schon?«, sagte sie lakonisch, nachdem sie sich kurz umgesehen hatte.

Damit hatte Emma fast gerechnet. Lilly war aufgebracht, und nicht zu Unrecht. Sie mussten dringend reden, doch Lilly entschwand durch den Flur in ihr Zimmer. Nichts wie hinterher.

»Lilly, tut mir leid. Du warst ja nicht zu erreichen.«

Lilly saß im Schneidersitz auf ihrer Couch und schmollte mit nach vorn gerichtetem Blick.

»Darf ich mich zu dir setzen?«

Keine Reaktion. Emma tat es trotzdem und erntete dafür eine Runde Schweigen. Ganz der Papa, zumindest in dieser Hinsicht.

»Du hast die Fotos gesehen?«, fragte ihre Tochter schließlich.

Emma nickte nur.

»Ich mach das nur nebenbei«, rechtfertigte sich Lilly, obwohl Emma sie noch gar nicht darauf angesprochen hatte.

»Ich hab ja nichts dagegen, solange du dein Studium ernst nimmst.«

»Und wozu soll das bitte gut sein?« Lillys Stimme klang etwas resigniert.

»Das ist doch das, was du immer machen wolltest. Karriere, jemand sein. Fremdsprachen.«

»Ihr habt mir das doch eingeredet! Nur weil du damals deine Karrierepläne aufgegeben hast, soll ich das jetzt nachholen, oder was?«

Das saß! Und wahrscheinlich hatte Lilly sogar recht. Es

war immer ihr Traum gewesen, für einen Diplomatenjob ins Ausland zu gehen, doch dann war alles anders gekommen. Sie hatte beschlossen, mit Georg zu leben, sich mit ihm etwas aufzubauen, eine Familie zu gründen.

»Nur meinetwegen? Hab ich dich etwa zu diesem Studium gezwungen? Wieso machst du es dann? Außerdem ist das doch ein interessanter Beruf, und du hast das Zeug dazu.«

»Ich find's stinklangweilig. Die ganze blöde Politik. Meinst du, ich hab Lust, eines Tages irgendeinen Präsidenten, der Dreck am Stecken hat, vollzuschleimen? Deutschland repräsentieren? Ne, sorry!«

»Eine Modelkarriere? Bist du dazu nicht schon zu alt?«

Lilly sprang vom Sofa auf und ging zu ihrem Schreibtisch, auf dem ihre Aufnahmen lagen. Sie nahm sie in die Hand, stapelte sie. Drei davon zog sie hervor und hielt sie Emma vor die Nase.

»Alle sagen, dass ich das Zeug dazu habe«, erwiderte sie trotzig.

»Ich bin mir sicher, dass du dafür begabt bist, aber …«

»Was aber? Warum willst du mir das madigmachen?«

»Weil es unvernünftig wäre …«

»Scheiß doch auf die Vernunft! Du bist ja immer *so vernünftig*. Und was hat sie dir eingebracht, diese Vernunft?«

Was meinte Lilly damit? Hatte Lilly mitbekommen, dass sie und Georg Probleme hatten? Außerdem hatte ihr die Vernunft, die ihr Lilly jetzt vorwarf, sehr wohl etwas Positives eingebracht. Sie hatte ein schönes Zuhause, einen Beruf, der sie forderte, Freunde … Warum nur wurde diese Liste nicht ganz von allein länger, ohne dass sie sich das Hirn zermarterte? Ein schönes Zuhause, ja, ein viel zu großes Haus, das ER unbedingt haben musste. Der tolle Beruf: nichts weiter als die Abwicklung SEINER Geschäfte. Fordernd? Nein, eigentlich nur anstrengend und ermüdend. Und was die Freunde betraf: Es waren SEINE Freunde, die im Laufe der Jahre IHRE Freunde verdrängt hatten. Die Vernunft hatte ihr Georg eingebracht, und zum Dank hatte er ihr klargemacht, dass er sie von nun an nicht mehr brauchte.

Als ob Lilly auf einen Knopf gedrückt hätte. Schlagartig hatte sie wieder Georgs Worte im Ohr: »Ich will tun und lassen, was ich will.« Was für eine bittere Pille, die sich »Vernunft« nannte. Emma merkte, wie sich jenes laue Gefühl im Magen wieder ausbreitete und von ihr Besitz ergriff. Ihre Augen wurden feucht, obwohl sie versuchte, sich zusammenzureißen.

»Mama?« Lilly klang besorgt, legte die Aufnahmen sofort zur Seite und setzte sich zu ihr. »Tut mir leid! Ich hab's nicht so gemeint, aber ...«

Nun gab es erst recht keinen Grund mehr, die Tränen zurückzuhalten.

Lilly nahm sie in den Arm. Wie wohl das tat. Bisher hatte sie immer ihre Tochter in den Arm genommen, wenn es ihr schlecht gegangen war, und jetzt tröstete Lilly die Mama. Es tat so gut, ihre Nähe zu spüren.

»Das hätte ich nicht sagen sollen«, gab Lilly leise zu.

Emma rang um Fassung. »Doch! Das war überfällig«, schluchzte sie. »Ein Scheißleben hat's mir eingebracht.«

»Wie meinst du das, ein Scheißleben?« Offenbar war Lillys Bemerkung vorhin eher allgemeiner Natur gewesen und hatte sich darauf bezogen, zugunsten einer Ehe auf die eigenen Karrierepläne verzichtet zu haben. Wennschon! Lilly war sowieso der einzige Mensch, dem sie ihr Herz ausschütten konnte, auch wenn sie Angst davor hatte, sie damit zu belasten.

56

»Dein Vater … Es sieht ganz danach aus, als ob er sich von mir trennen will.«

»Papa? Was ist denn passiert?«, fragte Lilly entsetzt.

»Nichts Besonderes. Er ist wieder mal ausgerastet, weil ich ihn kritisiert habe. Er bucht uns ein Zimmer im *Negresco* und lässt für irgendeine junge Russin Krimsekt und Kaviar springen, natürlich alles wieder mal heimlich.«

»Eine Russin? Will er was von der?«

»Was weiß ich. Wonach sieht's denn aus, wenn dir irgend so eine Mausi im Negligé morgens die Tür aufmacht?«

Lilly konnte offenbar auch eins und eins zusammenzählen, nickte und überlegte. »Papa? Das kann doch nicht sein. Wobei …«, erwiderte sie ziemlich aufgewühlt.

»Wobei …? Was meinst du damit? Jetzt spuck's schon aus!«

»Letzten Sommer, in den Ferien«, sagte Lilly mit hängenden Schultern. »Ich hab Papas reparierten Laptop abgeholt und ihm das Teil dann vorbeigebracht. Zum Golfplatz.«

Emma erinnerte sich daran. Aber worauf wollte Lilly hinaus? »Er hat mich zum Essen eingeladen. Mit seinen Freunden. Widerliche Typen. Einer von ihnen, ich glaub, er hieß Gerd, hatte so eine junge Tussi bei sich und prahlte damit, wie gut er sich nun fühlt, wie jung und dass es ihm blendend geht, seitdem er sich von seiner Alten getrennt hat.«

Emma wurde ganz heiß. »Was hat das mit Papa zu tun?«, fragte sie.

»Papa hat mitgelacht, ihn richtig beneidet. Das war offensichtlich, und frag nicht, wie oft er diesem Paris-Hilton-Verschnitt in den Ausschnitt geglotzt hat. Außerdem hat er diesem Typen ständig nach dem Mund geredet.«

Das musste man sich auf der Zunge zergehen lassen. Auch Lilly brachte für eine Weile keinen Ton mehr heraus, fing sich aber schneller wieder. Sie setzte sich wie von göttlicher Eingebung erleuchtet auf und sah Emma so an, als hätte sie eben die Erklärung für Georgs Verhalten gefunden.

»Midlife-Crisis. Das haben doch alle Männer in dem Alter«, diagnostizierte Lilly so überzeugend, als ob sie eine ausgewiesene Expertin dafür sei.

»Angeblich drehen Männer um die fünfzig ganz plötzlich durch, und dann suchen sie sich was Jüngeres«, brach es aus Lilly heraus.

Schöne Theorie. Wie aus dem Lehrbuch, aber das war es ja nicht allein. Oder gab es eine Midlife-Crisis auf Raten? Es ging vielmehr darum, wie Georg in den letzten Jahren mit ihr umgegangen war und wie viel ihm die Ehe heute wert war.

»Wenn's nur diese Russin wäre ... Mein Gott ...«, seufzte Emma.

Lilly sah sie so an, als ob sie ihr nicht ganz folgen konnte.

»Ich war nicht mehr glücklich – mit ihm«, gestand sie ihrer Tochter. »Er hat mir oft genug weh getan, auch wenn er es bestimmt nicht immer so gemeint hat.«

Das Erschreckende war, dass Lilly nach einer Schweigeminute nickte. »Ich hab das schon mitbekommen«, sagte sie traurig.

»Warum hast du dann nie mit mir darüber gesprochen?« Dass Lilly mehr als nur eine leise Ahnung davon hatte, was in ihrer Ehe los war, überraschte Emma nun doch.

»Du hast früher so viel gelacht, warst so fröhlich, voller Energie ... und ...«

Lillys Beobachtung traf Emma mit voller Wucht. Sie

58

hatte recht. Ad hoc konnte sie sich allerdings nicht mehr daran erinnern, wann sie das letzte Mal gelacht hatte.

»Weißt du noch, die Party bei den Zünklers, kurz bevor ich nach Frankreich gegangen bin? Du wolltest eine lustige Episode von eurem Urlaub auf Gran Canaria erzählen, und Papa ist dir ins Wort gefallen. Er sagte irgendetwas wie, dass du ihn das erzählen lassen sollst, weil du keinen Humor hättest. Ich war total geschockt. Wenn er das zu mir gesagt hätte ... Aber du hast nur peinlich betreten gelächelt. Ich hab das nie verstanden ...«

Nur allzu gut hatte Emma diesen Abend nun vor ihrem geistigen Auge.

»Er hat das bestimmt nicht so gemeint«, versuchte sie, sich zu rechtfertigen, machte sich aber sogleich klar, dass sie damit Georgs Verhalten nur rechtfertigte.

»Doch, ich glaub schon, dass er es so gemeint hat ...«, erwiderte Lilly nachdenklich und traurig zugleich.

»Er war betrunken.« Warum nur nahm sie Georg ständig in Schutz?

»Wenn ich an die Eltern von Enzo denke, die sind auch schon Mitte fünfzig, aber die nehmen sich immer wieder mal in den Arm. Man merkt einfach, dass sie sich immer noch lieben. Papa und du ...« Lilly wagte es offenbar nicht, weiterzusprechen, aber ein Blick in ihre Augen genügte Emma, um zu erahnen, was ihre Tochter nicht aussprechen wollte.

Emma musste tief Luft holen. »Schade, dass wir nicht früher darüber gesprochen haben«, gestand sich Emma ein.

»Ich wollte mich da nicht einmischen. Aber Papa hat sich total verändert. Überleg mal. Er hat mich nur ein Mal besucht, seitdem ich hier bin.«

Emma blieb nichts anderes mehr übrig, als auch hier zu

nicken. Lilly hatte in jedem Punkt recht! Ziemlich bitter. So bleischwer und kraftlos hatte sie sich schon lange nicht mehr gefühlt.

»Kann ich mich kurz hinlegen?«, fragte sie ihre Tochter.

»Klar. Ruh dich aus, Mama.«

Der laute Klingelton von Lillys Handy konnte Tote wecken. Aus der Traum vom erlösenden Nickerchen auf Lillys Couch. Aber warum ging ihre Tochter nicht ans Telefon? Emma blickte auf die poppig bunte Wanduhr, die auf Lillys Schreibtisch stand. Sie musste ganze zwei Stunden geschlafen haben. Lilly war nicht zu sehen, konnte also nur im Bad oder in der Küche sein.

»Lilly? Wieso gehst du denn nicht ran?«

»Hab keinen Bock«, tönte es aus der Küche, bevor sie um die Ecke lugte. »Es ist Papa.«

Ein Alptraum, der nicht enden wollte! Vermutlich fragte sich Georg nun doch, wo sie abgeblieben war – und so viele Möglichkeiten gab es in Nizza ja nicht. Letztlich hatte Emma auch »keinen Bock«, mit ihm zu telefonieren. Oft genug hatte sie erlebt, dass er nach seinen üblen Aussetzern angekrochen kam und versucht hatte, sie glauben zu machen, dass sie alles wieder einmal nur falsch verstanden hatte. Manchmal hatte er ihr auch just in diesen Momenten gesagt, dass er sie liebte. Schon wieder kam dieser kuriose Mix aus Wut und verletzten Gefühlen in ihr hoch. Eine allzu vertraute Mischung und keine gute. Auf seine Launen hatte sie keine Lust mehr, noch weniger auf die ständige Angst, aus seiner Sicht irgendetwas falsch zu machen. Es war die Angst davor, sich schlecht zu fühlen, vor ebenjenem Krampf im Bauch, der ihr jetzt schon wieder die Luft zum Atmen nahm.

»Magst du auch einen Tee? Grünen?«, fragte Lilly aus der Küche.

Selbst zu einem einfachen »Ja« musste sie sich aufraffen. Sofort vernahm sie nebenan das Klappern von Tassen. Wie rührend sich Lilly doch um sie kümmerte und wie sehr sie dies gerade jetzt brauchte. Wahrscheinlich musste sie nun ihr ganzes Leben neu ordnen, und am besten fing sie gleich damit an, indem sie Lilly die Hand reichte, zumindest symbolisch.

»Ich möchte mir gerne deine Aufnahmen ansehen«, schlug sie Lilly vor, auch in der Hoffnung, dass diese sie auf andere Gedanken bringen würden.

»Ehrlich? Jetzt?«, hallte es aus der Küche.

»Jetzt erst recht!«, rief sie in Lillys Richtung und lauschte dem gurgelnden Geräusch des Wasserkochers. Wann hatte ihr zuletzt jemand eine Tasse Tee gemacht?

Lilly konnte die zwei dampfenden Tassen, die sie auf einem Tablett hereintrug, gar nicht schnell genug absetzen. Die Möglichkeit, ihrer Mutter die Früchte ihrer Arbeit zeigen zu können, hatte auf sie offensichtlich belebendere Wirkung als grüner Tee. Lilly zog eine Mappe aus ihrem großen Holzschrank hervor, legte sie auf dem Boden ab und klappte sie auf. Alles fotografische Vergrößerungen, daneben lugten auch Zeichnungen aus dem Stapel hervor. Hoffentlich kein Akt!

»Die hier sind vom letzten Jahr. In Antibes aufgenommen, am Hafen.«

Wirklich gelungene Aufnahmen und ausnahmsweise keine Bademode.

»Die waren für einen Katalog. Nichts Grandioses. Für eine Supermarktkette.«

Wie sagt man so schön? Einen hübschen Menschen

kann nichts entstellen. Wenn sie selbst so einen einfachen Sweater, wie ihn Lilly auf diesem Foto trug, anziehen würde, könnte sie damit sicher nicht auf die Straße gehen, ohne dass man ihr aus Mitleid Münzen zustecken würde.

»Und hier hat Enzo mich porträtiert. Wusstest du, dass er super zeichnen kann?«

Ein wunderschönes Kohleporträt ihrer Lilly mit hochgestecktem Haar. Weitere Fotos folgten, glücklicherweise ohne nackte Haut. Lilly kam so richtig in Fahrt. Ein Bild nach dem anderen und eines schöner als das andere. Sie hatte sicher Talent. Hinter all den vergrößerten Fotos war auch etwas Leinwand zu sehen.

»Hast du dich auch in Öl malen lassen?«, fragte Emma.

»Nein! Das sind Gemälde, die mir einfach gefallen haben. Ich hab sie in einer kleinen Galerie in der Altstadt entdeckt.«

Lilly zog die sehr gelungene Studie einer Balletttänzerin hervor.

»Das könntest du sein, als du klein warst.« Sofort fielen Emma die wöchentlichen Fahrten zur Ballettstunde ein.

»Ich bin noch nicht dazu gekommen, es rahmen zu lassen.«

Da war noch ein zweites Gemälde, das Porträt einer Frau. Lilly reichte es ihr auf eine ganz andere Weise, fast so, als ob sie etwas sehr Wertvolles in den Händen hielt.

»Unglaublich, oder?«, fragte Lilly.

Unglaublich war maßlos untertrieben. Emma starrte sozusagen in einen Spiegel aus Öl.

»Das könntest doch glatt du sein, nur halt ein bisschen jünger.«

Da täuschte sich Lilly aber gewaltig. Die Frau auf dem Bild sah ihr nicht nur ähnlich, diese Frau war tatsächlich Emma Reinhard, und zwar Jahre vor ihrer Eheschließung mit Georg Bergmann. Emma fror förmlich ein. Was ihr da entgegenblickte, war das Porträt einer äußerst attraktiven jungen Frau, mindestens so hübsch wie Lilly. Leuchtende große Augen, aus denen pure Lebenslust strahlte. Ein unwiderstehliches und fast schon verschmitztes Lächeln, mit dem sie damals jeden Verehrer hatte verzaubern können.

»Woher hast du das?«, stammelte sie.

»Na, der kleine Kunstladen. Die haben auch Antiquitäten.«

Ihre Vergangenheit in Nizza hatte Emma eingeholt!

Wo war nur diese Seitenstraße? Ihr Navigationsgerät brachte sie zwar ins richtige Viertel der Altstadt, hatte aber schon bei der Abfahrt darauf hingewiesen, dass das Reiseziel nicht direkt anzufahren war. Emma erinnerte sich an ihre Studienzeit. Schon damals waren nur einige der engen Straßen befahrbar gewesen. Parkplätze? Fehlanzeige! Also blieb ihr nichts anderes übrig, als sich zu Fuß durch die engen Gassen zu einer Anhöhe hinaufzuarbeiten. Nach nur wenigen Gehminuten hatte sie die Rue Rosetti erreicht, ohne sich zu verlaufen. Von wegen schlechter Orientierungssinn, den ihr Georg immer vorgeworfen hatte. Der Weg nach oben konnte einen in der heißen Nachmittagssonne ganz schön ins Schwitzen bringen. Auf einigen Abschnitten waren die Gehwege Gott sei Dank mit breiten Treppenstufen versehen, was den Aufstieg erleichterte. Emma stellte fest, dass die Häuser teilweise schon ziemlich heruntergekommen waren. Überall blätterte die Farbe ab. Die früher nett anzusehenden orange- und gelbfarbenen Pastelltöne lösten sich in grauen Flecken auf. Die vier- bis fünfstöckigen Gebäude sahen so aus, als seien sie dringend renovierungsbedürftig. Von den Fensterläden hatten nur noch wenige etwas Farbe. Lediglich einige mit Blumentöpfen dekorierte Balkone verliehen diesem Abschnitt einen gewissen mediterranen Charme. Wohnkultur in Frankreich eben. Man gab das Geld lieber für schicke Kleidung aus, um zu leben und gut essen zu gehen, anstatt es in das Haus oder die eigene Wohnung zu stecken. Das Haus von »Madeleines Marchés aux puces« erweckte ebenfalls den Eindruck, als würde es nicht mehr lange stehen. Wie kurios, ein Flohmarkt, nur dass er drinnen und nicht auf der Straße stattfand. Dort hatte Lilly, wie Emma wusste, sich schon einige Sachen für ihre Wohnung besorgt, unter anderem auch das antike Teegeschirr, aus dem sie grünen Tee getrunken hatten. Der Umstand, dass ihre Mutter tatsächlich die Frau auf dem Porträt war, hatte Lilly ziemlich überrascht, noch viel mehr aber, dass sie eine Mutter hatte, die früher sicher auch Jobs als Model bekommen hätte. Nachdem Lilly darüber im Bilde gewesen war, wer sie in ihrer Studienzeit porträtiert hatte, bedurfte es keiner weiteren Erklärungen, um sich sofort auf Spurensuche zu begeben. Lilly hatte das Porträt schnell eingescannt und ihr die Kopie mitgegeben. Madeleine würde es sicher wiedererkennen.

»Bonjour, Madame«, begrüßte sie eine Frau, die bestimmt schon um die siebzig war. Ihr lockiges Haar, die Sommersprossen, zu denen sich zahlreiche Altersflecken gesellten, und eine von einer silbernen Kette gehaltene Brille, die bei jeder Bewegung wie ein Pendel hin- und herbaumelte, passten perfekt in dieses Sammelsurium aus Antiquitäten, Gemälden, Büchern und uralten ausgemusterten Haushaltsgeräten, die schon wieder Sammlerwert hatten. Wo konnte man heute noch ein Grammophon erwerben oder eine alte mechanische Kaffeemühle? Und wie schick doch diese alten schwarzen Telefone waren. Kein Wunder, dass Lilly sich in diesen Laden verliebt hatte.

»Vous cherchez quelque chose de spécial?«, fragte Madeleine mit ihrer rauchigen Stimme, die sie sicherlich jahrelangem Gitan-Konsum zu verdanken hatte. Einer dieser streng riechenden Glimmstängel qualmte neben einem zerknautschten Zigarettenpäckchen auf dem Tresen. Emma kam gleich zur Sache und zog die Farbkopie des Porträts aus der Tasche. Madeleine erinnerte sich sofort daran und musterte den Ausdruck mit einem Lächeln, das jedoch schnell einem eher irritierten Gesichtsausdruck wich. Sie nahm das Porträt in die Hand, blickte darauf, dann zurück zu ihrer Kundin.

»Mais ce n'est pas possible. C'est bien vous, n'est-ce pas?« Was für ein schönes Kompliment. Madeleine hatte sie erkannt. Dann musste ja doch noch ein bisschen von ihrem früheren Flair übrig geblieben sein. Emma nickte und fragte sogleich, woher sie das Bild habe. Madeleine überlegte kurz, erinnerte sich dann aber an jedes Detail. Vor ungefähr einem Jahr habe ihr eine Frau alles Mögliche verkauft. Ein paar Bilder, Schmuck.

»Elle ne s'appellait pas Nora par hasard?«, fragte Emma nach.

Madeleine überlegte einen Moment.

»Mais oui! C'était bien son nom.«

Dass Nora sie seinerzeit gemalt hatte, wusste Emma bereits. Sie hatte ihr ja Modell gestanden. Die Frage war nur, ob sie sie mit Madeleines Hilfe ausfindig machen konnte. Wahrscheinlich lebte Nora gar nicht mehr hier in Nizza. Wie nicht anders zu erwarten war, hatte Madeleine keinen blassen Schimmer, doch plötzlich hielt sie mitten in der Bewegung inne.

»Attendez!«

Wie von der Tarantel gestochen lief sie zum Telefon und
wählte eine ihr offenbar bekannte Nummer. Nach dem üblichen »Ça va«-Begrüßungsgeplänkel und einem kurzen
Austausch über den aktuellen Gesundheitszustand kam das
erlösende »Écoute!«, die Aufforderung, ihr nun gut zuzuhören, und die kurze Erklärung, wer gerade vor ihr im Laden
stand. Madeleines Gesicht hellte sich schlagartig auf. Es
strahlte wie Mrs Marples Miene, wenn sie genug Beweise
gesammelt hatte, um den Mörder zu überführen. Flink griff
sie nach einem Kugelschreiber und notierte etwas auf einem
Block.

»Tu es géniale«, sagte Madeleine zu ihrer Freundin und
reichte Emma Noras Adresse. Angeblich wohnte sie sogar
ganz in der Nähe. Ihre Freundin sei bei Nora in Behandlung, was auch immer dies heißen mochte. Nora Jansen,
stand auf dem Zettel – Massagen! Insbesondere Aromatherapie. Wollte Nora nicht immer eine große und berühmte
Malerin werden? Auf alle Fälle war dieser Zettel eine dicke
Umarmung wert, die sich Madeleine gern gefallen ließ.
»Vous êtes un ange Madeleine.« Und wie sich der Engel na-
mens Madeleine mit ihr freute.

Kapitel 4

Normalerweise wäre es beleidigend, eine füllige Frau als Fleischberg zu bezeichnen. Nora wusste aber, dass sie sich dies bei Rachel erlauben konnte. Ihre treueste Kundin hatte nämlich selbst, wie sie immer wieder sagte, überhaupt keine Probleme mit ihrem Übergewicht. Sie erinnerte Nora an eine klassische Rubens-Schönheit, wie man sie in den Museen weltweit bewundern konnte. Wenn man dann noch ein hübsches Gesicht hatte, gab es nicht den geringsten Grund, sich über einen von zu vielen »tartines« und »chocolats« aufgepolsterten Körper Gedanken zu machen. Was Nora aber am meisten an Rachel liebte, war, dass sie sich an ihr so richtig austoben konnte, und zwar gleich in ihren beiden Berufen.

Rachel hatte ihr schon dreimal für ihre Reihe »Les grandes dames« – was natürlich ironisch gemeint war – Modell gestanden, und nun lag sie wie jede Woche am Montagnachmittag vor ihr, um sich ordentlich mit wohlriechenden Aromaölen durchkneten zu lassen. Bezahltes Fitnesstraining!

»Ça fait tellement bien!«, stöhnte Rachel fast schon etwas wollüstig. »Je vous jure, ça, c'est mieux que le sexe.«

Ihre Massage besser als Sex? Das hörte man gern, dabei

hatten ihre Griffe, die sie bei ihrer Ausbildung vor gut zehn Jahren gelernt hatte, nichts Erotisches an sich. Damit wäre sicherlich mehr Geld zu verdienen, aber um in dieser Liga mitzuspielen, war sie mit ihren dreiundfünfzig Jahren wohl schon etwas zu alt. Es mussten die duftenden Aromaöle sein, die ihre Kunden und Kundinnen sozusagen verzauberten. Im Gegenzug spülte ihre Stammkundschaft etwas Geld in die chronisch leere Kasse. Als Künstlerin in Nizza zu überleben war angesichts der harten Konkurrenz sehr schwierig. Es gab viel zu viele Galerien, von den Straßenkünstlern ganz zu schweigen. Mit etwas Glück konnte man trotzdem gelegentlich einen großen Fisch an Land ziehen. Die Côte d'Azur war ein Tummelplatz der Reichen und Schönen. Gelegentlich verliebte sich jemand in ihre »Körperwelten« oder in ihre abstrakte Malerei und kaufte gleich mehrere Gemälde. Vor allem während der Saison, vom Frühjahr bis zum Herbst, konnte man von Ferien-Kundschaft gut leben. Ab und zu bekam sie sogar Ausstellungsflächen in den kleinen Galerien, in Gemeinderäumen oder hatte einen Stand auf der Straße. Den Winter konnte sie ohne ihre Massagen jedoch nicht überleben. Praktischerweise ließen sich viele ihrer Kunden auch gleich malen. So musste sie sich nie auf die Suche nach einem passenden Modell begeben. Einen Körper vorher mit ihren Händen zu erfühlen hatte zudem etwas extrem Sinnliches und Inspiratives und erleichterte die malerische Umsetzung auf der Leinwand.

»Le boulot, ça va bien?«, fragte sie Rachel. Small Talk über den Beruf gehörte in der Aufwachphase mit dazu. Damit brachte sie ihre Kunden wieder zurück in die Realität ihres kleinen Massageraums.

Rachel erzählte brav von ihren neuen Arbeitskollegen

im Supermarkt und beschwerte sich über die langen Arbeitszeiten. Das Hier und Jetzt war unaufhaltsam im Anmarsch. Rachel rekelte sich wach. Dann ein Klingeln. Nora konnte sich nicht daran erinnern, noch jemandem einen Termin gegeben zu haben. Vielleicht ein Interessent für ihre Kunst, die sie in einem Nebenraum ausstellte, der zugleich ihr viel zu kleines Atelier war.

»Je reviens tout de suite«, sagte sie zu Rachel, betätigte den Türöffner und wartete gespannt. Aus dem Halbdunkel des Treppenhauses schälte sich eine weibliche Gestalt heraus. Konservatives Kostüm, etwa ihr Alter, eine gepflegte Erscheinung und definitiv keine ihrer Stammkundinnen, sonst würde sie nicht so zögerlich nach oben gehen und sich ihre Behausung, im Wesentlichen eine Bauruine, ansehen. Ihre Besucherin erreichte die letzten Stufen, die von einem Dachfenster etwas mehr Licht abbekamen. Warum wirkte sie so ernst, fast ein wenig verlegen?

»Bonjour, Madame, entrez!« Anstatt hereinzukommen, starrte die Fremde sie nur an.

»Nora?«, fragte die Frau vor ihr zögerlich.

Nora konnte es kaum fassen: Das konnte doch gar nicht sein. Nach all den Jahren! Emma!

Sosehr sich Emma auch bemühte, sich »wie zu Hause« zu fühlen – Noras Worte –, es wollte ihr einfach nicht gelingen, obwohl die Bruchbude, in der Nora hauste, sie an das kleine Studio erinnerte, das sie sich in ihrer Studienzeit geteilt hatten. Überhaupt schien die Zeit stehengeblieben zu sein. Sicher, Nora hatte ein paar Falten mehr in ihrem Gesicht, aber von außen betrachtet schien sie wesentlich langsamer gealtert zu sein als sie selbst. Das war ziemlich unfair. Gesunde Ernährung, keine Zigaretten, Tee statt Alkohol, ein geregeltes Leben – und was hatte sie jetzt davon? Einige Falten mehr als ausgerechnet Nora, die sich noch nie um ihre Gesundheit geschert hatte, als ob sie es schon immer gewusst hätte, dass sie auf solide Gene bauen konnte. Vielleicht war es aber auch ihre durch nichts zu erschütternde Fröhlichkeit, ihr Lebenshunger, der sie jung hielt. In Jeans, einer freizügig aufgeknöpften Bluse und dem bunten Stirnband, das ihr blondes Haar zusammenhielt, umgab sie noch immer der Touch der Siebziger. Nora, der Hippie! Es passte sogar zu ihr. Ihr strahlendes Lächeln, als sie sie nach einer Schrecksekunde an der Tür erkannt hatte, fühlte sich an wie früher. Die quirlige Nora. Ganz unkompliziert. Dass sie sich über zwanzig Jahre nicht mehr gesehen hatten, schien für sie kein Drama zu sein. Kein Wort darüber.

»Ich hab noch eine Kundin zum Massieren hier. Dauert nicht mehr lange. Wasser und Saft findest du im Kühlschrank.«

Richtig unheimlich, diese Selbstverständlichkeit, mit der Nora sie empfing. Wenigstens hatte sie sich noch kurz nach ihr umgedreht und für einen Moment mit einem ungläubigen Kopfschütteln zumindest die Bedeutung ihrer Begegnung kommentiert: »Emma, dass wir uns endlich wiedersehen …«

Emma wusste noch von früher, was zu erwarten war, wenn Nora sagte: »Dauert nicht mehr lange.« Sie hatte also genug Zeit, sich ein bisschen umzusehen. An sich war das Studio gemütlich, aber ein einziges Chaos aus Kunst, Büro und Deko auf engstem Raum: eine kleine Wohnküche an der einzigen fensterlosen Wand, ein Computertisch in einer Nische und hinter einer Schrankwand eine Art Prinzessinnenbett mit schmiedeeisernem Rahmen, von dem schwere Vorhänge als Raumtrenner herunterhingen. Mindestens ein Dutzend Kissen lagen darin verstreut. So richtig kuschelig, wie damals. Oft genug hatten sie in so einem Bett gelegen und sich eine Kissenschlacht geliefert. Trotzdem: Insgesamt war das hier bei genauerem Hinsehen ein richtiger Verhau. Hier würde sie auf Kakerlaken stoßen. Genug Lebensmittel lagen ja auf der Küchenanrichte herum, von den Bröseln, die unter ihren Schuhen knirschten, mal ganz abgesehen. So stark, wie es hier nach frischer Farbe roch, musste Nora entweder vor kurzem gestrichen haben – wonach es aber nicht aussah – oder immer noch malen. Der Geruch kam eindeutig aus dem zweiten Zimmer. Emma konnte nicht widerstehen, einen Blick hineinzuwerfen. Sie machte Licht. Ein Atelier! Nora hatte also tatsächlich ihren Traum verwirklicht, eines Tages Malerin zu werden. Bei ihrer Begabung, die sich schon damals gezeigt hatte, war das ja kein Wunder. Der Raum war so voll mit Bildern, die entweder gerahmt an der Wand hingen oder sich auf dem Boden stapelten, dass einen die Gewalt der Farben und Formen beinahe erschlug. Sofort sprangen ihr drei gelungene Akte von drei ziemlich dicken Frauen ins Auge. Expressionistische Züge, aber dennoch einladend, warm und weiblich. Im Moment arbeitete sie wohl an einem unvollendeten männlichen Akt, der auf einer Staffelei in der Raummitte stand. In diesem Augenblick vernahm Emma Stimmen und wollte es sich nicht nehmen lassen, einen Blick auf Noras Kundschaft zu ergattern. Eine korpulente Frau verließ mit Nora das Zimmer nebenan. So wie sie von der Massage schwärmte, schien Nora ja wirklich gut darin zu sein. Der Duft von Rosenöl und etwas Lavendel war deutlich wahrnehmbar und überdeckte für einen Moment den Farbengeruch.

»Das ist Rachel, meine Muse«, stellte Nora ihre Kundin vor. »Mein Gott, du sprichst ja Französisch, oder hast du es schon verlernt?«, fiel es ihr dann ein.

»Et ça, c'est ma coupine allemande. Emma.«

»Enchanté.« Emma reichte der fülligen Kundin mit einem freundlichen Lächeln die Hand.

»Alors, à la semaine prochaine.« Rachel verabschiedete sich, nicht ohne Nora auf die linke und rechte Wange zu küssen. Das war eines der Dinge, die Emma an Frankreich liebte. Nun waren sie allein. Emma brannte darauf, endlich mit Nora zu reden.

»Magst du was trinken? Oder essen? Ich hab frisches Baguette und den besten Käse, den du jemals gegessen hast.«

Das war typisch Nora. Immer in Bewegung.

»Gerne!«

»Wein hab ich auch. Komm, wir gönnen uns ein Glas.«

Immer noch kein Wort darüber, dass sie sich so lange aus den Augen verloren hatten, dabei war Nora damals einfach so aus ihrem Leben verschwunden. Nur noch sporadische Anrufe, dann eine Postkarte aus Marokko, schließlich Funkstille, die sich Emma bis heute nicht erklären konnte. Warum? Es musste einfach raus, duldete keinen Aufschub. Vorher konnte es keine wirkliche Normalität zwischen ihnen geben. Nora reichte ihr ein Glas und sah sie zum ersten Mal nicht nur flüchtig, sondern bewusst an. Die Gelegenheit, um Nora nun darauf anzusprechen.

»Mensch, Nora, warum haben wir uns so lange nicht mehr gesehen?«, fragte sie leichthin.

Nora nickte nur. Die scheinbare Unbefangenheit löste sich in Luft auf. Ihr Lächeln verschwand. »Du hättest dich ja auch mal bei mir melden können«, erwiderte sie.

Das stimmte, aber sich jemandem aufzudrängen war noch nie Emmas Art gewesen. »Hätte ich, ja, aber ich hatte das Gefühl, dass dir nicht mehr so viel an unserer Freundschaft lag.«

In Nora schien es für einen Moment zu arbeiten. Sie fasste sich aber erstaunlich schnell und drückte ihr die Weinflasche in die Hand, bevor sie anfing, das Baguette in Scheiben zu schneiden.

»Emma, jetzt mach kein Drama draus. Du bist zurück nach Deutschland, hast geheiratet … Ich war mit meinem Wohnmobil in der Welt unterwegs … Und irgendwann hatte ich keine Lust mehr, Ansichtskarten zu schreiben.«

Profan, aber irgendwie auf den Punkt. Nora hatte ihr Leben, ihre Träume gelebt, und Emma hatte sich für ein bürgerliches Leben mit Georg entschieden.

»Ich freu mich trotzdem, dass du hier bist«, fügte Nora diesmal versöhnlich und mit einem sehr warmherzigen Lächeln hinzu. Sie legte das Messer zur Seite, das Baguette ebenfalls, ließ den Käse Käse sein, nahm sie spontan in die Arme und drückte sie. Mein Gott, fühlte sich das gut an! Ein seelischer Klick, wie zwei Puzzlestücke, die perfekt ineinanderpassten, genau wie damals, als sie sich an der Uni zum ersten Mal begegnet waren.

Während Lilly die Strandpromenade in Richtung der großen Hotels entlangschlenderte, hatte sie das Gefühl, dass ihr eigenes Leben massiv außer Kontrolle geriet. Der nächtliche Absturz war sicherlich nur der Auftakt einer ganzen Reihe von beunruhigenden Veränderungen, die in der Luft zu liegen schienen. Der Konflikt zwischen ihrem Vater und ihrer Mutter ging sie sehr wohl etwas an, auch wenn sie ihrer Mutter zunächst etwas anderes gesagt hatte. Merkwürdig, dass einen die Möglichkeit der Trennung der Eltern so belasten konnte, obwohl man doch schon sein eigenes Leben führte, mehr oder weniger, denn zumindest finanziell stand sie noch nicht auf eigenen Beinen. Und wie Mama auf das alte Gemälde reagiert hatte, das während ihrer Studienzeit entstanden war. Das Porträt hatte sie ziemlich aufgerüttelt. Plötzlich war sie nur noch von dem Gedanken getrieben, ihre Freundin Nora ausfindig zu machen. Drehten jetzt alle durch?

Kaum war ihre Mutter gegangen, hatte sie versucht, David anzurufen. Er hätte bestimmt ein offenes Ohr für sie gehabt, war aber leider nicht zu erreichen gewesen. Nächster Schritt: mit Papa sprechen, und zwar nicht am Telefon.

Er schien ja, nach dem, was ihre Mutter erzählt hatte, komplett neben der Spur zu sein. »Midlife-Crisis«, hatte sie ihrer Mutter neunmalklug unter die Nase gerieben, dabei war ihr noch nicht einmal klar, was genau das eigentlich war. Vielleicht wüsste sie nach dem Gespräch mit Papa mehr, am liebsten unter vier Augen, aber daraus wurde nichts. Noch bevor sie dazu ansetzte, zwischen den vorbeifahrenden Autos nach einer Lücke zu suchen, um von der Strandseite der Promenade des Anglais auf die andere Seite mit all den Prunkhotels zu wechseln, verließ ihr Vater in Begleitung einer schwarzhaarigen Schönheit das Hotel. Das musste die Russin mit dem Negligé sein. Gut, dass es nur wenige Schritte entfernt einen Zeitungskiosk gab, der von einer Schulklasse belagert wurde. Lilly suchte Deckung. Ging Papa etwa wirklich fremd, wie ihre Mutter vermutete? Nein, bestimmt war alles nur ein Missverständnis. Leider sah es aber ganz und gar nicht danach aus. Ihr Vater schien richtig gut drauf zu sein. Er redete ununterbrochen, und die Russin kicherte ständig, was ihr Vater, soweit Lilly dies aus der Distanz beobachten konnte, sichtlich genoss. Die beiden steuerten auf einen Taxistand zu, an dem er sie verabschiedete. Die üblichen Küsschen auf die Wange hatten ja nichts zu sagen, aber Moment: Warum hielten sie kurz inne? Kein Zweifel. Er sah sie fasziniert an, und sie ließ sich diesen Blick gefallen. Fehlte nur noch, dass sie sich auf den Mund küssten, aber sie stieg schließlich ein, und er sah ihr nach – für Lillys Geschmack einen Tick zu lange. Nun aber schnell über die Straße, um ihn noch zu erwischen, bevor er wieder im *Negresco* verschwand.

»Papa!«, rief sie ihm so unbeschwert sie nur konnte zu. Die Überraschung war gelungen.

Er wirkte fast ein bisschen steif, schenkte ihr dann aber doch ein Lächeln, als sie ihn erreichte. »Lilly! Was machst du denn hier?«

»Wollten wir nicht zum Segeln gehen?«, fragte sie ihn ganz direkt.

»Mir ist was Geschäftliches dazwischengekommen.«

»Weiß ich schon von Mama.«

Ihr Vater nickte nur. Er schien zu ahnen, dass sie sich bereits mit ihrer Mutter ausgetauscht hatte.

»Georg ist ein Arschloch. Das war er doch schon immer.« Dies war Noras Fazit aus all dem, was Emma ihr über die Ereignisse der letzten Stunden und weit darüber hinaus offenbart hatte. Emma ging Noras prompte Reaktion aber doch einen Schritt zu weit, auch wenn ihr ähnliche Bemerkungen aus dem engeren Freundeskreis durchaus nicht neu waren. »Ich frag mich manchmal, wie du das an seiner Seite aushältst.« Dieser Satz war in den letzten Jahren in ihrem Leben bereits mehr als nur einmal gefallen. Sie gehörte eben nicht zu der Sorte Mensch, die beim geringsten Streit das Handtuch warf, wie es ihr halber Freundeskreis tat, in dem es eine Trennung nach der anderen hagelte.

Dass sie ihn zumindest im Moment guten Gewissens auch ein Arschloch nennen konnte, darüber würde sie mit Nora nicht diskutieren müssen, aber das rechthaberische »schon immer« hätte sich Nora sparen können. Es war verletzend, weil es implizierte, dass die »dumme Emma« sich seinerzeit für den Falschen entschieden hatte, obwohl sie doch einige Leute, darunter auch Nora, »gewarnt« hatten. Emma hatte die Warnungen seinerzeit in den Wind geschlagen, als Eifersüchteleien und dummes Gerede von Freundinnen abgetan, die selbst ein Auge auf Georg geworfen hatten – Nora ausgenommen.

»Georg war nicht immer so«, widersprach Emma daher vehement.

Nora schenkte ihr unbeeindruckt etwas Kaffee nach. Ihr Balkongespräch mit Blick auf die kleinen Gässchen der »vieille ville« hatte Emma viel Kraft gekostet. Fast bereute sie es schon, sich Nora gegenüber so geöffnet zu haben. Schließlich hatte sie ihre Freundin lange nicht mehr gesehen und wusste, dass sie Georg schon während ihrer Studienzeit nicht sonderlich gemocht hatte.

Nora blühte geradezu auf, als sie die Ehe ihrer Freundin forensisch zu zerpflücken begann. Sie gefiel sich sichtlich in ihrer Rolle als Lebensberaterin und griff ihren Faden sofort wieder auf.

»Emma. Du irrst dich. Georg leidet, seitdem ich ihn kenne, unter einem äußerst geringen Selbstwertgefühl. Solche Menschen brauchen es, andere unentwegt zu kritisieren und kleinzumachen, um sich ein Gefühl von Größe zu verleihen.«

»So ein Quatsch«, protestierte Emma. »Georg hat kein geringes Selbstwertgefühl. Doch nicht Georg.«

Nora sah sie nur mit skeptischem Blick an, und je länger sie sie ansah, desto größer wurden Emmas Zweifel.

»Kennst du seine Schwester?«

»Ich hab meine Schwägerin nie kennengelernt. Sie waren sich nicht grün, und soviel ich weiß, ging sie gleich nach ihrem Studium in die USA.«

»Ich kenne sie. Sie war mal hier, in Nizza. Das muss etwa zwei Jahre her sein. Eine sehr nette Person.«

Nora kannte Georgs Schwester Regina? Eine nette Person? Das passte nicht zu dem, was Georg ihr erzählt hatte. War sie nicht durchtrieben, karrieregeil und hatte die Familie in Deutschland für den schnöden Mammon abgeschrieben?

»Die große dominante Schwester. Und er war der kleine Bruder, der immer unter ihrem Pantoffel stand. Sie war besser in der Schule, gab mit achtzehn Violinkonzerte, spricht fünf Sprachen, hat eine rasante akademische Karriere hingelegt, und soviel ich weiß, hat sie jetzt einen Lehrstuhl für angewandte Physik in Boston an der Harvard University. Und Georg?«

»Er ist ein erfolgreicher Architekt«, sagte Emma trotzig.

»Erfolgreich darin, die Entwürfe von anderen zu plagiieren. Er hat doch schon an der Uni die Pläne der Kommilitonen abgekupfert.«

Erneut ein Stich. Emma erinnerte sich nun wieder an seine Nacht- und Nebelaktionen mit Pauspapier. Auch damit hatte Nora recht. Da musste man nur an ihr eigenes Haus denken, eine Kopie aus einem Hollywoodthriller mit Julia Roberts: *Der Feind in meinem Bett* – welch vortrefflicher Titel, zumindest im Nachhinein betrachtet. Und von »erfolgreich« konnte wenn sie an ihre drohende Pleite dachte – nun auch nicht die Rede sein. Dennoch machte Nora Georg schlechter, als er war.

»Georg hat auch nette Seiten!«, versuchte sie ihn zu verteidigen, doch eigentlich auch sich selbst, wie ihr nach und nach klar wurde.

»Zum Beispiel?«, fragte Nora skeptisch.

Emma wunderte sich, warum sie seine positiven Eigenschaften nicht wie aus der Pistole geschossen aufzählen konnte. Endlich ein brauchbarer Gedanke: Georg war witzig! Aber waren Sarkasmus und Spott nette Seiten? Anteilnahme? Zumindest in den ersten Jahren ihrer Ehe hatte er ihr zugehört, wenn es ihr schlechtging. Irgendetwas Positives musste es doch geben, und je länger Nora sie fragend ansah, desto größer wurde der Druck, endlich etwas auszuspucken, was ihrer Freundin den Wind aus den Segeln nehmen konnte.

»Er war immer hilfsbereit und hat mich bei jeder sich bietenden Gelegenheit mit Aufmerksamkeiten und kleinen Geschenken verwöhnt ...« Damit konnte sie sicher punkten.

»Das ist doch genau sein System. Es gibt Menschen, die andere beschenken oder helfen, weil sie es gerne tun, aus vollem Herzen. Er macht es, weil es gut für sein Selbstwertgefühl ist. Es lässt ihn groß erscheinen, verstehst du?«

Gewagte Theorie. Diesen Gedanken weiterzuverfolgen kostete gleich noch viel mehr Kraft. Abertausend Erinnerungsfetzen rasten durch Emmas Gehirnwindungen, und sie ertappte sich dabei, es für immer wahrscheinlicher zu halten, dass Nora mit ihrer These recht hatte. Immer wenn es IHM die Möglichkeit gab, gut dazustehen, vor allem im Freundeskreis, war er besonders spendabel. Es musste nur von anderen bemerkt werden. Wie liebte er es, wenn sie ihm nur einen Hauch Bewunderung entgegenbrachten. Wieder fiel ihr der Grillabend vor ihrer Abreise ein. Es

78

hatte nur das Beste vom Besten an Wine & Dine gegeben. Damit finanzierte man sich treues Publikum. Sozusagen freier Eintritt mit Werbegeschenken und kostenloser Verpflegung für die Fans, die ihm im Gegenzug zu huldigen hatten. Wie hatte er sich an diesem Abend mit seinen Russland-Anekdoten in der Paraderolle des Alleinunterhalters gefallen. So gesehen hatte Nora den Nagel auf den Kopf getroffen, aber nicht ganz. Es war ja schließlich nichts Schlechtes daran, spendabel zu sein. Das würde selbst Nora zugeben müssen.

»Du irrst dich. Er war generell immer sehr großzügig, auch bei Leuten, vor denen er sich nicht profilieren musste, weil es ihnen schlechter ging als ihm«, sagte Emma.

Nora sah nun so aus, als würde sie jeden Moment lauthals losprusten. Was daran lustig war, leuchtete Emma jedoch nicht ein.

»Erinnerst du dich noch an seine damalige Clique, an Benedict? So ein richtig versoffener Typ, oder an Gabriele? Warum, glaubst du, hat er ihnen ständig irgendwelche Geschenkchen zugesteckt?«, fragte Nora.

Emma zuckte etwas ratlos mit den Schultern, entsann sich aber, dass er immer Kleinigkeiten für die beiden besorgt hatte.

»Claqueure! Freunde zum Weggehen und Spaßhaben, um seinen gemeinen Sarkasmus auf Kosten anderer abzulassen. Weißt du nicht mehr, wie oft er den dicken Benedict wegen seiner Schweinsäuglein aufgezogen hat? Und Gabriele, wegen ihrer flachen Brust? Die haben sich das alles gefallen lassen und immer brav applaudiert, weil sie im Gegenzug von seiner Großzügigkeit profitierten. Kohle! Geschenkchen! Gefälligkeiten! Wie naiv bist du eigentlich, meine Liebe?« Nora zog die Augenbrauen hoch und stopfte sich genüsslich eine belgische Praline in den Mund, die sie sich auf der Zunge zergehen ließ. Sie genoss es sichtlich, Georg durch den Kakao ziehen zu können – zumindest hatte Emma diesen Eindruck.

»Du kennst doch den Spruch, dass der Einäugige der König unter den Blinden ist. Warum bestand Georgs Freundeskreis damals überwiegend aus den nicht gerade hellsten Leuten, schrägen Vögeln und Saufkumpanen?«, setzte Nora nach.

Emma konnte ihr nicht gleich folgen, was Nora ihr auch ansah.

»Damit er sich groß fühlte und bewundert wurde. Es ging ihm immer nur darum. Hoffentlich durchschaust du das endlich.«

Emma merkte, dass ihre Hand anfing zu zittern. Schnell setzte sie die Kaffeetasse ab und holte erst einmal tief Luft. Ihr fiel ein, dass es im Laufe ihrer Ehe noch viele weitere »Benedicts« und »Gabrieles« gegeben hatte, bis hin zu ihrem aktuellen Freundeskreis. Dazu brauchte sie nur die Gästeliste des letzten Grillabends Revue passieren zu lassen.

Es stimmte, was Nora sagte. Er kaufte sich seine Showbühne, und sie war darin eine Statistin, die man vorzeigen konnte, die ihm aber nie die Show stehlen durfte. Nun wurde ihr auch klar, warum er seinen Freundeskreis alle paar Jahre wechselte. Die Golfer. Neues Publikum musste her, damit er sein Repertoire immer wieder aufs Neue abspulen konnte. Und wer ihn durchschaute oder nicht mehr so laut applaudierte, wurde einfach ersetzt. In fliegendem Tempo rasten weitere Episoden an ihrem inneren Auge vorbei. Hilfe! Wo war nur die nächste Ausfahrt!?

Nora hingegen war die Ruhe selbst. Sie setzte dazu an,

sich die letzte Praline in den Mund zu schieben. Mitten in der Bewegung hielt sie jedoch inne und offerierte sie stattdessen Emma.

»Willst du nicht doch wenigstens eine?«

Emma schüttelte den Kopf. Die frisch gewonnenen Einsichten lagen ihr viel zu schwer im Magen. »Lass uns lieber ein wenig spazieren gehen«, schlug sie Nora vor.

»Aber nur, wenn du nicht wieder von Georg anfängst«, erwiderte ihre Freundin.

Was hatte Nora nicht alles versucht, um Emma auf andere Gedanken zu bringen. Das Viertel, in dem sie wohnte, steckte voller Geschichten, etwa von Eric, dem Bäcker, der sich rührend um streunende Katzen kümmerte und siejeden Morgen mit frischer Milch versorgte, oder von Chloé, der Primaballerina, deren Hund sie immer wieder mal Gassi führte und dafür Freikarten für die Oper bekam. Emma schien auf Durchzug gestellt zu haben, so starr, wie sie neben ihr hertrottete, und es dauerte keine fünf Minuten, bis das zum Tabu erklärte Thema wieder auf dem Tisch war.

»Ich glaub, du machst dir das zu einfach. Gut, mag sein, dass er ein Problem mit seinem Selbstwertgefühl hat, aber dass er im Moment so durchdreht, hat bestimmt nichts damit zu tun.«

»Natürlich nicht. Er ist ein schäbiger Egomane und will noch mal so richtig Gas geben, bevor er selbst mit Viagra keinen mehr hochkriegt. So einfach ist das. Und, ma chère, du bist nicht die Erste, der so etwas passiert. Ich höre diese Geschichten täglich auf meiner Massagebank.«

Nora hoffte, dass sie Emma mit Härte schnell zur Vernunft bringen konnte, spätestens jedoch, wenn sie an ihrer Lieblingseisdiele angelangt waren. Hugos »bestes Eis von

Welt« gedachte sie nicht im »Beisein« eines »Arschlochs« zu verspeisen.

»Nora! Er hat mir erst vor wenigen Wochen gesagt, dass er mich liebt. So extrem war's ja auch noch nie. Das ist bestimmt nur der Stress mit der Firma. Er kann doch nichts dafür, dass es im Moment nicht so gut läuft. Georg ist einfach erschöpft.«

»Kein Grund, solche Sätze vom Stapel zu lassen wie: ›Ich will tun und lassen, was ich will, ohne auf jemanden Rücksicht zu nehmen, kritisiert zu werden oder mich rechtfertigen zu müssen.‹ Das klingt für mich wie die Definition von Egomanie pur *und* nach einem charakterlichen Offenbarungseid.«

Kein Widerspruch? Fein! Vielleicht eine gute Gelegenheit, um gleich noch ein paar Kohlen nachzulegen.

»Und die perfidesten Egomanen sind diejenigen, die sich unter dem Deckmantel des Altruisten verbergen. Wölfe im Schafspelz. Wenn man immer den anderen die Schuld gibt, macht man sich zum bemitleidenswerten Opfer und kann sich alles herausnehmen, was man möchte.«

Das Kind musste doch endlich mal beim Namen genannt werden.

»Georg macht das nicht absichtlich. Es tut ihm ja auch leid. Er hat sich schon so oft für diese Aussetzer bei mir entschuldigt. Aufrichtig!« Emma fand immer noch ein gutes Wort für Georg.

»Klar. Sonst hätte er ja riskiert, dich zu verlieren. Die Angst wird aber kleiner, wenn sich neue Alternativen auftun oder die Uhr anfängt zu ticken.«

»Du täuschst dich. Es ist wirklich nur der Stress. Ich glaub ihm das. Bevor wir uns kennengelernt haben … Georg hatte eine harte Zeit hinter sich. Die hat ihn geprägt.«

»Emma. Mir kommen gleich die Tränen. Du spielst doch nicht etwa auf seine Zeit bei der Bundeswehr an?« Diesen Wissensvorsprung spielte Nora nun mit Wonne aus. Sie kannte Georg schon wesentlich länger als ihre Freundin.

»Ist doch eine willkommene Rechtfertigung für seinen Jähzorn und seine Aussetzer«, fuhr sie erbarmungslos, wenngleich therapeutisch wertvoll fort.

»Nora, wenn dich unentwegt jemand fertigmacht, und das über einen Zeitraum von vier Jahren, und du auch noch von diesen Leuten abhängig bist, wie das beim Bund nun mal der Fall ist, dann bleibt dir auch ein Schaden.«

Nora ließ sich nicht beirren. »Wer sich nicht anpassen kann oder will, wer immer nur seinen Willen durchsetzen möchte, der hat es beim Bund nun mal nicht einfach. Und wer so blöd ist, sich zu verpflichten, nur weil ihm ein Kumpel steckt, dass man bei der Bundeswehr ein lockeres Leben hat und auch noch Kohle dafür kriegt, der muss sich nicht wundern, wenn er aneckt und jede Menge Ärger bekommt.«

»Zwei seiner besten Freunde beim Bund haben mir aber exakt das Gleiche erzählt. Einer war deshalb sogar in psychiatrischer Behandlung«, konterte ihre Freundin.

»Ach so, das heißt, jeder, der beim Bund war, hat einen an der Klatsche? Und wenn du von Bernd und Jürgen sprichst: Bernd wurde als Kind von seinem Vater verprügelt, und von Jürgens zerrütteten Familienverhältnissen weißt du sicher auch. Klar sind die beiden seine besten Freunde. Er braucht sie, um seine Lebenslüge aufrechtzuerhalten.«

»Das ist doch Unsinn«, protestierte Emma so laut, dass sich schon Passanten nach ihnen umdrehten. »Warum wohl gibt es heutzutage immer häufiger psychische Erkrankungen? Das liegt am Stress unserer Zeit! Ich hab erst letzte Woche in einer Zeitschrift gelesen, dass das Burn-out-Syndrom bald zur Volkskrankheit Nummer eins wird und noch vor Herzinfarkt und Schlaganfall die häufigste Erkrankung sein wird. Da kannst du doch nicht allen Ernstes behaupten, dass alle diese armen Menschen alle selbst daran schuld sind.«

»Nein, aber ihr … nennen wir es Karma. Es geht um die negativen Charaktereigenschaften und die Herausforderungen des Schicksals, denen man sich im Leben stellen muss. In Georgs Fall sein angeborener Jähzorn, der alle trifft, die nicht nach seiner Pfeife tanzen. Denk dir noch sein Ego-Problem und sein Sternzeichen hinzu. Skorpion! Wenn's astrologisch dumm läuft, heißt dass: Exzesse, Unüberlegtheit, Sarkasmus und Hang zur Zerstörung mit hohem Suchtpotential.«

»Jetzt komm mir nicht mit Astrologie und Esoterik. Du wirst mir doch nicht ernsthaft sagen wollen, dass Georg böse zur Welt kam und in diesem Leben sein negatives Karma überwinden muss, damit er ins Nirwana kommt. Es gibt genügend Dinge, die einen Menschen im Leben prägen«, versuchte Emma zu widersprechen.

»Sicher, aber es gibt auch Dinge, die den Charakter eines Menschen ausmachen und die nicht erworben sind. Das sagt zumindest Jean-Pierre.« Weiter kam Nora nicht. Sie hatten die Eisdiele erreicht, und der dicke Hugo winkte ihnen vom Tresen aus zu, was Emma aber gar nicht mitbekam.

»Wer ist Jean-Pierre? Einer deiner Lover?«, fragte Emma etwas abfällig.

»Und einer der besten, die ich jemals hatte«, schwärmte sie, nicht ohne ihren Blick vom besten Eis der Welt zu lösen, das vor ihr in der Vitrine lag. »Und er ist Psychiater, der viele dieser ›armen Geschöpfe‹ behandelt. Burn-out, meine Liebe, ist eine Erfindung der Pharmaindustrie für Leute, die sich ihrem Inneren, wo ihre Probleme originär liegen, nicht stellen wollen. Man suggeriert ihnen, dass der Stress daran schuld sei. Dabei ist er nur der Auslöser. Man *macht* sich Stress, und noch viel mehr, wenn man wie Georg ein großer Architekt werden will, ohne für den Beruf ausreichend Talent mitzubringen.«

Auch Emma starrte mittlerweile in die Eisvitrine, aber so abwesend, wie sie wirkte, schien sie nicht gleich eine Bestellung aufgeben zu wollen.

»Erdbeer und Vanille. Iss das, und dir geht es gleich besser.«

Emma nickte nur schlapp und sank kraftlos auf einen der freien Bistrostühle, die Hugo vor seinem Eiscafé aufgestellt hatte.

»Fraise et vanille.«

»Comme d'habitude«, erwiderte Hugo und reichte ihr in Windeseile zwei prall gefüllte Eisbecher. So eingefroren, wie Emma mittlerweile dasaß, hätte sie ihr doch lieber einen heißen Kaffee bestellen sollen. Nora reichte ihr trotzdem das Eis und setzte sich zu ihr, in der Hoffnung, nun endlich in Ruhe Hugos Leckereien genießen zu können.

»Georg hat sich letztes Jahr Beruhigungsmittel aus dem Internet besorgt – rezeptfrei. Das hatte doch bestimmt einen Grund.«

Nora verdrehte nur die Augen. Gut, Emma wollte es nicht anders.

»Es ist doch viel einfacher, sich was einzuwerfen – und wenn alle sagen, dass der Stress die Ursache ist und nicht die dunkle Seite, die man in sich trägt, dann gibt einem das auch noch ein gutes Gefühl. Man hat selbst keine Schuld, sondern es waren immer die anderen. Dabei haben wir alle eine Wahl. Das unterscheidet uns vom Tier. Der freie Wille. Wir sind für unser Handeln verantwortlich. Es ist immer die Psyche, die sich für den Stress entscheidet, nicht die Vernunft. Denk mal drüber nach.«

Wenigstens schien Emma das Eis zu schmecken. Sie lebte wieder etwas auf. »Es stimmt schon«, sagte sie. »Georg hat nie Schuld.«

Super! Emma befand sich wieder in der kognitiven Phase. Das musste Hugos Eis sein.

»Die Kunden sind angeblich debil, weil sie die Genialität seiner Entwürfe nicht verstehen, der Bund ist schuld, dass seine Nerven mitgenommen sind. Ich bin schuld, weil ich nicht an eine bescheuerte Wanderkarte gedacht habe, weil er sich die Finger beim Packen eingeklemmt hat … Ich mag gar nicht mehr daran denken, an was ich noch alles schuld bin.«

Vanille und Erdbeeren schienen Menschen zu erleuchten. Danke, Hugo! Danke, Gott! Emma schien endlich zu kapieren, dass sich ihr Mann im Kern all seine Probleme eingefangen hatte, weil er unter einem zu geringen Selbstwertgefühl litt, das sich offenbar in seiner Kindheit an der Seite einer dominanten Schwester etabliert hatte. Der kleine egomanische Georg wollte im Leben letztlich nichts weiter als »groß« sein, um jeden Preis, und wenn es der Preis seiner Ehe war.

»Vielleicht wäre er all seine Probleme los, wenn er mit seiner Schwester Frieden schließen würde«, mutmaßte Nora.

»Was glaubst du, wie oft ich ihn schon dazu angeregt habe. Doch er hasst sie viel zu sehr.«

Das wunderte Nora nicht. Sein Zorn hatte ihm dabei sicher im Weg gestanden.

»Warum hast du mir das alles nicht schon damals erzählt? Ich dachte immer, dass du ihn einfach nicht mochtest«, sagte Emma.

»Du wolltest es nicht hören«, erwiderte Nora trocken. »Gegenfrage.« Emmas Phase der Erleuchtung musste man nutzen. »Warum hast du das all die Jahre mit dir machen lassen?«

Emma blieb das Eis fast im Halse stecken. Sie zuckte nur hilflos mit den Schultern. In ihr schien es nun ordentlich zu arbeiten, und so, wie Nora ihre Freundin kannte, würde Emma darauf irgendwann die richtige Antwort finden.

Eigentlich hatte Lilly die Vorlesung über das föderalistische System der Vereinigten Staaten zugunsten des Bootsausflugs sausenlassen wollen. Nun gab es einen anderen, viel wichtigeren Grund. Die Ehe ihrer Eltern stand auf dem Spiel, und das ernste Wort mit ihrem Vater war überfällig. Gespräche dieser Art mit dem eigenen Vater zu führen, wenn dem Straßencafé, in das sie ihr Vater eingeladen hatte, ein Clown seine Späßchen mit vorbeischlendernden Touristinnen trieb, war aber gar nicht so einfach. Einer Passantin lief der Clown wie ein hechelnder Hund hinterher und blies ihr schließlich mit einer Presslufttröte unter den Rock, der sich wie bei Marylin Monroe zur Belustigung aller Anwesenden hob. Gekreische und Gelächter. Ihr Vater fand das offenbar auch komisch. Lief er dieser Irina nicht genauso hinterher? Als ob er in ihrer Mimik ihre Gedanken gelesen hätte, versuchte er sofort, sich zu rechtfertigen, was schon wieder äußerst verdächtig war und sie hellhörig werden ließ.

»Irina vertritt unsere russischen Geschäftspartner«, sagte er in ruhigem Tonfall.

Na und? Das eine hatte doch mit dem anderen nichts zu

tun. »Ich hab doch gesehen, wie du sie beim Taxistand angesehen hast.«

»Du spionierst mir also nach?«

Ihrem Vater wurde der Verlauf dieser Konversation nun sichtlich unangenehm. Er versteckte sich regelrecht hinter seinem Eiskaffee und spielte nervös mit dem Strohhalm und der daran angebrachten Glitzerpalme.

»Sie ist eine hübsche Frau und erwartet Komplimente.«

»Ach, alles nur geschäftlich? Willst du dich bei deinen Kunden einschleimen, oder was?«

Für wie blöd hielt er sie eigentlich? Aus dem Alter für Märchenstunden war sie ja nun schon eine Weile heraus.

»Ich kann mich halt prima mit ihr austauschen, verstehst du? Das hat doch nichts mit ihrem Aussehen zu tun. Und nur, weil ich mich mit einer Frau gerne unterhalte, heißt das noch lange nicht, dass ich wahllos in der Gegend herumflirte.«

Oh, auf einmal redete Papa Klartext. Mit einer Märchenstunde hatte dies nun wirklich nichts mehr zu tun.

»Austauschen? Das kannst du doch auch mit Mama oder mit mir«, wandte sie ein.

Anstatt den Mund aufzumachen und ihr zu antworten, versenkte er darin lieber wieder den Strohhalm, an dem er offenbar versuchte, Halt zu finden.

»Papa! So wie du sie angehimmelt hast, sah das aber nach etwas anderem als nur nach einem Austausch aus.«

»Du redest schon wie deine Mutter.«

Hoffentlich fing er jetzt nicht an, über Mama herzuziehen.

»Wie redet Mama denn?«

»Sie kann sich auch in alles Mögliche hineinsteigern. Vermutlich hast du das von ihr.«

Die Lässigkeit, mit der er dies sagte, verletzte sie. Seine Bemerkung konnte aber auch darauf hindeuten, dass er ihre Vorwürfe nur deshalb für absurd hielt, weil mit der Russin tatsächlich nichts lief. Außerdem stimmte es, dass Mama dazu neigte, sofort alles schwarzzusehen. Vielleicht täuschte sich ihre Mutter – und sie sich auch. Sie würde ihren Vater offen und ehrlich nach dem Stand der Dinge fragen. Zumindest war sie mit Offenheit bei ihm bisher immer sehr weit gekommen.

»Sag mal ehrlich. Liebst du Mama noch?«

Stille. Warum kam nicht ein einfaches »Ja«, und zwar ohne zu zögern? Gut, es war eine besondere Situation, und würde Papa überhaupt mit ihr über seine Ehe reden wollen?

»Manchmal sogar sehr«, erwiderte er mit einer absolut glaubwürdigen Ernsthaftigkeit. Lilly fiel ein Stein vom Herzen, und dies machte ihr erneut klar, wie sehr sie eine Trennung ihrer Eltern belasten würde.

»Sie geht mir halt manchmal auf die Nerven. Das ist alles.«

War ihr Mama nicht auch schon auf die Nerven gegangen? Auf ihrer Fahrt von der Klinik nach Hause zum Beispiel? Außerdem würde ihr Vater sie doch niemals belügen. Papa liebte Mama. Mehr wollte Lilly nicht hören, wenngleich ihr das »manchmal« schon etwas komisch aufstieß.

»Mach dir nicht zu viele Gedanken, okay?«, versuchte ihr Vater, sie aufzuheitern.

Lilly nickte tapfer, in der Hoffnung, dass zwischen den beiden bald alles wieder in Ordnung sein würde.

Ihre Freundin musste sich wie ein gerupftes Huhn fühlen. Nackt und ohne schützendes Gefieder stand Emma in ihrem Atelier und betrachtete wortlos die Bilder aus den letzten Jahren. Klar, es war schon ein ziemlich unangenehmes

Gefühl, wenn man reinen Wein eingeschenkt bekam. Nora bereute trotzdem kein Wort von dem, was sie Emma gesagt hatte. Dinge zu beschönigen war noch nie ihre Stärke gewesen, und was Georg betraf, hatte er auch keine schönen Worte verdient.

Emma wirkte trotz alledem auch ein wenig erleichtert, sich den Beziehungsfrust von der Seele geredet zu haben. Die Mauser hatte sie nun hinter sich, und Gefieder konnte schließlich nachwachsen. Warum nur hatte sich Emma damals auf ihn eingelassen? Als Flirt, ja, für eine Nacht, ja … Aber warum um alles in der Welt musste sie Georg gleich heiraten und damit ihre gemeinsamen Pläne zerstören? Was hatten sie sich nicht alles vorgenommen! Gemeinsam um die Welt zu reisen und irgendwann einen Laden aufzumachen. Mit Importwaren aus Südostasien oder sonst irgendetwas. Georg hatte Emma damals aus Noras Leben gerissen. Von heute auf morgen. Ihre Emma.

Schwamm drüber! Es war sowieso höchste Zeit, endlich über andere Dinge zu sprechen. So viel war passiert, und sie hatten ausgerechnet über Georg gequatscht, eine jämmerliche Kreatur, die es im Grunde genommen nicht wert war, dass man sich mit ihr beschäftigte. Emmas Interesse für ihre Arbeit war schon mal ein guter Anfang.

»Hast du noch das Bild vom Mont St. Michel?«, fragte Emma.

Die anderen Arbeiten, die sie gesehen hatte, schienen sie kaum zu interessieren.

»Erinnerst du dich noch? Unser Ausflug?«, fragte Emma.

Und ob sie sich daran erinnerte. Sie hatten sich den Wagen ihres Bruders geliehen und drei Tage blaugemacht, um die Normandie zu erkunden. Das Gemälde musste in einer der Holzkisten sein. Nora machte sich sofort auf die Suche.

»Es war herrlich«, schwärmte Emma. »Die wilde Landschaft ... Ich hab heute noch den Duft der Kräuter und der Gräser in der Nase.«

Erst jetzt erinnerte sich Nora daran, dass Emmas Geruchssinn mit dem eines Polizeihundes vergleichbar war. Oft genug hatte sie sich darüber lustig gemacht.

»Weißt du noch, unser Kühlschrank-Spiel?« Nora war gespannt, ob Emma sich daran noch erinnern konnte.

»Die Nummer mit den verschiedenen Aprikosensorten war aber echt fies«, antwortete Emma amüsiert.

Nun musste Nora lachen. Sie hatte sich oft einen Spaß daraus gemacht, Emma riechen zu lassen, was sie gerade schälte oder welche Käsesorte sie eingekauft hatte. Nur bei den Aprikosen war sie gescheitert. Da roch eine Sorte wie die andere, fühlte sich aber nicht gleich an. Eine Aprikosenart hatte eine samtweiche, flauschige Haut, eine andere war glatt, eine dritte fühlte sich so rau an wie ein Tennisball, so dass Emma annehmen musste, dass es sich um verschiedene Obstsorten handelte aber am Ende waren alles Aprikosen gewesen.

Nora gestand sich ein, dass sie selbst wahrscheinlich noch nicht einmal den Geruch einer Aprikose von dem einer Orange unterscheiden könnte, auch dann nicht, wenn man sie ihr direkt in die Nase steckte. Vielleicht lag dies aber auch daran, dass sie seit Jahren täglich Farbe inhalierte.

Da war es schließlich, das Gemälde, nach dem sie gesucht hatte, der Mont St. Michel in Öl.

»Ich frag mich heute noch, wie das geht. Ein paar Skizzen auf einem Block, und dann wird so etwas Großartiges daraus.« Emma nahm das Gemälde an sich und versank in Erinnerungen. »Wie fotografiert«, schwärmte sie.

Schlecht war es nicht, überlegte Nora. Einen ganzen Tag

hatten sie dort zugebracht, um die sagenumwobene Flut zu sehen, die in nur wenigen Minuten das ganze Wattenmeer am Fuße dieses kleinen in den Atlantik ragenden Berges umspülte.

»Hast du es jemals ausgestellt?«

»So was kauft doch keiner. Billiger Realismus. Das kann jeder«, erklärte sie. »Reines Handwerk. Was wirklich gut geht, sind die abstrakten Sachen und die Akte«, fuhr sie fort.

Was die Akte betraf, war sich Nora sicher, dass Emma über sie hinwegsehen würde. Sie schien eher zu einem »Schöner-wohnen-Typ« geworden zu sein, jemand, der Kunstwerke nach der Farbe der Couchbezüge auswählte. Auch optisch hatte sie sich deutlich verändert. Aus ihr war eine richtige Geschäftsfrau geworden. Etwas bieder, auch ihr Haar. Arriviert eben. Was musste sie von ihr denken? Am Ende sah sie in ihr eine gescheiterte Existenz, die es nicht zum eigenen Haus in Bestlage gebracht hatte.

»Was ist das?«, fragte Emma und deutete auf eines ihrer letzten abstrakten Werke. »Sieht irgendwie aus wie ein Hund, der auf dem Kopf steht und mit den Beinen wackelt«, amüsierte sie sich.

Machte Emma sich jetzt etwa über ihre Arbeit lustig? »Was fühlst du bei diesem Bild?«, fragte Nora und blickte ihr dabei in die Augen.

Ihre Freundin machte zunächst einen ziemlich ratlosen Eindruck und überlegte angestrengt. »Es wirkt bedrückend. Zu viel Bewegung, und irgendetwas hindert das Objekt in der Mitte zu atmen.«

Nora war beeindruckt. Emma hatte tatsächlich den Kern ihres Bildes erkannt, das eine aus dem Ruder geratene Welt zeigte, in der sich der Einzelne unsichtbare Schranken aus Moralimperativen einer korrupten Gesellschaft auferlegte.

Immerhin stimmte die Richtung. Ihre Intuition und eine gewisse Sinnlichkeit hatte ihre Freundin anscheinend in all den Ehejahren nicht verloren.

»Nein! Ich geb's ja zu. Das war der Hund von Chloé«, sagte Nora schließlich.

Emma prustete drauflos, genau wie früher.

»Wie viel hat Madeleine deiner Tochter eigentlich für dein Porträt abgeknöpft?«, wollte sie von Emma wissen.

»Ich hab Lilly nicht danach gefragt.«

»Mir hat sie fünfzig gegeben. Bestimmt eine satte Gewinnspanne.«

»Wieso hast du es überhaupt verkauft?« Emmas Stimme klang traurig, aber auch vorwurfsvoll. Kaum vorstellbar, so eine wertvolle Erinnerung an ihre einst beste Freundin wegzugeben.

»Ich dachte, wir sehen uns nie wieder und ... Ich hab viele meiner frühen Werke verkauft«, sagte sie nachdenklich.

Emma nickte nur, wirkte aber immer noch ein wenig gekränkt.

»Ich brauchte Geld. Was sollte ich denn sonst machen, als an Bildern zu verkaufen, was nur irgendwie geht?«

»Schon gut. Ich bin froh, dass du es verkauft hast, sonst wären wir uns wahrscheinlich nie wieder begegnet«, lenkte Emma ein. Ihre Traurigkeit schien sie inzwischen abgeschüttelt zu haben.

Das Thema war offenbar vom Tisch, denn Emma begann gerade, sich Noras Aktgemälde genauer anzusehen.

»Dieser Mann ist sehr attraktiv.«

»Jean-Pierre«, erwiderte Nora trocken.

»Der Jean-Pierre?«

Nora nickte. Vermutlich stellte sich Emma gerade vor, wie er wohl im Bett war.

»Den Genitalbereich hast du ja ziemlich gut getroffen.«

Nora lachte schallend los. Emma sprach vom »Genitalbereich«. War aus ihr etwa ein verklemmtes Kind von Traurigkeit geworden? Mein Gott! Was hatte Georg nur aus ihr gemacht?

»Schwanz, meine Liebe! Er hat einen Riesenschwanz und weiß verdammt gut damit umzugehen.«

Täuschte sie sich, oder empfand Emma ihre direkte Sprache als zu anzüglich? Passte das nicht mehr in ihre »feine Welt«? Inwieweit sie wirklich nicht mehr die Emma war, mit der sie damals durch dick und dünn gegangen war und jedes noch so intime Detail über Männer mit ihr diskutiert hatte, musste sie unbedingt herausfinden.

»Jetzt schau nicht so schockiert. Früher hast du das Wort doch auch in den Mund genommen, und nicht nur das Wort, wenn ich dich daran erinnern darf.«

Mehr als einer kurzen Schrecksekunde bedurfte es nicht, um Emma nun endlich ein befreites Lächeln zu entlocken.

»Ja, du hast recht. Er hat einen wirklich schönen Schwanz!« Emmas Wortwahl klang zwar ein wenig aufgesetzt, fast wie bei einem Casting und als ob sie sich erst wieder daran gewöhnen müsste, kein Blatt vor den Mund nehmen zu müssen. Dennoch, vom Grundsatz her war sie wieder die Emma, mit der sie befreit über jeden Mist lachen konnte. Lachen hält jung, und so, wie Emma jetzt kicherte, hatte sie sich dank Jean-Pierres expressionistischer »Genitalien« schlagartig um mindestens fünf Jahre verjüngt.

94

Kapitel 5

Nach dem Gespräch mit ihrem Vater war Lilly ganz und gar nicht mehr nach Uni zumute. Die Vorlesung hatte sie sowieso schon verpasst, und sich in die nachfolgende Übung zu setzen würde noch mehr auffallen, als »krankheitsbedingt« gar nicht erst da gewesen zu sein. Außerdem musste man in den kleinen Übungsgruppen auch noch aktiv mitarbeiten. Ihr Professor kannte da keine Gnade. Angesichts des aktuellen elterlichen Debakels wollte sie sich ungern noch eine akademische Blamage einhandeln. Am liebsten hätte sie jetzt gleich mit ihrer Mutter gesprochen, doch die war ja mit ihrer ominösen Jugendfreundin beschäftigt. Also doch Uni, aber nicht, weil sie der Unterrichtsstoff so unbändig interessierte, sondern weil sie hoffte, auf dem Campus David zu treffen. Seine Vorlesung, die er zweimal pro Woche nachmittags hielt, war sehr beliebt, und zwar interdisziplinär und überwiegend bei Studentinnen. Er sah ja auch umwerfend aus. Plötzlich interessierten sich alle für den Anbau von Lavendel. David wurde zum Hahn im Korb und erfreute sich sicher an den immer luftiger gekleideten Studentinnen. Dass er sich dabei konzentrieren konnte, grenzte an ein Wunder. Erstaunlich war auch, dass sie sich so schnell angefreundet hatten. Wieder

einmal auf einer Party. Die »Konkurrenz« observierte sie
daher immer, wenn sie auf dem Unigelände in seiner Nähe
war, auch jetzt, als sie auf den Steintreppen saß und auf ihn
wartete. Ihre Kommilitoninnen, die an ihr vorbeigingen
und tuschelten, fragten sich bestimmt, ob sie mit ihm verabredet war. Sie blieben am Eingang stehen, um abzuwar-
ten und zu sehen, was David machen würde. Klar, dass sie
erst einmal versuchten, ihn in Beschlag zu nehmen, als er
das Gebäude verließ. David sah in seinen ausgewaschenen
Jeans und dem fast bis zum Bauchnabel aufgeknöpften
Hemd, das nicht nur seine Bräune, sondern auch seinen
muskulösen Oberkörper zur Geltung brachte, einfach umwerfend aus. Kaum hatte er Lilly entdeckt, strahlte er sie an,
verabschiedete sich freundlich, aber bestimmt von den anderen und ging zügig auf sie zu. Nun hatte die Meute Gewissheit. Und wie sie schon wieder die Köpfe zusammen-
steckten. Das Dumme war nur, dass Lilly selbst keinerlei
»Gewissheit« hatte. Zwar hatten sie an jenem lauen Som-
merabend auf der Party heftig geflirtet, David hatte mit ihr
getanzt und sich lange mit ihr unterhalten, aber seither war
nicht viel passiert. Lilly lag es nicht, Männer anzubaggern.
Sie wollte erobert werden. Sein Lächeln war schon mal ein
Schritt in die richtige Richtung.

»Salut, Lilly«, begrüßte er sie. »Wie geht's? Wolltest du
nicht heute mit deinen Eltern zum Segeln?«

»Ist was dazwischengekommen.«

Die Art, wie David einem völlig ungezwungen in die Augen sah, die Ruhe, die er dabei ausstrahlte, konnten einen
richtig verunsichern. Dazu noch dieses charmante Lächeln,
seine Grübchen. Zum Verlieben.

»Denk ich mir. Du warst ja gestern ganz schön fertig.«

»Meine Eltern haben Knatsch, und zwar ordentlich.«

»Oh, das tut mir leid«, erwiderte David ziemlich überrascht.

»Übrigens, danke, dass du dich gestern so *nett* um meine Mutter gekümmert hast«, sagte Lilly ironisch.

Das musste jetzt raus. Erstaunlich, dass er ihr den Vorwurf nicht einmal übelnahm. Er schmunzelte sozusagen darüber hinweg.

»Na ja, ich kenne Mama. Die zieht einem immer gleich alles aus der Nase«, lenkte sie ein.

»Sie hat sich Sorgen gemacht und … ich weiß nicht … Ich hatte das Gefühl, dass sie dir nicht den Kopf abreißen wird – oder etwa doch? Haben deine Eltern wegen gestern Streit?«

Immer noch wurden sie von einigen Studentinnen beobachtet. David folgte ihrem Blick und konnte wohl ihre Gedanken lesen.

»Lass uns woanders hingehen«, sagte er.

Seine einfühlsame Art beeindruckte sie immer wieder. Sie passte einfach nicht zu so einem männlichen Typen, den sie bei ihrer ersten Begegnung vor zwei Monaten für einen mediterranen Macho gehalten hatte. Aber mit David konnte sie über alles reden. Auch wenn ihn die Ehe ihrer Eltern nichts anging, hatte sie sonst ja niemanden, dem sie sich anvertrauen konnte.

»Mein Vater ist von meiner Mutter total angenervt. Er sagt zwar, dass er sie liebt, aber ich hab ihn dabei erwischt, wie er einer jüngeren Frau schöne Augen gemacht hat. Es sah zumindest danach aus.«

»Das versteh ich nicht. Er hat doch eine tolle Frau.«

»Du findest meine Mutter toll?«, fragte sie überrascht.

Die Art und Weise, wie David stutzte, machte Lilly klar, dass er über das, was ihm eben so lapidar herausgerutscht war, erst noch einmal nachdenken musste. Dementsprechend ließ er sich etwas Zeit, bevor er darauf antwortete.

»Sie ist attraktiv«, sagte er schließlich.

»Für ihr Alter ganz passabel«, schränkte Lilly sogleich ein.

»Nein. Sie ist eine hübsche Frau. Außerdem ist deine Mutter fürsorglich und auch sehr charmant, sofern ich das nach unserer kurzen Begegnung beurteilen kann.«

»Und warum flippt Papa dann immer wieder in ihrer Gegenwart aus?«

»Wer weiß. Vielleicht glaubt dein Vater, irgendetwas beweisen zu müssen. Die Nummer: Wer hat die Hosen an.«

»Sind Männer immer so?«

Nun musste David herzhaft lachen.

Machte er sich etwa über sie lustig?

»So wie es aussieht, hat er jetzt auch noch eine Affäre.«

»Also, mein Vater war meiner Mutter immer treu, und die beiden haben so gut wie nie gestritten.«

Lilly nickte beeindruckt.

»Soviel ich weiß«, fügte David dann doch noch mit Schalk in den Augen hinzu. »Und was denkst du, wie das bei deinen Eltern ist?«, fragte er.

»So rein verstandesmäßig glaube ich schon, dass Papa nicht so blöd sein wird, alles hinzuschmeißen, aber er hat sich in den letzten Jahren ziemlich verändert.«

»Er wird älter.«

»Ist das etwa eine Entschuldigung? So die Psychomasche? Der Arme muss sich noch mal mit einer jüngeren Frau beweisen?«

»Kann schon sein, aber letztlich geht es im Leben doch immer nur um Entscheidungen. Man ist für sein Handeln verantwortlich, Psyche hin oder her.«

Wow. Auf den Punkt. Das war genau ihre Meinung. Spätestens jetzt machte sich Lilly vollends klar, dass David nicht dem Klischee eines Lavendelbauern entsprach. Er hatte einiges drauf, doch was im Moment wirklich zählte, war ihr gemeinsamer Spaziergang auf dem Campus und die Tatsache, dass er ihr völlig ungezwungen die Hand reichte.

»Komm, ich lad dich zu einem Eis ein. Das muntert dich sicher wieder auf.«

Der Colline du Château mit seiner herrlichen Parkanlage, in der es intensiv nach Pinien roch, vor allem abends, wenn die Hitze des Tages ins Meer gewichen war, hatte sich seit Emmas letztem Besuch kaum verändert. Das Schloss gab es schon seit dreihundert Jahren nicht mehr, was dem Zahn der Zeit und dem salzhaltigen Klima geschuldet war, dem kein altes Gemäuer am Meer über die Jahre standhalten konnte. Abgesehen von ein paar Säulen und Skulpturen waren davon nur noch ein paar Steine übrig, anhand derer man den Grundriss und die Größe des Schlosses erahnen konnte. Wie oft hatten sie hier mit einer Flasche Wein, Baguette und Käse bewaffnet einen stressigen Unitag ausklingen lassen. Von dort aus hatte man einen herrlichen Blick über ganz Nizza, auf die gesamte Strandpromenade, die Promenade des Anglais. Nora hatte darauf bestanden, die steile Treppe zu nehmen, dabei hätte es doch auch einen Lift gegeben, der bequem von der Uferpromenade zu erreichen war. Nora war offenkundig fit wie ein Turnschuh. Emma wünschte, in den letzten Jahren etwas mehr Sport getrieben zu haben. Gelegentlich mit einem kleinen Schlauchboot auf einem der bayerischen Seen herumzupaddeln eignete sich zwar hervorragend zum Abbau von Stress, nicht aber zum Aufbau einer soliden Kondition. Und selbst dazu war sie in den letzten Jahren kaum mehr gekommen. Dabei war sie es doch immer gewesen, die früher allen davongerannt war. An Konversation war bei anhaltender Schnappatmung schon nach wenigen Stufen nicht mehr zu denken. Ohne Noras Durchhalteparolen und mehrere Pausen hätte sie es nicht nach oben geschafft.

»Da vorn ist unser Platz.« Nora deutete auf eine Wiese, die von Nadelbäumen gesäumt war.

Genau dort hatten sie immer mit ihrer alten Clique gesessen. Was war nur aus allen geworden? Nun, Georg war jetzt ihr Mann. Hier hatte sie sich bei einem schnulzigen Sonnenuntergang in ihn verliebt, in Georg, den quirlig witzigen Kerl, der sie unentwegt zum Lachen gebracht und ziemlich beeindruckt hatte. Er war reifer gewesen als die Männer, die sie vor ihm kennengelernt hatte, anständiger, wollte etwas aus seinem Leben machen. Während sie nur für ein Jahr hier gewesen war, hatte er schon in Frankreich gearbeitet und Architektur studiert. Auch sein einjähriger Aufenthalt in Chicago, wo er die Altmeister der urbanen Architektur studierte, hatte sie sehr beeindruckt. Vorbei! Passé! Emma zwang sich dazu, die Gedanken an Georg abzuschütteln, und fragte sich, was aus den anderen geworden war.

»Hast du eigentlich noch Kontakt zu Sophie und Nathalie?«

Nora schüttelte den Kopf. »Nathalie hab ich zuletzt vor fünf Jahren gesehen. Sie arbeitet als Anwältin in Paris. Sophie ist Hausfrau und Mutter.«

»Und Arnaud?« Nach und nach hatte sie wieder all die Gesichter vor Augen.

»Lebt jetzt in Lyon und arbeitet im Stadtrat.«

»Dominique?«

»In Asien verschollen. Ich weiß von Nathalie, dass er für eine französische Firma in Vietnam tätig war.«

»Ach ja, und Paul? Ihr seht euch doch bestimmt oft, oder?« Emma war sich sicher, dass die Geschwister in regelmäßigem Kontakt standen, so gut, wie sie sich früher verstanden hatten.

»Paul arbeitet für ein Weinkontor. Er besucht mich immer, wenn er in der Gegend ist.« Apropos Wein. Es wurde Zeit für das Picknick. Emma breitete eine von Noras Decken aus. Nora öffnete die Flasche und schenkte den Wein in zwei Pappbecher – wie ein altes eingespieltes Ritual. Nebeneinander auf der Wiese im Schatten eines Baums zu liegen war einfach herrlich. Emma schloss die Augen. Erstaunlich, wie doch der Duft der Nadelbäume jenes Gefühl von damals zum Leben erwecken konnte.

»Was ist eigentlich zwischen dir und Paul seinerzeit schiefgelaufen?«

Noras Frage riss Emma schlagartig aus dem süßen Strom der Nostalgie. Was meinte sie damit? Paul war immer mit dabei gewesen. Ein Freund. Bei genauerer Betrachtung sogar ein guter Freund, aber mehr war da nicht. Oder etwa doch?

»Sag bloß, du hast damals nicht mitbekommen, wie sehr er in dich verknallt war?«

»Paul?« Emma fiel es schwer zu glauben, was sie da hörte. »Willst du mich auf den Arm nehmen?«

»Nein, meine Liebe.« Nora meinte es tatsächlich ernst.

»Aber es gab doch nicht die geringsten Anzeichen …«, wandte Emma ein.

»Du hast sie halt nicht gesehen. Oder nicht sehen wollen. Außerdem, nachdem Georg wieder aus den USA zurück war, hattest du sowieso nur noch Augen für ihn.«

Allerdings! Georg, der kleine Wirbelwind, hatte ihre Clique ganz schön durcheinandergebracht.

»Ein richtiger Aufschneider und Vollmacho«, schob Nora noch nach.

»Quatsch! Sei ehrlich. Es hat dich damals auch beeindruckt, dass er sich einen Sportwagen erarbeitet hat, als Student. Seine vielen Jobs … die großen Pläne … Er hat von Anfang an hier studiert, als Deutscher in Frankreich. Das schafft nicht jeder.« Emma ertappte sich dabei, etwas ins Schwärmen zu geraten.

»Dich hat das, glaube ich, etwas mehr beeindruckt«, sagte Nora trocken. »Und von seiner Schwester weiß ich, dass ihm die deutsche Uni schlicht und ergreifend zu langweilig war. Nizza musste es sein. ›Savoir vivre.‹ Außerdem, wenn seine Schwester im Ausland studierte … Was blieb ihm da anderes übrig, als nachzuziehen?«

Wahrscheinlich stimmte das, aber es war trotzdem eine schöne Zeit mit ihm gewesen. »Ich fand's toll, mit ihm im Cabrio die Croisette in Cannes entlangzufahren. Ich weiß sogar noch, was wir damals gehört haben. ›Foreign Affair‹ von Mike Oldfield, einer von Georgs Lieblingssongs. Verrückt, dass man sich an solche Momente erinnert, als seien sie erst gestern passiert. Georg hat mir damals gefallen. Es hat einfach alles gepasst.«

»Gepasst?«, fragte Nora erstaunt.

»Ich war glücklich«, erwiderte Emma guten Gewissens.

»Für kurze Zeit. Weißt du, unter ›passen‹ verstehe ich bei einer Partnerschaft etwas anderes.«

»Es war nicht nur Verliebtsein. Wir hatten gemeinsame Interessen, hörten die gleiche Musik, mochten die gleichen Clubs«, erinnerte Emma sich.

»›Passen‹ ist für mich nicht nur eine Momentaufnahme.

Es ›passt‹, wenn zwei Seelen sich gefunden haben, die zueinander gehören, wenn man gemeinsam wächst, Probleme meistert. Es ›passt‹, wenn beide die Fähigkeit haben, alle Stürme des Lebens gemeinsam durchzustehen.«

Noras Theorie leuchtete Emma ein, aber wie konnte man sich sicher sein, den Passenden an der Angel zu haben? Bei Georg hatte es sich vor Jahren jedenfalls so angefühlt.

»Ich hätte damals geschworen, dass es so ist, aber selbst wenn es nie ›gepasst‹ hat – ohne ihn gäbe es Lilly nicht. Aber du hast wahrscheinlich recht, die letzten Jahre …« Emma bemerkte, dass sie daran eigentlich nicht mehr denken wollte, und blickte lieber auf die vor ihr liegende Parkanlage, auf die verliebten jungen Pärchen, die sich eng umschlungen auf der Wiese rekelten, auf Väter, die mit ihren Kindern herumtollten, auf Passanten, die mit ihren Hunden unterwegs waren. Zumindest dieses Bild einer belebten Parklandschaft hatte sich im Gegensatz zu ihrem Leben nicht verändert.

»Ich weiß nicht, warum mit ihm plötzlich alles anders war. Ich wollte eine Familie, Kinder … Er wollte das damals doch auch, ein normales Leben, zumindest hat er diesen Eindruck erweckt«, sagte Emma und spürte eine immer stärker werdende Tristesse, die sich in ihr Herz schlich. Zugleich erinnerte sie sich, dass Georg sie gerade deshalb so fasziniert hatte, weil er eben nicht »normal« war, weil er sich um nichts scherte. Irgendwie erschien er ihr so lebendig. Aber war seine Welt wirklich so lebendig gewesen? Gut, sie hatte an seiner Seite die exotische Partyszene Nizzas erlebt und genossen, mit seinen Freunden, allesamt Paradiesvögel. Sie hatte eine ganz andere Welt erkundet als ihre, die so behütet und geordnet gewesen war, oder redete sie sich das jetzt nur ein? Nora hatte ihr ja heute klargemacht, warum Georg mit so schrägen Typen herumgegangen hatte, um der »Einäugige unter den Blinden« zu sein, doch vielleicht hatten sie seine Freunde damals, wenngleich aus einem anderen Grund, ja auch magisch angezogen. Wenn man wie sie zeit seines Lebens, von der Schulzeit bis zur Uni, immer nur »normale« und »anständige« Freunde hatte, dann fand man den Rand der Gesellschaft schillernder und attraktiver, als er in Wirklichkeit war. Partyvolk zum Spaß-haben, zum Ausgehen – mehr war das doch nicht gewesen. Gute und tiefgründige Gespräche? Fehlanzeige. Es fühlte sich so an, als ob sie in seine Welt regelrecht hineingeschlittert war, ohne es zu merken. Und ihre Welt hatte sie zugunsten seiner Welt aufgegeben. Was würde sie dafür geben, wenn sie ihre »normalen« und »anständigen« Freunde nicht vernachlässigt hätte. Allen voran Nora.

Ihre Freundin musste in ihrem Blick gelesen haben, was gerade in ihr vorging.

»Denk nicht zu viel an die Vergangenheit. Du lebst jetzt«, sagte Nora.

»Ich fühl mich nur grade so, als würde ich überhaupt nicht mehr richtig leben, auf jeden Fall fühl ich mich nicht mehr so lebendig wie früher.«

»Mal Georg außen vor gelassen. Ich hab mich schon immer gefragt, was an einer Ehe so lebendig sein kann«, sagte ihre Freundin und schlug just in jene Kerbe, die Emmas Gedanken hinterlassen hatten.

»Man wird gemeinsam älter, geht nicht so viel aus, aber dafür bekommst du Geborgenheit und Nähe – im Idealfall. Aber was ist mit dir? Hast du dich richtig entschieden?«, fragte Emma. War das Singleleben ihrer Freundin denn um so vieles besser gewesen als ihre Jahre in einer Ehe?

»Ich hab mir die Welt angesehen, bin frei. Ein Mann hätte mich nur belastet«, erwiderte Nora fast rechthaberisch.

»Du hast doch damals genau wie ich vom Traumprinzen geträumt, von Kindern, von einer Familie. Jetzt tu doch nicht so.«

»Hab ich das?«

Nora wirkte nun ungewöhnlich ernst, fast ein wenig in sich gekehrt, wenn auch nur für einen Moment.

»Du und ich, wir hatten auch mal gemeinsame Pläne«, fuhr Nora mit einem merkwürdigen Unterton fort. »Ein kleiner Laden, gemeinsame Reisen …«

Emma nickte, denn daran erinnerte sie sich auch. Nur kommt es im Leben meist doch anders, als man es sich ausgemalt hat.

»Lass uns lieber darauf anstoßen, dass wir uns wiedergefunden haben«, sagte Nora versöhnlich und hob ihren Pappbecher.

»Auf das Schicksal. Und auf uns!«, schlug Nora vor, die nun offenbar wieder in bester Laune war.

Anstoßen mit Pappbechern hatte etwas sehr Studentisches, stellte Emma mit einem wohligen Lächeln fest. Man fühlte sich gleich ein Vierteljahrhundert jünger.

Warum um alles in der Welt war ihre Mutter, die es sich auf der Couch bequem gemacht hatte, auf einmal so gut drauf, fragte sich Lilly, als sie ihr die Packung Studentenfutter reichte. Lag es am Wein, den sie mit ihrer Freundin oben auf dem Burgberg getrunken hatte, oder an ihrem gemeinsamen Nachmittag? Noch vor wenigen Stunden war sie am Boden zerstört gewesen, und jetzt war sie wie ausgewechselt. Vielleicht würde sich ihre gute Laune ja auch positiv auf das Verhältnis zu ihrem Vater auswirken. Doch da hatte sich Lilly zu früh gefreut.

»Ich werde zu Nora ziehen – vorübergehend«, sagte ihre Mutter mit einer unbegreiflichen Leichtigkeit, bevor sie in der Studentenfutterpackung eifrig wie ein Eichhörnchen nach Nüssen wühlte.

Wer weiß. Am Ende hatten die beiden etwas eingeworfen oder gekifft. Höchste Zeit, ihre Mutter daran zu erinnern, dass eine Aussprache mit ihrem Vater überfällig war. »Ich finde, du solltest mit Papa reden. Du kannst doch nicht einfach ausziehen, noch dazu zu dieser Nora«, sagte sie.

»Ich habe aber keine Lust, mit ihm zu reden. Heute auf keinen Fall«, erwiderte ihre Mutter mit vollem Mund.

Vielleicht änderte sie ihre Meinung, wenn sie von ihrem Treffen mit Papa berichtete. Einige Details müsste sie dabei aber geflissentlich auslassen. Sie konnte ihr ja schlecht von seinen anhimmelnden Blicken auf die Russin erzählen. Wahrscheinlich würde ihre Mutter in ihrem jetzigen Zustand dann sofort die Scheidung einreichen.

»Papa sagt, dass er dich immer noch liebt«, hob sie an. Auch hier war es klüger, Papas Zusatz »manchmal« auszulassen.

Die hektische Knabberei fand ein jähes Ende. »Hast du mit ihm telefoniert?«, fragte ihre Mutter.

»Nein. Ich hab ihn im Hotel getroffen.«

»Und, was hat er noch gesagt?«

Jetzt nur kein falsches Wort. Dass sie ihren Gatten gelegentlich nervte, durfte jetzt nicht auf den Tisch. Es war wohl besser, das Gespräch mit Papa etwas zu beschönigen.

»Dass er sehr gestresst ist und ihm deshalb die Nerven manchmal durchgehen.«

»Das sagt er doch immer, wenn er Mist baut«, erwiderte

ihre Mutter erstaunlich lapidar, bevor sie wieder anfing zu knabbern. Eine ganze Handvoll Nüsse wanderte in ihren Mund, und ihre Kaubewegungen wurden immer hektischer.

»Mama. Ihr habt euch doch bis jetzt immer wieder versöhnt.«

Wieder nur ein Nicken. Die Fröhlichkeit des Nachmittags war nun endgültig verflogen, die Kaugeschwindigkeit ihrer Mutter nahm sogar noch zu, bis sie sich abrupt aufsetzte und die Tüte zur Seite legte.

»Wenn ich mir Noras Leben anschaue, weiß ich selbst nicht mehr, was richtig ist. Sie ist glücklich, obwohl sie niemanden hat. Ein glücklicher Single. Sie lebt in den Tag hinein. Ich hab sie heute Nachmittag für einen Moment richtig beneidet.«

»Für einen Moment?«, hakte Lilly nach.

»Dein Vater und ich – wir haben uns gemeinsam etwas aufgebaut … nur, was hab ich jetzt davon?«

»Zum Beispiel eine Familie«, beschwichtigte Lilly, wusste dabei aber genau, dass sie dieses Argument nur aus dem Ärmel zog, weil ihr gerade nichts Besseres einfiel. Dass ihre Mutter im Moment in ihrer Ehe nicht glücklich war, ließ sich schließlich nicht leugnen.

»Ich habe einfach nicht mehr das Gefühl, dass er mich liebt, selbst wenn er das jetzt sagt«, diagnostizierte ihre Mutter traurig.

Die Situation schien noch ernster zu sein als gedacht. Jetzt musste Klarheit her, nämlich die Gretchenfrage, die sie auch ihrem Vater gestellt hatte.

»Und du, liebst du ihn denn noch?«

»Lilly, er ist mein Mann, und ich hab mich vor Jahren für ihn entschieden«, kam es wie auf Knopfdruck.

»Du hast meine Frage nicht beantwortet.«

»Lilly, was ist schon Liebe? Meinst du die Schmetterlinge im Bauch? Die sind nach spätestens zwei Jahren, wenn nicht schon früher, sowieso perdu. Der Alltag, die Arbeit ... Das sind richtige Schmetterlingskiller, aber dein Vater und ich, wir sind zusammengewachsen. Vielleicht gewöhnt man sich aber auch nur an die Situation und fängt an, sie zu akzeptieren, weil man nichts anderes mehr kennt.«

»Ist das für dich Liebe?« Lilly war entsetzt. Das klang furchtbar desillusionierend.

»Vermutlich ist es das.«

»Schöne Aussichten. Am besten, ich bleibe auch Single wie Nora.«

»Ich wollte damit eigentlich nur sagen, dass man immer wertvoller füreinander wird, je länger man zusammen ist. Man kennt sich gut, kann auf den anderen eingehen. So wie ein Mehrwert, der sich aus den gemeinsamen Jahren ergibt. Das kann man nicht so einfach wegschmeißen oder von heute auf morgen ersetzen.«

»Klingt total vernünftig«, schlussfolgerte Lilly und überlegte, dass an dieser Theorie bestimmt etwas dran sein musste, auch wenn »Mehrwert« irgendwie nach einem Marketingkonzept und nicht nach Liebe klang.

»Das ist es ja, was mich aufregt. Vernunft! Nur, was nützt mir die Vernunft, wenn Papa von Jahr zu Jahr immer unerträglicher wird?«

Ausgerechnet jetzt klingelte das Telefon. Wann hatte man schon einmal die Gelegenheit, sich mit der eigenen Mutter über Beziehungskram zu unterhalten? Lilly griff nach ihrem Handy und sah auf die Nummer.

»Papa«, sagte sie.

Mama schüttelte demonstrativ den Kopf.

»Darf ich rangehen?«

»Natürlich. Aber ich bin nicht da!«

Wie im Kindergarten. Jetzt durfte sie auch noch die Vermittlerin spielen.

»Papa?«

»Ist Mama bei dir?«, wollte er sofort wissen.

»Nein.« Lilly hasste es zu lügen, aber wenigstens hatte sie den Segen ihrer Mutter.

»Aber unser Wagen steht doch vor deiner Tür«, sagte er.

Ihre Mutter, die seine Stimme durch die Freisprecheinrichtung hören konnte, erfasste ebenfalls sofort die Situation.

»Ich glaube, sie ist bei einer alten Studienfreundin.«

»Ich muss nur noch das Taxi bezahlen. Kann ich nach oben kommen?«

Nein, natürlich nicht. Jetzt musste schnell eine schlüssige Ausrede her.

»Ich lieg grad in der Wanne.«

Nach einer kurzen Pause drang das Geräusch einer knallenden Autotür aus dem Lautsprecher ihres Telefons.

»Lilly, ich nehme den Wagen mit. Hab morgen früh ein paar Termine außerhalb. Falls Mama sich bei dir meldet, sag ihr bitte, dass sie morgen um drei mit zur Grundstücksbesichtigung kommen soll. Es ist immerhin auch ihre Firma. Ich schick dir nachher eine Mail mit der Adresse.«

»Warum rufst du sie nicht selber an?«

»Weil ich euch nicht stören möchte. Genieß dein *Bad*! Ich fahr jetzt.«

Klick! Lilly wurde schlagartig heiß und auch noch schlecht. Ihr Vater hatte sie gerade bei einer Lüge erwischt, und was noch viel schlimmer war, er musste nun annehmen, dass sie sich auf die Seite ihrer Mutter geschlagen hatte.

Natürlich hätte Mama auch mit einem Taxi allein zu ihrer Freundin fahren können. Nizza war ja kein fremdes Terrain, und sie sprach zudem immer noch fließend Französisch, aber diese Nora schien einen ganz besonderen Einfluss auf sie zu haben. Wer weiß, vielleicht versuchte sie gerade, ihre Mutter von den Vorteilen eines Singledaseins zu überzeugen, und setzte ihr irgendwelche Flausen in den Kopf. Ihre Mutter hatte Gott sei Dank nichts dagegen, dass sie sie begleitete. Den Vorwand, Nora einmal kennenlernen zu wollen, nahm sie ihr kommentarlos ab. Außerdem hatte sie durchaus mitbekommen, in welch missliche Lage sie ihre Tochter gebracht hatte. Nun war sie mitten in einen sich anbahnenden Ehekrieg zwischen ihren Eltern geraten. Prima hingekriegt!

Dass sie auf der kurzen Fahrt mit dem Taxi kaum ein Wort miteinander wechselten, sprach schon Bände. Außer dass ihre Mutter mit Nora an der gleichen Uni studiert hatte und wie schön es damals hier gewesen sei, war nichts aus ihr herauszukriegen.

Es war schon dunkel, als das Taxi vor Noras verfallenem Haus mitten in der Altstadt hielt. Eine der Gegenden, die Lilly noch nicht kannte. Im Licht einer Laterne wirkte diese Straße sogar ein bisschen unheimlich. Schon kamen ihnen die ersten zwielichtigen Gestalten entgegen, als wären sie einem französischen Krimi entsprungen. Allein würde sie hier nie und nimmer herumlaufen, zumindest nicht nachts.

»Bist du dir sicher, dass du hier bleiben möchtest?«, fragte sie ihre Mutter.

»Absolut. Oder wäre es dir lieber, wenn ich mich bei dir einquartiere?«

Um Gottes willen! Das fehlte noch. Ihre Mutter als Dauergast. Wie würde sie dann bei ihrem Vater dastehen? Aus der Lüge würde dann schlagartig unverzeihlicher Verrat. Warum war ihre Mutter nur auf einmal so stur?

»Ich versteh das nicht. Du müsstest dich doch nur mit Papa aussprechen. Wie kann man das *Negresco* nur gegen so eine Bruchbude eintauschen?« Und wie modrig es schon im Treppenhaus roch.

»Du kannst ja gerne zu Papa ziehen. Da wird sich sein neuer Geschäftskontakt sicher freuen«, ätzte ihre Mutter überraschend resolut und knipste das Licht im Treppenhaus an.

Was Lilly zu sehen bekam, wirkte nicht besonders einladend: uralte Holzstufen, bröckelnder Putz an den Wänden, Spinnweben an der Deckenbeleuchtung. Der Aufstieg in den dritten Stock, in dem ihre Freundin wohnte, war für ihre Mutter eher ein Abstieg. Vom modernen Designerhaus in eine renovierungsbedürftige Wohnung im übelsten Viertel Nizzas, aber das Schlimmste war, dass sich ihre Mutter in Sachen Papa gar nicht mehr beruhigen konnte. Und so, wie es am Nachmittag am Taxistand ausgesehen hatte, vermutete ihre Mutter wohl zu Recht, dass irgendetwas zwischen dieser Russin und ihrem Vater im Busch war. Lilly nahm sich aber vor, zumindest so lange nicht von ihrer Beobachtung zu sprechen, bis sich ihre Mutter endlich mit ihrem Vater treffen würde. Sie hielt es für besser, vorerst lieber zu vermitteln, als noch mehr Öl in das bereits lodernde Feuer zu gießen.

»Mama. Und was, wenn du dich da nur in irgendetwas hineinsteigerst?«

»Darüber mache ich mir morgen Gedanken«, erwiderte ihre Mutter knapp.

»Morgen ist aber doch schon der Termin.«

»Ich weiß«, sagte sie und ging unbeirrt weiter nach oben.

»Aber das Geschäft … ihr führt es doch gemeinsam.«

»Er will doch ohnehin tun und lassen, was er will. Außerdem sind wir sowieso bald pleite. Also, was soll's!«

Was? Na toll! Das wurde ja immer besser. War ihre Mutter jetzt auf Kamikazekurs? Pleite? Erst jetzt machte sich Lilly klar, was das für sie alle bedeutete.

»Mama, jetzt bleib doch mal stehen.« Dieser verkrampfte Stechschritt nervte. »Wieso seid ihr pleite?«

Endlich schaltete ihre Mutter einen Gang herunter, überlegte einen Moment, was sie da gesagt hatte, und blieb tatsächlich stehen.

»Tut mir leid, Lilly. Ich wollte es dir nicht hier und jetzt sagen, aber wir haben einfach nicht mehr genug Aufträge.«

»Dann ist der Termin doch umso wichtiger.«

»Es ergibt nur alles keinen Sinn mehr«, sagte ihre Mutter nun etwas matt.

»Mama, ich möchte, dass du dich morgen mit Papa triffst. Wenn schon nicht deinetwegen, dann meinetwegen. Ich hab ihn angelogen und steh jetzt ziemlich blöd da.« In einem so scharfen Ton hatte sie mit ihrer Mutter auch noch nicht gesprochen. Und weil die daraufhin etwas einknickte, anstatt sie zurechtzuweisen, tat es Lilly fast schon wieder leid.

»Wenn dir so viel daran liegt.«

Erleichterung! Ein Etappensieg! Es hatte sich also doch gelohnt, nicht lockerzulassen.

Noras Wohnung machte einen geradezu aufgeräumten Eindruck. Sie musste sich richtig ins Zeug gelegt haben. Dass man so ein Chaos innerhalb einer knappen Stunde in ein vorzeigbares und dank indirekter Beleuchtung sogar sehr einladendes Künstlerstudio mit Flair verwandeln konnte, grenzte an ein Wunder. Hatte Nora sich nach ihrem Anruf etwa wegen Lilly so viel Mühe gegeben? So fasziniert, wie Nora ihre Tochter ansah, als sie sie an der Tür begrüßte, konnte man das zumindest annehmen.

»Du bist also Nora!« Lillys direkte Art brach sofort das Eis.

»Leibhaftig. Ich hoffe, deine Mutter hat nur Gutes von mir erzählt«, sagte Nora.

»Eigentlich so gut wie gar nichts.«

Nora winkte sie herein. »Ich hab uns etwas zu essen gemacht.«

Kerzen, verschiedene Käsesorten, Schinken, frisches Baguette und ein opulenter Obstteller warteten auf sie. Nora hatte sich richtig ins Zeug gelegt.

»Du studierst also auch in Nizza?«, fragte Emmas Freundin und lächelte Lilly dabei charmant an.

»Politikwissenschaften und Sprachen.«

»Interessiert dich Politik?«

»Nicht die Bohne.«

Emma registrierte dabei den wehleidigen Blick, den Lilly in ihre Richtung warf.

»Warum studierst du es dann?«, hakte Nora nach, ausgerechnet bei diesem sensiblen Thema.

»Weil wir es ihr eingeredet haben«, mischte sich Emma in einem bewusst patzigen Ton ein, den sie jedoch mit einem ironischen Lächeln so abschwächte, dass Lilly ihre Bemerkung richtig einzuordnen wusste und sogar mit Wohlwollen aufnahm.

»Mein Vater wollte, dass ich Medizin studiere. Irgendwie sind doch alle Eltern gleich«, kommentierte Nora und punktete mit jedem Wort immer mehr bei Lilly, wohl auch, weil Lilly offenbar Gefallen an Noras Gemälden fand, so fasziniert, wie sie ihre Blicke darüberschweifen ließ. Lilly bewegte sich zwischen den Bildern wie bei einer Vernissage, und die Künstlerin wich ihr nicht mehr von der Seite.

»Haben Sie all diese Bilder gemalt?«

»Du kannst mich ruhig duzen. – Ja, die sind von mir.«

»Sie sind so unterschiedlich«, wunderte sich Lilly.

»Unterschiedliche Lebensphasen«, erläuterte Nora. »Die realistischen Sachen, wie diese Pariser Brücke, hab ich in der Zeit gemalt, als deine Mutter und ich zusammengewohnt haben. Wenn es nach ihr gegangenwäre, wäre aus mir eine Landschaftsmalerin geworden.«

Bildete Emma sich das nur ein, oder wollte ihr Lillys Seitenblick gerade sagen, dass sie dies nicht weiter wunderte. – Realistisch! Na und? War es so schlimm, bodenständig und realistisch zu sein?

»Die Akte sind sehr schön«, sagte Lilly mit offensichtlicher Bewunderung für Noras Kunst, als sie sich in ihrem Atelier umsahen.

»Du solltest mir mal Modell stehen.«

»Lilly interessiert sich, glaub ich, eher für Fotografie«, bemerkte Emma und warf ihrer Tochter einen bedeutsamen Blick zu.

»Nebenbei arbeite ich als Model«, gestand Lilly.

»Das ist großartig! Du hast sicher das Zeug dazu!«

Na prima! Nun fiel ihr Nora auch noch in den Rücken und ermutigte Lilly, ihren Flausen nachzugehen. Kaum zu Ende gedacht, aber Gott sei Dank nicht ausgesprochen, peinigte sie sogleich wieder der Gedanke, ob es bei Lebensentscheidungen und insbesondere bei der Berufswahl so etwas wie »vernünftig« überhaupt gab.

Vernünftig zu sein hatte ihr zweifelsohne nicht das große Glück gebracht. Sollte Lilly auch so enden wie sie? Träume aufgeben für die Vernunft? Das nach der Muttertierphase gescheiterte Weibchen, dessen Ehemann gerade Amok lief, hatte kein Recht mehr, für Vernunft Werbung zu machen. Nora hätte sie sowieso gesteinigt, also besser weiterhin die Klappe halten und Nora reden lassen.

»Nicht viele Mädchen haben so ein hübsches Gesicht, so schöne ausdrucksvolle Augen. Du kannst echt stolz auf Lilly sein«, wandte sich Nora jetzt an ihre Freundin.

Klar war Emma stolz auf Lilly, aber man konnte doch auch hübsch und trotzdem in einem anderen Beruf erfolgreich sein.

»Bin ich auch«, sagte Emma mit so viel Überzeugungskraft wie möglich und erntete prompt ein versöhnliches Lächeln von ihrer Tochter.

»Et maintenant à la table, les enfants!«, sagte Nora mit einladender Geste. Die Führung durch Noras Kunstausstellung war somit beendet.

Emma bemerkte erst jetzt, wie hungrig sie war, aber schon wieder Käse mit Baguette? Da fiel ihr ein, dass Nora noch nie eine gute Köchin gewesen war. Am Ende musste sie sich angesichts des Ehedilemmas wieder daran gewöhnen.

Fahles Mondlicht fiel in Noras Küche und warf bizarre Schatten von den Fensterläden an die Wand. Dazu gesellte sich das Flackern einer Kerze, das von Noras Schreibtisch kam. Es musste mitten in der Nacht sein. Nur gelegentlich war aus der Ferne ein vorbeifahrendes Auto zu hören und das Klappern einer Tastatur. Arbeitete Nora etwa? Instinktiv griff Emma nach ihrem Handy, um die Uhrzeit zu sehen. Schon halb drei. Sie setzte sich schlaftrunken auf und lugte durch den Vorhang, der den Schlafbereich von Noras »Wohnküchenbüro« trennte.

Nora saß tatsächlich an ihrem Schreibtisch und tippte auf ihrem Laptop. So gut, wie sie sich beim Essen mit Lilly verstanden hatte, tauschten sie sich vermutlich bereits über Facebook aus. Unfassbar. Den ganzen Abend hatte Emma das Gefühl gehabt, nahezu »abgemeldet« zu sein. So etwas kannte sie bisher nur von Georg. Moment! War sie jetzt etwa eifersüchtig auf ihre eigene Tochter? Nein. Es war ja schön, wenn sich Lilly mit ihrer besten Freundin vertrug. Nora schien auch noch Kontakte zu Modefotografen zu haben. Kein Wunder. Sie kannte ja in Nizza Gott und die Welt. Erfreulicherweise war Nora so vernünftig gewesen, Lilly klarzumachen, dass sie ihr Studium fortsetzen sollte. Vermutlich hatte sie das aber nur gesagt, um ihre beste Freundin nicht zu verärgern. Was trieb sie da nur am Schreibtisch?

»Emma. Hab ich dich geweckt?«, fragte Nora, als sie sie bemerkte.

»Nein … Und du? Konntest du nicht einschlafen?«

Gewundert hätte sie das nicht. Nora hatte darauf bestanden, dass Emma in ihrem Bett schlief. Das Prinzessinnenbett für Emma, die Notpritsche im Behandlungsraum für Nora. Emma sah erst jetzt, dass ihre Freundin einen ganzen Stapel Rechnungen bearbeitete.

»Die Steuer. Ich bin schon überfällig und blickte bei dem ganzen Scheiß nicht mehr durch«, sagte Nora und wirkte dabei ziemlich niedergeschlagen. Wütend schob sie den Stapel zur Seite und streckte sich erst einmal ausgiebig.

Emma erinnerte sich daran, dass Nora mit Zahlen und Finanzkram schon immer auf Kriegsfuß gestanden hatte. »Gib's doch einem Steuerberater«, schlug sie deshalb vor.

»Den kann ich mir nicht leisten. Was glaubst du, warum ich mich jeden Tag durch Fleischberge knete?«

»Ich dachte, dir macht das Spaß.«

»Ja schon, aber ...« Nora drehte sich urplötzlich zu ihr um und sah sie ungewöhnlich ernst an. »Vielleicht hast du ja alles richtig gemacht und ich alles falsch.«

»Wie meinst du das?« Emma konnte sich beim besten Willen nicht vorstellen, worauf ihre Freundin hinauswollte.

»Na, dein Leben. Du hast etwas erreicht, dir was aufgebaut. Du hast eine tolle Tochter ... Und ich sitz hier in diesem miesen Viertel und weiß nicht mal, wie ich meine Steuer auf die Reihe bekomme, geschweige denn bezahlen soll. Hätte ich sonst das Bild von dir verkauft?«

Emma überlegte, ob sie darauf eingehen sollte. Ihre Lebenswege zu vergleichen brachte doch sowieso nichts. Was hieß schon »falsch«? Sie beschloss, ihr lieber zu helfen, als eine Debatte über Lebenswege vom Zaun zu brechen.

»Bitte das Finanzamt doch um eine Stundung«, schlug sie vor.

»Und wie begründe ich das?«

»Forderungsausfall. Du kannst auch darum bitten, die Vorauszahlungen nach unten anzupassen.«

Nora wirkte so, als sei sie dazu sowieso nicht mehr imstande.

»Ich schreib das für dich.« Wozu hatte sie sich in ihrem Studienjahr in Frankreich im Rahmen ihres Wirtschaftsstudiums auf französische Kostenrechnung und Finanzwesen spezialisiert? Die Richtlinien hatten sich in den letzten Jahren bestimmt geändert, aber wie ein Brief ans Finanzamt glaubwürdig zu verfassen war und Zahlen ordentlich darzustellen waren, wusste sie immer noch. Gleich ans Werk.

»Danke. Ich hol uns zwei Cognacs, wenn du magst.« Nora ordnete sogleich die auf ihrem Schreibtisch ausgebreiteten Rechnungen zu einem großen Stapel. Der Anzeigenteil des *Nice-Matin* lugte hervor. Darin waren einige Annoncen farbig markiert. Bestimmt suchte Nora nach einer anderen Wohnung.

»Du willst hier raus?«, fragte Emma.

»Ich kann nicht ewig hier drin hausen, aber schau dir mal die Preise an. Ich brauche ein Atelier, und am liebsten hätte ich einen kleinen Laden, eine Galerie oder so etwas wie bei Madeleine.«

»Der kleine Laden«, sagte Emma leicht melancholisch.

Nora nickte nur, sicher in Gedanken an ihren gemeinsamen Traum, den Emma zugunsten ihrer Ehe aufgegeben hatte.

»Ich krieg schon allein deshalb keinen Kredit, weil ich zu blöd bin, einen Geschäftsplan aufzustellen. Du glaubst ja gar nicht, was die Banken alles von dir wollen.«

»Dabei könnte ich dir auch helfen.«

Ein Hauch von Optimismus hellte Noras Miene wieder auf. Wie in alten Zeiten. Sich gegenseitig hochziehen, wenn man am Boden lag. Waren genau dafür gute Freundinnen nicht da?

»Wenn ich das Geld hätte, glaub mir, ich würde es dir geben, Nora«, versicherte sie ihr.

Nora nickte dankbar.

»Nur sind Georg und ich dummerweise auch pleite. Da siehst du mal, was ich in meinem Leben alles richtig gemacht habe.«

»Das tut mir leid.« Nora wirkte sehr betroffen.

»C'est la vie«, sagte Emma und machte sich in diesem Moment klar, dass manche französische Floskeln gar nicht mal so schlecht waren.

»Wir könnten immer noch unseren Traum verwirklichen«, sagte Nora und sah sie dabei an, als ob sie sich dies tatsächlich von ganzem Herzen wünschte.

Was für ein verlockender Gedanke. Dazu brauchte man allerdings Eigenkapital. Vielleicht war es sogar sinnvoll, Georg in seinem Bauvorhaben zu unterstützen, denn eines war klar: Ihr gehörte die Hälfte der Firma und somit auch die Hälfte des Gewinns!

Kapitel 6

Obwohl ihre Freundin erst eine Nacht in ihrem neuen bescheidenen Heim, »Noras Künstlerbude für gestrandete Ehefrauen«, verbracht hatte, fühlte sich das gemeinsame Frühstück für Nora schon so vertraut an, als wäre die Zeit stehengeblieben. Die gleiche Routine wie damals. Sie war für den Kaffee zuständig, Emma deckte den Tisch. Im Bad ließ Nora ihr den Vortritt, blieb lieber ein bisschen länger im Bett liegen.

Emma erinnerte sich sogar daran, dass Nora ihren Kaffee ohne Zucker trank und ihr Croissant darin eintunkte, obwohl sie genau wusste, dass ihre Freundin dieses Geschlabber eklig fand.

»Manche Dinge ändern sich nie«, sagte Nora zu Emma, die das gemeinsame Frühstück in vollen Zügen genoss, das kleine Radio in der Küche lauter stellte und dabei auch noch einen Volltreffer landete: »L'oiseau et l'enfant« von Marie Myriam. Ein alter Grand-Prix-Hit. Schon damals hatte Emma für das europäische Musikgroßereignis geschwärmt und Partys organisiert, bei denen jeder seine Wette auf den Siegertitel abgeben musste. Sofort summte Emma mit. Natürlich versäumte es sie nicht, darauf hinzuweisen, dass Marie mit diesem Chanson 1977 den Eurovision Song Contest gewonnen hatte. Nervig. Hoffentlich fing sie jetzt nicht auch noch an, den Text mitzusingen. Aber es gab noch andere Dinge, die sich nicht verändert hatten. Emma bevorzugte den Stuhl in der Ecke, Nora saß lieber in der Mitte des Raums, um beweglicher zu sein und ihre Beine übereinanderschlagen zu können. Vieles an Emmas Verhalten war so, wie Nora es von früher her kannte, und doch war jetzt alles anders. Sah man von Emmas Gesumme ab, wirkte ihre Freundin viel ernster als früher. Die Fröhlichkeit, ihre Unbekümmertheit und ihr ungebrochener Optimismus waren überlegterer Wortwahl gewichen. Nur gelegentlich schimmerte etwas von ihrem unbeschwerten Wesen hinter einer fühlbar härteren Schale hervor, hinter der sie sich zu verbergen schien und die sie übertrieben erwachsen machte. Kein Wunder. Sie beide hatten verschiedene, ja sogar konträre Leben geführt. Das verbindende Element blieb der Gleichklang ihrer Herzen und das Wohlgefühl, das sie beide empfanden, wenn sie zusammen waren.

Auf Emma war aber nach wie vor Verlass. Was sie anpackte, schien ihr zu gelingen. Was für eine Erleichterung, dass der Steuerkram jetzt dank Emmas Nachtschicht erledigt war. Allein dafür hatte ihre Freundin es verdient, die Art von leichter Musik zu hören, mit der Nora nichts anfangen konnte. Und wie befürchtet, sang sie den Text nun auch noch mit. Doch damit konnte Nora ausnahmsweise leben.

»Magst du noch Kaffee?«, fragte sie. Emma nickte und hielt ihr die Tasse hin.

»Soll ich dich nachher begleiten?« Nora war sich ziemlich sicher, dass Emma zu diesem Geschäftstermin mit ihrem Ehemann fahren würde. An ihrer Stelle würde sie Georg auch auf die Finger schauen.

»Ich finde es unmöglich, dass er sich nicht bei mir gemeldet hat. Er hat schließlich den Wagen. Normalerweise müsste er mir anbieten, mich abzuholen.«

»Vielleicht wartet er ja nur darauf, dass du ihn anrufst«, spekulierte Nora, zumal dies typisch für Georg wäre.

»Da kann er warten, bis er schwarz wird. Dann nehme ich halt ein Taxi.«

»Nach Grasse? Wenn du ein paar hundert Euro übrig hast.«

»Ich kann auch mit dem Zug fahren«, erwiderte Emma.

»Lilly hat doch gestern gesagt, dass sie einen Wagen organisieren kann«, erinnerte sich Nora.

»Ich glaube, sie würde sogar ein Auto klauen, nur damit ich mit ihrem Papa rede.«

»Verstehen sie sich denn so gut?«, fragte Nora.

»Lilly ist sauer, dass er sich kaum mehr bei ihr meldet, aber ich glaube, der Streit nimmt sie trotzdem ganz schön mit.«

»Verständlich. Ihr seid nach wie vor ihre Eltern, und auch wenn man erwachsen ist, kann man sich eine Trennung der Eltern genauso wenig vorstellen wie, dass sie jemals Sex miteinander hatten.«

»Du wirst lachen. Ich kann mir das mit Georg ehrlich gesagt auch schon nicht mehr vorstellen, vermutlich, weil ich mich nicht mehr daran erinnern kann.«

Obwohl Emma gerade dazu ansetzte, über ihre eigene Bemerkung zu lachen, blieb ihr das Lachen im Halse stecken. Der Gedanke daran schien sie plötzlich ziemlich runterzuziehen.

»Mich von ihm zu trennen … Glaub mir, ich hab immer wieder darüber nachgedacht und es dann doch nicht getan«, gab Emma resigniert zu.

»Ich würde da nicht so lange fackeln«, sagte Nora.

»Du warst ja auch nicht so lange mit ihm zusammen.«

»Dann erst recht! Wie lange willst du dir den Mist denn noch bieten lassen?«

»Lilly soll uns einen Wagen besorgen. Gib mir doch bitte mal das Telefon«, erwiderte Emma resolut.

Nora reichte es ihr mit gemischten Gefühlen. Am Ende sprach sie sich über das Geschäftliche auch noch mit Georg aus. Er hatte sie damals um den Finger gewickelt, während ihrer Ehe ja sowieso, und wie sie ihn kannte, würde er es wieder versuchen und auch noch damit durchkommen. Emma war viel zu gutmütig. Wenn sie den Absprung von Georg jetzt nicht schaffte, würde sie ihre Freundin wahrscheinlich wieder verlieren, und diesmal würde es ihr noch mehr weh tun als damals.

Emma konnte immer noch kaum glauben, dass sich David nach Lillys Anruf spontan dazu bereit erklärt hatte, sie ins Umland von Grasse zu fahren, noch dazu am Vormittag, zu einer Zeit, in der er sicher jede Menge zu tun hatte.

»Ich hoffe, ich mache Ihnen nicht zu viele Umstände«, hatte sie ihm beim Einsteigen in seinen Lieferwagen, einen VW-Bus, der schon über zehn Jahre alt sein musste, gesagt.

Angeblich hatte er an diesem Morgen Essenzen an eine Einzelhandelskette für ätherische Öle ausgeliefert und sei sowieso in der Stadt gewesen. Lilly hatte ihr am Telefon erzählt, dass David auf einem Hof ganz in der Nähe von Grasse lebte und es ihm nichts ausmachen würde, sie zu fahren, zumal er am Abend zurück nach Nizza zu einem Vortrag musste und sie auch gleich wieder mitnehmen konnte.

»Ich dachte schon, wir fahren mit dem Motorroller«,

sagte sie und blickte durch die Frontscheibe auf die vor ihr liegende malerische Landschaft.

»Wäre Ihnen das lieber gewesen?«

»Es hat was«, erwiderte sie und schmunzelte.

»Ist aber zu langsam. Ich hab die Vespa nur in Nizza. Bei dem Verkehr …«

»Was machen Sie eigentlich lieber? Vorträge halten oder Lavendel anbauen?«, fragte sie, als sie die Auffahrt zur Autobahn erreichten.

»Das weiß ich selbst nicht so genau«, erwiderte er und lachte. »Ich hab den Hof von meinem Großvater übernommen.«

»Und Ihr Vater. Hat er den Hof weitergeführt?«

»Ja, das ist bei uns wohl Familientradition. Ziemlich altmodisch, oder?«

»Finde ich nicht. Ist doch schön, so ein Familienbetrieb.«

»Es war schön, ja, aber mein Vater ist bei einem Autounfall ums Leben gekommen.« David klang traurig. Dass er jedoch so offen darüber reden konnte, war ein Zeichen dafür, dass er diesen Schicksalsschlag überwunden hatte.

»Das tut mir leid«, sagte sie.

»Schon ziemlich lange her. Ich war zwölf, und dann bin ich bei meinem Großvater aufgewachsen, bin hier zur Schule gegangen und hab später Landwirtschaft studiert.«

»Einen Landwirt hab ich mir immer anders vorgestellt.«

»So? Wie denn?«, fragte er neugierig.

»Na, irgendwie … stämmiger und mit rosigen Wangen, so wie bei uns zu Hause in Bayern.«

Nun lachte er erneut herzhaft. Emma musste sich eingestehen, dass sie sich an seinem Lachen gar nicht sattsehen konnte. Doppelte Grübchen in den Wangen und blütenweiße Zähne. Erst jetzt fiel ihr auf, was für gepflegte Hände er hatte. Kräftig, wohlgeformt, saubere Fingernägel, weder zerfurcht noch von Spuren harter Arbeit auf dem Feld gezeichnet.

»Vermutlich haben Sie sogar recht. Vielleicht passe ich ja wirklich nicht in das Klischee.«

Auf einen Schlag wirkte er nachdenklich, und für eine Weile schwiegen sie beide. Gerade weil sie sich bisher über Gott und die Welt unterhalten hatten, fühlte sich die Pause ungewohnt an.

Vielleicht lag es aber auch nur daran, dass er genau wie sie die Landschaft, die sich ihnen nach Verlassen der Autobahn darbot, genießen wollte. Ein Meer aus Farben, das die Landstraße in zwei Hälften schnitt, lag vor ihnen. Sofort hatte sie Gemälde von Monet und Cézanne, die sie so sehr mochte, vor Augen. Die Landschaft wurde hügeliger. Steinformationen unterbrachen die bunte Vielfalt aus Gräsern, Kräutern und Blumen, die sich zum getupften Lila des Lavendels gesellten. Dazwischen malerische Steinhäuser mit opulenten Blumengärten, in denen die Rosen dominierten. Nun tauchten die ersten Lavendelfelder auf. Ihr sinnlicher Duft drang bis in den Wagen. Er hatte eine belebende und zugleich entspannende Wirkung.

»Sie mögen Lavendel?«, fragte er, nachdem er bemerkt hatte, wie sie die Luft genießerisch inhalierte.

Emma nickte. Sollte sie ihm davon erzählen, dass sie gelegentlich auf einem Lavendelkissen schlief? Nein, besser nicht. Das da klang nach einer alten Frau mit Schlafstörung. Andererseits – sie war ja auch eine »alte Frau«, jedenfalls in seinen Augen. Was für absurde Gedanken! Jetzt erst recht: »Gelegentlich schlafe ich sogar auf einem Lavendelkissen.«

»Meine Mutter hat das immer gemacht, wenn sie nicht

einschlafen konnte. Dazu ein Tropfen Rosenöl und drei Tropfen Zedernholzessenz. Etwas Besseres gibt es nicht, um wegzuschlummern.«

Die Schlafmischung war ja ganz interessant, der Vergleich mit seiner Mutter aber, den sie letztlich selbst heraufbeschworen hatte, eher weniger schmeichelhaft.

»Düfte sind wohl Ihre große Leidenschaft?«, fragte sie, um jetzt nicht auch noch Vorschläge gegen Rheuma oder sonstige alterstypische Beschwerden zu bekommen.

»Kann man so sagen.«

»Jetzt verstehe ich, dass Sie dieses Wissen weitergeben wollen.«

»Ich bin an der Uni, weil mir manchmal die Decke auf den Kopf fällt«, gestand er zu ihrer Überraschung. »Eine Zeitlang habe ich geglaubt, dass das gutgeht, ein Leben auf dem Hof. Weg von der Hektik der Großstadt. Ich hab lange davon geträumt, hier eine Familie zu gründen, genau wie mein Großvater und mein Vater, aber man kann sich nicht jeden Traum erfüllen.«

Emma spürte, dass ihn dieses Thema sehr belastete. Anscheinend war er am Projekt »Familie« gescheitert. Kaum zu glauben, bei einem so attraktiven Mann. Was war schiefgelaufen? Emma fasste Mut, ihn darauf anzusprechen, aber eher durch die Blume.

»Sie sind ja noch jung, jedenfalls zu jung, um eine Familienplanung aufzugeben.«

»Ich war verheiratet, wollte Kinder, aber das Leben war ihr hier zu einsam.«

Emma verstand. Dass David sich so kurz fasste, war ein sicheres Zeichen dafür, dass er dieses Thema nicht weiter vertiefen wollte. Sie nickte nur, wagte nun nicht mehr, nach den näheren Umständen zu fragen. Von Beziehungs- oder

Ehekrisen hatte sie im Moment ohnehin die Nase voll. Sie steckte mitten in einer eigenen und beschloss, viel lieber die vor ihr liegende Landschaft und das Wechselbad der Düfte zu genießen.

Eines musste man Georg lassen: Er hatte ein ziemlich gutes Gespür für beachtenswerte Grundstücke. Noch bis zur Jahrtausendwende hatten sie nicht zuletzt deshalb richtig gut verdient. Sie hatten zu den Ersten gehört, die den russischen Investoren nach der Wende Luxusvillen in Europa verkauft hatten, zu Bestpreisen versteht sich, und dies noch vor der Wende. Georg hatte es dank erstklassiger Beziehungen zur Nomenklatura Russlands dort sogar zu einem gewissen Ansehen als Architekt gebracht.

Nach den letzten beiden Finanzkrisen gerieten die Geschäfte aber ins Stocken. Die Hypotheken für ihr Haus, bei dessen Innenausstattung Georg sich etwas verhoben hatte, wollten aber weiterhin bedient werden. Insofern konnte man von Glück sagen, dass Georg seine Kontakte nach Moskau und Petersburg aufrechterhielt. So gesehen hatte sich seine Trinkfestigkeit also bezahlt gemacht.

Als sie auf dem Grundstück ankamen, erklärte ihr David sofort, dass diese Ecke der Provence besonders attraktiv und ein Geheimtipp war. Er selbst hatte gar nicht mitbekommen, dass hier etwas zum Verkauf stand. Der kleine Bauernhof, der aussah wie eine ausgebaute Scheune, war angeblich schon ewig nicht mehr bewohnt. Zu ungepflegt war das Grundstück mit seinem wild wuchernden Garten, durch den man sich stellenweise nur noch mit einem Buschmesser bewegen konnte. Gerade dies verlieh ihm aber etwas Märchenhaftes. Ein Haus mitten auf einer Anhöhe mit Fernblick auf ein blühendes Lavendeltal, umgeben von Mutter Natur – provenzalische Romantik pur. Hier einen schicken Glaspalast hinzustellen hatte sicher was.

»Schade, dass der alte Bergerac keinen Nachfolger hat«, sagte David auf dem Weg zum Haus auf der Anhöhe. »Viehzucht rentiert sich hier nicht mehr.«

Erst jetzt fiel Emma auf, dass hinter dem Haus Ziegen grasten.

»Ich hätte nicht erwartet, dass es in dieser Gegend Ziegenzüchter gibt. Ich dachte immer, hier gibt's nur Lavendel- und Rosenfelder für die Parfümerien.«

»Ein Relikt aus vergangenen Tagen. Grasse war mal eine Hochburg der Gerberei«, erklärte David.

»Dann muss es hier ja ganz schön gestunken haben.« Emma erinnerte sich an den Besuch einer Gerberei in der Türkei. Kilometerweit konnte der Wind diesen üblen Geruch tragen.

»Im 16. Jahrhundert wurde in Grasse das weltbeste Kalbsleder hergestellt, vor allem für Handschuhe. Unbearbeitet kann man Leder aber nicht tragen. Deshalb hat man hier die ersten Blüten gesammelt und destilliert.«

»Parfüm für Leder? Ist das nicht pure Verschwendung?«

»Ja, das wäre es, aber Parfüm, wie wir es kennen, gab es damals ja noch nicht. Das Leder wurde mit den Essenzen der Pflanzen behandelt, damit es nicht mehr so streng roch. Grasse wurde erst viel später zur Parfümstadt.«

»Ich sollte wohl auch mal einen Ihrer Vorträge besuchen. Klingt interessant.«

»Gerne, würde mich freuen«, erwiderte er und lächelte, bevor er auf seine Armbanduhr sah. »Wie lange werden Sie hier brauchen?«

»Bestimmt nicht länger als eine Stunde.«

Im Nu notierte er seine Handynummer auf einem Notizblock und reichte ihr den Zettel.

»Ich wohne nur eine Viertelstunde mit dem Wagen von hier entfernt. Wenn Sie früher fertig sind, melden Sie sich.«

»Mach ich«, versicherte sie ihm. Im Moment sah es ganz danach aus, dass Georg ausnahmsweise mal pünktlich war. Sein Wagen, vielmehr ihr gemeinsamer Wagen, wie sie sich in diesem Moment klarmachte, tauchte hinter einem der Hügel auf. Moment! Sah sie da richtig? Georg war nicht allein. Zwei weitere Personen saßen darin.

»Ihr Mann?«

Emma nickte.

»Dann mach ich mich mal auf den Weg.«

So mitfühlend und betreten, wie er sie ansah, musste Lilly ihm von ihrem Knatsch mit Georg erzählt haben.

»Viel Glück!«, sagte er noch, bevor er losfuhr.

Bezog sich dies jetzt auf das Treffen mit Georg oder auf den Grundstücksdeal? Egal. Sie konnte es in beiden Fällen gut gebrauchen.

»Hallo, Emma, schön, dass du gekommen bist«, sagte Georg, als er aus dem Wagen stieg.

Anstatt ihr dabei wenigstens in die Augen zu sehen, blickte er dem VW-Bus nach. Er fragte sich jetzt sicherlich, wer sie hergefahren hatte, verlor aber kein weiteres Wort darüber.

»Danke fürs Herbringen«, sagte Emma süßlich und mit bitterstem Sarkasmus. Zwar war das sonst nicht ihre Art, aber sie konnte sicher sein, dass Georg diese Sprache verstand.

Noch bis vor wenigen Tagen hätte er sie mit »Hallo, Schatz« begrüßt, doch vielleicht war ihm das jetzt in Gegenwart eines hageren Blondschopfs in grauem Anzug, den er ihr erst gar nicht als Makler vorstellen musste, unangenehm – ganz zu schweigen von dieser Russin, die ihr Make-up im Klappspiegel über dein Beifahrersitz überprüfte und keine Notiz von ihr nahm. Wer weiß, was wirklich zwischen den beiden lief. Georg kam nun näher und zog sie zur Seite.

»Ich hab dem Makler nicht gesagt, dass du meine Frau bist«, sagte er so leise zu ihr, dass es der Makler sicher nicht hören konnte. »Ich meine, wie sieht denn das aus, wenn wir getrennt anreisen.«

»Wer bin ich dann?«, fragte sie und spürte, wie langsam die Wut in ihr hochstieg.

»Meine Geschäftspartnerin.«

Emma hatte schlagartig das Gefühl, der Boden unter ihren Füßen würde wanken. Ruhig bleiben! Jetzt war aus ihr also sozusagen über Nacht eine »Geschäftspartnerin« geworden. Andererseits typisch für Georg. Nichts war für ihn schlimmer, als sich eine Blöße zu geben, noch dazu vor Dritten.

»Darf ich vorstellen? Ach was, ihr kennt euch ja bereits«, tat er großspurig.

Die Russin stand offenbar auf diese Art von Plattitüden. Ihr unverfängliches Lächeln machte Emma leicht aggressiv. Vielleicht redete sie es sich ja auch nur ein, aber es wirkte überheblich. Dennoch reichten sich beide freundlich die Hand und stellten sich vor.

»Ist doch toll hier, oder?« Richtig euphorisiert blickte sich Georg um und tat so, als genieße er die frische Luft in vollen Zügen.

»Der ideale Bauplatz, finden Sie nicht?«, fragte er die Russin, die sich kurz umblickte, bevor sie nickte.

Der Makler stellte sich als Monsieur Lelan vor und musste natürlich auch gleich seinen Senf dazugeben: »Eine der schönsten Gegenden der Provence. Na, dann sehen wir uns das Ganze doch mal näher an.« Er setzte das Lächeln eines Staubsaugerverkäufers auf und stapfte los.

Erstaunlicherweise folgte ihm nur Georg. Was war mit der Russin?

»Ich warte hier«, tönte Irina.

»Wollen Sie sich das Anwesen denn nicht wenigstens einmal ansehen?«, fragte Lelan verblüfft.

»Herr Bergmann genießt mein vollstes Vertrauen«, erwiderte Irina wie eine Zarin und brachte damit Georgs Augen zum Leuchten.

Anerkennung aus »höchsten Kreisen«. Nur danach lechzte sein Ego.

»Außerdem, fürchte ich, hab ich dafür nicht die richtigen Schuhe an«, fuhr Irina fort und rieb ihre High Heels an einem Grasbüschel sauber.

Der lehmige Weg hinauf zum Haus war ihr wohl nicht zuzumuten. Georg könnte sie doch tragen, überlegte Emma, verbiss sich diese Bemerkung jedoch. Am Ende hätte er es noch gemacht.

»Bergerac verkauft das Grundstück zu einem Spottpreis. Er will sich damit einen Platz im Altenheim finanzieren.«

»Was passiert eigentlich mit den Tieren?«, wollte Emma wissen.

»Das soll Bergerac regeln«, antwortete Georg ziemlich knapp, dann wandte er sich an den Makler. »Also, meinen Sie, er lässt sich preislich noch drücken?«

»Mit Sicherheit«, erwiderte Monsieur Lelan, der sich beim Aufstieg offensichtlich Sorgen um seine feinen Wildlederschuhe machte. »Sie haben einen ziemlich guten Riecher.«

Schon wuchs Georg um ein paar Zentimeter. Nach Noras Offenbarungen war Emma klar, dass Georg Anerkennung brauchte wie andere die Luft zum Atmen. Wie erbärmlich, wenn sie billigster Rhetorik entsprang und noch dazu aus dem Munde eines solchen Unsympathen kam.

»Aber nicht nur in Sachen Grundstück, wenn ich mir die Bemerkung erlauben darf.« Fast schon kumpelhaft stieß der Makler Georg in die Seite. »Heiße Braut!«, fuhr er fort, wobei er anzüglich grinste und keinerlei Rücksicht darauf nahm, dass Georgs »Geschäftspartnerin« danebenstand. Nachdem Emma offiziell nur geschäftlich mit ihm liiert war, konnte Lelan nur Irina meinen.

»Ich kenne das. Man fühlt sich wieder jung«, fuhr er unverblümt fort.

Sofort fielen Emma Lillys Beobachtungen im Golfklub ein. Georg schienen diese Anspielungen in ihrer Gegenwart nun doch etwas zu heikel zu werden. Er warf ihr einen verstohlenen Blick zu, als ob er sagen wollte: »Hör nicht auf ihn!« Dummerweise war Lelan jedoch nicht zu überhören, und angestachelt von Georgs neugewonnener Größe war das Thema noch aktueller geworden.

»Hab mich letztes Jahr von meiner Frau getrennt«, führte Lelan jetzt aus. »Es ist eigenartig, auf einmal erstickt man fast in seiner Ehe. Ab einem gewissen Alter … Sie verstehen schon, da geht halt auch nicht mehr so viel.«

»Und jetzt geht's wieder?« Emma konnte sich diese Spitze einfach nicht verkneifen, allein schon, um Georgs Schwellkörper, die mittlerweile seinen ganzen Körper erfasst zu haben schienen, wieder auf Normalmaß zu stutzen. Vom Makler erntete sie gerade mal einen missbilligenden und leicht verstörten Blick. In Männerthemen hatten sich Frauen nicht einzumischen, sollte dies wohl heißen.

»Also, ich kann das schon verstehen, dass man seine Frau einfach so wegwirft und sie durch jemand anderen ersetzt. Ist das nicht typisch Mann?«, ätzte Emma. Diesen Mistkerl würde sie nicht einfach so davonkommen lassen. Jetzt erst recht nicht! Georg sah mittlerweile so aus, als hätte er eine kalte Dusche bekommen. Er schrumpfte augenblicklich in sich zusammen. Wieso gab es eigentlich kein Viagra für die Psyche? Georg hätte jetzt ein solches Pillchen bitter nötig. Lelan schien aber tatsächlich so ignorant zu sein, den Sarkasmus in ihrer Stimme zu überhören.

»Meine Frau hatte kein Verständnis für unsere Probleme. Dabei kann man doch über alles offen reden. Wir Männer haben halt unsere Bedürfnisse«, erklärte er ihr. »Ist doch so. Monatelang auf dem Trockenen … Das packt doch kein Mensch. Die meisten Ehemänner gehen sowieso fremd …«

»Wie siehst du das, Georg?«, fragte Emma. Wie herrlich, ihren Georg mal so richtig schön zappeln zu sehen.

»Ich hab dazu keine Meinung.«

Wieso lachte der Makler jetzt so dreckig und schlug Georg auch noch brüderlich auf die Schulter?

»Gib's zu, Georg. Du bist auch nur ein Mann«, sagte Lelan.

Wieder Schweigen, aber um sich keine Blöße zu geben, lächelte Georg etwas verlegen.

»So eine tolle Frau würde ich auch nicht von der Bettkante stoßen«, tönte der Makler und warf einen flüchtigen Blick zurück zu Irina, die sich lässig an den Wagen lehnte.

»Was hat eigentlich Ihre Frau dazu gesagt, als Sie sie auf den Müll geworfen haben?«, fragte Emma bewusst süffisant.

Nun blieb Lelan kurz stehen, wahrscheinlich auch, um

nicht in den Misthaufen neben der Scheune zu treten, die sie mittlerweile erreicht hatten. »Nichts«, sagte er. »Damit muss man leben. C'est la vie. Ich bin wenigstens ehrlich.«

Was für eine schöne Vorlage, um Georg einen vorwurfsvollen Blick zuzuwerfen. Erst jetzt schien dem Makler etwas zu dämmern. Ahnte er, dass er sich ganz schön in die Nesseln gesetzt hatte und sie Georgs Frau war? Doch anstatt rot anzulaufen, feixte er auch noch. Das war ein Fehler. Damit war sein Schicksal besiegelt. Blitzartig spürte Emma Magma in ihren Adern pulsieren. Die pure Wut. Bevor sie so recht darüber nachdachte, hatte sie dieses Miststück von einem Mann auch schon mit einem kleinen, aber überraschend kräftigen Stups in den Misthaufen gestoßen, wo er nun inmitten frischer Ziegenscheiße lag und ziemlich erbärmlich aussah. Satte Genugtuung ihrerseits. Blankes Entsetzen bei Georg.

»Emma. Sag mal, spinnst du?«, entrüstete sich Georg, der sich sogleich entschuldigend an Lelan wandte. »Es tut mir sehr leid. Meine Frau ist manchmal etwas empfindlich.«

Damit hatte Georg ebenfalls das Urteil über sich verhängt. Eine Mistgabel stand in Griffweite und war schnell zur Hand. Blanker Zorn musste in Emmas Augen stehen, denn Georg zuckte zurück und sah sie wie ein potentielles Opfer in einem Splatter-Film an. Die Mistgabel fühlte sich sehr gut in ihrer Hand an und zielte auf jenen Bereich zwischen seinen Beinen, der in den letzten Jahren ihrer Ehe etwas eingeschlafen war.

»Emma ... jetzt sei doch vernünftig ...«, stammelte er.

»Halt die Klappe!«, schrie sie ihn an.

Georg erstarrte. Klar. Sie hatte ihn noch nie angeschrien, jedenfalls nicht aus purem Zorn und in so einer Lautstärke. Nun überlegte er für einen Moment. Mal kurz mit der Mistgabel in seine Richtung zu stechen würde diesen Denkprozess sicher beschleunigen. Sie machte ihm mit dieser Geste klar, dass sie kurz davorstand, ihn aufzuspießen und ihn dann zu seinem Eidgenossen auf den Mist zu werfen. Fast demütig wich er Schritt für Schritt weiter zurück.

»Ihre Frau ist eine Furie«, blökte es aus Richtung Ziegenkot.

Genug! Sosehr sie diesen Wutausbruch auch genoss, Emma wusste, dass er nicht zu ihr passte. Sie zitterte bereits am ganzen Körper vor Aufregung. Weg mit der Mistgabel! Um ein Haar hätte sie dabei noch den Makler getroffen. Die scharfen Zinken der Gabel landeten nur wenige Zentimeter neben ihm, und er starrte sie mit vor Schreck geweiteten Augen an.

»Sie will mich umbringen. So helfen Sie mir doch endlich«, kreischte er hysterisch in Richtung Georg.

Schon reichte Georg dem Makler die Hand. Doch als er Lelan herausziehen wollte, rutschte er aus und landete selbst im Ziegenmist. Was machte das schon? Nun hatte sein dreckiges Inneres wenigstens eine Entsprechung im Äußeren gefunden.

Rückzug nach dem ruhmreichen Sieg stand nun bei Emma auf dem Programm. Sie drehte sich nicht einmal mehr nach Georg um und stellte mit Genugtuung fest, dass sein neues Russenflittchen pikiert die Augen verdrehte. Wahrscheinlich stellte sie sich gerade die Rückfahrt neben zwei nach Ziegenmist stinkenden Männern vor. Alte Böcke, dachte Emma amüsiert.

Da war man jahrelang mit einem Mann zusammen und stellte mit einem Schlag fest, dass man ihn nicht mehr kannte. Emma fragte sich, ob sie ihn jemals gekannt hatte.

Die kurzzeitige Befriedigung, ihren Mann endlich mal auf seine wahre »Größe« zurückgestutzt und vor diesem widerlichen Makler bloßgestellt zu haben, hielt natürlich nicht lange an.

Mit jedem weiteren Schritt, den sie auf der kleinen ungeteerten Straße und dann quer durch die Felder ging, stellte sich der Schmerz wieder ein, jenes dumpfe Gefühl in der Magengegend, das einem jegliche Energie aus den Adern ziehen konnte. Aus dem schwungvollen Abgang wurde nachdenkliches Gehen, das in einer bleiernen Mattigkeit endete, die jeden weiteren Schritt schwer, wenn nicht sogar unmöglich machte. Der kleine Felsen mitten auf dem Feld kam wie gerufen. Kraftlos ließ sich Emma darauf nieder. Die Gedanken mussten geordnet werden, die letztlich nur um ein einziges Thema kreisten: Georg. War er schon immer so ein jähzorniger Egomane gewesen und sie hatte es sich nicht eingestehen wollen, oder hatte sie es früher nur nie so extrem wahrgenommen?

Nora hatte ihn von Anfang an durchschaut, aber machte Liebe nicht bekanntlich blind? Hatte sie vorher zu wenige Beziehungen gehabt, um kompetent feststellen zu können, dass Georg nicht der Richtige war? Hatte sie sich tatsächlich von seiner quicklebendigen Welt voller Aktivismus und seinen Showeinlagen blenden lassen, dem Leben Abwechslung von ihrem bis dahin eher stinklangweiligen Dasein in einem perfekten und auch noch katholischen Elternhaus abtrotzen wollen? Letztlich war sie aber in einer noch kleineren und ziemlich jämmerlichen Welt, seiner Welt, gelandet und hatte ihr Leben gegen einen Sarkophag aus Glas eingetauscht, für den sie sich auch noch hochverschuldet hatten.

Georg hatte sich verändert, musste sie sich eingestehen,

die Art, wie er lebte, war heute eine andere. Es kam ihr fast so vor, als ob etwas, was schon immer in ihm geschlummert hatte, nun hervorbrechen würde. Wie ein Dämon, der, wenn Nora recht hatte, schon immer Teil seines Wesens war! Was für ein schrecklicher Gedanke. Möglicherweise nahm sie sich sein Verhalten in jüngster Zeit ja auch nur viel zu sehr zu Herzen. Schwierige Phasen hatte jeder in seinem Leben. Sosehr sie sich auch bemühte, ihre Gedanken drehten sich doch im Kreis. Da kam Davids Anruf gerade recht. Sie wollte nur noch weg von hier, zurück nach Nizza, zu Nora. Wenn sie doch die Zeit zurückdrehen könnte und wieder jene Emma wäre, die sie einst gewesen war.

»Beschissen!« Das brachte es auf den Punkt. Was hätte sie David sonst auf die Frage, wie es denn so gelaufen sei, antworten sollen? Es so deutlich auszusprechen fühlte sich gut an, auch wenn Emma sich, bevor sie in seinen Wagen stieg, vorgenommen hatte, David mit ihren Problemen nicht zu belasten. Er hatte es ihr wohl schon beim Einsteigen angesehen, dass sie mies drauf war.

»Das heißt, Sie kriegen das Grundstück nicht?«, fragte David voller Anteilnahme, seinen Blick auf die Landstraße Richtung Nizza gerichtet.

»Würden Sie mit jemandem Geschäfte machen, der Sie in einen Misthaufen geschmissen hat?«

»Sie haben was?«, fragte er und schien sich darüber zu amüsieren.

»Das falsche Wort zur falschen Zeit *und* am falschen Ort«, erklärte sie.

»Was ist denn passiert?«

Emma überlegte, ob sie sich David wirklich anvertrauen konnte. So, wie er vorhin bei Georgs Ankunft reagiert hatte, musste er aber ohnehin schon Bescheid wissen, zwar nicht en détail, aber wen kümmerten jetzt noch die Details ihrer zerrütteten Ehe?

»Der Makler macht's wie mein Mann. Hat seine Frau zugunsten einer Jüngeren entsorgt. Die beiden können froh sein, dass ich sie nicht mit der Mistgabel aufgespießt habe.«

Wie schön, dass David darüber herzhaft lachen konnte. Richtig ansteckend.

»Das hätte ich Ihnen nicht zugetraut.«

»Jetzt sagen Sie mir bitte nicht, dass Sie mich für eine spröde Langweilerin halten.« Einmal auf dem Trip der Erkenntnis, gedachte Emma, jedes Wort auf die Goldwaage zu legen, auch wenn es aus dem Mund eines Mannes kam, der die schönsten Grübchen der Welt hatte.

»Ganz im Gegenteil! Sie sind sehr mutig, sonst hätten Sie mir nichts davon erzählt.«

»Vielleicht doch eher töricht?«

»Nein. Offen über etwas sprechen zu können erfordert sehr viel Mut. Menschen, die das können, haben nichts zu verbergen.«

Was für ein schönes Kompliment, noch dazu von einem jungen Mann, dessen Seele älter und weiser zu sein schien, als sie ihm zugetraut hätte.

»Manchmal möchte ich mich vor mir selbst verstecken«, sagte Emma mehr zu sich selbst.

»So schlimm?«

»Ich hab schon so viel über die Midlife-Crisis gelesen, aber wenn der eigene Mann ihr zum Opfer fällt ... Warum schmeißt ein Mann einfach alles weg? Sex? Geht's wirklich nur darum?«

»Das glaube ich nicht.«

Davids Antwort überraschte sie. Seine Ansichten passten nicht zu dem Mann, der neben ihr saß: attraktiv, mit muskulösen Oberarmen, die den Stoff seines Poloshirts spannten, einem markanten Kinn und sinnlichen Lippen. Im sanften Licht der Nachmittagssonne, die auf ihn fiel, wirkte er noch attraktiver. Komisch, dass ihr dies bei ihrer ersten Begegnung gar nicht aufgefallen war. Vermutlich war sie so in Sorge um Lilly gewesen, dass sie David zwar gesehen, aber nicht richtig wahrgenommen hatte.

»Was macht Sie so sicher, dass es meinem Mann nicht nur um das eine geht? Sie sind ja noch ein paar Jahre vom kritischen Alter entfernt«, sagte Emma und machte sich zugleich klar, dass er, so jugendlich, wie er aussah, noch Lichtjahre von einer Midlife-Crisis entfernt war.

»Mein Großvater war meiner Großmutter bis zu ihrem Tod treu. Man hat bei jeder Gelegenheit gemerkt, dass sie sich lieben – im täglichen Umgang miteinander, verstehen Sie? Sie wurde zuckerkrank und ist später erblindet. Er hat sich um sie gekümmert, bis zu ihrem Tod. Sie sehen, ich hab das erlebt, und eine Zeitlang habe ich mir nichts sehnlicher gewünscht, als genauso zu leben wie er.«

»Und jetzt?«

»Ich glaube, dass sich die Zeiten geändert haben. Es ist alles viel schnelllebiger geworden, auch Beziehungen. Werte ändern sich viel zu schnell. Es wird konsumiert, nicht investiert, schon gar nicht mehr in die Liebe. Also, warum von etwas träumen, was es vielleicht gar nicht mehr gibt?«, sagte er und rang sich dabei ein tapferes Lächeln ab.

Das klang ziemlich wehmütig und ernüchternd zugleich. War sie also nur Opfer ihrer Zeit? War Georgs Verhalten zeitgemäß und sozusagen völlig normal? Hatte er sie nicht auch »konsumiert«, anstatt in die Liebe zu investieren? War sie genau wie Davids Großvater ein Relikt aus einer vorsintflutlichen Epoche? David schien aber auch alles andere als der typische Mittdreißiger zu sein. Was machte ihn zu dem, was er war? Mal sehen, wie offen er über sich selbst sprechen würde.

»Haben Sie sich jemals gefragt, ob Sie Ihre Frau wirklich gekannt haben?«

Für einen Moment sah er sie nur an, dann folgte ein bitter-trauriges Lächeln, bevor er zögerlich nickte.

»Ich konnte ihr Verhalten durchaus nachvollziehen. Ein Leben hier auf dem Land? Sie war zu jung, im Nachhinein … Kann sein, dass es ihr an der notwendigen Reife fehlte.«

»Ich verstehe nur nicht, warum man sich so etwas nicht vorher überlegt. Eine Ehe ist doch kein Testabo.« Nichts war ihr fremder als unüberlegte Handlungen, zumindest wenn sie eine gewisse Tragweite hatten.

»Wir waren sehr verliebt. Nicht die beste Grundlage für eine Ehe.«

Das Thema beschäftigte ihn offenbar. David stand massiv unter Spannung. Warum sonst scherte er plötzlich aus und überholte mit Vollgas einen Wagen vor ihnen?

»Selbst wenn man es sich überlegt … Wie man es macht, ist es wohl verkehrt«, sagte Emma und spürte, wie Selbstmitleid in ihr aufstieg.

»Waren Sie nicht verliebt?«, fragte er und sah dabei kurz zu ihr hinüber.

»Doch, aber nicht sofort.«

»Wie meinen Sie das?«

»Ich hatte vor meiner Zeit mit Georg ziemlich üble Erfahrungen mit meinen ersten Freunden gemacht. Meine Ansprüche an Männer hatte ich drastisch reduziert. Ich wusste, dass Georg gelegentlich trinkt und die eine oder andere Macke hat, aber er war ehrlich zu mir. Das hat mich beeindruckt. Es klingt verrückt, aber ich glaube, ich habe mich in seine Fehler verliebt, weil er keinen Hehl daraus gemacht hat.«

»Vielleicht waren Sie seine Chance, aus seinen Fehlern zu lernen. Schicksal. Man begegnet sich nicht ohne Grund.«

Interessante Theorie, nur schien Georg nichts dazugelernt zu haben, oder hatte Emma selbst versagt? Ein ziemlich beunruhigender Gedanke, so dass ihr augenblicklich flau wurde.

»Und welche Funktion hatte er für mich?«, fragte sie nach ein paar tiefen Atemzügen.

Wieder überlegte er für einen Moment.

»Ich bin mir sicher, Sie finden das bestimmt noch heraus. Sein eigenes Schicksal zu ergründen braucht Zeit.«

Nun brachte David auch noch das Schicksal mit ins Spiel, als ob nicht schon genug Fragen in ihrem Kopf kreisten.

Wenn es etwas gab, was Nora nicht ausstehen konnte, dann war das der obligatorische Hausputz, den sie natürlich nach Paretoprinzip erledigte. Mit nur zwanzig Prozent des Aufwands konnte man achtzig Prozent des Schmutzes beseitigen. Das Dumme daran war, dass man sich irgendwann der restlichen zwanzig Prozent an hartnäckigem Schmutz, Müll und was sich sonst noch im Laufe der Jahre angesammelt hatte annehmen musste, und dies mit achtzig Prozent des Aufwands.

Dies war so ein Tag. Emma traf sich mit Georg, und zwei Klientinnen hatten abgesagt. Ein perfekter Tag für die achtzig Prozent. Sie schleppte die nächsten vollgestopften Mülltüten die letzten Treppenstufen hinunter. Dass halbleere Dosen mit eingetrockneter Farbe aber auch so schwer sein mussten. Die Schlepperei wurde aber belohnt. An der Haustür trat ihr doch glatt Adonis in Person entgegen – um ein Haar wären sie an der Türschwelle zusammengestoßen. Den will ich haben, schoss es ihr sogleich durch den Kopf, als sie Emma an seiner Seite wahrnahm. Das musste wohl Lillys Bekannter sein.

»Hallo, Emma. Wie ist es gelaufen?«, fragte sie zunächst ihre Freundin. Emmas Leidensmiene sprach Bände. Vermutlich war sie so fertig, dass ihr nicht in den Sinn kam, David anstandshalber vorzustellen. Also, selbst ist die Frau. »Sie sind sicher David.«

»Und Sie Emmas beste Freundin, Nora«, erwiderte er und fügte ein charmantes »Enchanté« hinzu.

»Korrekt und ganz meinerseits.«

Nora konnte sich des Eindrucks nicht erwehren, dass Emma von ihrem kleinen Flirt genervt war.

»Danke fürs Fahren«, sagte Emma nun zu David.

Sie will ihn doch nicht etwa schon heimschicken, dachte Nora. Wenn sie schon einmal eine aufgeräumte und noch dazu geputzte Wohnung hatte, musste dieser Umstand gebührend gewürdigt werden. »David kann doch noch mit uns essen«, schlug sie deshalb vor. Warum warf er Emma jetzt einen fragenden Blick zu? Also, fürsorgliche Züge hatte er, auch wenn Nora sich im Moment mehr für seinen Körper interessierte und für sein bildhübsches Gesicht.

»Ja, gute Idee. Wenn es dir nicht zu viel Mühe macht.«

Na also, Emma lenkte ein.

»Ich muss nur noch die Mülltüten entsorgen. Geht doch schon mal rauf.«

»Ich mach das schon«, bot David an und hatte sofort den Müllcontainer, der keine zwanzig Meter von ihnen entfernt stand, im Visier. Noch ehe sie protestieren konnte, schnappte er sich den Unrat – alle Mülltüten auf einmal. Für ihn waren sie noch nicht einmal schwer. Dennoch spannten sich seine Muskeln, mit denen sich Nora unbedingt vertraut machen wollte.

»Lillys Freund?«, fragte sie Emma, die ihm ebenfalls mit den interessierten Blicken einer Frau hinterhersah.

»Nein, ich glaube, sie kennen sich nur flüchtig von der Uni«, erwiderte sie, ohne ihn aus den Augen zu lassen.

»Der fehlt mir noch in meiner Sammlung«, schwärmte Nora.

»Ist der nicht ein bisschen zu jung für dich?«

»Sag mal, für wen hältst du mich eigentlich? Für eine vertrocknete Jungfer?«

»Jetzt sag mir bitte nicht, dass du vorhast, dich an David heranzuschmeißen.« Emma wurde ganz blass.

»Gefällt er dir etwa nicht?« So ein kleines Abenteuer könnte ihre Freundin angesichts ihrer Ehemisere bestimmt wieder zurück ins Leben holen – von ihrer Zeit des unfreiwilligen Zölibats an Georgs Seite, wie sie erzählt hatte, ganz zu schweigen.

»Ich hab im Moment andere Dinge im Kopf«, erwiderte Emma fast etwas trotzig.

»Eben, genau das ist dein Problem«, sagte Nora und sah erneut zu David. Es hatte etwas Erotisches, ihn die schweren Mülltüten in den Container werfen zu sehen. Pure Kraft, verführerische Männlichkeit. So eine Position müsste sich gut auf einem Bild machen, überlegte sie. »Also, wenn du ihn nicht willst …«, stichelte sie weiter. Emma schien überhaupt nicht mitzubekommen, dass Nora sie die ganze Zeit bezüglich ihrer Absichten, sich an David heranzumachen, aufzog. Natürlich ging Nora im Moment nichts anderes durch den Kopf, als diesen makellosen Körper zu erkunden, Pinselstrich für Pinselstrich. Sex? So jemanden würde keine Frau von der Bettkante stoßen, aber noch viel mehr beschäftigte Nora die Frage, wie sie ihn dazu bekam, sich für sie auszuziehen. Nun lächelte er ihnen auch noch zu. Da konnte einem trotz anderer Primärinteressen ganz heiß werden.

»Du kannst ihn gerne haben. Ich wusste ja nicht, dass du auf junge Männer stehst.« So, wie Emma dies sagte, klang es absolut nicht nach der Gleichgültigkeit, die sie vorgab.

»Das hält frisch und vital. Würde dir auch guttun.« Mal sehen, wann Emma es endlich merken würde.

»Also, wenn das jetzt ein Anmachabend wird, dann … Dazu habe ich im Moment nicht die Nerven.«

Emma wirkte nun sichtlich beunruhigt. Wie süß!

»Hallo! Emma! Ich möchte ihn malen!«, gestand Nora ihr endlich.

Der Stein, der ihrer Freundin vom Herzen fiel, schien Nora ungewöhnlich groß zu sein, und die Art, wie David Emma ansah, als er wieder bei ihnen war, hatte etwas ganz Merkwürdiges. David hatte ihrer Freundin definitiv einen Tick zu lange in die Augen gesehen.

Polen war offen! Noch nie hatte Lilly ihren Vater so wütend erlebt. Seine Stimme gellte laut aus dem Telefonhörer. Wenn sie ihn richtig verstanden hatte, war ihre Mutter daran schuld, dass finanziell nichts mehr zu retten war. Die Pleite war aus seiner Sicht nun unvermeidbar.

Was musste Mama den Makler auch in einen Misthaufen stoßen? Dass sie zu so etwas überhaupt fähig war. Eltern, die innerhalb kürzester Zeit derart austickten, konnten einem richtig Angst einjagen. War das jetzt der Anfang eines Rosenkriegs? Lilly sah die beiden schon wie Kathleen Turner und Michael Douglas im Kronleuchter hängen und wie am Ende dieses Hollywood-Klassikers in die Tiefe stürzen.

Fakt war, dass der Makler nach den Angaben ihres Vaters zwei weitere Interessenten an der Hand hatte und sich nun gütlich an diese hielt. Pleite! Verdammt, es war doch auch Mamas Geschäft. Pleite hieß aber auch, dass sie sich selbst noch intensiver um einen Job bemühen musste. Der Geldfluss aus Deutschland würde sehr schnell versiegen. Es wurde allerhöchste Zeit, mal ein deutliches Wort mit ihrer Mutter zu reden, und mit jeder Stufe, die sie in Noras Treppenhaus erklomm, wuchs ihre Entschlossenheit, am besten gleich beiden die Leviten zu lesen.

»Lilly, was für eine Überraschung. Komm rein. Hast du Hunger? Wir haben noch jede Menge.«

Der Appetit war ihr zwar schon gehörig vergangen, aber Noras herzerfrischende Begrüßung freute sie dann doch. Ein flüchtiger Blick durch die halb geöffnete Tür offenbarte, dass ihre Mutter in bester Laune bei Kerzenlicht dinierte, so als ob rein gar nichts passiert wäre. Und wie sie einige Weintrauben genüsslich von einer Rebe zupfte und im Mund verschwinden ließ, das hatte fast schon etwas Provokantes. Moment!? Sie unterhielt sich mit jemandem, noch dazu mit vollem Mund. Zwei Schritte vorwärts, und das Rätseln um Mamas Gesprächspartner fand ein überraschendes Ende. David? Was um alles in der Welt machte er noch hier? Und auch David ließ es sich mit einem Weinglas in der Hand am üppig gedeckten Tisch offenbar ziemlich gutgehen.

»Lilly!« David entdeckte sie zuerst. Das Verwirrende daran war, dass sein Lächeln für einen Moment der Überraschung wich, bevor er es ihr wieder wie sonst üblich im

Überfluss schenkte. Auch Mamas Miene konnte man nicht unbedingt als Willkommensgruß interpretieren. Nora hingegen schien sich aufrichtig zu freuen und holte sogleich einen vierten Stuhl aus ihrem Atelier.

»Ihr lasst es euch ja richtig gutgehen«, sagte Lilly mit Blick in die Runde.

»Warum auch nicht?«, erwiderte ihre Mutter knapp.

Hatte sie bereits einen in der Krone oder tickte sie nicht mehr ganz richtig? Möglicherweise hatte ihre Mutter den Ernst der Lage auch noch nicht ganz erkannt oder ihn im Wein ertränkt.

»Setz dich doch zu uns.« Selbst Davids Charme prallte nun gegen ihre Wand aus Verwunderung und Fassungslosigkeit.

»Mama, wir müssen reden«, sagte sie ernst.

»Ja, klar. Was ist denn los?«, fragte ihre Mutter, die unerträglich unbeschwert wirkte.

»Unter vier Augen. Es geht um Papa.«

»Hat er sich etwa bei dir gemeldet?«

»Ja.«

Nun hatten David und Nora mitbekommen, dass es etwas Hochbrisantes zu besprechen gab. Sie tauschten vielsagende Blicke.

»Nora, wenn du mich malen willst, möchte ich deine Akte vorher schon mal begutachten«, schlug David etwas plump, aber ziemlich deutlich vor, um Lilly und ihrer Mutter das Feld zu überlassen.

»Also, wenn es um den heutigen Nachmittag geht«, sagte ihre Mutter schnell, »David und Nora wissen über alles Bescheid. Wir können auch hier offen reden.« Dabei warf sie Nora und David einen einladenden Blick zu. »Ihr müsst euch nicht ins Atelier verziehen.«

»Du hättest mich auch anrufen und mir Bescheid geben können. Papa war stinksauer …«, begann Lilly.

»Papa ist sauer? Lilly, das ist doch wirklich nichts Neues. Er kann sich ja mit der Russin trösten«, erwiderte ihre Mutter ungewohnt lakonisch.

Erneut tauschten Nora und David Blicke. So wie es aussah, war es ihnen doch zunehmend unangenehm, sich familiäre Interna anhören zu müssen.

»Mama. Papa hat gesagt, dass er das Grundstück nicht mehr bekommt und …«

»Ich weiß, wir sind jetzt endgültig am Rande des Ruins«, fasste ihre Mutter die Lage zusammen und spielte dabei amüsiert mit ihrem Weinglas.

Warum ließ ihre Mutter das alles kalt? Was ging hier vor? Machte es einen »high«, wenn man zu viel von der Farbe aus Noras Atelier inhalierte? Wenn ja, sollte sie selbst schleunigst einen tiefen Zug aus einem der Farbtöpfe nehmen.

»Lilly …«

Glücklicherweise klang Mamas Tonfall jetzt wieder so, wie sie ihn kannte: warm und herzlich.

»Jetzt setz dich zu uns und lass uns heute Abend nicht mehr über deinen Vater reden.«

So wie sie sie nun alle drei ansahen, war das bereits beschlossene Sache. Ein Glas Chardonnay hatte bestimmt ähnlich entspannende Wirkung wie die Dämpfe eines Farbtopfs, und mit jedem Schluck entspannte sich Lilly mehr.

Kapitel 7

Wer um Himmels willen klingelte sie zu so unchristlicher Zeit aus dem Tiefschlaf, noch dazu aus einem so süßen Traum – von David. Sie hatten miteinander getanzt und sich beinahe geküsst. Schade, dass es nicht dazu gekommen war. Ein Blick auf ihre Armbanduhr, die auf dem Schränkchen neben dem Prinzessinnenbett lag, ergab, dass man bereits von spätem Morgen sprechen musste. Dennoch fühlte Emma sich bleischwer und leicht verkatert. Irgendwie war Noras Bett heute auch äußerst unbequem, so eng, und warum schwitzte sie eigentlich so?

Schlagartig wurde Emma klar, dass sie nicht allein im Bett lag. Doch nicht etwa mit David? Alkohol? O Gott! Absurd, aber in Anbetracht ihres so intensiven Traums nicht unmöglich. Sofort umdrehen! Nachsehen! Obwohl ihre Wahrnehmungsstörungen und ein verschwommenes Gesichtsfeld auf einen gestrigen Weinrausch hindeuteten, war ihr Blick immer noch klar genug, um zumindest die Konturen ihrer Tochter zu erkennen. Sie schlief wie ein Engel. Da erfüllte lautes Gepolter das Atelier. Nora war wach.

»Bordel de merde!« – Noras Lieblingsfluch, den sie immer vom Stapel ließ, wenn irgendetwas schiefging, hallte durch den Raum. Emma lugte hinter dem Vorhang hervor und beobachtete, wie Nora zur Tür humpelte und einem Stuhl, gegen den sie wohl gestoßen war, einen bösen Blick zuwarf.

»Morgen, Nora. Ist das Kundschaft?«, krächzte sie, nicht sicher, ob Nora sie gehört hatte.

»Heute ist Sonntag. Da arbeite ich nicht«, erwiderte Nora mit ebenfalls rauer Stimme. Die vielen Gründe dafür standen immer noch auf dem Tisch und auf der Anrichte. Sieben Flaschen Chardonnay! Kopfschmerzen!

»Mama?«, piepste Lilly von ihrer Seite des Betts.

Hoffentlich sah sie nur halb so furchtbar aus wie ihre Tochter oder Nora, die sich gleich noch einmal den Fuß an ihrer Anrichte stieß, bevor sie die Tür erreichte. Schnell hinter den Vorhang. Niemand sollte sie so sehen. Am Ende war es Georg, der herkam, um ihr eine Szene zu machen.

»Nora! Wenn es Georg ist, mach bitte nicht auf«, fiepte Emma in gerade noch hörbarem Flüsterton, damit man draußen nicht mitbekam, dass sie hier war. Georg schien es aber nicht zu sein. Auf Nora war Verlass.

»Paul! Ach, Paul«, frohlockte ihre Freundin. Wahrscheinlich einer ihrer Liebhaber. Wo war eigentlich David? Erst jetzt fiel ihr ein, dass er sich noch vor ihrem finalen Besäufnis mit der Begründung, am nächsten Morgen früh rauszumüssen, verabschiedet hatte. Was musste er jetzt nur von ihr denken? Viel mehr beschäftigte sie aber nun die Frage, wer dieser Paul war. Aber ja, natürlich! Noras Bruder! Und warum schepperte und klirrte es so aus Richtung Wohnküche?

»Wie ich sehe, komme ich ja gerade recht.« Pauls Stimme klang merkwürdig vertraut, obwohl sie ihn seit über zwanzig Jahren nicht mehr gesehen hatte.

»Aber sag mal, muss ich mir jetzt Sorgen um dich machen? Hast du gestern sieben Flaschen …?«, fragte er amüsiert.

»Ich habe Gäste. Du wirst nicht glauben, wer hier ist.«, tönte Nora

Bitte, lieber Gott, mach, dass ich mich jetzt nicht in diesem Zustand ausgerechnet vor Paul zeigen muss.

»Emma!« Nora pries sie wie die Überraschung des Tages an, fehlte nur noch ein »Tata« oder ein Jingle aus einer Gameshow, der den Hauptgewinn ankündigte.

»Emma?«, überlegte er laut und ziemlich lange, was Emma nicht im Geringsten überraschte. »Sag bloß. Wo ist sie denn?«

»Emma! Es ist nur Paul«, raunte Nora in Richtung ihres Verstecks hinter dem Vorhang. »Und ihre Tochter, Lilly«, fügte Nora noch hinzu.

Das Einzige, was sie jetzt noch retten konnte, waren ein paar notdürftige Griffe durch ihr Haar. Sie sah bestimmt wie eine Vogelscheuche aus, wenn nicht noch schlimmer. Vorsichtig zog sie den Vorhang ein Stück zur Seite. Gut, dass sie eines von Noras überlangen T-Shirts anhatte, das fast über ihre Knie reichte. Ein Horror, sich so zeigen zu müssen! Pauls Strahlen, als er sie sah, nahm ihr aber sofort jegliche Hemmung.

»Hallo, Paul«, begrüßte sie ihn eher zaghaft.

»Emma. So eine Freude.« Schon küsste er sie links und rechts auf die Wange, bevor er sie mit verzücktem Blick musterte.

»Jetzt sag mir nicht, dass ich mich in den letzten Jahren kaum verändert habe. In meinem jetzigen Zustand würde ich das nämlich nicht als Kompliment auffassen, und frag bitte auch nicht, wie's mir gerade geht«, sagte sie rein präventiv. Gut, dass sie damit gleich sämtliche Angriffsflächen eliminiert hatte und zum Dank auch noch Pauls herzerfrischendes Lachen erntete. »Du hast dich aber schon ein bisschen verändert«, gestand sie ihm.

Erst jetzt musterte sie ihn genauer. Anzug, Krawatte, solider Eindruck … Was war aus dem Pferdeschwanz von damals geworden? Der Exhippie sah jetzt ziemlich bürgerlich aus. Die grauen Haare, die sich in sein dunkles Haar geschlichen hatten, standen ihm ausgesprochen gut. Sie machten ihn interessant und verliehen ihm einen seriösen Touch, der Emma gut an ihm gefiel.

»So geschockt, mich im Anzug zu sehen?«, fragte er.

Konnte er immer noch ihre Gedanken lesen? Das war ihr schon damals immer höchst unheimlich gewesen, fast beängstigend.

»Wollt ihr Kaffee?«, fragte Nora in die Runde.

»Gerne«, antworteten sie fast gleichzeitig. Auch dies ein Déjà-vu aus vergangenen Tagen, was Paul erneut zum Lachen brachte.

»Extrastark«, krähte es hinter dem Vorhang.

»Deine Tochter?«

Emma nickte und spürte auf einmal, dass Paul sie etwas nachdenklich ansah, fast ein bisschen wehmütig und wie in Gedanken.

»Hast du Lust, nach dem Frühstück ein wenig mit mir spazieren zu gehen?«, fragte sie ihn. Sie musste erfahren, wie es ihm in den letzten Jahren ergangen war.

Emma hatte den Eindruck, dass er genau wie damals etwas schüchtern und zurückhaltend reagierte. Blickte er deshalb zu seiner Schwester, um in ihren Augen zu lesen, ob ihr das auch recht war, wenn sie sich verzogen? Hatte er das nicht früher auch immer gemacht? Die große Schwester um Rat gefragt, sich bei ihr rückversichert, ob seine Meinung richtig war? Emma musste sich eingestehen, dass sie das ganz süß fand, heute jedenfalls. Damals, erinnerte sie sich, hatte sie sich darüber eher lustig gemacht.

»Ist das nicht schön, dass wir alle wieder zusammen sind?«

Nora war schon wieder auf Touren. Kaum floss der Kaffee aus der Maschine, trug sie auch schon den Nachschub an Wein in ihr Atelier. Schon wieder spürte Emma dieses verkaterte »Weißweinziehen« vom Hinterkopf bis zu den Schläfen. Es wurde höchste Zeit, an die frische Luft zu kommen.

Die Promenade des Anglais war auch heute noch eine Prachtstraße. Zwar hatte ihr die Croisette in Cannes nicht zuletzt wegen der dort alljährlich stattfindenden Filmfestspiele schon lange den Rang abgelaufen, aber die lange Strandpromenade mit ihren vielen Ständen, Eisverkäufern und Künstlern, die ihre Malereien oder Skulpturen an den Mann bringen wollten, war immer noch sehr lebendig und zog interessantes Publikum aus aller Welt an – überwiegend Touristen, aber auch Einheimische flanierten entlang der Strandbars, die einen eigenen Zugang zum Meer hatten. Der ideale Ort, um zu sehen und gesehen zu werden. Emma genoss es, mit Paul hier entlangzuschlendern und gemeinsam darüber zu sinnieren, was sich alles seit der Zeit ihres Studiums in Frankreich verändert hatte.

»Ich schwöre dir, diese lebenden Skulpturen hat es damals noch nicht gegeben«, sagte sie und warf einem als Meerjungfrau maskierten Mädchen, dessen Körper lückenlos geschminkt war, Kleingeld in eine Tonschüssel, die auf dem Boden vor ihm stand. »Dass wir damals nicht selbst auf den Gedanken gekommen sind. Wir hätten uns ein bisschen was dazuverdienen können«, fuhr sie fort.

»Als was hättest du dich denn verkleidet?«, wollte er wissen.

»Vielleicht als Blume«, fiel ihr spontan ein.

»Das hätte dir bestimmt gut gestanden«, erwiderte er überraschend charmant.

»Ich hab hier gelegentlich Gitarre gespielt«, fuhr er fort. »Da waren an einem Nachmittag schon mal fünfzig bis zweihundert Francs drin – je nach Wetter und Saison.«

»Du warst Straßenmusikant? Das ist mir damals wohl entgangen.«

»Du warst zu beschäftigt.« Damit hatte Paul sicher recht. Eine Party nach der anderen, heute ein Ausflug nach St. Tropez, morgen relaxen an einem einsamen Strand, und die Nacht wurde sowieso durchgefeiert, auch wenn es meistens nur auf dem Campus war. Irgendjemand hatte immer Geburtstag oder es gab irgendeinen anderen Anlass. Im Nachhinein konnte Emma sich kaum mehr an die Vorlesungen erinnern, dafür umso mehr an dieses gute Gefühl, intensiv zu leben, nichts zu verpassen. Das war die Zeit mit Georg und der Clique gewesen. Eine andere Zeit. Schade, dass man sie nicht mehr zurückdrehen konnte.

»Das sollte jetzt kein Vorwurf sein«, sagte Paul in einem sehr einfühlsamen Ton. Ihm musste wohl aufgefallen sein, dass sie kurz in Gedanken war, und er überlegte, ob er sie brüskiert hatte. Typisch Paul.

»Denkst du auch gerne an die Studienzeit zurück?«, fragte sie.

»Nicht so oft, aber das liegt sicher daran, dass ich immer wieder hier bin und das Kapitel Nizza wegen Nora für mich nie abgeschlossen war.«

»Was hast du eigentlich danach gemacht? Bist du wirklich nach Afrika? Mit dem Rucksack quer durch den Schwarzen Kontinent?«

»Klar!«

Emma erinnerte sich an ihre kontroversen Diskussionen mit Nora, die es schon damals cool gefunden hatte, um die Welt zu reisen. Emma hingegen hatte dies für den blanken Wahnsinn gehalten. Wofür hatte Paul schließlich Wirtschaft studiert? Wer stellte einen Weltenbummler ein, würde in ihm einen verlässlichen und treuen Mitarbeiter sehen? Damals war ein lückenloser Lebenslauf sehr wichtig gewesen, erinnerte sie sich.

»Wie lange warst du weg?«

»Fast zwei Jahre. Ich war erst in Andalusien. Hab dort Spanisch gelernt, war in Marbella, als es noch schön war, dann einen Monat Córdoba und Sevilla. Später über Marokko kreuz und quer durch Afrika bis nach Kapstadt.«

Komisch, jetzt nach all den Jahren beneidete sie ihn fast ein wenig um seinen Mut, aber auch um die Erfahrungen, die er auf seinen Reisen bestimmt gesammelt hatte.

»Wovon hast du denn all die Zeit gelebt?«, fragte sie.

»Gelegenheitsjobs in Spanien, und in Afrika brauchte man damals nicht viel Geld.«

»Du warst damals ein richtiger Hippie«, amüsierte sich Emma.

»Nur weil ich lange Haare hatte? Wie du siehst, sind die jetzt ab.«

»Das steht dir auch besser, finde ich.«

Pauls Schmunzeln verriet, dass er sich über dieses Kompliment freute.

»Wie ging es dann weiter, beruflich?«

»Es hat zwei Jahre gedauert, bis ich meinen ersten Job hatte, bei einem großen Ölkonzern in Südafrika, aber ich hatte plötzlich wieder Sehnsucht nach daheim. Nora war damals wieder für eine Zeitlang in Frankreich, lebte auf ei-

154

nem Hof in Lyon … Tja, und seit fünf Jahren vertrete ich ein Weinkontor. Ich tingle mit meinen Kisten durch halb Frankreich.«

Das klang so, als hätte sein Leben ihm keinen Raum für eine Partnerschaft gelassen, aber wer weiß, vielleicht täuschte sie sich.

»Keine Frau, die auf dich gewartet hat?« Emma überraschte ihr Mut, ihn so direkt danach zu fragen.

Paul schüttelte den Kopf. »Hat sich nicht ergeben. Und du? Deine Tochter ist bildhübsch. Ich hab von Nora nur noch mitbekommen, dass du Georg geheiratet hast.«

Emma nickte träge.

»Und wie fühlt sich das Eheleben so an? Ich beneide dich ein bisschen um deine Familie.«

Emma stieß gegen ihren Willen einen dumpfen und ziemlich zynischen Zischlaut aus.

»Begeistert klingt das aber nicht gerade«, sagte er.

»So, wie es jetzt aussieht, ist das Experiment Ehe wohl gescheitert.«

»Ihr habt euch getrennt?«, fragte er überrascht.

»Sieht ganz danach aus. Ich weiß es ehrlich gesagt noch nicht.«

»Das überrascht mich nicht«, sagte er.

»Du mochtest Georg noch nie, stimmt's?«

»Ich hab nie verstanden, warum du an ihm einen Narren gefressen hast«, sagte er ohne jede Spur von Schadenfreude. Ganz im Gegenteil, eher mitfühlend und traurig.

Hatte Nora also doch recht. Paul hatte sich damals in sie verliebt, nur wie sollte man so etwas mitbekommen, wenn einem der Mann, der sich für einen angeblich interessierte, keine Avancen machte.

»Ich hab fünf Karten für einen Empfang heute Abend.

Auf einem Boot. Würdest du mich begleiten?«, fragte er. »Nora geht sicher mit, und vielleicht hat deine Tochter ja auch Lust.«

Was für eine Überraschung! Spaß haben wie früher. Ein allzu verlockendes Angebot.

Nora amüsierte sich köstlich darüber, dass ihre beste Freundin sich auf ihren Kleiderschrank stürzte, nachdem sie ihr klargemacht hatte, dass dies nicht irgendeine Party war, sondern etwas ganz Besonderes. Paul hatte über sein Weinkontor, das edelste und sehr teure Weine vertrieb, Kontakte zu den besten Kreisen. Man mochte ihn und schätzte seine Gesellschaft. Selbst an Karten für die Filmfestspiele in Cannes kam er regelmäßig heran.

Nora erinnerte sich daran, dass Emma schon früher in pubertäre Hysterie verfallen war, wenn es galt, die richtige Garderobe für einen besonderen Anlass auszuwählen. Unglücklicherweise hatten sich ihre Geschmäcker, was Kleidung betraf, in den letzten Jahrzehnten nicht nur grabenweit auseinanderdividiert, sie hatten inzwischen auch unterschiedliche Größen. Mit einem Fundus an Abendkleidern konnte sie ihrer Freundin nicht mehr dienen. Es blieb ihnen also gar nichts anderes übrig, als shoppen zu gehen – in die Rue d'Antibes mit ihren Seitenstraßen, in denen es eine schicke Boutique nach der anderen, aber auch die europaweit angesagten Marken gab.

»Ist das nicht etwas zu gewagt?«, fragte Emma, als sie endlich aus der Umkleidekabine trat und am eng an ihrer Oberweite anliegenden Stoff herumfriemelte. Blöde Frage! Erstens konnte man auf einer Party von Monsieur Gibier, einem Großindustriellen, der überall seine Finger im Spiel hatte, nie »zu gewagt« gekleidet sein, und zweitens war Emma sicher nur darauf aus, ihrer Freundin ein Kompliment zu entlocken.

»Kann es sein, dass dein Busen größer geworden ist?«, fragte Nora ihre Freundin, deren Oberweite sie beeindruckte.

Emmas Gezupfe hörte sofort auf. Stattdessen begutachtete sie sich kritisch im Spiegel. »Jetzt, wo du es sagst. Du hättest mich mal während der Schwangerschaft sehen sollen.«

Eine der Erfahrungen, die Emma Nora voraushatte. Ob man davon wirklich größere Brüste bekam?, fragte sie sich und schaute etwas wehleidig an sich herab.

»Noch einen Push-up? Wennschon, dennschon«, überlegte Emma laut, so dass selbst die Verkäuferin auf sie aufmerksam wurde, ihnen zunickte und sofort in Richtung BH-Ecke entschwand.

Nora musste unbedingt wissen, was so ein Edelfummel kostete, und tastete nach dem Preisschild, das von Emmas Hüfte baumelte. »Tausendfünfhundert. Die spinnen doch«, entrüstete sie sich.

»Passt es mir nun oder nicht? Was sagst du?«

»Du siehst umwerfend aus«, gestand Nora. Der seidig schimmernde Braunton harmonierte perfekt mit Emmas Augen. Aber so viel Geld für ein Stück Stoff ausgeben? Gut, das Abendkleid war raffiniert geschnitten und kaschierte einige Problemzonen, aber Emma würde es sich im Hinblick auf ihre Finanzmisere sicherlich nicht leisten können.

»Ich nehme es!«, überraschte Emma sie.

War Emma nach Georgs geplatztem Grundstücksdeal nicht finanziell ruiniert? Emma musste ihr angesehen haben, dass sie sich gerade diese Frage stellte.

»Ich bezahle natürlich mit Georgs Kreditkarte. Wozu gibt es Partnerkarten? Bis die Abrechnung kommt, ist dann sowieso nichts mehr zu holen.«

Ziemlich fatalistisch, aber was hatte Emma noch zu verlieren?

Seitdem ihre Mutter in Nizza aufgetaucht war, fühlte sich das Leben für Lilly irgendwie fremd an, selbst ihr kleines Apartment erschien ihr nicht mehr so gemütlich und kuschelig wie noch vor einigen Tagen. Dabei ging doch alles seinen gewohnten Gang, wunderte sie sich und tippte lustlos an ihrer Semesterarbeit über die USA. Noch demotivierter als sonst, denn auch an der Modelfront ging es nicht voran. Es waren zwei telefonische Absagen auf ihrem Anrufbeantworter gewesen, sozusagen zur Begrüßung, als sie immer noch leicht verkatert nach Hause gekommen war. Einziger Lichtblick war der heutige Abend. Karten für eine Einladung bei Monsieur Gibier, nach dem man nicht lange googeln musste. Es gab kein Gibier-Event, das nicht bei Facebook eingestellt war. Auch Vertreter aus der Modewelt würden dort sein. Vielleicht eine neue Chance für ihre dahindümpelnde Modelkarriere.

Ihre Mutter wollte sie unbedingt dabeihaben. Warum sie selbst lieber auf eine Party ging, anstatt den Versuch zu unternehmen, sich mit ihrem Vater auszusöhnen, war ihr allerdings ein Rätsel. Sie könne auch eine Freundin mitnehmen, da noch eine weitere Karte verfügbar sei, hatte ihre Mutter gesagt. Merkwürdig, dass sie dabei sofort ihre »Freundin« David mit ins Spiel gebracht hatte. Sie hatten sich gestern bestens verstanden und sehr lange Gespräche geführt. Nora war ebenfalls sehr angetan von ihm gewesen, aber ihre Mutter hatte definitiv, wenn auch chardonnaysiert, mit ihm geflirtet. Mal sehen, wie David reagieren würde, wenn sie ihn einlud.

»Ich weiß nicht, ob ich da kann. Ich hab am späten Nachmittag noch einen Termin und müsste extra von Grasse wieder reinfahren«, erklärte er ihr, nachdem sie die Einladung am Telefon ausgesprochen hatte.

»Komm schon! Gibier! Da geht die Post ab. Außerdem mag ich nicht allein mit meiner Mutter auf 'ne Party gehen.«

»Du nimmst deine Mutter mit?«, fragte er erstaunt.

»Nein, sie nimmt mich mit.«

Kurze Sendepause.

»Na gut, wenn dir so viel daran liegt. Wann soll ich dich abholen?«

Wahnsinn! Hatte sie ihn eben tatsächlich mit ihrer Mutter geködert? Und er biss auch noch an! Vielleicht aber auch nur ihr zuliebe. Schwer zu sagen, mit Brummschädel und immer noch eingeschränktem Denkvermögen.

»Gegen acht?«, fragte sie.

»Gut – und danke für die Einladung. Bis später.«

David würde doch nicht ernsthaft etwas von ihrer Mutter wollen. Nein, das wäre absurd. Er war viel zu jung für sie. Nein, einfach lächerlich, um nicht zu sagen, an den Haaren herbeigezogen. David könnte jede haben, dessen war sich Lilly sicher. Auf eine Mittfünzigerin fuhr ein Mann wie David doch nicht ab. Ein beruhigender Gedanke. Ja, so musste es wohl sein. Lilly ertappte sich im reflektierenden Display ihres Notebooks bei einem erleichterten Lächeln und stellte zufrieden fest, dass sich ihre Gesichtszüge sichtlich entspannten. Und nun volle Kraft voraus, damit sie vor acht mit den Korrekturen ihrer Semesterarbeit fertig wurde.

Es war alles andere als ungewöhnlich, abends an Nizzas Hafen Menschen in edler Ausgehrobe zu sehen. Dort waren schließlich gute Restaurants, und immer wieder gab es Partys auf Booten, Yachten oder Seglern, die entweder direkt am Hafenbecken oder weiter draußen auf dem Meer vor Anker lagen.

Emma erinnerte sich daran, schon einmal auf einem Segelschiff gefeiert zu haben. Nizza war immer noch eine begehrte Anlaufstelle für die Reichen und Schönen, vor allem aber für die Neureichen und Nostalgiker, die die Côte d'Azur auch weiterhin als etwas Besonderes empfanden. An sich hätte sie in ihrem neuen Kleid gar nicht so auffallen dürfen, und mit Sicherheit war sie über das Alter hinaus, Männer zu beachten, die ihr nachpfiffen, aber nachdem ihr auf ihrem kurzen Weg vom Taxi bis zum Landungssteg so ziemlich jeder zweite Mann einen aufmerksamen Blick zugeworfen hatte, konnte Nora es sich offenbar nicht mehr verkneifen, von einem Glückskauf zu sprechen.

»Du denkst also, es ist nur das Kleid?«, fragte Emma. Sie wollte an diesem Tag Komplimente hören, und wenn es nur eines aus dem Munde ihrer besten Freundin war.

»Eine gute Verpackung ist die halbe Miete«, erwiderte Nora und zupfte an ihrer »Ballade in Weiß« herum, einem Hosenanzug mit Flatterschal und Hut. Nora wirkte darin etwas retro und hatte sie nicht irgendwo gelesen, dass Männer Frauen mit Hut weniger beachteten? Nora trug trotzdem einen, und er stand ihr sehr gut.

»Du siehst aus wie die Hepburn«, gab Emma ihr zu verstehen.

»Sag mir jetzt bitte nicht, wie Katherine.«

»Audrey natürlich.«

Das schien Nora zufriedenzustellen, erinnerte sich

Emma doch daran, dass *Frühstück bei Tiffany* einer von Noras Lieblingsfilmen war.

»Da sind ja Lilly und David.« Nora winkte in Richtung Anlegestelle. Die beiden standen bereits im Pulk mit anderen Gästen an einem Steg, dem sich ein kleines Motorboot mit Getöse näherte. Das musste der Zubringer zur Segelyacht sein, deren Lichter golden auf dem offenen Meer schimmerten.

»Mama. Wow …« Mehr brachte ihre Tochter nicht mehr heraus, und der halb geöffnete Mund dokumentierte absolute Fassungslosigkeit. David betrachtete sie ebenfalls anerkennend und freute sich, sie wiederzusehen.

»Hallo, David«, begrüßte sie ihn ganz leger.

Dass David seine Augen immer noch nicht von ihrem Outfit abwenden konnte, stieß ihrer Tochter offenbar übel auf. Warum sonst sah sie ihren Begleiter so irritiert an?

»Und Paul? Kommt der nicht?«, wollte Emma von Nora wissen.

»Er ist schon an Bord. Noch ein paar Geschäfte. Wenn ich mich nicht täusche, hat er den Wein für die Party geliefert.«

»Ich werde heute jedenfalls nichts mehr trinken«, nahm sich Emma in Gedanken an ihre Chardonnay-Orgie tapfer vor, bevor sie sich vom Pulk der wartenden Gäste in Richtung Shuttle schieben ließ.

Nicht viele konnten es sich leisten, auf einem riesigen Dreimastschoner eine Party zu geben. Gibier anscheinend schon. Nora erinnerte sich lediglich an ein Event dieser Art während der Filmfestspiele im benachbarten Cannes. Normalerweise fanden die Empfänge auf viel kleineren, wenn auch nicht minder imposanten Motoryachten statt. Mehr als ein paar Häppchen auf einem engen Stehempfang zu sich zu nehmen und sich unentwegt zwischen verschwitzten Körpern hindurchzuzwängen war auf so einer Yacht kaum möglich. Umso mehr freute Nora sich darauf, das majestätische Schiff, dem sie sich mit einem Motorboot schnell näherten, unter die Lupe zu nehmen. Emma war die Vorfreude ebenfalls ins Gesicht geschrieben. Und wie sie strahlte! Andere Gäste ließen sich offenbar von ihrer guten Laune anstecken und warfen ihr ein wohlwollendes Lächeln zu. Der Abend würde Emma sicher guttun. Einziges Problem war die Frage, wie sie diesen imposanten Segler nun entern sollten. Die Höhe des Schiffs war schwindelerregend. Die Reling wirkte hochhausweit von ihrem schaukelnden Boot entfernt. Wie sollte sie es nur anstellen, auf einer nicht gerade stabil und trittsicher wirkenden Leiter unbeschadet nach oben zur Reling zu kommen, überlegte Nora mit Schaudern. Schon einmal war sie bei dem Versuch, einen solchen Schoner zu erklimmen, ausgerutscht und hatte ihren teuren High Heels hinterherwinken können, bevor diese im dunklen Wasser versunken waren. Nach einer erneuten Barfußparty stand Nora aber nicht der Sinn, deshalb nahm sie Davids helfende Hand, die schon Lilly nach oben gehievt hatte, gerne an. Zwei weitere hilfreiche und kräftige Matrosenhände zogen sie mit Schwung nach oben. Emma zierte sich etwas. Warum stieg David mit ihr zusammen auf die Leiter? So viel Fürsorge hatte er Lilly und Nora nicht angedeihen lassen. Als er Emma an den Hüften berührte und sie stützte, sah es fast so aus, als würde Emma sich für einen Moment wohlig rekeln. Ihre Freundin schien auf Flirtkurs zu sein, aber hoffentlich nicht mit dem falschen Mann. Paul wäre darüber sicherlich nicht sehr erfreut.

»Da seid ihr ja«, begrüßte Paul Nora herzlich, als sie an Deck war. Er hatte sich dem Anlass entsprechend ziemlich herausgeputzt. Seltsam, früher hatte er sich nie etwas aus teuren Klamotten gemacht, und jetzt spielte er offenbar mit Freude Onassis. Mit gegelten Haaren sah er noch viel interessanter aus, und das schien auch Emma zu registrieren. Paul hatte nur Augen für sie und ließ es sich nicht nehmen, sie gleich zu begrüßen.

»Emma! Du siehst bezaubernd aus, nein – umwerfend«, sagte er. Machten Kleider wirklich Leute? Paul wirkte tatsächlich etwas selbstbewusster als sonst. Von seiner angeborenen Schüchternheit und Zurückhaltung war im Moment nichts mehr zu spüren.

»Paul. Ich muss schon sagen. Man könnte glauben, der Segler gehört dir.« Nun gab Emma ihm das Kompliment auch noch zurück.

Nora musterte die beiden eingehend. Ja, Pauls Blick war eindeutig, sein Interesse an ihr klar. Und Emma? Einfach in genereller Flirtlaune, oder war da etwa mehr? Auch David registrierte Emmas Reaktion, was Lilly, die gerade mit großen Augen den Schoner und die hohen Masten bewunderte, gar nicht mitbekam. Paul ließ es sich nicht nehmen, auch sie persönlich zu begrüßen.

»Hallo, Lilly. Schön, dass Sie kommen konnten.«

Küsschen links und rechts, wie es sich gehörte.

»Das ist David.« So euphorisch, wie Emmas Tochter ihn vorstellte und sich gleich bei ihm einhängte, war es kein Wunder, dass Paul annehmen musste, die beiden seien ein Paar.

»Stürzt euch ins Getümmel und amüsiert euch«, sagte Paul und sah ihnen noch eine Weile nach. »Die beiden passen aber gut zusammen«, stellte er fest.

Wer weiß, vielleicht würde aus ihnen ja tatsächlich noch ein Paar, überlegte Nora. An einem Abend wie diesem war unter sternenklarem Himmel so gut wie alles möglich.

Nun war auch Gibier, der große Zampano, auf sie aufmerksam geworden und löste sich von einigen Partygästen, die er mit einem gönnerhaften Lächeln verabschiedete. Paul stellte ihm seine Gäste vor. Auch bei Gibier kam Emma auf Anhieb gut an, zumindest so lange, bis sie ihn zu diesem grandiosen Segelboot beglückwünschte. Gibier erklärte ihr fachmännisch, dass dies ein »Dreimastschoner« sei, und nahm dies gleich zum Anlass, ihr sein »Segelboot« zu zeigen.

Jeder flirtete mit jedem, dabei war Nora es doch immer gewesen, die früher an vorderster Front mit dabei gewesen war. Irgendwie musste ihr in den letzten Jahren die Puste dazu ausgegangen sein. Lag dies vielleicht an den vielen Kunden, die sie tagein, tagaus durchkneten musste, um ihre Miete für ein Loch in einem heruntergekommenen Viertel der Altstadt Nizzas zu bezahlen? O Gott. Jetzt nur keine Lebenskrise kriegen! Dafür war der Abend viel zu schön und die frische salzhaltige Luft, die sie atmete, viel zu anregend. Sollten die anderen ruhig schon mal vorgehen.

»Kommst du nicht mit?«, fragte Paul, ohne dabei Emma und Gibier aus den Augen zu lassen.

»Ach, ich find's grad so schön hier.«

»Na gut!«

Emma stellte fest, wie schön es doch war, nach so langer Zeit auf dem Trockenen mal wieder im Mittelpunkt zu stehen und sich unbeschwert unter das Partyvolk zu mischen. Ein ziemlich ungewohntes Gefühl. An Gibiers Seite fühlte sie sich wie im Zentrum der Welt. Ihr war schon ganz schwindlig von den vielen Namen und Gesichtern, die in kürzester Zeit an ihr vorbeigerauscht waren. Erstaunlich, wie viele Leute auf so einem Segelschiff Platz hatten. Dass es überhaupt so große Räume gab. Emma hatte fest damit gerechnet, dass sich alle Gäste an Deck aufhalten würden. Gibier hatte es sich jedoch nicht nehmen lassen, sie auch in den Bauch seines Prunkstücks zu führen. Möbel aus feinpolierten edlen Hölzern, die man auf so einem Luxussegler auch erwartete, waren geschmackvoll gemischt mit modernen Designerstücken. Antiker Schimmer von Skulpturen traf auf die moderne Nüchternheit einiger Gemälde, die auch Nora gemalt haben könnte. Der Mann hatte Geschmack. Umso größer das Kompliment, dass er sie allen wichtigen Leuten vorgestellt hatte, sogar dem stellvertretenden Bürgermeister und seiner Frau.

Es tat so gut, sich nicht mehr zurückhalten zu müssen, sondern sein zu können, wer man war, kein schlechtes Gewissen mehr haben zu müssen, wenn man selbst einiges aus seinem Leben zu erzählen hatte. Georg war ja nicht hier, und seine Abwesenheit fühlte sich mit jeder Sekunde besser an. Niemand, der einem über den Mund fuhr oder vor allen Leuten sagte, dass man sowieso nicht witzig genug war, um eine Episode vom letzten Urlaub zu erzählen. Nein! Sie kam an, und je mehr sie sich mit den Gästen unterhielt, desto klarer wurde ihr, wie sehr sie dies vermisst hatte.

Was er jetzt wohl machte? Vermutlich lag er mit der Russenschlampe im Bett. Sei's drum! Dieser Abend gehörte ihr, und aufgrund des regen Interesses der Männerwelt, die ihr zu Füßen lag, gedachte sie, den Abend in vollen Zügen zu genießen. Bei so vielen interessanten Gästen ergaben sich ständig neue Gespräche, auch ohne Gibier, der sich unzählige Male bei ihr entschuldigte, bevor er auf wichtig aussehende Geschäftsleute zusteuerte und sie dem Partyvolk überließ. Emma war das ganz recht. So viel Zeit, wie er mit ihr bereits verbracht hatte, mussten einige Gäste ja bereits denken, dass sie seine Frau war.

»Woher kennen Sie Gibier? Waren Sie auch schon mit ihm im Bett?«, fragte sie prompt ein aufgetakelter und mit Sicherheit gelifteter Liz-Taylor-Verschnitt mit rauchiger Stimme. Normalerweise eine Frage, auf die man nicht antwortete. Hier und nach dem zweiten Cocktail war dies allerdings kein Problem.

»Nein. Und Sie?«, fragte sie amüsiert zurück.

»Liz Taylor« entpuppte sich als Madame Foulard, Inhaberin einer in Nizza ansässigen Unternehmensberatung, dabei sah sie eher wie die Puffmutter eines Edelbordells aus. Man sollte nie vorschnell über Menschen urteilen, vor allem nicht über Französinnen über sechzig, die sich im Gegensatz zu ihren deutschen Geschlechtsgenossinnen immer noch aufreizend zu kleiden wagten. Gut, hier und da ein bisschen Botox zu viel, aber wenn alles andere ebenso üppig nachgearbeitet war, passte es wenigstens zum Rest. Aus Madame Foulard wurde nach zwei weiteren Schlucken dieses süffigen Cocktails bald Dominique und nach dem zweiten Anstoßen einfach nur »Dom«, die es sich nicht hatte nehmen lassen, ihr einen Vortrag über das Leben an sich, vor allem über das andere Geschlecht zu halten.

»Im Leben der Männer gibt es nur drei Dinge, die wirklich wichtig sind: Sex, Geld und Macht«, betonte sie, bevor ihnen ein Kellner den dritten Cocktail auf einem Tablett servierte.

»Glauben Sie mir, ich habe vieles hinter mir. Vier Scheidungen, und gerade überlege ich, mich noch einmal scheiden zu lassen.«

Aha, also hatte sie die Liz-Nummer schon verinnerlicht und lebte ihrem Idol nach. Bei dem Wort »Scheidung« bemerkte Emma, dass sie etwas zusammenzuckte. Schon wieder Gedanken an ihren Mann, die an so einem schönen Abend nichts in ihrem Kopf verloren hatten.

»Vier Scheidungen?! Wie steckt man so was überhaupt weg?«, fragte Emma.

Nur einen lakonischen Laut bekam sie von Dom zur Antwort.

»Haben Sie diese Männer denn nicht geliebt?«, bohrte Emma nach und ärgerte sich bereits, dass sie nun doch wieder an das Drama mit Georg dachte.

»Das war mein Fehler. Aber Liebe … Was ist das schon?«, zischte ihr Gegenüber verächtlich. »Wenn man jung ist, dann will man sich verlieben. Die Hormone übernehmen das Kommando. Dann will man etwas Solides, gemeinsam wachsen, das Leben teilen. Ach, meine Liebe, meine Männer hatten mir das versprochen, alle wollten das Gleiche, bis die Flügel der Schmetterlinge im Bauch mit der Zeit keine Kraft mehr hatten und schlappmachten.«

Liz, oder vielmehr Dom, machte nun den Eindruck, als würde sie an ihrem Cocktail Halt suchen.

»Das ist so was von unfair! Wenn man selbst in der Lage ist, aufrichtig zu lieben, warum serviert einem das Leben dann einen Vollidioten nach dem anderen?«, fragte Dominique bitter.

Gute Frage. Emma hatte sich das auch schon oft genug gefragt. Auch ihre Beziehungen vor Georg waren alles andere als rosig gewesen. Karl hatte sie mit einer anderen betrogen, Wolfgang wollte sich noch nicht so früh binden und sich sexuell vor der Ehe noch etwas ausleben, Reiner hatte plötzlich nach zwei Monaten die Einsicht, dass Kinder für ihn nicht in Frage kamen. Jeder hatte ihr irgendetwas vorgegaukelt, bis sie den größten Fehler ihres Lebens beging: Georg. Schon wieder sein Name in ihrem Kopf. Raus damit! Liz, vielmehr Dom, und ihre spannenden Geschichten waren jetzt interessanter. Noch ein Schluck von diesem herrlichen Cocktail, süß und süffig.

»Vielleicht ist alles Schicksal«, sagte Dom, bevor sie wieder nachdenklich ihren Cocktail schlürfte.

»Sie meinen, man muss sich dem Schicksal stellen?«, fragte Emma.

»Ja, aber wissen Sie was, ich habe erkannt, dass man dem Schicksal trotzen kann. Nein, vergessen Sie, was ich gesagt habe. Das Schicksal stellt einen vor Herausforderungen, und Sie müssen die richtige Entscheidung treffen. Tun Sie das nicht, sitzen Sie wie in der Schule ein Leben lang nach.«

Emma sah sich sofort vor ihrem geistigen Auge auf einer Strafbank knien.

»Das hat alles etwas mit Karma zu tun, wissen Sie?«, fuhr Dom fort. »Und wenn man sich richtig entscheidet, dann vermeidet man die Wiedergeburt als Ameise oder als was weiß ich.«

Waren Dominique und Nora etwa im gleichen Volkshochschulkurs für Karmalehre gewesen? Jetzt fing sie auch noch damit an. Doms psychologische Analysen und die Aussicht, aufgrund ihrer Fehlentscheidungen im nächsten Leben als Krabbeltier umherzuirren, waren Grund genug, den Rest des Cocktails zu leeren.

»Dieses Schwein!«, entrüstete sich Dominique abrupt und starrte wütend quer durch den Saal. Dom hatte offenbar ihren aktuellen Scheidungskandidaten dabei erwischt, wie er mit einer Jüngeren flirtete.

»Den kauf ich mir«, zischte sie, bevor sie ihr leeres Cocktailglas auf den Tresen stellte und davoneilte. Schon heftete sie sich den beiden Turteltäubchen, die gerade dabei waren, sich in einen Nebenraum zu verziehen, an die Fersen. Verrückte Welt, aber wie schön, so etwas Verrücktes mal wieder live zu erleben.

Wo waren eigentlich Lilly, Nora und David?, fragte sich Emma. Bestimmt an Deck. Hoffentlich würden sie ihre Füße noch nach oben tragen. Schwankte nur der Boden oder war das ihr Kopf? Was soll's – egal. Auf einem Dreimastsegler zu schwanken, würde einem niemand übelnehmen.

Kapitel 8

Was für ein grandioser Abend! Nora überlegte, ob sie sich nicht doch lieber gleich hätte unters Partyvolk mischen sollen, anstatt noch eine halbe Ewigkeit ihren Gedanken nachzuhängen und dabei aufs offene Meer zu starren. Ihr kam es so vor, als hätte sie den Zug verpasst, in dem alle anderen nun saßen und es sich gutgehen ließen. Auf Small Talk hatte sie jedoch keine Lust. Den hatte sie schon hinter sich. Lilly drei Modefotografen, die sie über mehrere Ecken kannte, vorzustellen war harte Arbeit gewesen. Wenn Lilly schlau war, dann würde sie die Kontakte zu nutzen wissen, doch David schien ihr im Moment wichtiger zu sein. Die beiden tanzten schon seit fast einer Stunde. Kein Wunder. Der DJ legte alles auf, was tanzbar war. Discoinferno auf dem Vorderdeck. Und David und Lilly mittendrin. Emma war mit Gibier verschollen, was auch nicht verwunderlich war. Der alleinstehende Alte zeigte sich gern mit Frauen, die nach großem Kaliber aussahen, und Emma war heute sicher gut dafür qualifiziert.

Eine Tanzfläche, die mit glücklichen Pärchen gefüllt war, konnte einen richtig sentimental machen. Überall Körperkontakt, Flirten, Knuddeln und Knutschen. Sei nicht albern, sagte sich Nora. Genieß deine Freiheit. Dummerweise gab es im Moment nichts daran zu genießen, weil sie keiner der hier anwesenden Männer auch nur annähernd interessierte.

»Du scheinst dich ja nicht sonderlich zu amüsieren«, sagte in diesem Moment Paul und lehnte sich neben sie an den Bartresen. Der kleine Bruder kümmerte sich um die große Schwester. Wie rührend.

»Was ist los?«, fragte er und musterte sie dabei etwas besorgt.

»Nichts«, log sie guten Gewissens, denn was mit ihr los war, vermochte sie im Moment selbst nicht in Worte zu fassen.

»Ah, da ist ja Emma«, freute er sich.

»Du hättest sie nicht Gibier überlassen sollen. Ran an den Speck, Bruderherz.«

»Das ist nicht meine Art, und das weißt du, außerdem ist Emma verheiratet.«

Nun konnte Nora nicht mehr an sich halten und lachte auf. »Hast du nicht mitbekommen, wie es um die beiden steht?«

»Doch. Emma hat es angedeutet.«

»Und?«

»Was und?«

»Was stehst du noch hier herum?«

Paul blickte hinüber zu Emma, die sich gerade den Weg durch die Menge in Richtung Tanzfläche bahnte. Ihr Bruder schien zu überlegen. Wann würde er endlich über seinen Schatten springen? Frauen wollten nun mal erobert werden. Wie oft hatte Nora ihm dies schon gepredigt. Pomade im Haar war nicht alles. So angespannt, wie Paul im Moment aussah, dachte er tatsächlich gerade darüber nach, sich Emma zu schnappen. Hoffentlich setzte er sich endlich mal in Bewegung.

Zu spät! David hatte Emma schon erspäht und winkte ihr ganz nebenbei zu. Und was machte sie? Ihre Handbewegung wirkte alles andere als *en passant,* und dazu lächelte sie in einer Weise, die man auch als Einladung verstehen konnte. Gespannt verfolgte Paul nun, was auf der Tanzfläche vor sich ging.

Lilly drehte sich abrupt um und bemerkte ihre Mutter erst jetzt. Wegen der lauten Musik und des allgemeinen Stimmengewirrs konnte Nora nur raten, was David Lilly eben zuraunte. Vermutlich erzählte er ihr gerade, dass ihre arme Mutter sonst gar nicht zum Tanzen käme oder dass es unhöflich wäre, sie zu ignorieren. Seine Gesten in Richtung Emma waren eindeutig. Er winkte ihr erneut zu. Lilly wirkte resigniert – hängende Schultern, langsamer werdende Tanzbewegungen, als ob sie eine Lähmung befiel, den Blick dabei starr auf ihre Mutter gerichtet. Paul ließ nun auch ein wenig die Flügel hängen. Die Luft war raus, sein Mut verflogen. Ihr kleiner Bruder sah wieder einmal mit an, wie jemand anders ihm den Braten vor der Nase wegschnappte. Armer Paul – oder selbst schuld. Das wusste Nora nicht so genau.

Ein äußerst merkwürdiges Gefühl war das, gemeinsam mit der eigenen Tochter auf der Tanzfläche zu stehen. Sie war noch nie mit Lilly ausgegangen. Irgendwie war das ja auch peinlich, mit der eigenen Mutter auf einer Party unterwegs zu sein. Hier, auf neutralem Boden, inmitten des Haufens aus gutgelaunten Menschen, die weder sie noch Lilly kannten, fiel das aber nicht sonderlich auf. Dennoch bemerkte Emma Lillys fragenden Blick und auch, dass sie sie etwas kritisch musterte. Was soll's, einfach mittanzen, ohne lange zu fackeln. Wahrscheinlich würde sie sowieso bald schlappmachen. Gegen Lillys Clubbing-Erfahrung hatte sie keine Chance. Lilly erholte sich relativ schnell vom ersten Schreck, ihre Mutter neben sich tanzen zu sehen. Schlangengleich rekelte sie ihren makellosen Körper zu Stromaes »Alors on danse« in fast avantgardistischen Bewegungen. Wollte sie ihrer Mutter damit etwa klarmachen, dass sie mit ihrem guten alten »Saturday-Night-Fever«-Ansatz in der Bezirksliga spielte? Emma überlegte schon, einen Zahn zuzulegen, aber ihre Hände wie Travolta zu Fäusten zu ballen und sie dann wie ein Spinnrad um die eigene Achse zu kurbeln wäre ihr selbst nach dem dritten Cocktail albern vorgekommen. Ein bisschen unbeholfen sah ihr Tanzstil aber sicher schon aus, wenn der Takt schneller war, als man es aus den Discofox-Zeiten gewohnt war. Es hatte was von Aerobic und war recht schweißtreibend.

Wie gut, dass der DJ etwas anderes auflegte. »Flashdance – What a Feeling.« Emma empfand nun Genugtuung dabei, dass Lilly sich jetzt offenbar etwas albern vorkam und nicht so recht wusste, was sie mit ihrem Körper anfangen sollte. Mutter und Tochter im Wettstreit auf der Tanzfläche. Absurder ging es ja wohl nicht mehr. David beherrschte offenbar beides, konnte sich auch auf langsamere Beats bestens einstellen. Die Art, wie er sie anstrahlte und Lilly immer mehr aus den Augen ließ, schien ihrer Tochter nicht zu gefallen. Oder war es nur der Song aus den achtziger Jahren, der Lilly mit Schmollmund von der Tanzfläche trieb? »What a Feeling!« Für Lilly wohl eher nicht.

»Ich leg eine Pause ein, hab Durst«, waren ihre letzten Worte, bevor sie einen Keil in den Pulk der Tanzenden trieb und in Richtung Buffet entschwand.

David nahm dies kommentarlos zur Kenntnis, nickte lediglich. Dass Lilly von dannen gezogen war, hatte den

Vorteil, dass er Emma nun seine volle Aufmerksamkeit schenken konnte. Und er sah wirklich hinreißend aus. Das weiße Leinenhemd mit den nach oben gekrempelten Ärmeln war bis zum Bauchnabel aufgeknöpft. Schweiß auf seiner behaarten Brust. Bei jeder Bewegung spannten sich seine Bauchmuskeln. Seine strahlend weißen Zähne, die braunen Augen, sein lockiges dunkles Haar – was für ein Mann. Und was für Gefühle?! Kein Wunder, dass sie nicht wusste, wie ihr geschah, so, wie er mit ihr flirtete, sein Lächeln mal cool, mal herzlich.Offenbar war ihm ihr Tanzstil alles andere als peinlich. Also Vollgas, den eigenen Körper spüren, sich bewegen, sich schön fühlen. Wann hatte sie sich zuletzt in ihrer eigenen Haut so wohl gefühlt? Eine zufällige Berührung seiner Hand. Elektrisierend. Für ihn auch? Hatte er deshalb kurz in der Bewegung innegehalten, um sie anzusehen? Emma konnte seine Haut riechen. Ein Hauch von Eau de Toilette umgab ihn, Moschus, würzig, aber mit einer lieblichen Note. Schweiß, aber nicht unangenehm, ganz im Gegenteil. David war ein Mann, den sie riechen konnte – im wahrsten Sinne des Wortes. Und dies war mehr als ein Tanz. Sie war attraktiv für einen Mann wie David. Wie sehr sie dieses Gefühl doch genoss!

»Meinst du, der will was von ihr?«, fragte Paul Nora ganz offen. Ihr Bruder hatte sicherlich auch mitbekommen, dass Lilly sich etwas angesäuert den Weg durch die Tanzenden gebahnt hatte. Dass die Chemie zwischen David und Emma stimmte, war ebenfalls unschwer zu erkennen, aber wahrscheinlich flirtete David nur mit ihr. Der Altersunterschied war einfach zu groß. Vielleicht hatte er auch nur Lust, sich auf ein Abenteuer mit ihr einzulassen? Viele junge Männer wussten um die Qualitäten einer erfahrenen

Frau. Einen One-Night-Stand vielleicht? Möglich, aber das konnte sie Paul ja kaum sagen.

»Quatsch. Bestimmt nichts Ernstes«, versuchte sie, ihren Bruder zu beruhigen, was nichts nützte, denn so geknickt, wie er nun zu Emma hinüberblickte, sah er seine Felle davonschwimmen.

Paul riss sich vom Geschehen auf der Tanzfläche los. Ihr Bruder, der Kopfmensch. Disziplin und Willenskraft hatte er ja, das musste sie ihm lassen. »Ich kümmere mich besser um Gibier«, sagte er nun. »Bin ja geschäftlich hier.«

Typisch Paul. Er schaffte es von jetzt auf gleich, seine Gefühle abzustellen – jedenfalls nach außen.

»Geh auf die Tanzfläche und schnapp sie dir oder tanz doch ein bisschen mit«, versuchte sie, ihren Bruder ein letztes Mal anzustacheln.

»Lass nur. Emma amüsiert sich. Das ist das Wichtigste.«

Und nun auch noch seine Selbstlosigkeit, die, wie Nora genau wusste, nicht aufgesetzt war. Paul würde dem Glück eines anderen Menschen nie im Weg stehen, und wenn er daran selbst zugrunde ging. Schon früher hatte sie das Bedürfnis gehabt, ihn gelegentlich durchzuschütteln. Wach auf, kleiner Paul! Nur wusste sie, dass so etwas bei ihm sowieso nichts bringen würde.

»Wir sehen uns später«, rief er ihr noch schnell zu, und weg war er.

Im gleichen Moment gesellte sich Lilly mit einem Longdrink in der Hand zu ihr und fragte: »Sag mal, denkst du, Mama will was von David?«

Mittlerweile kam sich Nora vor wie die Bordauskunft in Sachen Flirts und Beziehungen. Als ob sie wüsste, was in Emma und David wirklich vorging. »Keine Ahnung«, sagte sie, und das war nicht einmal gelogen. Auf der einen Seite würde sie sich für ihre Freundin freuen, auf der anderen Seite war offenkundig, dass Lilly sich auch für David interessierte. Ein einziges Gefühlschaos – und sie mittendrin.

»Sie flirtet doch nur ein bisschen«, versuchte Nora, Lilly ein wenig zu beruhigen.

»Meine Mutter hat noch nie geflirtet«, stellte Lilly trocken fest.

»Na, dann wird's allerhöchste Zeit«, erwiderte Nora und erntete dafür einen bösen Blick von Emmas Tochter.

»Mama ist doch viel zu alt für David«, meinte Lilly fast schon verzweifelt.

»Und du? Ich könnte dir genauso gut sagen, dass du zu jung für ihn bist.«

»Das ist doch was anderes.«

»Blödsinn! Liebe hat doch nichts mit dem Alter zu tun, wobei rein statistisch gesehen Bindungen zwischen zwei reiferen Menschen länger halten, als wenn man sich zu jung auf jemanden einlässt.«

»Also, soll ich warten, bis ich dreißig bin, oder was?«

»Nein. Genieß dein Leben. Ich bin damit ja auch nicht schlecht gefahren.« Dessen war sich Nora zwar nicht mehr so ganz sicher, aber es souverän auszusprechen, hatte zumindest einen gewissen rückversichernden Effekt.

Emma schien die Altersdifferenz zunehmend egal zu sein – und David anscheinend auch. Wären sie sonst in Richtung Lounge abgezogen – lachend und bester Dinge? Für Lilly eindeutig zu viel. Bei der Vehemenz, mit der sie das Glas auf dem Tresen abstellte, rechnete Nora damit, dass sie nicht nur eine Schramme in das edle Holz gerammt hatte, sondern David und ihrer Mutter nun hinterherlaufen würde, um ihnen eine Szene zu machen. Dem galt es vorzubeugen.

»Lilly! Mach das nicht«, stieß Nora aus.

»Was? Du glaubst doch nicht im Ernst, dass ich diesem Idioten auch noch hinterherrenne? Ich kümmere mich jetzt um geschäftliche Dinge«, sagte sie mit aufgesetzt ernster Miene und nahm Blickkontakt mit Alain auf, einem der Fotografen, die Nora ihr an diesem Abend vorgestellt hatte. Er winkte bereits in Lillys Richtung. Und weg war sie.

Déjà vu! Na gut, wenn keiner Lust hatte, sich mit ihr zu beschäftigen, dann würde sie eben alleine tanzen.

»Ich war seit mindestens zehn Jahren nicht mehr beim Tanzen«, gestand Emma auf dem Weg zur Lounge, wo ein Buffet mit kleinen Happen auf sie wartete.

»Hat es Ihnen gefehlt?«, fragte David.

»Und wie.«

Leicht verausgabt, aber mit Bärenhunger ließ Emma den Blick über das Speisenangebot schweifen: köstliche Krabbencocktails, Rohkost, kleine Schälchen mit Tartines ... Wo fing man da nur an?

»Um ganz ehrlich zu sein, war ich auch schon seit einiger Zeit nicht mehr aus. Tut wirklich gut«, sagte David und machte sich mit großem Appetit über das Buffet her.

»Man sollte das viel öfter machen. Einfach raus. Unters Volk mischen. Ich bin früher so oft zum Tanzen gegangen, aber richtig klassisch, Walzer, Cha-Cha, Tango ... Tanzkurs, dann Turnierklasse«, erinnerte sich Emma.

»Sie haben Turnier getanzt?«

»Nein, das nannte sich nur so. Wenn man am Ball blieb, stieg man automatisch in den nächsthöheren Kurs auf.«

»Schade, dass Tanzschulen in Frankreich nicht so üblich sind. Auf dem Land schon gar nicht.«

»Heißt das, dass kein Franzose Walzer tanzen kann?«

David schien diese Frage zu amüsieren. Er lachte. »Nein, so schlimm ist es auch wieder nicht.«

»Wer hat Ihnen das Tanzen beigebracht?«, fragte sie.

»Meine Mutter. Privatstunden auf unserem Hof, unter freiem Himmel. Sie konnte sogar ziemlich gut tanzen – kein Wunder. Meine Mutter war Deutsche und hat genau wie Sie für ihr Leben gern getanzt.«

Für einen Moment huschte ein trauriger Schatten über Davids Gesicht. Die Fröhlichkeit und Unbefangenheit, mit der er sich bisher gegeben hatte, verflüchtigte sich plötzlich. Fast bedächtig wischte er sich die Hände an einer Papierserviette ab.

»Sie ist leider viel zu früh gestorben«, fügte er hinzu, mehr zu sich selbst. Seine Augen wirkten für einen kurzen Moment traurig und leer.

»Allergischer Schock bei einem antibiotischen Mittel. Mit achtundfünfzig sollte man nicht aus dem Leben gehen«, fuhr er mit belegter Stimme fort.

Nun war auch Emmas Unbeschwertheit dahin. Nein, das war wirklich noch kein Alter, aber so weit war sie mit ihren dreiundfünfzig nicht davon entfernt. Man musste dankbar für jeden schönen Moment im Leben sein.

Aber da gab es noch etwas, was ihr nun schlagartig auf der Seele lag. Interessierte er sich etwa nur für sie, weil er in ihr seine Mutter sah? Dass er mit ihr flirtete, stand fest. Dass es zwischen ihnen spätestens auf der Tanzfläche angefangen hatte zu knistern, auch. Er hatte ihr immer wieder bewusst in die Augen gesehen, mit Lilly hatte sich sein Blick eher zufällig gekreuzt. Was tun? Sich weiter auf diesen Flirt einlassen? Emma nahm sich vor, diesen Punkt gleich zu klären, am besten leichthin und charmant, aber doch so direkt wie möglich.

»Was war Ihre Mutter für ein Mensch? Damals, als Deutsche in Frankreich. Das war sicher nicht einfach.«

»Sie war lange nur ›l'Allemande‹, die Deutsche, aber das hat sich bald gelegt.«

Warum musterte er sie nun mit so ernstem Blick?

»Sie sah Ihnen sogar etwas ähnlich«, fügte er hinzu.

Emma spürte, wie ihr augenblicklich heiß wurde. Ihre schlimmsten Befürchtungen schienen sich zu bestätigen. David hatte einen Mutterkomplex und sah in ihr etwas, was er verloren hatte. Hilfe! Aber was gab es da zu feixen? Wieso um alles in der Welt fing er an zu lachen? Amüsierte er sich über ihre eingefrorenen Gesichtszüge? Sah man ihr ihr Innerstes so leicht an?

»Ich kann Sie beruhigen. Nein, Sie sehen ihr überhaupt nicht ähnlich. Sie war blond, pummelig und hatte Sommersprossen.«

Nun geriet Emmas Mimik völlig außer Kontrolle.

»Verzeihen Sie. Ich wollte nur testen, ob ich mit meiner Vermutung recht hatte«, sagte er.

Emma versuchte, sich zu fangen, was ihr nicht leichtfiel. »Und, was haben Sie vermutet?« Lieber fragte Emma noch einmal nach, nicht dass sie alles komplett missverstanden hatte.

»Sie hätten mich mit Sicherheit nicht nach meiner Mutter gefragt, wenn Sie nicht glauben würden, dass ich sie in Ihnen sehe.«

Was für eine herbe Mischung aus Scham und Erleichterung. Was für ein Wechselbad der Gefühle, in das sie dieser Mann da tauchte. Am Ende bildete sie sich nur ein, dass er sich für sie interessierte. War aus ihr eine ausgehungerte, vernachlässigte Ehefrau geworden, die sich von einem jungen Kerl angezogen fühlte? Am Ende nur aus verletzten

Gefühlen, weil Georg sich offenbar für jüngere Frauen interessierte? Aus Rache an Georg?

»Tut mir leid. Ich hätte das nicht sagen sollen.«

»Nein, ich bin froh, dass wir darüber sprechen«, sagte sie, obwohl sie sich immer noch nicht ganz darüber im Klaren war, worüber sie eigentlich redeten.

Lage sondieren! Herausfinden, ob er tatsächlich etwas von ihr wollte.

»Ich bin gern in Ihrer Gesellschaft. Außerdem kann man Gefühle nicht steuern«, sagte er, noch bevor sie dazu kam, sich eine Strategie für den weiteren Gesprächsverlauf zurechtzulegen.

Täuschte sie sich, oder hatte sein Blick nun etwas Bedeutsames bekommen und enthielt zugleich die nicht ausgesprochene Frage, was sie für ihn empfand?

»Wäre Lilly nicht die bessere Partie? Sie ist jung, sieht gut aus …«, sagte sie mutig und bemühte sich, dieser Frage mit ernster Tonlage Gewicht zu verleihen.

Nun lächelte er schon wieder. »Wollen Sie mich etwa mit Ihrer Tochter verkuppeln? Nein, Lilly und ich … Ich mag sie, das ja. Und wahrscheinlich erhofft sie sich mehr, aber …«

Emma verstand. Zu mehr als einem Nicken war sie jetzt nicht mehr fähig.

»Bei Ihnen hab ich das Gefühl, über alles reden zu können. Nach der Grundstücksbesichtigung … Es ist sehr selten, dass man Menschen trifft, die so offen sind.«

Dieses Kompliment konnte Emma ohne weiteres annehmen. »Das ist wohl so meine Art«, sagte sie.

»Ich hab gestern viel über Sie nachgedacht. Na ja, einiges hab ich ja mitbekommen …«

Was meinte er damit? Vermutlich ihren Disput mit Georg … Oder etwa den Umstand, dass sie pleite waren? Spätestens seit Lillys Auftritt, bevor sie sich mit Chardonnay die Kante gegeben hatten, musste er darüber im Bilde gewesen sein.

»… das Grundstück … Ihre finanzielle Situation …«

Gott sei Dank kein Wort über den desolaten Zustand ihrer Ehe.

»Ich denke schon länger darüber nach, den Hof aufzugeben. Ich könnte auch vom Handel mit Essenzen leben. Weg vom Landleben, in die Stadt ziehen, vielleicht sogar nach Paris und neu anfangen.«

Seinen Hof aufgeben? Überlegte er, ihre Existenz zu retten? Hatte er sie deshalb so nett behandelt? Mit ihr so lange getanzt? Es gab so viele Möglichkeiten. Sie kannte ihn ja kaum und wusste nun nicht mehr, woran sie war.

»Meinen Sie das ernst?«, fragte sie, um sich zu versichern, dass sie mit ihren Vermutungen richtiglag.

»Schauen Sie es sich doch einfach mal an. Mein Haus liegt noch schöner als das Objekt, das Ihr Mann besichtigt hat.«

Unter normalen Umständen hätte sie über so eine unverhoffte Gelegenheit, ihre Existenz doch noch retten zu können, jubiliert, aber der Gedanke, dass Georg auch davon profitieren würde, behagte ihr nun ganz und gar nicht. Andererseits: mitgefangen, mitgehangen.

»Ich kann es mir ja mal durch den Kopf gehen lassen«, bot sie ihm an und bemerkte die zunehmende Enttäuschung darüber, dass er tatsächlich mehr geschäftliches als persönliches Interesse an ihr hatte.

Plötzlich schien er abgelenkt. Emma folgte seinem Blick und sah Lilly durch die offene Tür an der Reling entlangrauschen.

»Ich werde mal nach ihr sehen. Ich habe sie abgeholt und sollte sie auch wieder nach Hause bringen«, sagte er.

Zweifelsohne ein netter Zug, und auch für seine Offenheit hätte er eigentlich ein Kompliment verdient, doch es kreisten so viele Fragen in ihrem Kopf, dass sie sich dazu nun nicht mehr in der Lage fühlte.

Lilly wartete im Pulk mit anderen Gästen, die wieder ans Festland gebracht werden wollten, und beruhigte sich mit der vagen Hoffnung, dass sich immerhin ein Aspekt ihres Lebens langsam, aber sicher zu bessern schien. Der Abend hatte sich gelohnt – zumindest geschäftlich. Alain Sillard, ein ganz Großer der Modefotografie, wollte unbedingt Probeaufnahmen von ihr machen. Dies hatte sie einzig und allein Noras guten Kontakten zu verdanken. Alain arbeitete derzeit exklusiv für eine der größten Modelagenturen Frankreichs. Sogar die Campbell und die Schiffer hatte er schon abgelichtet. Dieses Shooting könnte ihr die Möglichkeit verschaffen, endlich mal einen großen Karriereschritt nach vorn zu machen. Auswärtiges Amt? Nein danke! Diese Pläne konnte sich ihre Mutter jetzt abschminken, und was ihren Auftritt mit David betraf, brauchte ihre Mutter sich über ihren Vater nicht weiter zu beschweren. Sie war ja selbst auf dem Verjüngungstrip. Er steht auf eine junge Russin, sie auf einen jungen Franzosen. Wird man so ab fünfzig? Lilly starrte aufs Meer, als ob ihr die Wellen, die an den Rumpf des Bootes schwappten, diese Frage beantworten könnten. Wenn nur schon das Shuttleboot zum Ufer wieder da wäre. Nichts wie heim, ins Bett und von der Karriere in Paris träumen. Mehr gab der Ausflug sowieso nicht mehr her.

Zu ihrer großen Überraschung rief David nach ihr. Sie

sah ihn aus den Augenwinkeln näherkommen. War er doch bei ihrer Mutter abgeblitzt? Allein bei dem Gedanken, dass die beiden tatsächlich etwas miteinander anfangen könnten, wurde ihr augenblicklich übel. Am besten ignorieren.

»Du willst schon gehen?«, fragte er, als er sie erreicht hatte.

Kam er jetzt etwa angekrochen?

»Es ist schon spät, und ich möchte nach Hause« sagte sie, ohne sich nach ihm umzudrehen.

»Das hättest du mir doch auch sagen können«, sagte er mit der sanften Stimme eines Unschuldslamms.

»Du warst beschäftigt«, erwiderte sie etwas schnippisch und klang dabei ungewollt beleidigt. Hätte sie sich doch nur nicht umgedreht. Sein Blick war verständnisvoll, und wirkte besorgt. Hundeaugen. Ja, er hatte die Augen eines Welpen, und wenn er einen so ansah, konnte man ihm nicht einmal mehr ansatzweise böse sein.

»Komm schon, Lilly. Ich hab mit deiner Mutter nur getanzt. Sie macht gerade eine schwierige Zeit durch, privat und geschäftlich.«

Falsche Antwort! David kehrte den Samariter heraus und meinte es auch noch so. Warum konnte er nicht sagen, dass er ihre Mutter klasse fand, sexy oder irgendwie attraktiv. Nun entzog er ihr auch noch rein logisch die Grundlage, sauer auf ihn zu sein, und musste sie als eingeschnappte unreife Göre sehen. Warum nur hatte sie ihm schon wieder unterstellt, dass er etwas von ihrer Mutter wollte? Wie konnte man nur eifersüchtig auf die eigene Mutter sein?

»Ich war halt sauer, weil …«, stammelte sie. Ihm offen zu gestehen, dass sie sich in ihn verliebt hatte, ging nicht, also besser so tun, als suche man nach Worten.

»Schon klar. Ich hätte mich mehr um dich kümmern sollen«, räumte er reumütig ein.

»Ist okay, tut mir leid. Ich hab mich vorhin wohl etwas kindisch benommen. Ich dachte echt, du willst was von meiner Mutter«, sagte sie nun doch in aller Offenheit.

»Ich mag sie. Sie ist eine tolle Frau«, gestand er – Gott sei Dank, ohne dabei jedoch ins Schwärmen zu geraten.

Das konnte er also nur platonisch meinen, und klar, Mama war ja auch eine tolle Frau. Ihn jetzt zu fragen, ob er das nur generell meinte oder ob er mehr für ihre Mutter empfand, wäre nur noch peinlich. Das wäre höchst unwahrscheinlich, um nicht zu sagen nahezu unmöglich. Als ob er ihre Gedanken lesen könnte, schenkte er ihr sein bezauberndstes Lächeln. Na also! Sie hatte einen Termin für ein Fotoshooting mit einem Top-Modefotografen in der Tasche und zudem die Hoffnung, dass David sein Herz noch nicht verschenkt hatte. Wer weiß, vielleicht würde er ja doch noch anbeißen. Warum sonst nahm er ihre Hand, um ihr Halt auf der Leiter zu geben, als sie hinunter zum Shuttleboot stieg?

Nora genoss es, barfuß zu laufen, ihre Fußsohlen auf den Steinen des Strandes zu spüren. Das war besser als jede Fußmassage und belebte den ganzen Körper. Die milde Sommernacht lud auch noch morgens um halb vier zu einem Spaziergang am Meer ein. Paul hatte Emma und sie zwar unbedingt nach Hause fahren wollen, aber Nora war eher nach Zweisamkeit mit ihrer besten Freundin zumute. Diesen Abend konnte sie unmöglich so abrupt ausklingen lassen, außerdem sollte man gute Gewohnheiten pflegen, in diesem Fall wohl eher wiederbeleben. Um diese Zeit war kaum noch jemand unterwegs. Nur vereinzelt war das Geräusch eines vorbeifahrenden Wagens von der Promenade des Anglais zu vernehmen. Ansonsten herrschte, abgesehen vom rhythmischen Rauschen der Brandung, absolute Ruhe – der ideale Rahmen, um mit Emma über den vergangenen Abend zu sprechen.

»David hat sich ja ganz schön an dich rangeschmissen, oder du dich an ihn?«, fragte sie keck, nachdem Emma ihr zunächst davon vorgeschwärmt hatte, wen Gibier alles kannte und wie toll der Abend gewesen war. Nora brannte darauf, Emmas Version zu hören.

»David ist ein netter und sehr charmanter Mann. Wir verstehen uns gut. Man kann prima mit ihm reden und … na ja …« Emma blickte sie dabei so übermütig an wie früher, wenn sie sich über interessante Männer unterhalten hatten. Emma schien den Flirt also genossen zu haben.

Nora lachte laut los, womit sie sich sogleich einen Klaps auf den Hintern mit einem von Emmas Schuhen einhandelte.

»Er gefällt dir, gib's zu«, stichelte Nora vergnügt weiter.

»Wenn ich mit jedem Mann in meinem Leben etwas angefangen hätte, der mir gefallen hat …«

»Rein hypothetisch«, fiel Nora Emma ins Wort. »Du weißt genau, dass du ihm auch gefällst.«

»Und selbst wenn. Wohin soll so etwas führen?«

Typisch Emma: der Kopfmensch. Für sie musste immer irgendetwas zu irgendeinem Ziel führen.

»Warum die Dinge nicht einfach so nehmen, wie sie sind, und genießen?«, fragte Nora.

»Das kann ich nicht. Du bist da anders. Außerdem bin ich mir nicht einmal sicher, ob ich das überhaupt möchte.«

»Emma, du denkst zu viel.«

Im Umkehrschluss machte sich Nora klar, dass sie selbst dafür manchmal etwas zu wenig nachdachte, zum Beispiel über Dinge wie ihre Zukunft, in der sie jetzt angekommen war, nachdem sie jahrelang gedankenlos vor sich hin gelebt hatte. Nora hatte keine Ahnung, was besser war. Ein Geheimrezept schien es nicht zu geben. Emma war an der Seite eines Horror-Ehemanns pleitegegangen, und was war aus ihr geworden? War sie etwa glücklich? Durch Emmas Gehirnwindungen schienen im Moment ganz ähnliche Gedanken zu rasen, – sie wirkte beinahe abwesend. Nora musste sich eingestehen, dass sie mit ihrem Leben alles andere als zufrieden war: die kleine Wohnung, kein vernünftiges Atelier, diese ständigen Existenzängste. Aber sie wollte es doch so haben. Bevor Emma hier aufgetaucht war, hatten sie all diese Dinge kurioserweise nicht gestört. Warum sah jetzt auf einen Schlag alles anders aus? Warum war auf einmal schlecht, was bisher ganz normal erschien?

»Würdest du sagen, dass du in deinem Leben bisher glücklich warst?«, wollte sie von Emma wissen. Wahrscheinlich würde sie ihre Freundin damit noch tiefer in den Gedankenstrudel ziehen, aber sie musste es einfach wissen.

»Ja«, sagte Emma spontan. »Nicht immer, aber im Großen und Ganzen.«

»Fang nicht schon wieder an zu relativieren.«

»Tu ich gar nicht«, erwiderte ihre Freundin.

»Entweder man ist glücklich, oder man ist es nicht. Ich rede nicht von einzelnen miesen Tagen oder Wochen«, versuchte Nora, ihr klarzumachen.

»Ich hab das Beste daraus gemacht. Lilly hat mir sehr viel gegeben.«

Das klang ziemlich niederschmetternd.

»Das ist alles? Lilly? Und was ist mit Georg?«, hakte sie noch einmal nach.

»Wir hatten schöne Momente. Außerdem ist es doch völlig normal, wenn man nicht ständig glücklich ist.«

Typisch Emma. Nie um eine Antwort verlegen, und letztlich konnte man der Stichhaltigkeit ihrer Argumentation so gut wie nie entrinnen. Dennoch war Nora davon überzeugt, dass sich ihre Freundin in die eigene Tasche log.

»Vielleicht wärst du mit einem anderen Mann glücklicher gewesen. Du hättest mehr dieser schönen Momente erleben können.«

»In einer Ehe entscheidet man sich für jemanden, und der beste Mann ist der, für den man sich entschieden hat«, sagte Emma so überzeugend, dass Nora es ihr auf Anhieb glaubte. Emmas »Manifest« zum Thema Eheschließung klang nach Wahrheit, Weisheit und hatte eine Tragweite so weit wie das Meer, das vor ihnen lag. Es würde sich lohnen, näher und vor allem länger darüber nachzudenken, doch Emma setzte ihren Diskurs zur Ehe fort.

»Der Alltag stellt sich mit jedem ein. Dauerhaft toller Sex, Romantik bei Kerzenlicht? Vergiss es! Also, warum hätte es einen Besseren als Georg für mich geben sollen?«

Emma klang so, als wäre sie felsenfest davon überzeugt, dass sie recht hatte. Vielleicht hatte sie das ja auch. Nora wusste, dass sie garantiert niemand war, der in Sachen langfristige Partnerschaften kompetent mitreden konnte. Und dass sie sich wieder einmal darin einig waren, sich nicht einig zu sein, kannte sie schon von früher.

»Wenn alle so denken würden wie du, würde sich niemand mehr scheiden lassen«, sagte sie augenzwinkernd zu ihrer Freundin.

Emma zuckte nur mit den Schultern, musste aber doch darüber schmunzeln.

»Lass uns schwimmen«, schlug Nora nun ganz spontan vor – das alte Ritual, um erhitzte Köpfe abzukühlen.

»Jetzt?«, fragte Emma erstaunt.

»Hier ist niemand. Komm schon!«

Nora hätte gewettet, dass Emma es nicht wagen würde, sich nackt in die Fluten zu stürzen. Gut, dass sie es nicht tat, denn diese Wette hätte sie verloren.

Emma fragte sich mitten im morgendlichen Stau, wieso man einem Gehirn nicht einfach den Stecker herausziehen konnte. Staus eigneten sich auch noch besonders gut zum Nachdenken, über sich und über das Leben. Besonders ein Stau in brütender Hitze. Wäre sie doch nur länger im Bett geblieben. Aus der »grasse matinée«, wie es die Franzosen so schön umschrieben, wenn man bis in die Puppen im Bett blieb, wurde aber nichts. Noch in der Nacht hatte sie sich vorgenommen, früh aufzustehen, um endlich ihre Sachen bei Georg abzuholen und bei dieser Gelegenheit vernünftig mit ihm zu reden, sofern dies unter diesen Umständen noch möglich war. Ja, sie hatte sich einst für Georg entschieden. Was hätte es gebracht, nach Alternativen Ausschau zu halten? Immer wieder von vorn anfangen? Wieder neu mit einem anderen Mann zusammenwachsen? Wie absurd. Genau bei diesem Gedanken erschrak sie aber. Denn die bittere Wahrheit war, dass sie mit Georg nicht zusammen-, sondern »auseinandergewachsen« war. Dass ihr diese Erkenntnis ausgerechnet unter einem strahlend blauen Himmel und auf einer palmengesäumten Prachtstraße an der Côte d' Azur kam, hatte etwas äußerst Unpassendes. Georg hatte sich verändert. Er war nicht mehr der Mann, für den sie sich einst entschieden hatte. Am meisten ärgerte sich Emma im Moment aber darüber, dass sie umsonst aufgestanden war. Georg ging immer noch nicht an sein Handy. Auch auf seinem Zimmer war er nicht zu erreichen. Zumindest konnte sie ihm eine Nachricht auf seiner Mailbox hinterlassen.

»Georg, ich bin gleich beim Hotel und hole meine Sachen. Ich wollte mit dir reden, aber wahrscheinlich bist du unterwegs.«

Auch auf dem Weg vom Parkplatz zum Eingang des *Negresco* nichts als quälende Fragen. Wenn sie jetzt ihre Sachen holte, würde dies nicht nach etwas Endgültigem aussehen? War es denn bereits endgültig? Warum von eigenen Prinzipien abweichen, denen sie ein Leben lang treu geblieben war? Sie hatte sich für Georg entschieden, also musste sie auch dazu stehen. Warum nur konnte sie dieses Mantra, aus dem sich ableiten ließ, Georg noch einmal eine Chance geben zu müssen, nicht mehr ertragen? Zugleich verstärkte sich jenes altbekannte flaue und ungute Gefühl im Bauch, wenn sie daran dachte, ihm zu begegnen. Aber was soll's?! Augen zu und durch!

»La clef pour la 212, s'il vous plaît«, bat Emma die junge Angestellte an der Rezeption.

»Bonne journée, Madame«, wünschte diese ihr, nachdem sie ihr den Schlüssel zu ihrem Zimmer ausgehändigt hatte. Dass dieser Tag gut werden würde, bezweifelte Emma allerdings. An der Tür zum eigenen Hotelzimmer anzuklopfen fühlte sich zwar absurd an, aber wer wusste schon, ob ihr Mann nur deshalb nicht ans Telefon gegangen war, weil er sich gerade mit seinem neuen Spielzeug »made in Russia« beschäftigte.

Keine Reaktion. Er war also, Gott sei Dank, nicht da. Kein Grund mehr für einen flauen Magen. Das Zimmer wirkte aufgeräumt, und Emma ertappte sich dabei, sofort einen Blick auf das Doppelbett zu werfen. Immerhin nicht frisch zerwühlt, doch sicherlich hatte der Zimmerservice die Spuren der letzten Nacht bereits beseitigt. Ihre Koffer standen noch dort, wo sie sie deponiert hatte. Die zwei

Kleider und Blusen, die sie in den Schrank gehängt hatte, waren schnell zusammengelegt und wieder eingepackt. War es richtig, was sie da machte? Natürlich! Schließlich brauchte sie etwas zum Anziehen. Fertig. Koffer zu und nichts wie raus hier, zurück zu Nora. Musste ausgerechnet jetzt der Zimmerservice kommen? Geräusche an der Tür deuteten darauf hin. Wenn es nur der Zimmerservice gewesen wäre. Stattdessen stand Georg leibhaftig vor ihr und musterte sie mit fragend-vorwurfsvollem Blick.

»Emma? Ziehst du jetzt aus?«, fragte er unerträglich gefühlsneutral.

»Hast du meine Nachricht auf der Mailbox denn nicht gehört?«, erwiderte sie und ärgerte sich darüber, dass ihre Stimme belegt klang. Jetzt nur keine Schwäche zeigen!

»Der Akku ist leer«, gab er frostig zurück. Diese Ausrede kannte sie ja schon von ihrem Ostersonntagsdebakel.

»Ich hab nichts mehr anzuziehen«, sagte sie nun mindestens genauso emotionslos, gerade so, als ob sie einem Fremden gegenüberstehen würde.

Georg nickte nur. Wieder dieses verdammte Schweigen, das sie an ihm so maßlos aufregte.

»Tja, ich will dich nicht aufhalten.«

Nun auch noch dieser süffisante Zynismus, diese gespielte Gleichgültigkeit. Wie sie es satthatte!

Er beachtete sie nicht mehr, setzte sich hin und schlüpfte seelenruhig aus seinen Schuhen. »Danke übrigens für deinen großartigen Auftritt«, sagte er dabei. »Dass wir jetzt unser Haus verkaufen können, wird dir Lilly ja schon erzählt haben. Bravo.«

Auch noch Applaus zu spenden! Dieses kurze, elegant anmutende Händeklatschen wie in der Oper hätte er sich wirklich sparen können.

»Weißt du, Emma, das Beste daran ist, dass ich gar nichts mit Irina habe.«

Nur nicht auf eine Diskussion mit ihm einlassen. Sie würde sowieso zu nichts führen.

»Georg, vielleicht ist es besser, wenn ich jetzt gehe«, sagte sie und spürte, dass ihre Stimme wieder anfing zu zittern.

»Ich war gestern und heute ununterbrochen unterwegs, um ein neues Grundstück zu finden. Nichts. Was machen wir jetzt?«

Hörte sie da richtig? Wir? Emma wurde heiß. Am Ende hatte sie ihm unrecht getan, sich falsch verhalten. Sein eindringlicher Blick, der noch vorwurfsvoller als sonst auf ihr lastete, erzeugte dieses wohlbekannte dumpfe Schuldgefühl, das schon zu einem normalen Bestandteil ihres Alltags mit ihm geworden war. Er konnte es immer noch auf Knopfdruck bei ihr abrufen. Emma nahm sich vor, diesen aufkeimenden Sog nach unten sofort abzustellen, mit Vernunft und ohne sich auf seine Spielchen einzulassen.

»Georg, es geht nicht um das Grundstück oder Irina. Das weißt du ganz genau.«

Tief Luft holen und allen verfügbaren Mut zusammenkratzen, sagte sie sich. Emma merkte bereits, dass ihre Handflächen feucht wurden, aber lange Unausgesprochenes musste endlich raus.

»Es ist einfach nicht in Ordnung, wie du mich in den letzten Jahren behandelt hast. Nichts kann man dir recht machen. Deine ständigen Wutausbrüche, die dauernde Nörgelei, deine ganze Negativität …« Emma hielt inne, wollte nicht lamentieren und diese lange Liste noch weiter ausbreiten. Er wusste sowieso genau, was sie meinte.

»Und glaubst du etwa, dass es keinen Grund dafür gab?«, konterte er ziemlich dreist.

Was meinte Georg damit? Stopp! Das war die alte Masche. Schuldgefühle! Emma wollte sie aber nicht mehr. Aus dieser Konditionierungsschleife musste sie raus! Jetzt! Nora hatte recht. Immer waren die anderen schuld. Der bequemste Weg, aber dies war sein Weg und nicht ihrer.

»Ach, ich bin schuld an deinem Zorn? Den hat dir der liebe Gott doch schon in die Wiege gelegt«, sagte sie und spürte, wie sie selbst immer zorniger wurde.

Wieder schwieg er, starrte auf den Boden und wirkte dabei sogar überraschend niedergeschlagen. Doch kaum hatte sich Emma vorgenommen, Georg mit seinem Schweigen allein zu lassen, sah er wieder zu ihr hoch.

»Ich hatte schon gar keine Selbstachtung mehr, weil ich dich so mies behandelt habe«, sagte er mit einem Hauch von Reue, die seine gottgleiche Überheblichkeit, die er nonverbal ausstrahlte, jedoch nicht zu überdecken vermochte.

Emma spürte, wie ihre Knie vor Aufregung zitterten. Holte Georg jetzt etwa zum finalen Schlag gegen sie aus, weil er ahnte, dass er mit ihr nicht mehr machen konnte, was er wollte?

»Meinst du, ich hab nicht mitbekommen, was die anderen über uns sagen? Sie haben dich doch bewundert, wie du es an meiner Seite so lange ausgehalten hast. In der Rolle hast du dir doch gefallen, oder?«

Ein giftiger Schlag unter die Gürtellinie. Voller Zynismus.

»Ich möchte einfach nicht mehr dafür kritisiert werden, dass ich dich schlecht behandle, verstehst du?«

»Warum hast du es dann getan?«, brach es aus Emma heraus.

»Ich konnte einfach nicht anders. Es ging nicht mehr anders«, winselte er nun wie ein geschlagener Hund, der um Mitgefühl bettelte.

Emmas Wut wich einer bitteren Erkenntnis: Georg ertrug sie also nicht mehr, weil er sich an ihrer Seite schäbig und niederträchtig fühlte und für sein Verhalten sogar schon von Außenstehenden kritisiert wurde. Ihre positive Lebenseinstellung und ihre Fähigkeit, Glück zu empfinden, hatten ihn einst magisch angezogen. Nun beneidete er sie darum, weil seine Welt immer schwärzer wurde. Seine eigene Frau schien die dunkle Seite in ihm zu wecken, sie herauszufordern und ans Tageslicht zu zerren. Georg, der mit sich selbst nicht mehr glücklich sein konnte, ertrug nur noch seinesgleichen, aber niemanden wie Emma, die ihn mit jedem Atemzug daran erinnerte, wie negativ er selbst war. Wie Schuppen fiel es ihr nun von den Augen. Ohne sich dessen bewusst zu sein, hatte sie ihn immer wieder mit seinem Inneren konfrontiert. Davor hatte er solche Angst, dass er sie lieber von sich wegstieß, als in sich hineinzusehen. Es bedurfte mehrerer tiefer Atemzüge, bis sie begriff, dass sein Geständnis darüber hinaus auch etwas Befreiendes hatte. Befreiend, weil sie es nun als puren Sadismus durchschaute. Sofort fühlte sich Emma an einen ihrer Lieblingsfilme erinnert – *Gefährliche Liebschaften*. »It's beyond my control.« Der berühmte Satz von John Malkovich, meisterhaft gespielt. »Dagegen bin ich machtlos«, ständig hypnotisch wiederholt, wie Messerstiche in die Seele von Madame de Tourvel alias Michelle Pfeiffer, die fast daran zugrunde ging.

Was ging nur im Kopf eines Menschen vor, der sie so verletzte? ›Ich konnte nicht anders‹ – Georgs perfide Aussage, machtlos gegen seinen Drang gewesen zu sein, sie schlecht behandeln zu müssen, war bodenlos. Ihr Mann in der Rolle des Valmont mit mindestens so egomanischen Zügen wie John Malkovich in seiner Paraderolle – und sie als die fragile Madame de Tourvel, die er mit diesen Worten in den Abgrund stieß.

»Wenn du nur einmal das getan hättest, was ich von dir erwartet habe, aber nein …«, setzte Georg nach.

Wie bitte? Das wurde ja immer besser. Weil sie nicht machte, was er wollte, musste er sie ständig niedermachen? Und das nach jahrelanger Rücksichtnahme auf ein Arschloch, wie ihn Nora zu Recht bezeichnet hatte.

»Hast du sie noch alle? Ist dir überhaupt bewusst, was du da eben von dir gegeben hast?«

Jetzt reichte es aber. Er war nicht Valmont und sie nicht Madame de Tourvel. Schluss! Keine Spielchen mehr! Emma sah sich schlagartig nicht mehr in der Opferrolle. Die alte Haut des Opfers war in den letzten Tagen poröser geworden, als sie dachte. Sie wollte abgestreift werden, um etwas Neuem Platz zu machen.

»Nenne mir ein einziges Beispiel …« Emma bemühte sich darum, ruhig zu bleiben.

Georg sprang auf, nun wieder so, wie sie ihn kannte, und mimte den Fassungslosen. »Und wenn es nur dein scheiß Schleichen auf der Autobahn ist. Du weißt doch, dass ich mich darüber aufrege, und machst es trotzdem.«

War es so schlimm, wenn man einen anderen Fahrstil hatte?

»Immer nur Strandurlaub, damit du auch ja in die Sonne kommst«, fuhr er fort und wirkte richtiggehend angewidert.

Was um Himmels willen war so schlecht an einem Strandurlaub? Brauchte jemand, der so viel Stress hatte wie er, nicht auch Erholung? Hatten ihm nicht sogar Freunde nach einem Urlaub unter Palmen Komplimente gemacht,

wie erholt er aussah? Drehte er jetzt völlig durch? Das dann
wohl doch nicht. Urplötzlich sah es nun schon wieder ganz
danach aus, als ob ihm sein Zornausbruch leidtäte.

»Ich brauche einfach meine Ruhe«, sagte er in einem eher
sachlichen Ton und ließ sich kraftlos auf das Bett nieder.

Ihn so niedergeschlagen dasitzen zu sehen, hätte sie
noch vor kurzem dazu bewogen, ihn tröstend in den Arm
zu nehmen. Die Mauer, die er in den letzten Minuten zwischen ihnen aufgebaut hatte, war aber mittlerweile so hoch
geworden, dass sie selbst ein Stabhochspringer nicht mehr
hätte überwinden können. Zudem wuchs sie im Sekundentakt. Er wollte nicht mehr dafür kritisiert werden, dass er sie
so schlecht behandeln musste, weil sie nicht machte, was
ER wollte? So was von perfide. Was sie ihm aber noch mehr
übelnahm, war der Umstand, dass es ihm definitiv nicht
leidtat, sie schlecht behandelt zu haben. Dies zuzugeben
und zugleich nur an die eigene verlorene Selbstachtung zu
denken, daran, dass man darauf bereits von Freunden angesprochen wurde, und nicht an das Opfer selbst, war nicht
mehr zu überbieten. Im Prinzip war das der Offenbarungseid eines selbstherrlichen Egomanen, der nur sich selbst
leidtat und dem das, was er anderen zufügte, völlig gleichgültig war. Genau das waren doch Noras Worte gewesen!
Warum hatte sie das nicht schon viel früher erkannt und
sich die letzten Jahre so vieles schöngeredet? Sie hatte sich
zum Opfer gemacht, weil er sich ihrer Liebe zu sicher sein
konnte.

»Emma. Du bist mir sehr viel wert, und ich weiß, was ich
an dir habe, aber … ich muss einfach mal allein sein«, fuhr
er nun wieder in normaler Tonlage und mit ernstem Gesichtsausdruck fort.

Was ging nur in diesem Mann vor? Ein ständiger Kampf

zwischen Gut und Böse? Das waren wirklich schon psychopathische Züge! Vermutlich sehnte sich sein Innerstes nach Versöhnung und Harmonie, die sie ihm all die Jahre hatte geben können, doch an diesen guten Kern schien er in den letzten Jahren immer weniger heranzukommen. Empfand sie Mitleid? Keine Spur. Die Wut auf ihn überwog. Stattdessen Fluchtinstinkt, Selbstschutz, das Bedürfnis, die ihr eben zugefügten Wunden verheilen zu lassen. Weg! Nur noch weg! Raus aus diesem Zimmer! Weg von ihm! Doch was tun, wenn einem die Beine nicht mehr gehorchten, wenn man sich vor Fassungslosigkeit nicht mehr bewegen konnte?

»Emma. Vielleicht tut uns eine Pause ganz gut, vielleicht hilft sie uns.« Wie sanft seine Stimme nun wieder klang.

»Eine Pause? Das sagt mir der Mann, der mir ewige Treue geschworen hat?« Emma war wie vor den Kopf gestoßen. Wie oft hatte er ihr nach einem Streit versichert, dass er »bis zur Gruft« mit ihr zusammen sein wollte. Und nun sprach er von Pause.

»Es gibt im Leben keine Garantien. Nenn es Schicksal. Ich weiß nicht, wie es weitergeht. Ich hab gerade das Gefühl, dass mein Leben völlig außer Kontrolle gerät, aber was soll ich machen?«, fragte Georg und wirkte dabei wie angetrunken.

Schicksal? Nun gab er auch noch dem Schicksal die Schuld. Nein. Kein Schicksal! Es ging um Entscheidungen. Sie hatten sich füreinander entschieden. Der freie Wille unterschied den Menschen vom Tier. Aber Georgs »freier Wille« war das, was bei ihm zwischen den Beinen baumelte.

Weg! Nur noch weg von hier und am besten gar nicht mehr darauf eingehen, wie sie es früher immer getan hatte. Sich wegen etwas zu verteidigen, was man nicht verbrochen hatte, wäre sowieso absurd. Er steuerte die Konversation, das Spiel, ihr Leben, ihr Glück und das schon seit Jahren. Schluss damit! Und genau das musste sie ihm nun zeigen, mit der letzten Kraft, die ihr noch verblieb, aber auch gestärkt durch neugewonnene Einsichten, die ihr mit jedem weiteren Atemzug das Gefühl gaben, eben sei eine tonnenschwere Last von ihren Schultern gefallen.

»Ich werde mir heute ein Grundstück ansehen, Georg. Wenn es gut ist, gebe ich dir Bescheid«, sagte sie ihm mit ruhiger Stimme. »Dazu brauche ich den Wagen«, fuhr sie fort. Was er konnte, konnte sie schon lange, und nichts war schlimmer für ihn, als wenn man ihn nicht mehr beachtete, einfach über ihn hinwegging. Noch nie hatte sie dies so deutlich vor Augen gehabt wie just in diesem Moment.

Volltreffer! Damit hatte er offenbar nicht gerechnet. Ihn so erstarrt und verblüfft zugleich dasitzen zu sehen tat gut, sogar ziemlich gut. Nun war es auch schon egal, dass Irina an die Tür klopfte. Emma öffnete ihr sogar und rang sich dabei mit letzter Kraft ein Lächeln ab.

»Kommen Sie herein. Mein Mann wartet schon sehnsüchtig auf Sie.«

Sich dann umzudrehen und ihm noch einen schönen Tag zu wünschen war einer jener Momente, an die sie sich sicher für den Rest ihres Lebens erinnern würde. Zumindest nahm Emma sich das fest vor.

Kapitel 9

Der Himmel über ihrem Wagen, der sie nach Grasse bringen sollte, war viel zu klar, die Luft viel zu würzig, die Landstraße, die vor ihnen lag, viel zu malerisch, als dass man sich düstere Gedanken machen sollte.

Außerdem fand Nora, dass Emmas schlechte Laune überhaupt nicht zu ihr passte. So kannte sie sie gar nicht. Aufgrund der hässlichen Fratze, die ihr der eigene Ehemann heute Morgen gezeigt hatte, war es aber auch nicht verwunderlich, dass sie aufgewühlt und fix und fertig war.

»Ich verstehe einfach nicht, was einen Menschen dazu bringt, so etwas zu sagen. Was treibt ihn dazu?«, wollte Emma abermals von ihr wissen. So verzweifelt, wie sie danach fragte, suchte sie sicher die Schuld immer noch bei sich, ganz unbewusst. Einen jahrelang verinnerlichten Mechanismus der Psyche konnte man nicht so schnell wieder loswerden. Diesen Zahn zog sie Emma aber am besten gleich, nicht dass sie sich noch in etwas hineinsteigerte, was ihr absolut nicht guttun würde.

»Es ist nicht deine Schuld, Emma!«, sagte Nora mit Nachdruck, was dazu führte, dass Emma noch angestrengter auf die Straße vor sich starrte.

»Das weiß ich ja«, erwiderte Emma in einem Tonfall, der alles andere als überzeugt klang.

»Eben nicht. Dein Kopf weiß es vielleicht, aber tief in dir drin suchst du doch schon seit über einer Stunde nach Gründen bei dir.«

Nun wirkte Emma noch verzweifelter. Sie zuckte ein wenig hilflos mit den Schultern, ein klares Eingeständnis dafür, dass Nora recht hatte.

»Vielleicht hab ich ja wirklich nicht alles richtig gemacht und zu viel an ihm herumgenörgelt?«

»Wie wäre es mit einem Beispiel?«, fragte Nora streng.

Emma wirkte so abwesend und zögerlich, dass Nora noch einmal nachhakte.

»Wann hast du Georg denn zum letzten Mal auf einen Fehler hingewiesen?«, fragte sie.

»Staubsauger«, schoss es aus Emma heraus. »Ja, der Staubsauger.« Der Anfang war gemacht. Offenbar hatten sich eben die Nebel ewiger Schuld in Emmas Gehirn etwas gelichtet. »Wer lässt sich schon an der Haustür einen überteuerten Staubsauger aufschwatzen, wenn es das gleiche Teil im Internet viel billiger gibt?«

»Und das hast du ihm auch klar gesagt?«

»Ja«, erwiderte ihre Freundin trotzig, aber letztlich auch ziemlich verzweifelt.

Nun reichte es Nora aber. Emma warf sich anscheinend tatsächlich vor, ihren Ehemann für groteske Dummheiten kritisiert zu haben. Es war sein Problem, keine Kritik zu vertragen. Es war sein Problem, zeit seines Lebens unüberlegt zu handeln. So war Georg, wie sie sich gut erinnerte, schon immer gewesen. Emma musste schleunigst von dem Kreuz runter, an das sie sich während der letzten Jahre selbst genagelt hatte.

»Scheiß doch auf den Staubsauger. Wenn mein Mann so naiv wäre, sich so etwas andrehen zu lassen, würde ich ihm einen Tritt in den Arsch geben. Gott, wenn ich dich so reden höre, bin ich heilfroh, dass ich nie verheiratet war.«

Wieder nur ein vages Schulterzucken. Emmas »Maso-Trip« wollte einfach nicht enden.

»Aber du hast doch selbst gesagt, dass er schon immer Probleme mit seinem Selbstwertgefühl hatte. Vielleicht hätte ich mehr Rücksicht darauf nehmen, ihm für Kleinig-keiten auch mal auf die Schulter klopfen sollen, aber mal ganz ehrlich, das hab ich doch ohnehin schon getan.«

Mittlerweile war Emmas Haltung am Steuer schon so krumm, dass Nora befürchtete, die Schultern ihrer Freun-din könnten jeden Moment das Lenkrad umarmen.

»Jetzt kapier es doch endlich«, brauste Nora auf. »Georg war schon immer so. Du hast es nur nicht gesehen, weil du es aus irgendeinem Grund nicht sehen wolltest.«

»Also bin ich doch schuld daran.«

»Jetzt hör mit diesem Schuldgejammer auf. Schuld hat jemand, der einem anderen Menschen bewusst Schaden zufügt. Er hat *dir* Schaden zugefügt. Schau dich doch an. Ein Häufchen Elend. Du solltest froh sein, diesen Typen endlich los zu sein.«

Na endlich. Nora hatte den Eindruck, dass Emma nach einem tiefen Atemzug wie von einem unsichtbaren Faden nach oben gezogen wurde und sich wieder in eine mensch-lich adäquate Position aufrichtete.

»So ein blödes Arschloch«, zischte Emma nun. Dies end-lich aus ihrem Munde zu hören war zwar der richtige Weg, hatte aber etwas Befremdliches, weil Emma Kraftausdrücke dieser Art normalerweise nicht benutzte. Noch viel beunruhigender war aber, dass sie es nicht überzeugt und mit viel zu schwacher Stimme sagte. Es klang mehr wie eine trotzige kopflastige Floskel.

Emmas Kopf! Oft stand er ihr selbst im Weg.

»Sag's noch mal, aber meine es diesmal auch so«, sagte Nora.

Dazu bedurfte es eines weiteren tiefen Atemzugs, und beim zweiten Mal klang »Arschloch« schon deutlich besser.

»Lauter!«, insistierte Nora. »Brüll es einfach aus dir heraus.«

Dann endlich: ein Aufschrei, dem Emma noch einen gutturalen Laut folgen ließ, ein animalisch anmutendes Brüllen, das Nora zum letzten Mal im Fernsehen gehört hatte, spätnachts, als sie bei einer Wiederholung des *Exorzisten* hängengeblieben war und Linda Blair sich den Teufel aus dem Leib geschrien hatte.

Hoffentlich war Emma ihren Dämon jetzt ein für alle Mal los.

Vor Davids Haus im Duftgarten hatten sich Lavendel, Rosen und Jasmin wohl vorgenommen, um die Wette zu blühen. Ein unvergesslicher erster Eindruck für Emmas Sinne. Für einen Moment schloss sie die Augen und sog diese erlesene Duftkomposition, wie sie nur Mutter Natur kreieren konnte, tief ein.

Doch auch das Grundstück konnte sich sehen lassen. Im Gegensatz zu dem Objekt, das Georg auserkoren hatte, war Davids Haus noch gut in Schuss. Es abzureißen und durch ein modernes Gebäude zu ersetzen wäre eine Sünde. Selbst die Scheune, zu der ein kleiner Feldweg führte, hatte Wind und Wetter offenbar erfolgreich getrotzt. Das Beste an diesem Ort aber waren die blühenden Lavendelfelder, die das Anwesen umschlossen und sanft einen Hügel herabfielen.

»Es ist traumhaft hier!«, schwärmte Nora, die sich wie Klein Heidi ausgelassen im Kreis drehte und von diesem Anwesen gar nicht genug bekommen konnte.

Für diesen Flecken Erde würden die Russen alles geben, aber wollte David wirklich verkaufen?

»Hallo, Emma, hallo, Nora.« David rief ihnen von der Scheune aus zu. In einfachen Jeans, einem ärmellosen Unterhemd und dem sperrigen festen Schuhwerk sah er unglaublich sexy aus, fast wie aus einer Jeans-Werbung.

»Habt ihr gut hergefunden?«, fragte er.

»Mit Navi kein Problem. Außerdem kenn ich die Gegend ein wenig. Hab hier mal Landschaften gemalt«, erklärte Nora.

»Ich dachte, Sie malen Akte«, sagte er.

»Es wäre ja langweilig, immer nur das Gleiche … andererseits …« Wieder blickte sich Nora fasziniert um und schien es sich gerade durch den Kopf gehen zu lassen, Landschaftsmalerei wieder in ihr aktuelles Repertoire aufzunehmen.

»Kommen Sie, ich zeige Ihnen das Haus«, lud David sie nun ein.

Emma war erleichtert, dass offenbar nichts mehr von ihrem emotionalen Party-Geplänkel der vorangegangenen Nacht im Raum stand. Zwar schenkte er ihr auch jetzt ein umwerfendes Lächeln, aber dies mit einer Leichtigkeit, die nicht darauf schließen ließ, dass der gestrige Abend bei Gibier etwas zu bedeuten hatte. Galant öffnete er beiden die Tür. Emma versuchte, sich vorzustellen, wie er das Haus wohl eingerichtet hatte. Einfach oder mondän und modern?

Sie fanden schließlich beides vor. Eine perfekte Auswahl an alten Bauernmöbeln, die von Hightech und modernen Accessoires stilistisch gebrochen wurde – Kontraste, die Emma äußerst reizvoll fand.

»Der Schrank ist noch von meinem Großvater. Wahrscheinlich überlebt der uns alle«, erklärte David und klopfte gegen das Holz, das sich recht massiv anhörte.

»Sie haben es sehr schön hier.« Emma musste dieses Kompliment einfach loswerden.

Allein schon die gemütliche cremefarbene Couch lud dazu ein, sich darauf einzumummeln und an Winterabenden, die auch an der Côte gelegentlich frostig sein konnten, auf den offenen Kamin zu sehen und dem Knistern des Feuers zu lauschen. Schön!

»Das meiste hat meine Frau ausgesucht«, sagte er und sah sich dabei etwas hilflos in dem großen Wohnraum um. Am Mobiliar schienen sehr viele Erinnerungen zu hängen.

Die anschließende Führung durch das Haus fühlte sich wie die Begehung eines »Landhauses aus dem Katalog« an. Auch Nora schien es sehr zu gefallen, vor allem die uralten kleinen Ölbilder mit Motiven der Provence, die im Treppenhaus hingen.

»Und das alles wollen Sie einfach so aufgeben?«, fragte Nora geradezu entrüstet.

»Was soll ich damit anfangen? Ich nutze es kaum. Tagsüber die Arbeit auf dem Feld, dann der Vertrieb und die Vorträge in Nizza.« Davids Stimme klang etwas traurig. Nachvollziehbar. Dieses Heim hatte er ja mal für ein Leben mit seiner Frau eingerichtet.

»Außerdem kann man Möbel auch mitnehmen.« Und schon war seine unerschütterliche gute Laune wieder da. Sie steigerte sich sogar noch, als er ihnen auf Noras neugieriges

Drängen hin die Scheune zeigte. »Scheune« konnte man dieses Gebäude eigentlich nicht nennen. Duftfabrik traf es eher. So bedeutungsvoll, wie er die schweren Türflügel nach außen aufschwingen ließ, hatte Emma den Eindruck, er würde ihnen einen Blick in sein Allerheiligstes gewähren. Was sich dahinter verbarg, war mit Sicherheit ein Schatz.

»Hier wird der Lavendel destilliert. Die Anlage war schon im Besitz meiner Eltern. Sie ist uralt, funktioniert aber noch immer«, schwärmte David.

Emma sah sich einem richtig monströsen Gebilde aus Kupferkesseln gegenüber, mit zahlreichen Rohrverbindungen, Gefäßen und kleineren Kesseln, unter denen Glasbehälter standen.

»Wie funktioniert so was?«, wollte Nora sogleich wissen.

»Man füllt die Blüten und Stängel des Lavendels in den Kessel. Dann wird durch die Rohre Wasserdampf mit hohem Druck hinzugefügt. Er bewirkt, dass sich das Öl aus den Blüten löst.«

David ging nun zu den Rohren, die aus der Anlage ragten.

»Die Rohre kühlen. Das Wasser kondensiert. Damit trennt man das Öl vom Wasser. Es schwimmt auf der Oberfläche. Man muss es nur noch abschöpfen.«

»Klingt so einfach«, sinnierte Nora fasziniert.

»Dafür ist die Ernte umso aufwendiger. Man braucht eine Tonne der Lavendelpflanzen, um zwischen acht und zehn Kilo ätherisches Öl herzustellen. Bei Jasmin braucht man sogar acht Millionen Blüten für nur ein Kilo Duftstoff.«

Beeindruckend und fast unvorstellbar. Es klang nach jeder Menge Arbeit. Emma ertappte sich dabei, dass sie sich David bei der Ernte auf dem Feld vorstellte, wie er die zarten Blüten in seinen kräftigen Händen hielt, sie vorsichtig und behutsam in einen der Körbe legte, die am hinteren Ende des Raums standen.

Nun war es aber wirklich Zeit, etwas zu trinken. Die Luft in der Destille war schwer und warm. David ließ mit den Getränken, die er ihnen auf der Terrasse vor seinem Haus servierte, nicht lange auf sich warten. Wie herrlich musste es sein, hier jeden Morgen zu frühstücken. Die Vorstellung, dass er sich tatsächlich von diesem Haus trennen würde, wurde immer unwahrscheinlicher.

»Natürlich könnte ich es auch vermieten oder untervermieten«, überlegte er prompt laut. »Nur wer will schon aufs Land ziehen, mitten in die Pampa?«

»Grasse ist nicht weit, und Nizza ist auch keine Ewigkeit entfernt«, wandte Nora ein. Konnte es sein, dass sie Interesse daran hatte, sich hier einzumieten?

»Ich suche ein Atelier«, fuhr sie fort.

David schien für einen Moment zu überlegen, stand dann abrupt auf und reichte Nora die Hand.

»Kommen Sie, ich zeig Ihnen was.«

Nora ließ sich von David in den zweiten Trakt des Hauses führen. Emma folgte ihnen, nun neugierig, was David in petto hatte. So, wie es aussah, hatte Nora ein neues Atelier gefunden. Ein zweiter großer Raum, sogar mit separatem Eingang, lag leer geräumt vor ihnen. Nora sah Emma nur an. Seine Frage, was sie davon hielt, war nur noch rhetorischer Natur.

»Grandios«, schwärmte Nora. »Was würden Sie dafür verlangen?«

David musterte nun beide und schien sich Gedanken über die Höhe der Miete zu machen.

»Bis ich weiß, was ich mit dem Grundstück anstelle«,

sagte er schließlich, »können Sie hier wohnen, solange sie wollen. For free.«

Nora blickte zu Emma und legte den Kopf schräg. Sie wusste, dass der Verkauf dieses Grundstücks Emma vor der Pleite bewahren konnte und, wenn sie hierherzog, David erst recht zögern würde, es abzugeben. Bestimmt keine einfache Entscheidung.

»Und Sie, Emma, was halten Sie von der Idee?«, fragte David nun.

»Vielleicht finden Sie ja bald heraus, ob Sie es wirklich verkaufen wollen«, erwiderte sie diplomatisch, um Nora nicht im Weg zu stehen.

David nickte, und so, wie Nora die Wände und jeden Winkel des Raums verträumt scannte, malte sie sich wahrscheinlich gerade aus, wie sie ihn gestalten würde.

Alain hatte nicht zu viel versprochen. Ein Segen, dass Nora ihn ihr auf Gibiers Party vorgestellt hatte. Lilly fühlte sich in seiner Gesellschaft und der sechs weiterer Mädchen, darunter auch Anabel, eine ihrer Kommilitoninnen, pudelwohl. Wie konnte man sich an Bord einer kleinen schneeweißen Motoryacht auch nicht wohl fühlen?

Alain musste wirklich die besten Kontakte haben und gut im Geschäft sein, schließlich war dies kein Fotoshooting, für das er sie gebucht hatte, sondern lediglich eine Gelegenheit, um Probeaufnahmen zu machen. Eine Art Casting, das normalerweise ganz anders ablief: einige Minuten darüber quatschen, wie man hieß, woher man kam und für wen man schon gearbeitet hatte, dann schnell in irgendeinem Studio vor die Linse hüpfen und ad hoc posieren. Fertig! Alain hingegen hatte sie am Morgen schon mit Champagner begrüßt und ihnen klargemacht, wie wichtig es sei, ein künftiges Topmodel mit all seinen Facetten kennenzulernen. Persönlichkeit sei das A und O im Modelgeschäft, Aussehen allein eben nicht alles. Was für eine Ehre, dass er sie so kurzfristig mit auf die gecharterte Yacht eingeladen hatte.

»Ihr alle habt Talent, seht gut aus. Deshalb seid ihr hier«, hatte er ihnen gleich zur Begrüßung versichert. Richtig beeindruckend, wem er schon alles zu einer Modelkarriere verholfen hatte. Man müsse nur sein Bestes geben – wie immer und überall im Leben. Nur so käme man ganz nach oben. Allerdings würden weitere Aufnahmen und ein dazugehöriges Seminar schlappe dreitausend Euro kosten. Warum nur mussten ihre Eltern ausgerechnet jetzt pleitegehen?

»Also, ich fand das genauso wie immer«, sagte Anabel, eine Mandelaugenschönheit aus Montpellier, die neben ihr saß und modelkonforme Rohkost auf Papptellern zu sich nahm. Genau wie Lilly. Mag sein, dass man sich als Model am besten von rohen Karotten, Gurken und Tomaten ernährte, um ja kein Hüftgold zu riskieren, aber wie gerne hätte sie jetzt nach dem anstrengenden Bikini-Shooting an Deck etwas Deftigeres gegessen. Der Gedanke an eine Leberkässemmel oder eine Scheibe Schwarzbrot mit Schwarzwälder Schinken war kaum mehr aus ihrem Kopf zu vertreiben.

»Das ist unser Job«, sagte Lilly, während sie Anabel dabei beobachtete, wie sie die Karottenschnitzel wie ein Häschen in ihrem Mund zermalmte.

»Ja, aber ich dachte, er macht auch andere Aufnahmen, so mit mehr Styling, tollen Frisuren, was Verrücktes«, erwiderte Anabel.

»Dachte ich auch«, musste Lilly zugeben. »Wie lange

machst du das eigentlich schon?«, fragte sie ihre Kommili-
tonin.

»Seit einem Jahr«, sagte Anabel.

»Schon Aufträge?«

»Ein paar, aber nicht viele. Ich schätze, ohne jemanden
wie ihn kommt man da nicht rein.«

Ein unüberhörbares und vehementes »NON« drang aus
Richtung Steuerbord zu ihnen. »Je fais pas ça!«

»Mais Michelle ...« Das war unverkennbar Alains
Stimme.

Michelle, eines der Mädchen, die sich gerade hatten ablichten lassen, stürmte an ihnen vorbei und zog sich im
Laufen ihre Bluse an.

»Er will Nacktaufnahmen. Oben ohne«, empörte sie sich.

»Ich hab mir schon gedacht, dass irgendein Haken an
der Sache ist«, sagte Anabel. »Der ganze Champagner, die
Yacht ...«

»Was ist so schlimm daran?«, fragte Lilly.

Vermutlich hatte sie einen anderen Bezug zu ihrem
Körper als die anderen. Sie lag immer oben ohne am
Strand, und selbst das Nacktbaden an den Münchner Badeseen war nie ein Problem für sie gewesen. Michelle
konnte offenbar nichts mit deutscher Freikörperkultur anfangen. Die Franzosen und generell die Südländer hatten
es nicht so mit Freizügigkeit – von den Amerikanern ganz
zu schweigen.

»Ich weiß nicht, ob das zusammenpasst, Topmodel und
oben ohne. Das ist doch ein ganz anderer Markt«, überlegte Anabel mit offenbar wachsender Skepsis.

»Du willst mir doch nicht sagen, dass die Schiffer und
andere sich nicht auch so haben ablichten lassen«, wandte
Lilly ein und überlegte zugleich, ob sie für Alain ihr Bikini-

oberteil ausziehen würde. Er wartete bereits mit gezückter Kamera und winkte in ihre Richtung. Die Pause war um.

»Machst du's?«, fragte Anabel.

»Klar!«

»Bist du dir sicher, dass er ein so bekannter Fotograf ist?«

»Die Freundin meiner Mutter hätte ihn mir doch sonst nicht vorgestellt«, versicherte Lilly ihr mit reinem Gewissen.

»Okay, dann mach ich's auch.«

Schon wieder klingelte Lillys Handy. Den gesamten Vormittag über hatte ihre Mutter versucht, sie zu erreichen. Sie konnte ihr unmöglich erzählen, was sie gerade machte, also musste die Mailbox herhalten. Rein theoretisch könnte sie ja auch in der Uni sein. Also, Handy auf stumm stellen und frei machen! Im wahrsten Sinne des Wortes.

Emma genoss es, den Abend auf Noras Balkon ausklingen zu lassen und ihre Freundin dabei zu beobachten, wie sie genussvoll an ihrem Weinglas nippte und sich im immer noch warmen Licht der Abendsonne zusehends entspannte. Der Besuch bei David schien in Nora gleich mehrere Knöpfe gleichzeitig gedrückt zu haben. Schon auf der Rückfahrt nach Nizza hatte sie einen Plan nach dem anderen gesponnen, als ob die Muse sie geküsst hätte – oder war das nur der frischen Landluft geschuldet? Mit tausend Ideen für neue Bilder hatte Nora auf dem Heimweg herumjongliert. Eine exakte Planung, was sie wo in ihrem neuen Atelier aufstellen würde, folgte. Immer wieder hatte Nora bei ihr nachgefragt, ob auch sie die positive Energie dieses Ortes gespürt hätte.

Emma wünschte, sie hätte im Moment ebenso viel Elan, aber irgendwie war Noras Ideenreichtum ja auch ansteckend. Zu Noras künstlerischen Plänen hatte sich noch die

Vorstellung gesellt, möglichst schnell einen passenden Laden zu finden – in Nizza. Grasse lag zwar näher an Noras neuem Atelier, aber erstens wussten sie beide nicht, ob David den Hof behalten oder verkaufen würde, und zweitens erreichte man in Nizza mehr Kundschaft. Der Nachmittag hatte sich dazu angeboten, einige in der Zeitung annoncierte Ladenflächen abzuklappern. Nachdem sie ihr nun mal angeboten hatte, ihr bei dem ganzen Finanzkram zu helfen, war es sowieso sinnvoll gewesen, sich die Läden gemeinsam anzusehen. Außerdem war Ablenkung die beste Medizin gegen immer wiederkehrende Schmerzattacken, die aus der wachsenden Gewissheit resultierten, dass ihre Ehe sowieso nicht mehr zu retten war.

»Meinst du, wir kriegen den Laden neben dem Bistro?«, fragte Nora, die glückselig neben ihr saß und verträumt mit ihrem Weinglas spielte.

»Du musst nur noch die Unterlagen an die Bank schicken. Ich bin da ganz zuversichtlich. Du hast regelmäßige Einnahmen und kannst deine Bilder ausstellen.«

Ein kleiner Laden für Künstlerbedarf, in dem Nora zugleich ihre Bilder verkaufen konnte, hatte durchaus Chancen. Emma ertappte sich bei dem Gedanken, sich mit Nora vielleicht doch noch ihren gemeinsamen Traum von damals zu erfüllen.

Was wollte sie noch in Deutschland? Sie könnte wie jetzt jeden Abend mit Nora auf diesem oder einem anderen schnuckeligen Balkon sitzen und die Passanten, Einheimische und Touristen beim abendlichen Spaziergang beobachten. Sie würde das milde Klima genießen, mit Nora auf dem Burgberg picknicken, am Strand spazieren gehen. Das Leben könnte so schön sein, aber gerade jener Gedanke rief ihr in Erinnerung, dass sie doch zu Hause bisher auch immer ein schönes Leben gehabt hatte. Hatte sie es nicht auch genossen, in ihrem Garten zu liegen, ihr Haus einzurichten, gelegentlich in München auszugehen? So viele schöne Dinge, doch eigenartigerweise fühlten sie sich bereits ziemlich weit weg an.

»Was ist los?«, fragte Nora, die bemerkt hatte, dass ihre beste Freundin gerade wieder einen Durchhänger hatte.

»Nichts!«, log Emma. Sie hatte schon ein schlechtes Gewissen, Nora immer wieder mit ihren Problemen zu belasten, aber sich nichts anmerken zu lassen kostete einfach zu viel Kraft.

»Jetzt sag schon …«, ermutigte Nora sie, doch Emma beschloss, Noras harmonischen Abend nicht mit den vielen Fragen zu ruinieren, die sie sich stellte.

»Ich genieße einfach nur die Sonne«, wich Emma aus, um der Harmonie dieses Augenblickes willen, aber auch, um sich in Ruhe ihrem »Durchhänger« zu widmen.

Damit gab sich Nora offenbar zufrieden. Sie entspannte sich wieder, und Emma hatte wertvolle Zeit gewonnen, um ihren Faden wieder aufzunehmen. Die Grübelmaschinerie konnte erneut angeworfen werden: Ja, es könnte zu Hause auch sehr angenehm sein. Sie war gesund, hatte ein schönes Haus, eine intelligente Tochter, Freunde und einen Mann, genau das, was sie sich immer erträumt hatte. Zumindest rein formell und nach außen hin wirkte alles perfekt. Was hatte sie aber von einem tollen Haus, wenn die Schulden sie erdrückten? Was von Freunden, die letztlich keine waren, an die man sich nur im Laufe der Zeit gewöhnt hatte? Es waren seine Freunde gewesen. Ihre Freundschaften waren ja eingeschlafen, weil sie nicht mit seinem Freundeskreis kompatibel waren. Trotzdem war es ihr Leben, von dem sie bis vor kurzem noch gesagt hätte, dass sie damit sehr zufrieden war. Und Georg? Ein ganzer Strom von glücklichen Momenten rauschte vor ihrem geistigen Auge vorbei. Sie hatten sich gemeinsam etwas aufgebaut und nicht schlecht gelebt. Schon stellte sich wieder ein Anflug von Wut, Fassungslosigkeit und verletzten Gefühlen ein. Wie konnte er nur so blöd sein, alles hinzuschmeißen?

»Hab ich dir schon erzählt, dass Paul morgen mit uns rausfährt? Wir haben dann einen Lieferwagen«, sagte Nora mit geschlossenen Augen. So verklärt, wie Nora auf Emma wirkte, träumte sie schon von ihrem Leben auf dem Land.

Ein netter Zug von ihrem Bruder.

»Paul ist noch hier?«, fragte Emma erstaunt. »Hat er sich freigenommen?«

»Er kann sich seine Arbeit frei einteilen und hat seine Hilfe angeboten.«

»Bist du dir sicher, dass du schon morgen umziehen willst?«

Noras Spontaneität verblüffte Emma noch genauso wie früher.

»Klar. Wer weiß, wie lange wir dort noch wohnen können. Wenn David verkauft …«

»Ich kann doch nicht ewig hier Urlaub machen. Es gibt zu Hause so viel zu erledigen … Irgendjemand muss mit den Banken reden, den Gläubigern …«

»Das kannst du doch auch von hier. Außerdem könntest du Lilly häufiger sehen.«

»Ob ihr das überhaupt in den Kram passt?«

»Du bist ihre Mutter. Sie liebt dich.«

»Davon merke ich nicht viel. Sie geht ja nicht mal ans Telefon. Ich hab ihr schon fünf Nachrichten auf ihrer Mailbox hinterlassen.«

»Sie meldet sich schon … Entspann dich! Alles wird gut!«

Hoffentlich hatte Nora recht. Letztlich gab es wirklich keinen Grund dafür, nicht neu anzufangen. Dass Nora gerade auch in einer Art Umbruchphase war, hatte schon etwas Schicksalhaftes. Dann fingen sie morgen eben gemeinsam neu an.

Kapitel 10

Umzug konnte man das Ganze eigentlich nicht nennen. Im Prinzip hatte Nora nach dem Frühstück nur zwei Koffer gepackt, um das, was sie an Kleidung brauchte, mitzunehmen. Sie machte sich in diesem Augenblick mal wieder klar, mit wie wenig man im Leben auskam. Viel wichtiger war es, ihre Arbeitsutensilien in das neue Atelier auf Zeit zu bringen.

Zu den zwei Koffern gesellten sich noch zehn prallgefüllte Umzugskisten nebst Staffelei, angefangenen Bildern, Lieblingswerken, Leinwänden und diversen Farbtöpfen. Bei Emma war es schließlich nur ein Koffer. Sie verlegte ja nur ihr »Urlaubsdomizil«.

Dass Paul einige geschäftliche Termine hatte absagen müssen, um ihnen den Wagen zur Verfügung zu stellen, hatte er nur seiner Schwester gesagt. Obwohl David ihnen gleich am Morgen angeboten hatte, sie abzuholen, war es quasi unmöglich gewesen, Pauls Angebot abzulehnen. Sicher wollte er sich nur ein Bild davon machen, ob aus dem Flirt zwischen Emma und David inzwischen mehr geworden war.

Auf der Fahrt zu Davids Haus war, abgesehen von Smalltalk über das Wetter und aktuelle Kulturveranstaltungen an der Côte, kein Wort darüber gefallen, was bestimmt auch daran gelegen hatte, dass Nora Emmas Eurovision-CD in voller Lautstärke hatte ertragen müssen. Pauls Schuld! Was hatte er ihr auch sagen müssen, dass er Eurovision-Fan war? Soviel Nora wusste, war dies nicht einmal gelogen. Zumindest in dieser Hinsicht hatten sich zwei gesucht und gefunden. Fachsimpeleien, Statistiken, Erinnerungen an Kuriositäten. Es war trotzdem witzig gewesen, den beiden dabei zuzuhören.

Als sie auf Davids Hof ankamen, schien Pauls gute Laune und Ausgelassenheit jedoch schlagartig verflogen zu sein. Er musterte Emma kritisch, als David sie alle begrüßte. Die Art, wie Paul David ansah, als er ihm die Hand reichte und sich dabei auch noch ein Lächeln abringen musste, ließ sich kaum noch missinterpretieren. Nora wusste genau, was jetzt im Kopf ihres Bruders vorging. Vermutlich machte er sich gerade klar, dass er gegen so einen Mann, der noch dazu viel jünger war, sowieso keine Chance hatte. Und so, wie David Emma anhimmelte und ihr ein Küsschen zur Begrüßung auf die Wange drückte, war die Sache ohnehin eindeutig, auch wenn Emma Davids Vertraulichkeit in Pauls Beisein fast unangenehm zu sein schien.

»Am besten, wir bringen die Kisten gleich in Noras neues Atelier«, schlug David vor. Der Gedanke, sich darin so richtig ausbreiten und austoben zu können, sorgte bei Nora wieder für einen ganzen Schwall neuer Ideen, doch erst mal musste ihr ganzes Zeug aus dem Wagen, was bei so vielen Helfern sehr zügig vonstattenging.

Der bisher leerstehende große Raum füllte sich schnell mit buntem Leben, und die ersten weißen Leinwände warteten nun darauf, bald bearbeitet zu werden. Als David zurück zum Wagen ging, um die nächsten Kisten zu holen und außer Hörweite war, nutzte Paul die Gelegenheit, um mit Emma ungestört ein paar Worte wechseln zu können.

»Du willst auch hierbleiben?«, fragte er sie.

»Vorübergehend, ja«, sagte Emma. Dass sie dabei rein zufällig in Davids Richtung zurück zum Haus blickte, bewegte Noras Bruder zu einem eher resignierten Nicken.

»Bestimmt eine gute Idee. Ein bisschen Abstand. Ist ja auch wirklich schön hier.«

Warum lud Paul Emma nicht zu irgendetwas ein?, fragte sich Nora. Wozu hatte er ihr auf der Hinfahrt von all den Veranstaltungen an der Côte erzählt? Wenn sie an seiner Stelle wäre, würde sie Emma sogar den Bären aufbinden, dass sie an Eurovision-Tickets herankäme. Dafür würde ihre Freundin sogar töten. Aber nein, Paul sprach lieber von einer »guten Idee«. Manchmal sollte man ihn wirklich durchschütteln und ohrfeigen.

David war immer noch dabei, die vor dem Haus gestapelten größeren Leinwände hineinzutragen. Das wäre doch die Gelegenheit, um Emma in Beschlag zu nehmen! Stattdessen holte Paul eine Kiste Sekt aus dem Wagen, um das neue Atelier würdig einzuweihen.

»Auf viele kreative Einfälle«, hieß es keine halbe Stunde später. Die Staffelei stand, Noras Werkzeug war griffbereit, David, Emma und Paul hoben die Gläser, und schon wieder sahen sich Emma und David tief in die Augen, was Paul offenbar zu viel wurde.

»Ich muss leider zurück in die Stadt«, sagte er ziemlich überzeugend, aber Nora kannte die Wahrheit.

»Bleib doch noch«, forderte sie ihn auf, letztlich aber nur, um Emmas Reaktion zu sehen.

»Ja, finde ich auch«, pflichtete Emma ihr bei, und sie klang tatsächlich enttäuscht, dass Paul schon aufbrechen wollte.

»Termine!«, log Paul. Nora wusste jedoch genau, dass er alle Termine abgesagt hatte. Manche Menschen konnte man einfach nicht zu ihrem Glück zwingen – und Paul schon gar nicht.

Auf dem Weg in ihr Gästezimmer fühlte sich Emma wie auf einer Zeitreise ins letzte Jahrhundert. Knarrende Dielen, alte Kommoden, auf denen Vasen mit Kräutern und getrockneten Blumen standen, gerahmte vergilbte Schwarzweißbilder von Davids Familie – all das hatte den Charme vergangener Tage. Im ersten Stock seines Hauses war nichts mehr von Modernität zu spüren. Ein Wunder, dass es hier oben überhaupt Strom gab.

David hatte ihr erklärt, dass ihm die Zimmer im oberen Trakt ein Stück seiner schönen Kindheit bewahrten und ihn an seine Großeltern erinnerten.

»Ich hoffe, Sie fühlen sich hier wohl«, sagte er, als er die Tür zum Gästezimmer öffnete. Auch dieser Raum wirkte wie der Teil eines Museums. Ein riesiges Holzbett mit geblümter Bettwäsche, eine Kommode, über der ein ovaler kupfergerahmter Spiegel hing, eine Tapete mit Blumenmuster, uralte Schmöker in einem Wandregal – all das sah sehr einladend aus. Und ob sie sich hier wohl fühlen würde.

»Kommen Sie. Ich möchte Ihnen noch etwas zeigen«, sagte er.

Die Führung durch das Haus ging also noch weiter.

»Mein Großvater war Parfümeur. Das war sein Arbeitszimmer.«

Ein feiner Lichtstrahl fiel von außen durch die geschlossenen Fensterläden herein, genug Licht, dass eine Regalwand und ein großer massiver Schreibtisch aus Holz zu erkennen waren. Der Duft, den dieser Raum von sich gab, war jedoch von einer Intensität und Wucht, die Emma das Gefühl gaben, vor einer Wand aus Tausenden von Geheimnissen zu stehen. Sie sog die Luft ein und schloss für einen Moment die Augen, um sich ganz auf dieses besondere Dufterlebnis zu konzentrieren. Der Raum gab sein Geheimnis aber nicht gleich preis. Erst als David die Fensterläden öffnete, konnte sie den Ursprung dieser Duftmelange ausfindig machen. Mehrere Dutzend Flaschen aus dunkelbraunem Glas, die allesamt mit unterschiedlich schimmernden Flüssigkeiten gefüllt waren, standen in den Regalen.

»Die Essenzen und Duftstoffe halten sich länger, wenn sie nicht zu viel Licht abbekommen«, erklärte er.

»Sind die noch von Ihrem Großvater?«

»So lange halten sich Essenzen nun auch wieder nicht«, sagte er und lächelte. »Mein Vater hat die Familientradition fortgeführt, hatte mit seinen Kompositionen aber nie Erfolg. Leider hat sich Opas Nase nicht auf mich vererbt«, fuhr er fort.

»Warum lagern Sie dann all die Düfte?«

»Ich handle mit Essenzen und bereite einige Mischungen für Duftöle zu. Dazu braucht man kein Talent, nur eine gute Rezeptur.«

Erst jetzt bemerkte Emma eine Duftnote, die sie aus all den Ölen herauszuriechen glaubte. Sie kannte diesen Geruch von einer jener Mischungen, die sie sich immer wieder auf den Jahr- und Wochenmärkten gekauft hatte.

»Haben Sie hier kürzlich Ylang-Ylang abgefüllt?«, fragte sie.

David schüttelte ungläubig den Kopf. »Sie können das riechen?«, fragte er überrascht.

So deutlich, wie sich der süßliche Duft nun herauskristallisierte, konnte es keinen Zweifel daran geben. Ylang-Ylang erinnerte sie stets an den eigenwilligen Geruch von einer Kaugummisorte, die es schon in ihrer Kindheit gegeben hatte und die auch Lilly ihr immer wieder an der Supermarktkasse aus den Rippen geleiert hatte.

»Setzen Sie sich, und schließen Sie die Augen«, forderte David nun.

Was hatte er vor? Wollte er sie auf die Probe stellen? Das Spiel kannte sie schon von Nora, nur dass sie sich diesmal sicher war, keine Aprikosensorten voneinander unterscheiden zu müssen.

Emma tat wie geheißen und schloss die Augen. Nichts mehr zu sehen, sondern nur noch David zu hören, sich den Düften hinzugeben, sich ihnen auszuliefern hatte etwas Magisches. Sie vernahm, wie David einige Flaschen aus dem Regal zog. Ein Plopp verriet, dass er einen der Flakons geöffnet hatte. Sofort strömte der Duft einer Rose zu ihr. »Das ist einfach. Wir haben Rosen in unserem Garten. Die duften ähnlich.«

»Ähnlich?«, fragte er überrascht.

»Ja, dieser Duft ist viel süßer, voller, ein bisschen schwerer.«

Noch ein Plopp. Schon wieder eine Rose, aber diesmal mit anderer Färbung, viel leichter und doch zunächst intensiver. »Das ist auch eine Rose, aber eine andere.«

»Erstaunlich. Ich kenne niemanden, der auf Anhieb eine tunesische von einer marokkanischen Rose unterscheiden könnte.«

Plopp Nummer drei, und nun gesellte sich ein weiterer Duft hinzu. Wieder eine Rose, zweifelsohne, aber deutlich schwerer fast betäubend. Der Duft von eben war aber noch präsent.

»Woher kommt diese Rose?«, fragte sie und brannte vor Neugier. So musste eine Rose duften, verführerisch, warmherzig, liebevoll, betörend, aber nicht die Sinne raubend.

»Aus der Türkei«, sagte er.

»Sie müssen die andere Flasche aber noch verschließen oder wegstellen. Ich kann mich sonst nicht auf die türkische Rose konzentrieren.«

»Sie riechen das?«

»Natürlich!«

Kein Plopp mehr, nur noch das Geräusch seines Atems.

»Darf ich die Augen wieder aufmachen?«, fragte sie.

»Nein. Sie verblüffen mich. Wenn es Ihnen nichts ausmacht, würde ich Sie gerne weitere Düfte riechen lassen.«

Natürlich war ihr das recht. Wie oft war sie schon in einer Parfümerie hängengeblieben und hatte sich die neuesten Duftkreationen vorführen lassen?

»Mir scheint, Sie sind eine Nase. Ja, sogar eine Supernase.« Er lachte.

»Eine was?« Das klang irgendwie nach einem Marvel-Comic-Helden oder nach *Die Superschnüffler*. Komisch, ausgerechnet jetzt an den Zinken von Steffi Graf oder Gérard Depardieu denken zu müssen. Warum hatten Nasen nur immer irgendwie etwas Anrüchiges?

Sie konnten triefen, man konnte mit ihnen unentwegt schnüffeln, mit ihnen niesen, sie in die Angelegenheiten anderer Leute stecken oder immer der Nase nach laufen. Und nun hatte ausgerechnet sie eine Supernase?

»Das nennt man so. Der normale Mensch kann nicht mehr als ein paar Grunddüfte unterscheiden. Ähnliche Düfte sowieso nicht.«

»Die meisten Düfte kenne ich vermutlich gar nicht«, sagte Emma.

220

»Das ist ein Teil des Tests. Ich sage Ihnen die Namen, und Sie müssen versuchen, sich die Düfte zu merken.«

Das konnte ja noch ein anstrengender Nachmittag werden, aber nun war sie selbst neugierig, ob David recht hatte.

»Menschen mit dieser Gabe sind selten. Nach entsprechendem Training und sofern man dann noch kreative Fähigkeiten hat, kann man es weit in der Parfümindustrie bringen. Die Jobs sind gut bezahlt.«

Nun bekam Emma auch noch eine goldene Nase! Immerhin einer der wenigen positiven Aspekte des menschlichen Riechorgans.

»Noch ein weiteres Talent kommt hinzu …«, sagte er, während er einige Flaschen aus dem Regal zog.

»Und das wäre?«

»Sind Sie ein sinnlicher Mensch?«

Was für eine Frage. Wenn sie das nur wüsste. Früher mal. Ja, sie hatte mit Leidenschaft fotografiert, sich in der Küche mit eigenen Rezepturen ausgetobt, getöpfert, hatte Spaß an Mode, an Batikkursen … Alles eingeschlafen. Seit Jahren.

»Vielleicht war ich das mal«, erwiderte sie mit traurigem Unterton, den David nicht überhört hatte.

»War?«

Jetzt musste sie doch die Augen öffnen, und wie sie schon vermutet hatte, wirkte David tatsächlich ein wenig besorgt.

»So etwas kann man wieder zum Leben erwecken«, sagte er nun sanft.

»Na gut, dann legen wir gleich mal los!«

Nora fragte sich, was David mit ihrer Freundin in den letzten zwei Stunden wohl angestellt hatte. Und vor allem, was die beiden miteinander getrieben hatten. So gut gelaunt, wie Emma in Davids Begleitung nun hereintänzelte, nein, eher schon hereinschwebte, mussten dies zwei extrem gute Stunden gewesen sein. Am Ende hatten sie sogar Sex gehabt, was Emmas Leichtfüßigkeit erklären würde.

»Stell dir vor, wir haben herausgefunden, dass ich eine Supernase bin«, erklärte Emma mit verklärtem Blick.

Hatten die beiden sich mit Wein abgefüllt? Auch David wirkte leicht euphorisch und strahlte vor Begeisterung. Also doch Sex, der ihnen die Sinne geraubt hatte?

»Es stimmt. Noch nicht einmal mein Großvater konnte so viele Duftstoffe auseinanderhalten, geschweige denn, sich so viele Gerüche merken.«

Erst jetzt fiel Nora ein, den Begriff »Nase« in diesem Zusammenhang schon einmal gehört zu haben. Sie selbst hatte keinen überdurchschnittlichen Geruchssinn, auch wenn sie es liebte, an ihren aromatisierten Massageölen zu riechen, und sich mit Aromatherapie ganz gut auskannte.

Vielleicht sollte sie Emmas neues »Superorgan« auf einem Bild porträtieren. Am besten eine Karikatur mit einem Riesenzinken, der in einem Blumenfeld versank. Die vor ihr gespannte Leinwand würde sich auch für eine Kohlezeichnung gut eignen, aber so schillernd, wie Emma gerade auf sie wirkte, schied die Schwarzweißoption von vornherein aus.

»Und was machst du jetzt mit dieser Erkenntnis?«, fragte Nora.

»Weiß ich noch nicht. Vielleicht ein paar Experimente. Ich könnte mich ja mal an einem neuen Parfüm versuchen. David hat alles da, was man dazu braucht.«

Gestern noch Buchhalterin in der eigenen Firma, heute Parfümeurin. Emma schien im Moment so richtig aufzudrehen. Bemerkenswerterweise war das immer dann der

Fall, wenn sie es schaffte, ihre Vergangenheit endlich hinter sich zu lassen und nur an das Hier und Jetzt und die Zukunft zu denken. War das nicht sowieso einer der Schlüssel zum Glück?

»Was hältst du davon, essen zu gehen? Ich lad dich ein«, fragte Emma.

»Eigentlich wollte ich jetzt noch ein bisschen malen«, sagte Nora widerstrebend.

»Das kannst du doch auch später noch. Woran arbeitest du denn gerade?«, wollte Emma wissen.

»Ich fange mit etwas Neuem an«, erwiderte sie und nahm David ins Visier. Mal sehen, ob er zu seinem Versprechen stand.

»Jetzt gleich?«, fragte er, da er wohl ahnte, was sie meinte.

Nora nickte nur keck. Schließlich hatte Emma David für zwei Stunden in Beschlag genommen, nun war sie dran.

»Es sei denn, Sie haben schon etwas vor«, sagte sie.

Warum warf David Emma einen fragenden Blick zu? Richtig, sie wollten ja gemeinsam Essen gehen.

»Also, ich könnte mich noch eine halbe Ewigkeit mit Ihrer Duftsammlung beschäftigen«, sagte Emma und gab Nora somit grünes Licht.

»Na gut. Wo möchten Sie mich haben?«, fragte David.

Eigentlich hätte er sie nicht nach dem Wo, sondern nach dem Wie fragen müssen. Für das Wo kam sowieso nur ein Platz in Frage – ein Plastikstuhl, der mitten im Raum und keine zwei Meter von ihrer Staffelei entfernt stand.

»Da drüben, wenn Ihnen das recht ist. Eine Pose auf dem Stuhl.«

»Akt?«

Machte David jetzt doch einen Rückzieher? Nein …

»Na, dann …«, sagte er.

Die Selbstverständlichkeit und Natürlichkeit, mit der David sein Hemd aufknöpfte und es auf dem Weg zum Plastikstuhl abstreifte, hatte etwas Hocherotisches, das Emma offensichtlich überforderte. Einerseits schien sie sich diskret zurückziehen zu wollen, andererseits konnte sie ihren Blick nicht von ihm abwenden, von seinem Rücken, den breiten, kräftigen Schultern, den geschmeidigen Bewegungen, die an einen Tiger erinnerten.

Auch Davids Oberkörper, nur leicht behaart, war ein einziges Spiel aus perfekt proportionierten Muskeln. Kein Bodybuilder mit aufgepumptem Körper, keine antrainierten Bizepse, sondern athletische Formen, so wohlgestaltet und harmonisch, wie man sie nur von Michelangelos David kannte. Ohne jede Verlegenheit knöpfte er sich seine Jeans auf und schob sie nach unten. Dabei lächelte er Emma entspannt an.

Während Nora an nackte Tatsachen gewöhnt war, fühlte Emma sich offenbar immer weniger wohl in ihrer Haut. Verstohlen suchte sie den Blickkontakt mit ihrer Freundin, als ob sie Halt brauchte und nicht dabei erwischt werden wollte, Davids Körper mit den Augen einer Voyeurin zu betrachten.

David zog nun die Socken aus und legte sie zu den anderen Kleidungsstücken, die bereits ordentlich am Boden lagen. Er hatte muskulöse Oberschenkel, kräftige Waden und schöne gepflegte Füße, eine griechische Fußform, der große Zeh etwas kürzer als der danebenliegende. Und gerade weil er sich so natürlich bewegte, wirkte jede seiner Gesten noch sinnlicher. Völlig ungeniert zog er seinen Slip aus und legte ihn ab.

Ihn völlig nackt inmitten eines mit Gemälden gepflasterten Raums zu sehen erweckte den Eindruck einer lebendigen Installation.

»Wie soll ich mich hinsetzen?«, fragte er.

Es musste eine Pose sein, die seine definierte Bauchmuskulatur gut zur Geltung bringen würde, vor allem den Unterbauch, seine nahezu perfekt ausgeprägten transversalen Bauchmuskeln, die links und rechts zum Leistenbereich führten – genau das, was Nora an einem Mann besonders sexy fand.

»Ich hab so etwas noch nie gemacht«, sagte er und zuckte etwas hilflos mit den Schultern, bevor er Platz nahm.

»Am besten leicht nach hinten lehnen und den rechten Arm heben. Versuchen Sie, mit Ihrer Hand hinter den Nacken zu greifen. So spannt sich die Brustmuskulatur ganz natürlich.«

Dafür, dass er noch nie posiert hatte, verstand er sehr schnell, worauf sie hinauswollte.

David hatte Nora mit seinem Bilderbuchkörper so in Beschlag genommen, dass ihr Emma erst jetzt wieder in den Sinn kam. Sie stand noch immer da wie angewurzelt. David suchte ihren Blick und lächelte ihr zu, ohne dabei provokant oder anzüglich zu wirken. So, wie Emmas Blick zwischen ihr, Davids Augen und seinem Körper hin und her flackerte, musste Davids Nacktheit auf sie den gleichen elektrisierenden Effekt haben. Nur deshalb verkniff Nora sich den durchaus lohnenswerten Blick auf Davids »Genitalien«, wie Emma sein auch im nicht erigierten Zustand beachtliches Werkzeug zum Liebesakt bezeichnen würde.

»Ich lass euch jetzt mal in Ruhe arbeiten«, sagte Emma mit leicht belegter Stimme.

»Also, mich störst du nicht«, sagte Nora so beiläufig wie möglich. »Und dich, David?«, fragte sie in seine Richtung, nur um erstaunt festzustellen, dass er Emma musterte, als ob er nicht wüsste, wie er ihre Reaktion einordnen sollte.

»Nein, bleiben Sie ruhig«, sagte er ganz gelassen, die Augen auf Emma gerichtet. Diesen Blick kannte Nora von einigen ihrer Liebhaber. Das war der Blick eines Mannes, der sich seiner selbst bewusst war, ohne überheblich oder arrogant zu sein. Seine Augen schienen Emma sagen zu wollen, dass er sich ihr gerne schenken würde. Richtig unheimlich, wie Nora fand, aber auch ungemein anregend.

»Ich kenne Nora. Sie braucht beim Malen ihre Ruhe«, log Emma jetzt.

Ihre Freundin hatte offensichtlich beschlossen, vor ihren eigenen erotischen Phantasien davonzulaufen.

David blickte ihr nachdenklich nach, als Emma das Atelier verließ. Er wusste mit Sicherheit, welche Wirkung er auf sie hatte. Man spürte die Anziehung, und Emmas Reaktion ließ keinen Raum für Interpretationen. Spätestens jetzt war klar, dass er sie wollte.

»Wie lange muss ich so sitzen bleiben?«, fragte er.

»Bis ich fertig bin«, antwortete sie und plante, sich in Anbetracht eines Anblicks, der sich ihr sicher nicht mehr so schnell im Leben wieder bieten würde, sehr viel Zeit zu nehmen.

Die vielen verschiedenen Düfte im Zimmer von Davids Großvater erinnerten Emma daran, dass sie schon oft bei dem Versuch, die Duftnoten eines Parfüms in Worte zu kleiden, beinahe verzweifelt war. Zwar war es ihr schon immer leichtgefallen, sich Düfte zu merken, sie sich vorzustellen und dabei buchstäblich zu riechen, aber mehr als »süß«, »schwer«, »leicht«, »frisch«, »aufhellend« oder den Unterschied zwischen einem »sommerlichen« und einem »eleganten« Duft, den man sich abends anlegte, hatte sie nie benennen können.

Davids reichhaltiger Buchfundus über die Parfümherstellung öffnete ihr das Reich der Düfte neu, fasste ihre Empfindungen in Worte. Es fühlte sich so an, als ob ihr die Bücher Werkzeuge in die Hand legten, aber sie zugleich auch inspirierten. Letztlich stand sie erst am Anfang ihrer Reise in die Welt der Düfte. Dass man bei der Kategorisierung von Essenzen von Duftfamilien sprach, verblüffte sie: grün, blumig, aldehydig, orientalisch, Chypre Tabak, Leder, Fougère. Grün konnte man sich gut merken. Gräser, Blätter, aber erstaunlicherweise auch Zitronen fielen darunter. Blumig konnte fruchtig-frisch oder blumig-frisch sein, aber auch blumig-süß. Chypre hatte sie noch nie zuvor gehört, aber Bergamotte und Eichenmoos, also Frische mit holziger Grundnote, das klang vielversprechend.

Im Nu fielen ihr beim Durchblättern der Abbildungen Parfüms ein, die dieser Duftfamilie angehörten. Aldehydig klang nach purer Chemie, war es aber nicht. Pudrig, talgig hieß es. Sofort erinnerte sie sich an elegante Düfte, die in diese Richtung gingen. Gut, sie jetzt beim Namen nennen zu können.

Das Schöne daran war, dass es in Davids Duftraum Beispiele für all diese Duftfamilien gab, entweder in den Regalen oder in der »Duftorgel« seines Großvaters – einem verschachtelten Holzkasten, in dem kleine Fläschchen mit natürlichen, aber auch synthetischen Duftstoffen steckten. Jede Probe ein neues berauschendes Abenteuer. Merkwürdig war allerdings, dass sie mit jedem Atemzug, ob sie wollte oder nicht, an David denken musste. Jeder Duft stand für eine seiner vielen Facetten. Mal waren es seine kräftigen Hände, die sie an ihrem Dekolleté zu spüren glaubte, mal jener kurze Blick, den er ihr zugeworfen hatte, als er nackt vor ihr gestanden hatte. Es schien fast so, als bildeten die vielen Düfte David plastisch ab, als würde er in ihnen lebendig. Emma machte sich klar, dass sie sich immer stärker zu ihm hingezogen fühlte. Womöglich lag das aber auch nur an den ledrig duftenden Substanzen, die sie gerade einsog. Man sagte ihnen nicht zu Unrecht aphrodisierende Wirkung nach. Wie schön wäre es, jetzt seine Hände auf ihrem Rücken zu spüren, wo er sanft ihre Haut berührte.

Sich von den Düften treiben zu lassen hatte etwas Berauschendes. Was würde sie als Nächstes kombinieren? Wie von unsichtbarer Hand geführt, nahm sie zwei weitere Fläschchen aus der Duftorgel und öffnete sie. Sandelholz und Patschuli wollten auf zwei Duftstreifen zusammenfinden, dazu etwas Ylang-Ylang, und schon wieder erfüllte sie ein Strom wachsender Erregung, ein Schauer, der Wärme in ihrem Unterleib erzeugte. Sein Mund auf ihrem seinen Atem spüren, ihre Hände an seiner Brust, in seinem Schritt, seine Manneskraft spüren!

Stopp! Wahnsinn!, dachte Emma. Reiß dich zusammen! Du bist Anfang fünfzig! Das sind Träumereien! Emma legte die Duftstreifen für einen Moment zur Seite, ging zum Fenster, öffnete es und atmete die frische Luft ein. Doch warum soll ich mich zusammenreißen?, fragte sie sich im selben Moment. Weil es pubertäre Gefühle sind? Du bist keine sechzehn mehr! Die Realität sah nun mal anders aus. Gefühle dieser Art waren albern. Noch ein tiefer Atemzug am geöffneten Fenster.

Die Realität hieß bisher Georg. Aber vielleicht war er ja auch der Grund, weshalb die Düfte eine so starke Wirkung auf sie hatten. Wie oft er sie im letzten Jahr geküsst hatte, konnte Emma an einer Hand abzählen. Sinnlichkeit? Fehlanzeige! Warum hatte sie diese Dinge gar nicht mehr vermisst? Aus Gewohnheit? Weil sie ihren sexuellen Zenit schon lange überschritten hatte? Konnte man Sinnlichkeit verlernen? Sie hatte sie verlernt. Georg! Grob und immer nur schnell, schnell, schnell, solange er seine Erektion noch aufrechterhalten konnte. Nein, das war nicht mehr schön gewesen. War es möglich, dass sie an den Duftstreifen riechen und sich dabei auch Georg vorstellen konnte? Einen Versuch war es wert. Emma setzte sich wieder an die Duftorgel und inhalierte die gleichen Essenzen. Das Experiment schlug jedoch fehl. Dabei war Georg nicht unattraktiv, aber sie hatte sich eingeigelt, wollte keine Nähe mehr zulassen – ein Schutz, um nicht noch tiefer verletzt zu werden. Eine bittere Erkenntnis.

Schnell ein tiefer Atemzug an der Essenz von Bergamotte. Sie hatte eine aufheiternde Wirkung, etwas, was die Gedanken klären und die Seele reinigen konnte. Georg hatte sie jahrelang mit Füßen getreten. Es lag an ihm. Georg! Wahrscheinlich vergnügte er sich gerade mit der Russin. Sollte er doch, das Schwein! Dabei hätten sie, jetzt, da Lilly fast auf eigenen Füßen stand, so ein schönes Leben haben können. Deprimierend! Nur nicht mehr an ihn denken! Alles, bloß das nicht! Die Düfte waren jetzt wichtiger. Sie war jetzt wichtiger. Zu viele Duftstreifen lagen vor ihr, und alle Düfte stürmten auf sie ein. Zu viele Gefühle auf einmal. Raus hier! Ab an die frische Luft!

Das liebe Geld! Dreitausend Euro. Aber woher nehmen und nicht stehlen? Die Einnahmen aus Lillys wenigen »Rollkragenpulli-Jobs« waren ja allein schon für das Leben in Nizza draufgegangen. Ausgehen musste drin sein, und das kostete extra. Dreihundert Euro monatlich gab es von Papa, und natürlich übernahm er die Studiengebühren. Ihn ausgerechnet jetzt noch einmal um Kohle anzuhauen war im Hinblick auf die angespannte Finanzlage ihrer Eltern eher eine Illusion, andererseits, vielleicht schafften sie es ja, doch noch ein passendes Grundstück für Papas Bauvorhaben zu finden. Die Chancen dafür standen nicht schlecht, sofern David tatsächlich seinen Hof verkaufen würde – nur eine der unglaublichen Neuigkeiten, die ihre Mutter ihr auf der Mailbox hinterlassen hatte. Aber warum zog sie mit Nora dann zu ihm aufs Land? »Vorübergehend« hieß es. Was versprach sie sich davon? Am Ende David? Schon wieder verspürte Lilly diesen trotzig-eifersüchtigen Impuls, für den es doch rein logisch gar keinen Grund gab. Zu gerne wäre sie dabei gewesen, um zu sehen, ob nicht doch irgendetwas zwischen den beiden lief, aber noch einen weiteren Tag die Vorlesungen zu schwänzen hätte sie sicher in Teufels Küche gebracht. Auch dass David mit dem Gedanken spielte, nach Paris zu gehen, überraschte sie, deutete aber darauf hin, dass er von ihrer Mutter nichts wollte. Erleichterung! Wer weiß, vielleicht würde sie David eines Tages in Paris begegnen, wenn sie es dort als Model geschafft hatte. In der Stadt der Liebe … Genug der Träumereien! Nun galt es aber erst einmal, ihrem und letztlich dem Eheglück ihrer Eltern ein wenig auf die Sprünge zu helfen. Ihr Vater musste unbedingt wissen, dass ihre Mutter auf Trennungskurs war, was der Umzug aufs Land mehr als deutlich gemacht hatte. Glücklicherweise war ihr Vater auf seinem Handy zu erreichen und schlug ein Treffen bei ihm im Hotel vor.

»Ich hab nichts dagegen, dass du modeln willst, Lilly, aber im Moment haben wir das Geld nicht.« Das war eine erstaunlich klare Ansage aus dem Mund ihres Vaters.

Da konnte einem die Lust auf den Eiskaffee schon vergehen, den ihnen ein Ober in die angenehm kühle Hotelbar gebracht hatte.

»Was macht Mama eigentlich?«, fragte er eher beiläufig. Offenbar waren Lillys Karrierepläne als Model bereits abgehakt.

»Warum rufst du sie nicht an und fragst sie selbst?«, erwiderte Lilly. Angesichts der Abfuhr war ihr nach einer patzigen Antwort.

»Sie würde im Moment sowieso nicht mit mir reden. Du kennst sie doch. Jetzt sag schon«, insistierte ihr Vater. Er musste ihr angesehen haben, dass sie irgendetwas wusste.

»Sie ist mit Nora aufs Land gezogen.«

»Aufs Land?«, stieß er überrascht hervor und schob seinen Eiskaffee beiseite. »Wenn es ihr guttut«, fuhr er dann nach einer kurzen Denkpause fort, was aber eher etwas aufgesetzt und ein bisschen zu lapidar klang.

Es nagte also an ihm, dass ihre Mutter nun offenbar das Heft selbst in die Hand nahm, ging es Lilly durch den Kopf.

»Hat sie sonst noch was gesagt?«, fragte er neugierig nach.

»Sie scheint ein Grundstück gefunden zu haben.«

»Was?«, fragte Georg erstaunt. »Und wieso erfahre ich davon nichts?«

»Wenn ich sie richtig verstanden habe, ist es noch nicht sicher.«

»Ich klappere mit Irina gestern und heute die ganze Gegend ab, versuche unsere Existenz zu retten, und deine Mutter …«

»Du warst mit Irina unterwegs?«

»Ja, mit wem denn sonst? Jetzt fang du nicht auch noch damit an.«

»Mit was?«, fragte Lilly in der Absicht, sich erst mal dumm zu stellen. Er sollte reden, nicht sie.

»Dass ich mit Irina ein Verhältnis hätte.«

»Sah aber ganz danach aus«, konterte sie.

Warum nur wurde aus dem beleidigten Gesichtsausdruck ihres Vaters urplötzlich ein Siegerlächeln? Wieso wandte er seinen Blick von ihr ab und sah durch die offenstehende Schwingtür in Richtung Rezeption? Lilly folgte seinem Blick. Irina! Und nicht allein, sondern in Begleitung eines Mannes, der sogar ein wenig jünger und wesentlich attraktiver war als ihr Vater.

»Und? Was sagst du jetzt?«

»Wer ist das?«, fragte Lilly.

»Ihr Mann!«, erwiderte er und schien sich dabei auch noch zu amüsieren.

Ups! Mein Gott! Ihre Mutter hatte sich das alles tatsächlich nur eingebildet oder falsch verstanden, missverstanden, genau wie sie, als sie ihren Vater vor dem Hotel gesehen hatte. Es musste Irinas Mann sein. Warum sonst legte er ihr galant den Arm um die Hüfte und zog sie mit einer vertrauten Geste zu sich, um sie zu küssen? Das ganze Chaos für die Katz. Hätte ihr Vater in diesem Moment nicht dieses selbstgefällige Grinsen im Gesicht gehabt, hätte es ihr fast leidgetan, ihn einer Affäre bezichtigt zu haben. Aber auch so fühlte sie mit ihm und nahm sich vor, gleich am nächsten Morgen mit ihrer Mutter zu sprechen.

Emma genoss die purpurfarbene Kolorierung der gerade untergehenden Sonne am Himmel über dem Lavendelfeld, dessen Violett sich dem Farbverlauf am Horizont anpasste. Der von Wind und Wetter glattpolierte Stein mitten auf einer Anhöhe war zwar nicht sonderlich bequem, erlaubte aber einen atemberaubenden Blick bis hinunter zum Meer.

Eine leichte Brise entzog dem Lavendelfeld die Hitze des Tages und wiegte die Pflanzen sanft und spielerisch.

Emma fragte sich, warum mit Einbruch der Dunkelheit der Lavendel einen noch viel intensiveren Duft verströmte. Möglich, dass sie sich das aber auch nur einbildete, weil sie abends zur Ruhe kam und sich Zeit für dieses Dufterlebnis nehmen konnte. Lavendel hatte eben etwas Beruhigendes, Ausgleichendes und die Kraft, auch ihre Gedanken zur Ruhe zu bringen.

David rief nach ihr. Seine Stimme klang nicht allzu weit entfernt.

Emma drehte sich um und sah, dass er den kleinen Trampelpfad vom Haus, der zu diesem Platz führte, entlangging und offenbar nach ihr suchte. Als er sie entdeckte, wirkte er erleichtert. Im Licht des Abends wirkte sein Teint noch etwas dunkler und seine Augen heller, auch die Zähne strahlten weißer als sonst, als er sie anlächelte.

»Haben Sie unser Abendessen vergessen?«, fragte er.

Stimmt. Emma erinnerte sich, dass sie ja vorgehabt hatten, gemeinsam noch etwas zu unternehmen.

»Tut mir leid«, sagte sie. »Ich hätte Bescheid geben sollen.«

»Ist schon okay. Nora ist sowieso noch mit dem Gemälde beschäftigt.«

Sofort hatte sie wieder das Bild vor Augen, als er so, wie Gott ihn schuf, vor ihr gestanden hatte. Wie sehr hatte sie seinen Körper begehrt und sich zugleich dafür geschämt.

»Ist es denn gut geworden?«, fragte sie.

»Ich hab es noch nicht gesehen. Nora will es mir erst zeigen, wenn es fertig ist.«

Wortlos setzte er sich zu ihr, und ein tiefer Atemzug verriet, dass er die Abendluft und den betörenden Duft des Lavendels ebenso genoss wie sie.

»Ich sitze oft hier«, sagte er. »Irgendwie gibt mir dieser Ort Kraft.«

Emma nickte nur, traf er den Nagel doch auf den Kopf. Wieder sah er sie an, ungewöhnlich ernst, bevor er seinen Blick wieder zum Horizont schweifen ließ. Schweigend so nebeneinanderzusitzen hatte für sie in diesem Moment etwas geradezu Unerträgliches. Seine Hand, mit der er sich auf dem Stein aufstützte, lag direkt neben ihrer. Was, wenn er sie jetzt berührte oder sie ihn? Emma beschloss, über irgendetwas mit ihm zu reden, egal was es war. Hauptsache, sie war abgelenkt und musste nicht mehr so still und tatenlos dasitzen.

»Danke, für die Bücher. Ich hab sehr viel daraus gelernt«, sagte sie. Was für eine blöde Bemerkung, nur um etwas zu sagen. Und wie es schien, hatte er gar keine Lust zu reden, stattdessen blickte er erneut zu ihr, direkt in ihre Augen. Was tun? Diese Augen ... Tiefbraun.

Den Blick jetzt von ihm abzuwenden war beinahe unmöglich. Sie gefiel ihm, dessen war sie sich nun sicher, und die magnetische Anziehungskraft, die von ihm ausging, war mittlerweile viel zu stark, als dass sie sich ihr entziehen konnte. Vorsichtig griff er nach ihrer Hand – endlich. Dabei sah er ihr unverwandt in die Augen. Was für ein elektrisierendes Gefühl! Dann ein unschuldiges Lächeln. Seine Hand, die nun an ihrem Arm entlangfuhr, nahm ihr den Atem. Sie musste ihn küssen – und er sie. Jetzt! Seine Lippen auf den ihren zu spüren, ihn zu schmecken, zu fühlen, wie seine Zunge vorsichtig in ihren Mund drang und immer mehr Leidenschaft einforderte ... All das beschleunigte ihren Puls. Ihre Hand begann zu zittern, als sie ihn am Kopf berührte, sanft durch sein lockiges Haar fuhr. Sie musste mehr von ihm spüren, alles an ihm spüren, seinem sinnlichen Fordern nachgeben und selbst das bekommen, wonach sie sich so viele Jahre umsonst verzehrt hatte: sinnliche und doch kraftvolle Liebe, mit jeder Bewegung zweier Körper, die sich einander hingaben, zu beben, sich nicht mehr loszulassen, sich zu erkunden, zu riechen, zu schmecken und sich ihm zu schenken, so wie er sich ihr schenkte … Da knöpfte er ihr zärtlich verspielt die Bluse auf und hörte dabei nicht auf, ihr voller Sehnsucht in die Augen zu blicken. Schließlich bettete er sie sanft auf den weichen, von der Sonne des Tages noch warmen Boden und küsste sie, küsste sie, küsste sie …

Kapitel 11

Marvin Gayes »Sexual Healing« war über Nacht zu einer Hymne der Befreiung geworden. Emma hatte diesen Song seit dem Aufwachen im Ohr gehabt. Eine heilende, aber auch befreiende Wirkung, die zu der Erkenntnis geführt hatte, dass ihr jahrelanges sexuelles Debakel nicht an ihr gelegen hatte. Sie war sinnlich, leidenschaftlich, konnte mehr geben, als sie sich in ihren kühnsten Träumen hätte vorstellen können. Es lag nicht an mir, sagte sie sich erneut. Wie wohltuend, dass sie dies aus vollem Herzen und ohne den Rest eines Zweifels behaupten konnte. Hätten David und sie sich sonst in dieser Weise lieben können? Es lag nicht an mir! Ein neues Mantra, das sie sich zu eigen machen wollte. Lebenslang.

Und wie schön es war, diesen wunderbaren Mann an ihrer Seite im Schlaf zu beobachten. Obwohl es schon hell war und die wärmenden Sonnenstrahlen durch die halb geöffneten Fenster seines Schlafzimmers fielen, war David immer noch im Tiefschlaf. Kein Wunder, so wie er sich tags zuvor an ihr verausgabt hatte. Emma konnte sich nicht erinnern, in ihrem Leben jemals in einer Nacht dreimal hintereinander Sex gehabt zu haben. Jedenfalls nicht mit Georg. So viel stand fest. Allein schon die Gewissheit, dass ihr

Verlangen nach Sinnlichkeit etwas Schönes war, intensives Küssen einfach dazugehörte und ein Mann wie David es aus vollen Zügen genossen hatte, sie zu spüren, rechtfertigte diese Liebesnacht.

Noch eine halbe Ewigkeit hatte er sie auf der kleinen Lichtung im Lavendelfeld im Arm gehalten, sich ganz eng an sie geschmiegt, seine kräftigen Schenkel an ihre gepresst, seinen Kopf an ihre Brust gelegt und es genossen, wie sie ihn gestreichelt hatte. Sinnlichkeit, Lust und Liebe. Zärtlichkeit und Nähe schlossen Leidenschaft nicht aus, und die hatte sich in seinem Haus fortgesetzt. Wie zwei verliebte Teenager, die nicht von ihren Eltern erwischt werden wollten, hatten sie sich ins Haus geschlichen, dort noch etwas getrunken, einen Happen gegessen, bevor sie sich erneut geliebt hatten. Ganz selbstverständlich hatte er ihre Hand genommen und sie in sein Schlafzimmer gezogen. Keine Reue also, obwohl sie noch mit Georg verheiratet war und es bis vor wenigen Tagen unvorstellbar gewesen wäre, sich auf so ein Abenteuer einzulassen.

War dies am Ende eine völlig normale Reaktion? Es kam ihr fast so vor, als hätte sie damit auch physisch die Trennung von Georg vollzogen. Sich wieder als Frau zu fühlen, hatte sie dazu nicht das Recht? Sie war eine Frau! Sich dies überhaupt sagen zu müssen war schon schlimm genug.

»Guten Morgen, Emma«, sagte er und streckte sich dabei wohlig, ohne sie auch nur eine Sekunde aus den Augen zu lassen.

Sogleich legte er eine Hand auf ihren Bauch, liebkoste ihn. Obwohl sie diesen gemeinsamen Moment der Nähe genoss, fragte sich Emma, wie sie sich David gegenüber nun verhalten sollte. Schließlich hatte sie keine Erfahrung mit Seitensprüngen oder Affären. Und was war da eigentlich passiert? Hatten sie sich ineinander verliebt? Dafür kannten sie sich doch noch nicht lange genug. Ihr Blick klebte nun nicht mehr an ihm, sondern an der Zimmerdecke, als ob sie daran Halt finden könnte.

»Alles okay?«, fragte er und küsste, sie zärtlich. Es war aber ein Kuss, den sie im Moment nicht mehr mit der gleichen Leidenschaft wie noch gestern Nacht erwidern konnte.

»Denk nicht zu viel nach. Nimm es einfach, wie es ist«, flüsterte er und küsste sie auf die Stirn.

Genau das war aber der Punkt. Sie wusste ja nicht, wie es war.

»Ich hab mich in dich verliebt«, gestand er mit sanfter Stimme. »Ist das so schlimm?«

Sein fast schon lausbübisches Lächeln war so unwiderstehlich, dass man nichts, was er sagte, als schlimm empfinden konnte. Wenn sie nur sicher wüsste, ob sie sich auch in ihn verliebt hatte. Ja … vermutlich ja, aber was hatte das schon zu bedeuten?

»Nein, es ist ein unglaublich schönes Gefühl«, rang sich Emma leichter ab als erwartet.

Der darauffolgende Kuss belohnte sie für ihren Mut, alle Gedanken und Zweifel für einen Moment beiseitezuschieben. David zu spüren konnte einen alles vergessen lassen. Und was war so schlecht daran, ihr bisheriges Leben zu vergessen? Nichts! Georg war es nicht wert, auch nur noch eine einzige Sekunde lang an ihn zu denken. Das Hier und Jetzt zählte und das schöne Gefühl, einfach nur zu leben und geliebt zu werden.

Normalerweise waren alte Häuser ja alles andere als hellhörig. Davids Haus machte da aber eine unrühmliche Ausnahme. Nora fühlte sich noch immer wie gerädert. An

Schlaf war in dieser Nacht kaum zu denken gewesen. Davids Schlafzimmer lag neben dem ehemaligen Nähzimmer von Davids Mutter, in das er sie einquartiert hatte. Und so, wie Emma und er es miteinander getrieben hatten, konnte man glauben, in einem Stundenhotel gelandet zu sein.

Nora freute sich für Emma, ertappte sich aber dabei, eifersüchtig zu sein. Dabei hatte sie sie doch dazu ermutigt. David in seiner ganzen Pracht zu malen und ihn dann von der besten Freundin vernascht zu sehen hatte etwas Skurriles, worüber Nora herzhaft lachen konnte. Ein Lachen, das ihr ziemlich schnell im Halse stecken blieb, denn schon wieder keimte diese dumme Eifersucht in ihr auf, dabei hätte sie sich mehr als eine Nacht mit David sowieso nicht vorstellen können. Am Ende wurde bei den beiden sogar mehr daraus. Emma und David: ein Paar? Das konnte doch nicht gutgehen. Nora beschloss, sich jetzt endlich aufzuraffen, aufzustehen und in ihr Atelier zu gehen. Die Malerei war das Wichtigste in ihrem Leben, und es war sicher gut, dass sie ihr Interesse an langfristigen Beziehungen zu Männern schon längst ad acta gelegt hatte.

Dennoch war da schon wieder dieser stechende Gedanke, dass Emma an Davids Seite ihr Glück finden könnte, ein Glück, das ihr selbst nie vergönnt war. Aber konnte man an der Seite eines Mannes denn wirklich Glück finden? Die Ehe mit Georg hatte Emma an den Rand des Abgrunds geführt. Selbst schuld. Mit Paul wäre ihr all dies erspart geblieben, aber das Schicksal wollte es wohl anders. Armer Paul. Hatte er ihre Gedanken gelesen? Warum sonst rief er sie ausgerechnet jetzt auf ihrem Handy an?

»Na, wie fühlst du dich mitten in der Pampa?«, fragte er unerträglich gut gelaunt.

»Morgen, Paul. Blendend. Es ist toll hier. Ich hoffe wirklich, dass David den Hof nicht verkauft.«

»Und Emma? Gefällt es ihr auch?«, wollte er wissen.

Was aus Nora wurde und ob sie hier bleiben konnte, war ihm anscheinend im Moment weniger wichtig als ihre Freundin. Ihm jetzt zu sagen, was vorgefallen war, würde ihm das Herz brechen.

»Sie hat sich ganz gut eingelebt«, log sie.

»Und dieser David? Ich meine …«

»Ich weiß genau, was du meinst, Bruderherz.«

»Und?« Paul war wieder in der kryptischen Phase. Das war typisch für ihn, wenn es um Gefühle oder um Frauen ging. »Meinst du, es lohnt sich, noch etwas in der Gegend zu bleiben?«

»Paul, warum fragst du mich das? Du musst doch gemerkt haben, ob sie etwas für dich empfindet.«

»Ich glaube schon, aber …«

Was um alles in der Welt sollte sie ihrem Bruder denn noch raten? Emma zu entführen und ihr endlich mal ins Gesicht zu sagen, dass er sie seit Jahren liebte und deshalb mit keiner anderen Frau etwas Ernsthaftes angefangen hatte? Emma und David. Nein, das konnte nicht gutgehen. Er war zu jung für sie. Hatte sie nur deshalb mit ihm geschlafen, um sich an Georg zu rächen? Paul würde viel besser zu Emma passen, aber wie brachte man ein blindes Huhn und ein schüchternes Wiesel zusammen?

Das Rosenfest! Natürlich! Warum war sie nicht schon viel früher darauf gekommen? Das wäre die Gelegenheit und sozusagen die letzte Chance für Paul.

»Bleib noch und spring endlich über deinen Schatten«, riet sie ihm.

»Meinst du wirklich?«, fragte er.

»Paul, reg mich jetzt nicht auf und komm einfach!«

»Ja, du hast ja recht.«

Endlich Einsicht, aber zugleich das Gefühl des Verrats an Emma. Hatte sie denn das Recht, sich in das Leben ihrer Freundin einzumischen? Nein, aber wozu sich groß Gedanken machen? Im Moment veränderte sich sowieso alles mit einer solchen Geschwindigkeit, dass es auf eine weitere Richtungsänderung in Emmas Leben auch schon nicht mehr ankam.

Der Raum mit all den Duftbehältnissen und Fläschchen hatte eine mindestens so magische Anziehungskraft wie David selbst. Wenn Emma nicht darauf bestanden hätte, dass David seiner Arbeit nachging, würden sie jetzt noch in ihrem Liebesnest verweilen. Gemeinsam im Bett zu frühstücken, hatte sie ihm allerdings nicht abschlagen können. Eines der Dinge, bei denen Emma sich fragte, warum sie dies zeit ihrer Ehe mit Georg nie gemacht hatte.

»Und heute Nachmittag zeige ich dir Monaco«, kündigte er ihr überschwänglich an, bevor er sich das Tablett schnappte und das Geschirr darauf abstellte.

Davids Elan, ihr jeden Wunsch von den Lippen ablesen zu wollen, schien ungebremst. Sie hatte beim Frühstück lediglich erwähnt, dass sie das Fürstentum gerne wieder mal besuchen würde. David setzte es gleich in die Tat um. Sich ganz unkompliziert das zu nehmen, worauf man gerade Lust hatte, kannte Emma nur aus ihrer Studienzeit. Machte man so etwas nur, solange man jung war?

»Kommst du auch wirklich zurecht?«, fragte er, nicht ohne sie dabei noch einmal zu umarmen.

»Ich bin ein großes Mädchen«, erwiderte sie und streichelte dabei seine Hand.

241

»Gegen Mittag bin ich wieder da«, versprach er ihr.

Das klang vertraut, fast zu vertraut, im Grunde genommen so, als seien sie schon seit einer halben Ewigkeit zusammen, fast wie in einer Ehe.

»Nur noch einen Kuss«, bat er.

David konnte ganz schön hartnäckig sein. Sein Kuss schmeckte bereits wie ein Kuss, den man dem Ehemann gab, bevor er zur Arbeit ging. David schien mehr von ihr zu wollen, aber Emma beließ es dabei. Für Nora, die wie aus dem Nichts in der offenen Tür auftauchte, musste dies natürlich ganz anders ausgesehen haben.

»Ich will euch nicht stören«, sagte sie dezent und blinzelte Emma dabei zu.

»Du störst ganz und gar nicht«, erwiderte Emma gelassen. Nora war noch nie ein Kind von Traurigkeit gewesen und die Allerletzte, vor der sie ihre Gefühle für David verstecken musste.

»Das Bild ist fertig. Du kannst es dir nachher ansehen, wenn du möchtest«, sagte sie zu David.

»Mach ich. Bis dann.«

Kaum hatte David den Raum verlassen, fing Nora an zu grinsen.

»Ich glaube es immer noch nicht.«

»Es ist einfach passiert«, erwiderte Emma und zuckte mit den Schultern.

»Quatsch. Georg hat dich verletzt, und du wolltest jetzt auch deinen Spaß«, mutmaßte ihre Freundin.

»Nein, so war es nicht.«

»Du willst mir doch nicht allen Ernstes erzählen, dass du und David …«

»Nora, ich weiß es nicht, aber ich kann es nicht ausschließen.«

»Du bist dreiundfünfzig!«

»Jetzt fang du nicht auch noch damit an. Es reicht ja schon, wenn ich mir das die ganze Zeit selbst sage.«

»Was machst du hier eigentlich?«, fragte Nora und sah sich um. Neugierig griff sie nach einem der Papierstreifen, die neben der Duftorgel lagen, und schnupperte daran.

»Mmmmh … Kein Wunder, dass du völlig durchdrehst. Eine halbe Stunde in diesem Raum, und man …«

»Ich weiß, es ist wie ein Rausch.«

»Was ist das? Es riecht unglaublich gut.«

»Ich hab die Aufzeichnungen von Davids Großvater gelesen. Er hat zeit seines Lebens den perfekten Duft gesucht. Den Ausdruck der perfekten Liebe.«

»Und, hat er ihn gefunden?«

»Nein, soviel ich von David weiß, war er nie ganz damit zufrieden, und bevor er ihn vollenden konnte, ist er gestorben.«

»Und du möchtest jetzt sein Werk vollenden?«, fragte Nora.

»Warum nicht?«

»Ich fasse es nicht. Vorgestern noch am Boden zerstört, gestern lässt du dich flachlegen und heute geht's an den Duft der perfekten Liebe«, sagte Nora und schüttelte den Kopf.

»Und, was ist daran so verkehrt?«

»Nichts!« Eine andere Antwort hatte Emma auch nicht erwartet.

»Na also.«

Dennoch lag auf einmal eine gewisse Spannung in der Luft. Was passte Nora nicht? Vermutlich musste sie sich erst an die neue Emma gewöhnen. Sie musste sich ja selbst daran gewöhnen.

Allein auf den betonierten Stufen des Unigebäudes zu sitzen hatte etwas Trostloses und war umso schlimmer, wenn nur noch eine Frage im Kopf kreiste. Wo um alles in der Welt steckte ihre Mutter? Lilly hatte sich vorgenommen, sie gleich nach der Vorlesung zu treffen. Dass sie sich in ihrem Vater getäuscht hatte, musste sie ihr einfach erzählen. Der Gedanke, dass sich ihre Eltern wieder versöhnen könnten, hatte etwas Beruhigendes. Alles wäre wieder so, wie es früher war, und sollte David sein Grundstück verkaufen, wären nicht nur ihre Eltern alle finanziellen Sorgen los.

Sie könnte Alains Seminar bezahlen und endlich als Model durchstarten. Dummerweise war ihre Mutter nicht über Handy zu erreichen. In jeder Vorlesungspause hatte sie es probiert. Es war überhaupt nicht ihre Art, nicht erreichbar zu sein. Auch David war wie vom Erdboden verschluckt. Am Schwarzen Brett war nur zu lesen, dass sein Kurs heute ausfiel. Dabei hatte sie gehofft, dass er sie mit zu seinem Hof nehmen würde. Die Fahrt mit dem Zug würde eine halbe Ewigkeit dauern. Vielleicht wusste ja Nora, wo ihre Mutter steckte. Wenigstens sie war erreichbar.

»Hallo, Nora. Ist Mama da?«

»Nein, soviel ich weiß, macht sie gerade einen Ausflug«, sagte Nora am Telefon.

Mama und Ausflug?

»Wo ist sie denn? Ich muss sie dringend sprechen.«

»In Monaco«, erwiderte Nora.

Was um alles in der Welt hatte Mama in Monaco zu suchen? Wollte sie etwa ins Kasino? Im Moment würde sie ihr alles zutrauen.

»Hat sie gesagt, wann sie wieder da ist?«

»Nein.«

»Ist David da? Er war heute nicht in der Uni. Ist er krank?«

»Nein, soweit ich weiß, nicht.«

Warum war Nora nur so wortkarg? Man musste ihr ja alles aus der Nase ziehen.

»Ist er jetzt da oder nicht?«

»Er ist mit deiner Mutter unterwegs.«

Und deshalb schwänzte er seine eigenen Vorträge? Mehr als merkwürdig. Lilly malte sich aus, wie es wäre, wenn sich aus dem Partyflirt doch mehr entwickelt hätte. Ein quälender Gedanke, zumal er immer weniger absurd erschien und dies zudem bedeuten würde, dass David den Hof am Ende doch nicht verkaufen wollte. Für ihre Eltern hieße das dann Privatinsolvenz und für sie Abschied nehmen von ihrem Traum von Paris, sowohl als Model als auch an der Seite von David. Tolle Aussichten!

»Soll ich deiner Mutter etwas ausrichten?«, wollte Nora wissen.

»Nein, ich probier's später noch mal.«

Also doch selbst mit dem Zug nach Grasse und dann mit dem Bus in die Nähe von Davids Hof fahren. Ein ziemlicher Aufwand, aber letztlich auch eine Investition in ihre Zukunft.

Emma ertappte sich bereits zum dritten Mal dabei, wie sie ihr Outfit im Spiegel der Auslage einer der edlen Boutiquen überprüfte, insbesondere, ob ihr Make-up wegen der schweißtreibenden Hitze noch nicht verlaufen war. Es war ziemlich stressig, mit einem so gutaussehenden Mann in einer der vornehmsten Gegenden Monacos unterwegs zu sein. David sollte sich schließlich mit ihr sehen lassen können.

Im Zentrum des Fürstentums reihte sich eine Edelboutique an die andere, und dementsprechend gut gekleidet waren die Passanten, unter die sich nur wenige amerikanische Touristen mischten, die man an den Turnschuhen und den weißen Socken wie überall auf der Welt sofort als solche erkennen konnte.

»Wer kann sich das nur leisten?«, fragte Emma David, als sie vor einem Immobilienbüro stehen blieben und sie die Preise für Wohnungen und Häuser in der Auslage sah. Selbst kleinere Apartments wurden für knapp eine Million gehandelt.

»Man muss die Steuerersparnis mit einrechnen. Wer hier wohnt, zahlt ja keine«, erklärte er ihr.

Um ihre Frage zu beantworten, hätte es allerdings genügt, sich auf der Straße umzusehen. Gleich drei Stretchlimousinen waren ihnen auf dem Weg durch Monte Carlo, einen der drei Bezirke, in die sich das Fürstentum aufteilte, begegnet. Und dann waren da die Gespräche, die sie in einem Café ganz in der Nähe des legendären Kasinos aufgeschnappt hatten: Ein älterer Herr mit schlohweißem Haar, in adrettem weißem Hemd und mit Designerbrille, hatte seiner jüngeren Freundin erklärt, dass die Liegeplätze hier zu teuer seien und er ihre Yacht viel lieber in Antibes vor Anker gehen lassen würde. Dann hatte er noch davon gesprochen, dass die überfällige Renovierung ihres Penthouses am Hafen im zweiten Teil Monacos, La Condamine, wie ihr David später erklärt hatte, eine Viertelmillion verschlingen würde und er am liebsten verkaufen würde, um sich ein Haus in Monaco-Ville, dem dritten Teil des Fürstentums, in der Nähe des Schlosses zu kaufen. Wo immer sie Gespräche aufschnappten, es ging meistens um beeindruckend große Summen. Dagegen nahmen sich ihre Schulden wie Peanuts aus.

Am Hafen dann das gleiche Bild. Weitere Gunter-Sachs-

Klone mit ihren schicken Mäuschen oder gold- und edelsteinbehangenen Frauen. Der Begriff »schwerreich« ergab nun auf einmal einen Sinn. Eine Engländerin, die mit ihrem Mann vor ihnen die Hafenpromenade entlangschlenderte, schleppte bestimmt mehrere Kilos an Kostbarkeiten mit sich herum, ihren Silikonbusen mit eingerechnet.

»Da drüben ist der Fürstenpalast.« David schien nicht die Spur beeindruckt und deutete eher nebenbei auf den Hügel, von dem aus schon Grace Kelly auf ihre zahlungskräftigen Untertanen geblickt hatte. Inmitten all dieses Reichtums konnte man sich richtig mickrig vorkommen. Trotzdem ernteten sie auch ohne Gold und Glamour immer wieder neugierige Blicke. Lag das nun an ihm, dem gutaussehenden Mann an ihrer Seite, oder wirkten sie als Paar interessant? Sich Letzteres glauben zu machen schmeckte süßer.

»Ich bin nur ganz selten hier«, sagte er und ließ seinen Blick über das Hafenbecken mit all den pompösen Yachten schweifen.

»Gefällt es dir hier nicht?«

»Ist nicht meine Welt«, erwiderte er knapp. »Aber wenn du magst, können wir immer wieder einen Ausflug hierher machen.«

Immer wieder? Emma erschrak etwas und machte sich in dem Augenblick klar, dass David offenbar davon ausging, dass sie zusammenbleiben würden.

»Vorausgesetzt, du kannst dir ein Leben in Südfrankreich vorstellen«, fügte er hinzu, setzte sich auf den Bootssteg und reichte ihr die Hand. Emma setzte sich neben ihn und genoss es, seine Umarmung zu spüren. Was sollte sie ihm nur sagen? Sie wusste es einfach nicht. David schien von ihr nicht zu erwarten, dass sie sofort antwortete. Er ahnte sicherlich, dass sie diese Frage beschäftigte. Wie sonst sollte man ihr Schweigen und ihren starr aufs Meer gerichteten Blick interpretieren?

»Ich hab mich heute Vormittag gefragt, wann ich das letzte Mal so glücklich war«, fuhr er fort.

Was für ein schönes Kompliment. Warum konnte sie es nicht spontan erwidern? Natürlich machte er sie auch glücklich, aber eine feste Beziehung hieße, ihr ganzes Leben von Grund auf neu zu gestalten.

»Ich hab darüber nachgedacht, wie es wäre, wenn du hierbleiben würdest. Bei mir«, sagte er und sah ihr dabei mit ernstem Blick in die Augen.

»Und deine Pläne? Paris?«

Das war offenbar ein Punkt, an dem er auch zu knabbern hatte. Nun war er es, der in der Weite des Meeres nach einer Antwort suchte.

»Ich war einfach zu lange allein mit meinen Erinnerungen, und seit gestern Nacht hat sich das Haus mit neuem Leben gefüllt«, sagte er schließlich.

Sie hatte also seine Pläne, nach Paris zu gehen, um seine Frau zu vergessen, durchkreuzt. So gut es sich auch anfühlte, einfach nur neben ihm zu sitzen und den Moment der Zweisamkeit zu genießen, war es bestimmt nicht verkehrt, realistisch zu bleiben. Würde er sie in zehn Jahren immer noch attraktiv finden?

»Wir müssen ja nichts überstürzen. Lass dir Zeit. Ich möchte auch nicht, dass du mich für einen Träumer hältst«, sagte er.

Seine Worte und die Ernsthaftigkeit seines Blicks nahmen augenblicklich eine große Last von ihren Schultern, zugleich konnte sie sich nun aber hundertprozentig sicher sein, dass er es ernst mit ihr meinte. Aber genau diese Gewissheit warf schon wieder so viele Fragen auf. Ja, es war durchaus vorstellbar, mit ihm zusammenzubleiben. Der Gedanke hatte etwas Verführerisches. Warum nicht mit ihm auf diesem Hof leben? Sie hatte hier alles, was sie brauchte. Lilly war hier, Nora und David, der sie offenbar aufrichtig nur liebte. Konnte es etwas Schöneres geben?

Wenn man einmal auf die SNCF, die französische Bahn, angewiesen war, fielen gleich zwei Züge aus. Viereinhalb Stunden in dieser Hitze unterwegs zu sein, das letzte Stück sogar in einem nicht klimatisierten Bus, war alles andere als spaßig. Immerhin hatte sich der Teer auf der Straße, die zu Davids Hof führte, mit Verschwinden der letzten Sonnenstrahlen deutlich abgekühlt, so dass die letzte halbe Stunde Fußmarsch sogar erträglich gewesen war.

Mittlerweile hatte Lilly die Versuche aufgegeben, ihre Mutter auf dem Handy zu erreichen. Fest stand aber, dass sie sie noch an diesem Abend zur Rede stellen musste. Leichter gesagt als getan. Obwohl es schon dunkel war, brannte im Haupthaus kein Licht. Auch Davids Wagen stand nicht auf dem Parkplatz gleich neben der Scheune. Es kam nur schwaches Licht vom hinteren Trakt. Nora war da. Ein Lichtblick – im wahrsten Sinne des Wortes.

Mamas Freundin durch die großen Fenster zu beobachten machte sogar Spaß. Nora tänzelte geschäftig vor ihrer Staffelei hin und her, wischte mit einem Tuch etwas Farbe weg, nur um sie in einem anderen Farbton wieder aufzutragen. Ein Landschaftsbild. Hatte sie damit nicht schon lange abgeschlossen?

»Ich kann mich dieser Schönheit einfach nicht entziehen«, erklärte Nora, nachdem Lilly sie darauf angesprochen hatte.

»Keine Akte mehr?«

»Quatsch. Nur etwas Abwechslung.«

Die Frage hätte Lilly sich auch sparen können, lugte doch ein Männerbein hinter einer noch leeren Leinwand hervor.

»Darf ich es sehen?«, fragte sie.

»Klar.«

Allein schon das Bein hatte eine gewisse erotische Ausstrahlung, die jedoch sofort verflog, als sie den Rest des Bildes sah. Nora hatte David also tatsächlich nackt gemalt und amüsierte sich offenbar auch noch über Lillys überraschtes Gesicht.

»Er hat einen verdammt guten Körper«, schwärmte Nora.

Den hatte er allerdings, doch schien er ihn nur Frauen ab fünfzig zur Verfügung zu stellen.

»Du magst ihn sehr, hab ich recht?«, fragte Nora einfühlsam.

Was blieb Lilly anderes übrig, als mit einem tiefen Seufzer zu nicken.

»Hat er dir schon jemals irgendwelche Avancen gemacht?«, fragte Nora, ohne dabei von ihrer Farbwischerei abzulassen.

»Nicht direkt. Wir haben uns gut verstanden. Zumindest ist er mit den anderen aus meinem Kurs noch nicht ausgegangen.«

»Ihr wart also schon aus?«

Warum um alles in der Welt löcherte Nora sie? Hatte sie sich beim Malen am Ende selbst in ihn verliebt oder Lust darauf bekommen, ihn zu vernaschen? Es blieb keine Zeit mehr, dieser Frage nachzugehen. Das Geräusch eines herannahenden Wagens und das Scheinwerferlicht, das vom Hof ins Atelier fiel, signalisierten, dass ihre Mutter von ihrem

Ausflug zurückgekehrt war. Nora ließ sofort von ihrer Arbeit ab und wischte sich mit einem Handtuch die Farbe von den Händen.

»Möchtest du was trinken? Komm, ich hol uns ein Glas Wein … Oder vielleicht doch Wasser oder Tee?«

Das fiel ihr aber früh ein. Ein Getränk konnte warten.

»Nachher gerne. Ich muss jetzt erst mal mit Mama reden«, sagte sie.

Erstaunlich, wie schnell Nora plötzlich bei ihr stand.

»Deine Mutter ist nach dem anstrengenden Tag sicher müde. Komm, lass uns erst was trinken.«

Höchst auffällig, dass Nora sich auch noch bei ihr einhakte und offenbar versuchte, sie mit sanfter Gewalt vom Fenster wegzuziehen, dabei war das, was sich gerade im Licht der Hauslaterne vor ihren Augen abspielte, so sehenswert, dass es Lilly augenblicklich den Boden unten den Füßen wegzog. Mama Hand in Hand mit David, aber es kam noch besser. Bevor David das Haus aufschloss, drehte er sich zu ihrer Mutter um, zog sie an sich und küsste sie.

»Möchtest du jetzt vielleicht doch was trinken? Ich hab auch härtere Sachen da.«

Nora und Emma steckten also auch noch unter einer Decke. Sie wusste offenbar, was zwischen ihrer Mutter und David lief. Unfassbar!

Der Moment, als David sie vor seinem Haus geküsst hatte, ganz spontan und ohne Vorwarnung, hatte im Nu wieder jenes Feuer in ihr entfacht, dessen Glut auch ein anstrengender Tag in Monaco nicht zum Erlöschen gebracht hatte. Da war aber noch viel mehr gewesen. Zum ersten Mal war der Gedanke, dass dieses Haus ihr neues Zuhause werden könnte, zum Greifen nah. Es war zumindest eine Möglichkeit, gegen die sich nichts mehr in ihr vehement wehrte. In diesem Wohnzimmer würde sie sich wohl fühlen. Mit ihm jetzt noch gemütlich auf seiner Couch bei einem Glas Wein zu sitzen hatte etwas Heimeliges. Was lag nach so einem herrlichen Tag näher, als auf ihn anzustoßen?

»Auf uns!«, sagte er und setzte sich zu ihr.

Davids Blick verriet, dass nur ein einziges Wort von ihr genügen würde, um ein neues Kapitel in ihrer beider Leben aufzuschlagen. Zum Anstoßen kamen sie aber nicht. Ein Aufschrei aus dem Munde ihrer Tochter zerriss die Stille des Augenblicks.

»Mama!«

Wie angewurzelt stand Lilly in der offenstehenden Terrassentür und starrte sie an. Fassungslos. Vorwurfsvoll. Und der Blick, den sie David zuwarf, hatte die gefühlte Schärfe eines Schlachtermessers.

War sie eben erst angekommen, oder hatte sie am Ende sogar Davids Kuss vor dem Haus mit angesehen? So, wie sie bebte und nach Luft rang, brauchte man sich diese Frage eigentlich nicht mehr zu stellen.

»Mama. Wir müssen reden! Allein!« Wieder dieser stechende Blick in Richtung David, dem sie anscheinend die Schuld an allem zu geben gedachte.

»Lilly. Komm, setz dich zu uns.« Obwohl Davids Stimme sehr ruhig war, erzielte er damit offenbar genau den gegenteiligen Effekt.

»Lilly, lass uns ein paar Schritte gehen«, schlug Emma ihrer Tochter vor.

»Wie du meinst«, sagte Lilly und machte auf dem Absatz kehrt. Was folgte, war drückendes Schweigen. Statt zu reden, lauschten sie dem Knirschen ihrer Schuhe, während sie nebeneinander durch den Kies vor dem Haus liefen, bis sie

einen schmalen Pfad erreichten, der direkt zum Lavendelfeld führte.

»Wie konntest du nur?«, brach es schließlich aus Lilly
heraus.

»Lilly, ich weiß selbst nicht, wie das passiert ist, aber es
ist nun mal passiert.«

»Was ist passiert?«, fragte ihre Tochter in scharfem Ton.

Ihrer eigenen Tochter zu gestehen, dass sie mit David
eine Liebesnacht verbracht hatte, war ein Ding der Unmög-
lichkeit, aber so, wie es aussah, musste sie das auch nicht
mehr. Lilly schien es ohnehin zu ahnen.

»Verstehe.« Lilly klang angewidert, verletzt und wütend
zugleich.

Emma konnte es ihr nicht einmal übelnehmen. »Ich
weiß, dass du David auch sehr magst und …«

»So, und warum hast du dann nicht deine Finger von
ihm gelassen?«, fiel Lilly ihr ins Wort, noch bevor Emma
anbringen konnte, dass es ihr leidtat.

Lillys Verzweiflung schien nun zu überwiegen. Täuschte
sie sich, oder hatte ihre Tochter nun mit den Tränen zu
kämpfen? Normalerweise würde sie Lilly jetzt tröstend in
den Arm nehmen, aber sie brachte es im Moment einfach
nicht fertig. Lillys Körpersprache war zu eindeutig, genau
wie der Schritt, den sie vor ihrer Mutter zurückwich, als sie
dazu ansetzte, sich ihr zu nähern.

»Lilly, ich kann es mir ja selbst nicht erklären. Ich hab
schon überlegt, ob ich das einfach brauchte, weil Papa
mich so verletzt hat, aber jetzt … Du weißt, dass ich dir
niemals weh tun würde, aber David … er hat sich in mich
verliebt.«

»Und du?«, fragte Lilly mit belegter Stimme.

Emma konnte nur nicken, was Lilly noch mehr aufwühlte … Aber warum stieß sie nun diesen sarkastischen, schnippischen Zischlaut aus?

»Papa hat dich also verletzt … Vielleicht hast du dir das ja auch nur eingebildet«, sagte Lilly in provokantem Tonfall.

Also, das ging definitiv zu weit. Lilly konnte nicht einmal annähernd erahnen, wie tief Georg sie in all den Jahren verletzt hatte, aber die Ereignisse der letzten Tage hatte sie sehr wohl mitbekommen.

»Papa hat dich nicht betrogen«, fuhr Lilly fort.

»Und woher willst du das wissen?«

»Irina ist verheiratet. Ich hab ihren Mann gesehen. Er ist in Nizza, und so, wie er sie geküsst hat …«

Emmas Herz fing augenblicklich an zu rasen. Ihr wurde plötzlich übel. Sie konnte keinen einzigen Schritt mehr weitergehen.

»So eine Scheiße!«, stieß Lilly nun wütend hervor. Dann stapfte sie aufgebracht zur Straße hinunter.

»Lilly«, krächzte Emma schließlich mit belegter Stimme, doch ihre Tochter war bereits außer Sichtweite. David stand am Haus und sie mitten in einem Lavendelfeld, dessen Duft nun keine beruhigende Wirkung mehr auf sie hatte.

An der Landstraße, die nach Grasse führte, angekommen, war Lilly immer noch außer Atem. Warum musste ihre Mutter nur immer wieder ihr Leben zerstören? »Tu dies, tu jenes!«

Ob es das humanistische Gymnasium war, das angeblich eine viel bessere Grundlage fürs Leben bot, oder das Studium, in dem Lilly jetzt feststeckte. Und als Krönung nun David. Wenn ihre Mutter nicht dazwischengefunkt hätte, wer weiß, vielleicht hätte David doch noch erkannt, dass sie nicht das unreife junge Ding war, für das er sie offenbar hielt. Warum sonst hatte er sich mit ihrer Mutter eingelassen?

Nur noch weg von hier, dachte Lilly. Doch weit und breit war kein Wagen in Sicht. Ihr blieb gar nichts anderes übrig, als den langen Weg zurück nach Grasse zu Fuß zurückzulegen. Wenigstens hätte sie dann Zeit zum Nachdenken, doch auch daraus schien nichts zu werden. Davids Wagen bog von dem Feldweg, aus dem sie kam, auf die Landstraße ein und hielt kurz darauf neben ihr.

»Lilly, jetzt steig schon ein. Ich fahr dich nach Hause«, rief er ihr zu.

Jetzt zu schmollen und sich nicht wie eine Erwachsene zu benehmen würde den bereits erlittenen Gesichtsverlust nur noch größer machen. Außerdem konnte Lilly sich etwas Schöneres vorstellen, als mitten in der Nacht am Bahnhof in Grasse auf den nächsten Zug nach Nizza zu warten. Vor halb fünf Uhr morgens würde sie sicher nicht von dort wegkommen. Auf Rechtfertigungen seinerseits hatte sie aber nicht die geringste Lust.

Kaum hatte sie sich auf den Beifahrersitz plumpsen lassen und die Tür zugeknallt, wandte sie sich demonstrativ von ihm ab und starrte aus dem Fenster. Vielleicht kapierte er ja, dass sie nichts hören wollte, schon gar keine Liebesbekundungen oder dass es einfach so passiert sei. Auf die üblichen Sprüche dieser Art konnte sie gut und gern verzichten.

»Mir ist klar, dass du jetzt nicht reden willst, aber ich finde, wir sollten trotzdem reden«, sagte David.

Seine Meinung. Sie wollte es jedenfalls nicht.

»Na gut. Möchtest du Musik hören? Dann ist das Schweigen etwas erträglicher.«

Machte er sich jetzt etwa auch noch über sie lustig? Nein. Der Tonfall seiner Stimme hatte nichts Verletzendes, und ein Seitenblick zu ihm verriet, dass er eher besorgt wirkte. Er hatte ja recht. Bereits eine Minute Schweigen kam Lilly wie eine halbe Ewigkeit vor. Und so, wie sie David einschätzte, würde er ihr nie weh tun, außerdem brannte in ihr die Neugier, was in ihm vorging.

»Warum ausgerechnet meine Mutter?«, brach es endlich aus ihr heraus. »Du könntest jedes Mädchen haben.«

»Das ist genau der Punkt«, erwiderte er und wirkte erleichtert, dass sie sich nun doch noch dazu entschieden hatte, mit ihm zu reden.

»Ach so, jüngere Frauen sind zu leichte Beute. Der Mann als Jäger. Ist es das, was du mir sagen willst?«

»Lilly. Ich bin nicht so, und das weißt du genau«, erwiderte er ruhig.

»Sag mir bitte nicht, dass du eine Art Mutterkomplex hast.«

»Jetzt fang du nicht auch noch damit an. Ein Klischee jagt das andere. Was ist so ungewöhnlich daran, dass man sich in eine etwas ältere Frau verliebt?«

»Etwas ist gut.«

»So was kann man nicht steuern. Es ist so vieles an ihr, was mir gefällt. Sie ist eine tolle Frau.«

»Ja, sie weiß immer alles besser und vor allem, was für andere das Beste ist«, konterte Lilly.

»Wärst du eine so tolle Frau geworden, wenn deine Mutter nicht vieles richtig gemacht hätte?«

Geschickt! Nun kam er ihr mit dieser Masche. Honig ums Maul schmieren.

»Auf einmal bin ich eine tolle Frau, sag bloß.«

»Hab ich dir je ein anderes Gefühl vermittelt?«

Auch damit hatte er recht.

»Nein, aber ...« Um ein Haar wäre ihr noch die Frage herausgerutscht, warum er dann nicht mir ihr, sondern mit ihrer Mutter geschlafen hatte. Allein der Gedanke verursachte ihr schon wieder Übelkeit.

»Lilly. Ich hab mich einfach nicht in dich verliebt. Aber ich mag dich, sogar sehr, und das weißt du.«

Natürlich wusste sie das, aber davon konnte sie sich auch nichts kaufen. Dennoch war es ungewöhnlich, dass ein so gutaussehender Typ nichts von all den Schönheiten in seinem Kurs wissen wollte. Warum eine Frau, die genauso gut auch seine Mutter sein konnte?

»Was ist für dich das Besondere an Mama?« Er wollte ja unbedingt reden, also sollte er nun seinen Mund aufmachen. Merkwürdig, dass er eine Zeitlang überlegen musste, bevor er antwortete. Hoffentlich begann er nicht damit, dass Sex mit älteren Frauen besser sei, weil sie offener für sexuelle Spielarten und erfahrener waren. Nach dem, was sie in einem Frauenmagazin darüber gelesen hatte, war das ja einer der Gründe, weshalb jüngere Männer sich in ältere Frauen verliebten. Alles, bloß das nicht!

»Vermutlich, weil sie sehr viel Gefühl hat, sehr viel Lebenserfahrung. Sie kann Verantwortung in ihrem Leben übernehmen, hat eine Familie. Deine Mutter ist jemand, auf den man sich bestimmt verlassen kann.«

Also doch keine Amour fou? Keine überschäumenden Hormone? Moment. Hatte er ihr nicht vor Wochen auf einem ihrer Spaziergänge erzählt, dass ihn seine Frau verlassen hatte, dass sie so wankelmütig gewesen sei, nicht wusste, was sie wollte? Hatte er ihr nicht fehlende Reife vorgeworfen? War dies der Grund, weshalb er sich nicht mehr auf das Experiment mit einer vermeintlich unreiferen Jüngeren einlassen wollte? Es gab nur einen Weg, dies herauszufinden.

»Du denkst also, dass eine Frau wie Mama dich nie verlassen würde, weil sie zu ihren Entscheidungen steht, weil auf sie Verlass ist?«

Treffer. Ungewollt massiv sogar, so, wie sich Davids Miene augenblicklich verfinsterte.

»Vielleicht«, erwiderte er nach kurzer Pause.

»Ich hab das Gefühl, dass ihr euch aus den falschen Gründen füreinander interessiert«, legte Lilly nach.

Nun sah er sie fast schon entgeistert an. Gut, dass um diese Uhrzeit kein anderes Fahrzeug mehr unterwegs war. Der Wagen fuhr bereits auf dem Mittelstreifen.

»Wenn du mich fragst, wollte sich Mama nur an Papa rächen. Unbewusst natürlich. Ohne böse Absicht. Und du siehst in ihr eine Frau, die nicht so gestört ist wie deine Ex.«

Der sonst so souveräne David schien auf einmal völlig von der Rolle zu sein.

»Wir fahren bereits seit einer Minute auf dem Mittelstreifen«, sagte Lilly in weiser Voraussicht, denn ein entgegenkommendes Fahrzeug erforderte sofortiges Handeln, wenn sie eine Kollision vermeiden wollten.

»Das Dumme daran ist, dass Papa Mama gar nicht betrogen hat. Sie weiß das jetzt. Glaubst du allen Ernstes, dass sie dann bei dir bleibt? Eine verlässliche Frau wäre schön blöd, aufgrund eines Missverständnisses ihre Ehe wegzuwerfen.«

»Ich glaube nicht, dass sie deinen Vater noch liebt«, erwiderte er etwas trotzig.

»Frag dich doch mal, wie du an ihrer Stelle handeln würdest. Du kennst sie ja schon so gut.«

Davids Miene fror geradezu ein, und Lilly spürte, dass es in ihm zu arbeiten begann.

Aus der Autofahrt, vor der ihr so sehr gegraut hatte, war doch noch etwas Positives geworden, stellte Lilly mit wachsender Genugtuung fest. Hatte sie eben die Ehe ihrer Eltern gerettet? Dafür hatte sie sich die dreitausend Euro Zuschuss für ihre Modelausbildung aber redlich verdient.

»Das glaubst du doch selbst nicht!«, tönte Nora kopfschüttelnd. Wer wusste schon, wie eine russische Ehe aussah? Wer weiß, vielleicht hatte sich Irina an Georg rangeschmissen, um ihn zu Höchstleistungen bei der Grundstückssuche und auch sonst noch, vor allem an der Bettkante, zu motivieren. Die Russen waren doch mit allen Wassern gewaschen.

»Lilly erzählt mir doch keinen Quatsch«, sagte Emma ziemlich kraftlos. So, wie sie vor ihr auf der Holzbank vor Davids Haus saß, sah sie aus wie ein Häufchen Elend.

»Und was wirst du jetzt tun?«, fragte Nora.

Emma dachte hoffentlich jetzt nicht darüber nach, wieder zu Georg zurückzukehren, sich am Ende noch für dieses Missverständnis zu entschuldigen.

»Ich weiß es nicht, aber so, wie es aussieht, habe ich ihm unrecht getan.«

»Jetzt bläh das Ganze doch nicht so auf. Du hast dich in einem Punkt getäuscht. Na und?«

»Was, na und? Ich hab mich aufgeführt wie eine hysterische blöde Kuh, und jetzt bin ich diejenige, die ihn betrogen hat. Toll!«

Nora stand auf und stemmte die Hände in die Hüften.

»Na, dann küss ihm doch die Füße, bitte ihn um Verzeihung und erfülle deinen Eheschwur, bis dass der Tod euch scheidet«, sagte sie bewusst provokativ.

Emma schwieg und schien nur noch mehr in sich zusammenzusinken.

»Emma. Dieser Mann hat dich jahrelang wie ein Stück Dreck behandelt. Du hast dich in David verliebt. Das wäre doch verdammt noch mal nicht passiert, wenn zwischen dir und Georg alles in Ordnung wäre.«

Emma nickte nun schwach.

»Na also. Und dass Lilly sich in David verliebt hat, ist auch nicht deine Schuld.«

Wieder ein vages Nicken. Aus ihrer Freundin würde Nora jetzt wohl keinen Ton mehr herauskriegen.

»Ich erkenne mich selbst nicht wieder«, sagte Emma, stand unvermittelt auf und wandte sich zum Gehen.

»Wo willst du hin?«, fragte Nora.

»Ich brauch jetzt meine Ruhe.«

Nora signalisierte ihr mit einem aufmunternden Lächeln, dass sie dies nur allzu gut verstand, und ließ Emma allein mit sich und ihren tausend Gedanken. Warum nur wurde sie das Gefühl nicht los, dass irgendetwas an Lillys Geschichte faul war? Nicht, dass sie ihr misstraute, aber dass Georg ein Kind von Traurigkeit war, daran glaubte Nora nicht.

In die Duftkammer von Davids Großvater zu fliehen war für Emma die einzige Möglichkeit, um abzuschalten. Ein Rückzugsort, der es ihr gestattete, ihre Gedanken, die nicht aufhören wollten, sich im Kreis zu drehen, abzustellen.

War sie es am Ende selbst, die ihre Ehe kaputtgemacht hatte, und das ohne haltbaren Grund? Aber es gab doch genügend Gründe. Sie hatte sich Georgs Verhalten nicht eingebildet oder gar zurechtgelegt. Das ewige Hin und Her ihrer Gedanken zwischen Schuld und Freispruch. Einfach unerträglich und kräfteraubend.

Kaum war sie in Davids Universum der Düfte eingetaucht, stand die Welt um sie herum still. Eine Oase des Friedens. Emma spürte, wie sie sich mit jedem Atemzug entspannte, wie die Düfte sie zur Ruhe brachten, sie regelrecht vereinnahmten. Emma nahm das Fläschchen mit jener Duftkreation an sich, die Davids Großvater nie vollendet hatte. Eine ganze Weile hielt sie es in ihren Händen, drehte es, beobachtete das Spiel des Lichts der an der Duftorgel angebrachten Lampe, das sich im braunen Glas des Flakons brach und die Substanz von innen heraus leuchten ließ. Das Fläschchen gab ihr Halt und zog zugleich ihre ganze Aufmerksamkeit auf sich. Irgendetwas fehlte an dieser Mischung. Nur was? Emma schnupperte an einem Duftstreifen, den sie mit der Substanz benetzt hatte. Die Kopfnote war sehr intensiv. Ein Chypre-Bouquet, mit orientalischer Raffinesse verfeinert. Süßlich, aber nicht schwer. Es machte sofort gute Laune und erregte Aufmerksamkeit. Auch der Fond des Duftes, das, was nach dem Auftragen auf der Haut von ihm übrig blieb, fühlte sich sehr ausgewogen an, doch irgendwie hätte sie sich im Gesamteindruck eine andere Wirkung erwartet, ein Gefühl von Harmonie und Wahrhaftigkeit. Es war im Prinzip ja schon alles da, fühlte sich aber noch nicht stimmig an. Der Fond war zu dominant, überdeckte die anderen Duftnoten mit einer Kraft, die keinen Raum mehr für Individualität ließ.

Man musste mit dem Duft, den Emma sich vorstellte, sogar einschlafen können, ihn auch nach Stunden immer noch gern auf der Haut spüren. So wie er jetzt war, hinterließ er zu viele Fragen, zu viel Unruhe und wühlte sie auf. Auch die Herznote war viel zu intensiv. Sie war fast zu schön, um wahr zu sein. Wie ein Traum, eine Illusion, wie das Sichverlieben selbst, eine Droge, die in einen rauschähnlichen Zustand versetzen konnte.

Die Komposition der Herznote, der auch synthetische Duftstoffe beigemischt waren, erinnerte sie sofort wieder an Davids Küsse, an jene elektrisierenden Momente, denen sie sich nicht entziehen konnte. Wahre Liebe war beständiger, oder etwa nicht? Warum nur suchte sie in der Duftorgel von Davids Großvater nach einem ausgleichenden Element? Warum nach Melancholie, nach einem Bruch jener Lüge? Nur eine einzige falsche Zutat könnte das fast perfekte Werk von Davids Großvater zerstören. Je länger sie darüber nachdachte, desto größer wurde die Gewissheit, dass sie dieses Risiko eingehen musste, um ihrer selbst willen, um zu riechen, wie sich Liebe anfühlen muss, um wahrhaftig zu sein.

Hilflos blickte Emma auf die Duftorgel und fuhr mit den Fingern an den Fläschchen entlang. Bei einer dieser Substanzen verharrte sie plötzlich. Myrte? Das konnte doch gar nicht sein. War die Myrte in der Antike nicht ein Symbol für die über den Tod hinausgehende Liebe? Wenn man den Aufzeichnungen von Davids Großvater trauen konnte, wurde das ätherische Öl der Myrte sogar bei der Sterbebegleitung eingesetzt. Diese Pflanze schien ein ganz spezielles Geheimnis in sich zu tragen, die Erinnerung, dass alles endlich war, dass die Schmetterlingsflügel, die bei Verliebten viel zu schnell schlugen, das hohe Tempo nicht ein Leben lang durchhalten konnten. Zugleich stand der Duft aber auch für das, was blieb, wahrhaftige Liebe, die sogar über den Tod hinausreichte. Je mehr Emma darüber nachdachte, desto sicherer war sie sich, dass diese Essenz den gesuchten Bruch in der Herznote und im Fond erzeugen konnte. Es war definitiv die türkische Myrte, dessen war sie sich nun sicher. Sie roch weniger süßlich, schien das Wesen dieser Pflanze am besten zu transportieren.

Alles oder nichts! Emma beschloss, ihrer Intuition zu vertrauen. Ein winziger Tropfen würde genügen. Mit zitternden Händen fügte sie ihn hinzu, schüttelte die Flasche vorsichtig, um die Komposition erst einmal zu verschließen. Ein paar Minuten würde sie warten. Die neu hinzugefügte Substanz musste von den anderen Duftstoffen angenommen werden, sich harmonisch in den Fond der dominanten Zeder integrieren.

Jetzt! Emma öffnete die Flasche und inhalierte die neue Färbung, die sich erst offenbarte, als die kaum veränderte Kopfnote verflogen war. Das war es! So müsste sich perfekte Liebe anfühlen. Leichtigkeit, Wärme, Gefühle, die intensiv waren, aber nicht in den Himmel hineinwuchsen, die Gewissheit, dass jene Intensität nur ein Funke war, der schnell wieder verglühte, und dann jener Fond, der Stabilität, Freundschaft und Geborgenheit versprach. Davids Großvater hätte sicher seine Freude daran gehabt, stellte Emma zufrieden fest, bevor sie den Duft wieder verschloss.

Emma konnte sich nicht daran erinnern, jemals so lange ihr Spiegelbild betrachtet zu haben. Lag es an den bereits blinden Flecken, die sich über die Jahrzehnte in die Oberfläche des Spiegels gefressen hatten, oder am matten Licht der von einem gelben Lampenschirm eingefassten Glühbirne, oder sah sie wirklich so fahl und alt aus? Wie sechzig! Mindestens! David war noch immer nicht zurückgekehrt, wofür Emma letztlich dankbar war. Der Schock, dass Georg sie nicht betrogen hatte, saß ihr immer noch in den Knochen. Noch tiefer aber saßen quälende Zweifel an ihrem Urteilsvermögen. Neigte sie tatsächlich dazu, Dinge viel schwärzer zu sehen, als sie in Wirklichkeit waren? Selbst die Freude darüber, das Werk von Davids Großvater vollendet und einen einzigartigen Duft geschaffen zu haben, vermochte diese quälenden Gedanken nicht zu mildern. Was hatte sie bloß getan? Nora hatte aber recht. Die Nacht mit David wäre nie geschehen, wenn Georg sich ihr gegenüber nicht so mies verhalten hätte. In ihrer Erinnerung nach all den schlimmen Momenten ihrer Ehe zu kramen war äußerst anstrengend, aber gerade jetzt sehr wichtig, rechtfertigten sie doch, was sie getan hatte.

Auf alle Fälle musste sie heute Abend allein sein. Emma beschloss, sich hinzulegen. Sich vorher zu entkleiden, selbst dazu fehlte ihr im Moment die Kraft. Einfach nur daliegen und sich ihren Gedanken hingeben, mehr ging nicht. Wie sollte es nun mit David und ihr weitergehen? Er hatte mitbekommen, was los war, und dachte jetzt bestimmt, dass sie sich wieder mit Georg versöhnen würde. So absurd dieser Gedanke auch erschien, er barg doch zumindest eine theoretische Möglichkeit in sich. Es wäre nur vernünftig, aber dazu müsste Georg auch vernünftig sein, was eher unwahrscheinlich war. Oder doch nicht? Wie gerne hätte sie jetzt in aller Ruhe darüber nachgedacht, doch da klopfte es an der Tür. David trat ein, und sein unbekümmertes Lächeln, das sie so sehr an ihm mochte, war verschwunden.

Es lag etwas in der Luft, das spürte sie deutlich.

»Wie geht es Lilly?«, fragte sie.

David setzte sich zu ihr aufs Bett.

»Wir haben auf der Fahrt lange geredet. Sie ist okay. Und du? Wie geht es dir?«

Was wollte er jetzt hören? Dass sie die Nacht mit ihm bereute oder sich sicher sei, mit ihm alt werden zu wollen? Dass sie nicht gleich antworten konnte, beunruhigte David sichtlich.

»War ich wirklich nur eine Art Ablenkung für dich?«, fragte er schließlich.

»Hat Lilly das etwa gesagt?«

David nickte nur traurig.

»Glaubst du das?«, hakte Emma nach.

Dass David nur hilflos mit den Schultern zuckte, sprach Bände.

»Es ist einfach zu viel passiert. Von heute auf morgen hat sich mein ganzes Leben verändert, und es hört nicht auf. Ich muss einfach mal zur Ruhe kommen. Kannst du das verstehen?«

David nickte und nahm sie tröstend in den Arm. »Lass dir Zeit.«

David hatte recht. Wer sagte eigentlich, dass sie sich schnell für irgendetwas entscheiden musste. Manche Dinge konnte man auch nicht entscheiden, sie passierten einfach … Zumindest hoffte sie das.

Kapitel 12

Die Frische des nächsten Morgens, der sie mit einem strahlend blauen Himmel und dem Duft von Kaffee begrüßte, lud dazu ein, sorgenfrei in den neuen Tag zu starten. Emma blickte aus dem Fenster und genoss die friedliche Idylle.

David musste schon sehr früh aufgestanden sein. Dampf stieg aus dem Schlot seiner Destillationsanlage. Soweit sie das aus der Ferne erkennen konnte, trug er eine Kiste zu seinem Wagen, die mit Flaschen aus braunem Glas gefüllt war. An einen Morgen wie diesen könnte sie sich sicher gewöhnen. Ein Leben mit ihm auf dem Hof … David wünschte sich das. Könnte es einen schöneren Ort geben? Langweilig würde es ihr hier bestimmt nicht werden. Sie könnte sich voll und ganz der Komposition von Düften widmen, sich fortbilden, und wer weiß, auch wenn das jetzt nur wilde Träumereien waren, vielleicht würde sie eines Tages sogar für eine der renommierten und in Grasse ansässigen Parfümerien wie Fragonard oder Galimard arbeiten oder aber auch nur Düfte vertreiben – gemeinsam mit David. Nora war auch hier. Sie würden sich nicht wieder aus den Augen verlieren und könnten jede Menge Spaß haben – wie früher. Das Leben hielt im Moment einiges an Positivem bereit, und all diese Möglichkeiten waren zum Greifen nah. Vielleicht redete sie sich das aber auch nur ein, in bester Urlaubsstimmung. Und wennschon, in welcher Stimmung sie war, hatte schließlich ganz allein sie zu entscheiden, und das fühlte sich recht ungewohnt an. Wann hatte sie das letzte Mal darüber nachgedacht, was sie wollte, was ihr gefallen würde? Sosehr sie sich auch bemühte, ihr fiel kein einziges Beispiel aus jüngerer Zeit ein.

Die Weite des vor ihr liegenden Lavendelfelds lud dazu ein, nach vorn zu sehen, neue Horizonte ins Auge zu fassen. Wie absurd, wenn man ein halbes Leben lang immer nur funktioniert hatte. Ihr einziges Interesse hatte darin bestanden, es Georg recht zu machen und für Lilly eine gute Mutter zu sein. Ihr eigenes Leben war dabei auf der Strecke geblieben. Keine Zeit, um über eigene Bedürfnisse nachzudenken. Keine Zeit, um zu entdecken, was alles in ihr steckte. Das Leben war ja noch nicht vorbei. Es spielte keine Rolle mehr, wer wen betrogen hatte. Fest stand allerdings, dass Georg sie um ihr Leben betrogen hatte, was noch viel gewichtiger war als eine x-beliebige Russin.

Diese Einsicht nahm eine spürbare Last von ihr und spendete Kraft.

Erst jetzt bemerkte Emma, dass auch Pauls Wagen unten an der Einfahrt stand. Sie beugte sich aus dem Fenster, um auf die Terrasse sehen zu können. Nora und Paul saßen bereits am gedeckten Frühstückstisch. Schon wandte Emma sich um. Sie musste den beiden unbedingt den Duft präsentieren, den sie gestern fertiggestellt hatte.

»Paul, so eine Überraschung«, begrüßte sie ihn. Emma freute sich aufrichtig, ihn zu sehen, und die Freude schien ganz auf seiner Seite zu sein. Ein Abschiedsbesuch, bevor er seine Tour durch Südfrankreich fortsetzte? Der Gedanke, ihn für ein paar Wochen oder Monate nicht mehr zu sehen, löste überraschenderweise ziemliches Unbehagen in ihr aus. Vielleicht lag dies daran, dass sie sich in seiner Gegenwart einfach nur wohl fühlte, sein konnte, wie sie war, und ihm schien es genauso zu gehen, zumindest ließ sein entspanntes Lächeln darauf schließen.

»Morgen, Emma. Ich hab uns frische Croissants mitgebracht.«

»Du begleitest uns doch zum Rosenfest?«, überrumpelte Nora sie.

»Rosenfest?« Emma hatte noch nie davon gehört und stellte fest, dass Nora sie genau wie früher immer erst in letzter Minute mit irgendwelchen Einladungen oder Events konfrontierte.

»Ganz Grasse ist auf den Beinen. Umzüge, Straßenfest, wunderbares Essen, Musik«, schwärmte Nora und schien sich wahnsinnig darauf zu freuen.

»Bin dabei«, sagte Emma, bevor sie es sich anders überlegen konnte, und strahlte in die Runde.

»Wie weit bist du mit dem Parfüm?«, fragte Nora.

Um ein Haar hätte Emma das Fläschchen, das sie sich in die Tasche ihrer Jeans gesteckt hatte, ganz vergessen.

»Hier. Nur ein winziger Tropfen auf die Haut genügt.«

Emma reichte es zuerst Paul, der ihr gegenübersaß. Er zog den Verschluss ab, schnupperte daran, und auch bei ihm verfehlte der Duft seine Wirkung nicht. Seine Miene hellte sich richtiggehend auf, und seine Augen leuchteten.

»Du musst es auf die Haut auftragen. Am besten am Handgelenk, am Puls«, sagte Emma. Sie nahm ihm die Flasche ab, tupfte etwas von dem Extrakt auf ihren Finger und rieb es sanft auf sein Handgelenk. Täuschte sie sich, oder genoss er ihre Berührung noch mehr als das Bouquet ihres Parfüms? Paul? Warum sah er sie so an? Dass er sich nach

268

all den Jahren immer noch für mehr als eine Freundschaft interessierte, war kaum vorstellbar. Vermutlich war es doch eher ihr Parfüm.

»Nun gib schon her«, drängte Nora, die sich die Substanz gleich auf den Arm tupfte, verrieb und mit einem wohligen »Mmmmmmh« kommentierte. Immer wieder inhalierte sie den Duft und roch an jener Stelle an ihrem Arm, an der sie das Parfüm aufgetragen hatte.

»Das ist großartig. So überraschend anders, frisch ... exotisch ...« Nora wollte sich gar nicht mehr beruhigen.

»Eigentlich hab ich das Parfüm nur veredelt.«

»Wie veredelt?«, fragte Nora.

»Davids Großvater hatte davon geträumt, den Duft der perfekten Liebe zu erschaffen. Er war schon sehr nahe dran, hat das Parfüm aber vor seinem Tod nicht mehr vollendet«, erklärte Emma.

»Der Duft der perfekten Liebe«, sinnierte Paul verzaubert und roch gleich noch einmal an seinem Handgelenk.

»Ich sag dir eins, Emma. Das hier ist nicht nur perfekt. Es ist der Stein der Weisen, der Gral, der absolute Wahnsinn!«, schwärmte Nora.

»Finde ich auch. Du solltest es vermarkten«, fügte Paul hinzu.

»Dafür müsste ich mir erst noch einen Namen einfallen lassen.«

»Nicht nur das«, sagte David, der überraschend hinter sie getreten war. »Parfüm ist heutzutage zu hundert Prozent Marketing. Einen neuen Duft zu platzieren ist nicht einfach.«

»Wer weiß, vielleicht hat Emma ja Glück«, sagte Paul und strahlte dabei große Zuversicht aus.

Nora hielt David ihren Arm hin.

Auch ihn packte nach nur einem Atemzug jener Zauber.

Mit geschlossenen Augen inhalierte er den Duft immer wieder. »Wie hast du das gemacht?«, fragte er schließlich. »Es ist nur eine Kleinigkeit anders, aber …« Erneut roch er an Noras Arm.

Emma lächelte. »Mein kleines Geheimnis«, erwiderte sie und genoss den Moment, endlich etwas für sich zu haben. Sie sollte es selbst tragen, überlegte Emma, zumindest auf dem Rosenfest.

Sich Argumente zu den Vorteilen der amerikanischen gegenüber der französischen Verfassung einfallen zu lassen, während um sie herum ein solcher Tumult herrschte, war alles andere als einfach. Zudem hatte heute Morgen auch noch Alain angerufen. Er wollte wissen, ob sie noch Interesse an seinem Seminar hätte. Klar, aber in Sachen Finanzierung hatte Lilly Alain vertrösten müssen. Zudem war es in ihrer Bude auch noch brütend heiß. Lilly überlegte bereits, alles hinzuschmeißen und ans Meer zu fahren, doch wieder einmal kam es dank eines Anrufs ihrer Mutter zu einer Planänderung.

»Wie geht es dir, Lilly?«, fragte Emma.

Blöde Frage. Beschissen, wie denn sonst? Du hast mir den Mann ausgespannt, in den ich mich verliebt habe, deinetwegen studiere ich etwas, was mich gar nicht interessiert, und weil du dich von Papa trennst, kann ich meine Modelkarriere vergessen. Lilly bereute schon, den Anruf angenommen zu haben, und hatte keine Lust, sich irgendwelche Rechtfertigungen anzuhören. Warum sonst sollte ihre Mutter anrufen?

»Geht so. Ich lerne gerade«, sagte sie in der Hoffnung auf ein kurzes Gespräch.

»Hast du Lust zu reden?«

Hatte sie nicht.

»Mama, ich weiß gar nicht, was es noch zu bereden gibt. Die Sache ist doch klar.«

»Ich möchte nicht, dass du die Dinge so siehst, wie sie vielleicht gar nicht sind.«

»Was meinst du damit?«, fragte Lilly verblüfft.

»David und ich, das hat nichts mit deinem Vater zu tun. Das denkst du doch, oder?«

Dass ihre Mutter sie darauf ansprach, deutete darauf hin, dass David ihr von ihrem gestrigen Gespräch erzählt haben musste. Irgendwie verständlich.

»Mama, du musst wissen, was du tust.« Diese Antwort hielt alles offen, und letztlich, das wusste Lilly genau, musste ihre Mutter selbst dahinterkommen, warum sie sich in David verliebt hatte.

»Du bist also nicht mehr sauer?«, fragte Emma.

Enttäuscht und verletzt hätte es besser getroffen, aber zumindest musste sie nun nicht mehr lügen. Sauer war sie nicht.

»Nein!«

»Wirklich?«

»Mama, ich bin aus der Pubertät raus, und wenn David nichts von mir will, dann ist das halt so«, sagte Lilly und wunderte sich selbst darüber, wie überzeugend sie klang.

Sich diesen furchtbar erwachsenen Satz abzuringen kostete zwar Kraft, aber je neutraler sie sich verhielt, desto eher würde ihre Mutter zur Vernunft kommen. Die Sache mit David war gegessen, aber das Projekt Familienzusammenführung noch nicht.

»Begleitest du uns zum Rosenfest? David könnte dich vom Bahnhof abholen. Außerdem möchte ich dir gerne mein neues Parfüm zeigen.«

Seit wann hatte ihre Mutter das Bedürfnis, sie über ihre aktuellen Parfümmarken zu informieren?

»Parfüm?«

»Ja, stell dir vor. David hat noch die Duftorgel von seinem Großvater. Ich hab ein wenig herumexperimentiert, und es kam tatsächlich etwas Brauchbares dabei heraus. Ich könnte es vermarkten.«

Lilly merkte, dass sich ihre Nackenhaare sträubten. Was trieb ihre Mutter denn noch alles auf diesem Hof? Was würde sie sich als Nächstes einfallen lassen? So euphorisiert, wie ihre Mutter am Telefon klang, musste sie gerade auf irgendeinem Trip sein. Auf alle Fälle war das nicht mehr die Frau, die sie kannte. Sehr merkwürdig und vor allem beunruhigend.

»Toll«, sagte sie, immer noch ziemlich baff.

»Also kommst du jetzt? Wir würden uns alle sehr freuen.«

War das ein Test, ob sie wirklich so erwachsen und souverän war, wie sie tat?

Lilly beschloss mitzuspielen. »Ich könnte um zwei am Bahnhof sein«, schlug sie tapfer vor.

»Ich freu mich, Lilly.«

»Ich mich auch«, log sie zum zweiten Mal, bevor sie das Gespräch beendete. Mama in Davids Armen zu sehen würde ihr natürlich immer noch weh tun, aber schon reifte ein neuer Plan in ihr. Sie musste nur ihren Vater anrufen und ihm davon erzählen, dass ihre Mutter sich einen jungen Lover genommen hatte, um ihn zu kränken. Eifersucht schüren, am Ego kratzen! Darauf sprang jeder Mann an, zumindest hoffte Lilly das. Vielleicht wachte Papa dann endlich auf. Irgendjemand musste ihre Mutter ja wieder auf den Boden der Realität zurückholen. Erst Partymaus bei Gibier, dann Papa verlassen, mit ihrer Freundin aufs Land ziehen, sich einen jungen Lover nehmen, sich bei ihm einnisten, anstatt sein Grundstück zu kaufen, um die familiäre Existenz zu retten, und nun auch noch Coco Chanel spielen – und das alles im Zeitraffer. Einfach irre. Und kaum hatte sie ihn auf dem Handy erreicht, sprang ihr Vater auch sofort darauf an. Wie berechenbar Eltern doch waren, wenn man sie einmal durchschaut hatte.

»Ist sie jetzt völlig durchgeknallt?«, fragte er, nachdem sie ihn auf den neuesten Stand gebracht hatte.

Das war genau die Reaktion, die Lilly von ihm erwartet hatte. Wie schön, dass er sie auch danach fragte, ob sie etwas Neues von dem Grundstück gehört hatte, das Mama sich hatte ansehen wollen. Eine gute Gelegenheit, ihn gleich wissen zu lassen, um wessen Grund und Boden es hier ging, nämlich um den Hof von Mamas neuem Lover. Noch ein Argument, um den Motor ihres Vaters anzukurbeln. Indem er um seine Frau kämpfte, könnte er auch gleich seine berufliche Existenz retten. Obwohl es im Moment eher nicht danach aussah, bestätigte sie ihm sogar, dass David sicher verkaufen würde. Nun hatte sie ihrem Vater gleich zwei Köder hingehalten, wobei sich Lilly auf einmal nicht mehr sicher war, wofür sich ihr Vater mehr interessierte: für die Rettung seiner Ehe oder dafür, Davids Grundstück für seine russischen Auftraggeber zu erwerben. Aber so, wie sie ihren Vater kannte, würde er todsicher auch auf dem Rosenfest auftauchen. Niemand würde Verdacht schöpfen, weil es von Touristen nur so wimmelte und es im Bereich des Denkbaren lag, dass er Lust hatte, sich diese Attraktion anzusehen. Seltsam, noch vor wenigen Minuten war ihr dieses Fest vollkommen egal gewesen, nun freute sich Lilly richtig darauf.

Emma genoss es, gemeinsam mit David, bei dem sie sich untergehakt hatte, Paul, Nora und ihrer Tochter durch die engen Gassen von Grasse zu schlendern. Zwischen den alten Häusern mit ihren ockerfarbenen Fassaden gab es so viel Neues zu entdecken und vor allem zu riechen. Das Städtchen konnte einen mit seinen vielfältigen Dufteindrücken regelrecht erschlagen. Frisches Baguette duftete so intensiv aus der Bäckerei, an der sie gerade vorbeigingen, dass Emma das Wasser im Mund zusammenlief. Es gab kaum einen Passanten, der nicht eine Eau-de-Toilette- oder Aftershave-Wolke hinter sich herzog, keinen Balkon, der nicht mit Blumen geschmückt war. Heute machte der Ort seinem Namen als Stadt der Düfte in besonderem Maße Ehre. Wo sie auch vorbeikamen, es duftete aus unzähligen Blumentöpfen nach Rosen, Lavendel, Zitrone, Rosmarin und Jasmin, kurzum nach der gesamten Flora, die im Umfeld von Grasse zu finden war. Ein plötzlicher Knall kündigte den bevorstehenden Umzug so lautstark an, dass alle zusammenzuckten. Nicht minder laute Pauken und Trompeten sowie ein farbenprächtiger folkloristischer Trachtenumzug folgten. Männer mit dunklen Hüten, bestickten Westen über adretten weißen Hemden und Frauen mit weißen Großmutterhäubchen, Halstüchern und bunt gemusterten Kleidern trugen paarweise halbkreisförmig geflochtene Blumenkränze, die sie wie Bögen über ihre Häupter spannten, durch die Straßen. Volksfeststimmung und gutgelaunte Mienen, wohin man nur sah. Emma war sich sicher, dass Lilly sich von dieser fröhlichen Stimmung hatte anstecken lassen. Es war keine Spur von Spannung zwischen ihnen zu spüren. Selbst mit David schien sie wieder unbeschwert reden zu können. Damit hatte Emma beim besten Willen nicht gerechnet. Auf so eine Tochter konnte man stolz sein. Der Einzige, der zeitweise in Gedanken versunken schien, war Paul. Emma entging nicht, dass er sie immer wieder verstohlen beobachtete, vor allem, wenn David seinen Arm um sie legte oder sie sich bei ihm einhängte. Auch Nora taxierte sie. Spürte sie etwa, dass sich zwischen ihr und David etwas verändert hatte? Emma ertappte sich dabei, dass sie nun schon anfing, sich selbst dabei zu beobachten, wie sie an Davids Seite wirkte.

»Magst du eine Crêpe? Honig, Schokolade oder Marmelade?«

Selbst bei dieser ganz banalen Frage von David konnte Emma die neugierigen Blicke der anderen in ihrem Rücken spüren.

»Schokolade«, sagte sie.

David löste sich von ihr, ohne ihr dabei sein gewohntes Lächeln zu schenken. Schon seit sie hier waren, hatte er nicht einmal mehr den Versuch unternommen, sie zu küssen, selbst in unbeobachteten Momenten nicht. Er fühlte sich nicht mehr nach einem Liebhaber an. Das war es, auf den Punkt. Lillys Anwesenheit tat ihr Übriges. David verfügte über genügend Einfühlungsvermögen, um keine weiteren Missstimmungen zu provozieren. Dennoch hatte sich etwas verändert, denn auch Emma verspürte weniger Verlangen nach seiner Nähe. Also doch Schuldgefühle, weil sie Georg betrogen hatte?

»Ich kann dein Parfüm immer noch an meinem Arm riechen«, schwärmte Paul, der sich zu ihr nach vorn in die erste Reihe der Einheimischen und Touristen, die den Umzug sehen wollten, gesellt hatte.

»Und? Wie findest du den Duft jetzt nach ein paar Stunden?«, fragte sie.

»Ich weiß nicht, schwer zu beschreiben, aber er ist sehr angenehm. Irgendwie strahlt er Ruhe aus.«

Schön, wie er dies beschrieb, und genau das, was sie ebenfalls empfand. Es war sowieso erstaunlich, dass dieser Duft sowohl einem Mann als auch einer Frau gefiel. Normalerweise gab es typische Damen- und Herrendüfte. Die Rezeptur von Davids Großvater verfügte aber über Essenzen, die typisch für beide Geschlechter waren, und schien sie harmonisch zu vereinen.

»Und bei dir, Nora?«, fragte Emma ihre Freundin.

»Ich habe es nicht einmal mehr gewagt, mir die Farbspritzer vom Arm zu waschen.«

Nora machte keinen Witz. Die Stelle, an der sie das Parfüm am Morgen aufgetragen hatte, war tatsächlich noch mit einigen Farbsprenkeln versehen. In diesem Moment kam David zurück und stellte sich wieder neben Emma, zwei herrlich duftende Crêpes in der Hand. Emma lief das Wasser im Mund zusammen, und sie biss herzhaft zu. Doch dann blieb ihr der Bissen fast im Hals stecken: Als die letzten Teilnehmer des Umzugs an ihr vorbeigelaufen waren, entdeckte sie auf der gegenüberliegenden Straßenseite ihren Mann Georg. Und er war nicht allein. Neben ihm stand Irina …

Nun hatte Lilly es also geschafft, ihre Eltern wieder zusammenzubringen, aber so gut wie nichts lief nach Plan. Ihr Vater starrte wie eingefroren auf ihre Mutter und David. Im Gegenzug ignorierte ihre Mutter ihn geflissentlich und fixierte stattdessen ihr Crêpe in der Hand, um nur ja nicht in Papas Richtung sehen zu müssen. Ziemlich verfahren, das Ganze. Wie im Kindergarten.

»Schau, da drüben ist Papa«, sagte Lilly nun zu ihrer Mutter, doch deren Reaktion ließ zu wünschen übrig.

»Tatsächlich?«, fragte Emma gespielt desinteressiert.

Dass sie innerlich kochte, konnte Lilly daran ablesen, dass ihre Mutter an einem Bissen Crêpe herumkaute wie an zehn Tage altem Brot.

»Ich finde, ihr solltet miteinander reden«, setzte sie nach.

»Wozu?«, bockte ihre Mutter.

»Um über das Missverständnis zu sprechen«, präzisierte Lilly bewusst schnippisch.

»Es gibt Dinge, in die mischt man sich nicht ein«, erwiderte ihre Mutter.

Jetzt reichte es Lilly aber. Wer hatte sich denn bisher immer in ihr Leben eingemischt? »Das sagst ausgerechnet du, Mama«, sagte sie mit erhobener Stimme.

David, der zwischen ihnen stand, fühlte sich zusehends unwohl. Auch Nora und Paul tauschten betretene Blicke, hielten sich aber mit Kommentaren zurück.

»Du wirst mir doch nicht sagen, dass ich mich jemals in deine privaten Angelegenheiten eingemischt habe«, erwiderte ihre Mutter. »Und komm mir jetzt nicht wieder mit dem Studium. Du hättest dich ja nicht einschreiben müssen.«

»Jetzt auf einmal«, sagte Lilly bissig. Welch Sinneswandel. Klar, ihre Mutter war ja auch nicht mehr die Gleiche. Wenn man selbst an der Seite eines jungen Liebhabers sein Leben umkrempelte, konnte man gegenüber der Tochter natürlich toleranter sein als früher.

»Außerdem habe ich dir ja bereits gesagt, dass du modeln kannst, sofern du das Studium beendest.«

»Das ist für dich also ›nicht einmischen‹. Gut, dass ich das jetzt weiß.«

»Ein abgeschlossenes Studium ist besser, als sich im Bikini ablichten zu lassen.«

»Du bist doch nur sauer, weil ich versuche, etwas aus meinem Talent zu machen.«

»Talent? Seit wann ist Bikinitragen ein Talent?«

Nun hielt es Nora offenbar nicht mehr aus, sich nicht einzumischen, auch wenn Paul ihr ein Zeichen gab, dies besser nicht zu tun.

»Ich finde schon, dass Lilly Talent hat«, wandte Nora ein.

»Na bravo. Ihr könnt euch ja zusammentun«, ihre Mutter patzig zurück. Zugleich warf sie einen Blick zu David, von dem sie anscheinend Rückendeckung erwartete.

»Also, ich halte mich da raus«, sagte er, drehte sich um und verschwand in Richtung eines Getränkestands.

»Lilly, du hast viele Talente, aber du machst diesen ganzen Modelkram doch nur aus Protest«, sagte ihre Mutter, nachdem sie erst einmal tief Luft geholt hatte.

Damit hatte Lilly nun nicht gerechnet. Protest?

»So ein Quatsch. Du solltest dich mal hören«, warf Nora ein.

»Ich kenne Lilly etwas länger als du, Nora. Außerdem sollte jemand, der keine Kinder hat, sich nicht an solchen Gesprächen beteiligen.«

Nun hatte Emma es geschafft, auch noch Noras Blut in Wallung zu versetzen. Kopfschüttelnd und ziemlich erbost stapfte sie davon, nicht ohne ihr noch einen bösen Blick zuzuwerfen.

»Ich finde, der Tag ist viel zu schön, um zu streiten«, versuchte Paul zu vermitteln.

Natürlich hatte er damit recht, andererseits war Lilly froh, ihrer Mutter endlich einmal die Meinung gesagt zu haben. Zu dumm, dass sich Papa mittlerweile verzogen hatte. Ihr Plan war vorerst wohl gescheitert.

Emma wunderte sich immer noch darüber, dass es Paul tatsächlich gelungen war, die aufgeheizten Gemüter zu beruhigen. Selbst Nora hatte sich ihnen wieder angeschlossen. Pauls Rezeptur war simpel, aber effektiv: die ganze Mannschaft raus aus der immer noch sehr heißen Nachmittagssonne und ein kühles Plätzchen in einem romantischen Weinlokal aufsuchen. Außerdem wurde ihnen der beste Wein kredenzt, den Emma seit langem getrunken hatte.

Der Wirt kannte Paul offenbar. Warum sonst hatten sie den besten Platz bekommen und wurden bevorzugt bedient? Die ländliche Idylle und ein Akkordeonspieler, der gerade seine Version von »La vie en rose« zum Besten gab, taten ihr Übriges. Die Musik konnte einen richtig einlullen. Wäre dem nicht so, hätte sie sich weiterhin darüber aufgeregt, dass Lilly stur an ihrer Modelidee festhielt. Die Leichtigkeit dieses französischen Chansons stimmte Emma aber versöhnlich. Als Mutter hatte sie zwar die Pflicht, ihre Tochter nicht ins offene Messer, sprich in die Modelwelt laufen zu lassen, doch Lilly würde erst einsehen, dass dieser Weg der falsche war, wenn sie ein paar einprägsame Erfahrungen gesammelt hatte.

»Also gut, Lilly, meinen Segen hast du«, sagte sie schließlich, um Lillys Monologen über ihre Chancen als Model und dass sie dafür noch nicht zu alt sei endlich ein Ende zu bereiten. Wer weiß, vielleicht reichte Lillys Talent zwar nicht mehr für das Rampenlicht der Modewelt, aber so hübsch, wie ihre Tochter nun mal war, gab es bestimmt andere Möglichkeiten. Außerdem war sie gerade dabei, ihr eigenes Leben komplett auf den Kopf zu stellen, wie konnte sie da von der Tochter etwas anderes erwarten.

Lilly schien sichtlich erleichtert zu sein, hatte aber noch eine weitere Überraschung parat.

»Das Dumme ist nur, dass ich mit mütterlichem Segen allein die Ausbildung nicht finanzieren kann«, sagte sie nun etwas kleinlaut.

Ausbildung? Kosten? In ihrer jetzigen Finanzlage?

»Wie viel?«, fragte Emma.

»Dreitausend, einmalig. Für ein Seminar.«

»Für ein Seminar?«, wunderte sich nun auch David, der neben ihr saß.

Lilly zuckte nur mit den Schultern und schien Unterstützung von Nora zu erwarten, doch diese blieb überraschenderweise aus. Was war nur mit ihr los? Seit sie das Lokal betreten hatten, hatte Nora geschwiegen und sich nun schon den dritten Wein bestellt.

Auch Paul warf seiner Schwester einen fragenden Blick zu, doch Nora verkroch sich förmlich hinter ihrem Weinglas.

In diesem Moment stimmte der Akkordeonspieler eines von Emmas Lieblingsliedern an: »Un, Deux, Trois.« Catherine Ferry hatte mit diesem Song 1976 hinter Brotherhood of Man den zweiten Platz des Eurovision Song Contests, der damals noch Grand Prix hieß, belegt. Was für ein gutgelaunter Song. In seiner Melodie steckte das beschwingte Lebensgefühl von damals. Schon summte Emma mit und bekam plötzlich Lust, mit David das Tanzbein zu schwingen.

»Lass uns tanzen. Magst du?«, fragte sie ihn.

David stand auf und reichte ihr galant die Hand. So gesellten sie sich zu drei weiteren Pärchen auf der kleinen Tanzfläche.

Es fühlte sich gut an, an nichts mehr zu denken, nichts mehr zu planen und einfach nur mit David hier zu sein und zu tanzen. Auch David wirkte nun etwas ungezwungener und ließ sich von ihrer guten Laune anstecken. Vielleicht hatte er ja inzwischen eingesehen, dass sie nicht der

Typ war, der sich »aus Rache« an ihrem Ehemann auf einen noch dazu viel jüngeren Mann einlassen würde, und schon gar nicht, um ihr verletztes Ego aufzupolieren. Noch ehe sie zum dritten Mal an ihrem Tisch vorbeigetanzt waren, hatte die Vergangenheit beschlossen, sie erneut einzuholen. Georg! Und diesmal allein. Emma ertappte sich dabei, dass sie noch mehr auf Tuchfühlung ging, schämte sich aber sogleich dafür. Benutzte sie David nun doch, um Georg zu zeigen, wer der Gewinner war? Selbst wenn. Sie hatte sich nichts, aber auch rein gar nichts vorzuwerfen. Er sollte ruhig sehen, wen er all die Jahre wie ein Stück Dreck behandelt hatte: nämlich eine Frau, die sogar in den Augen eines Mannes wie David noch attraktiv war.

David hatte Georg auch bemerkt, ignorierte ihn aber geflissentlich. Und so, wie Emma ihren Mann kannte, würde er innerlich kochen. Er nahm an einem der freien Tische Platz und beobachtete sie beim Tanz. Ein Spielchen? Eines seiner verdammten Spielchen? Gut, das konnte er haben. Emma lächelte ihm zu, und zu ihrem großen Erstaunen erwiderte er dieses Lächeln, ohne dabei wie sonst zynisch oder verkrampft zu wirken, ein Umstand, der sie leicht verunsicherte.

Auch wenn sie das nicht wollte, löste ebenjenes Lächeln eine ganze Lawine von Erinnerungen an gemeinsame schöne Momente aus, an Zeiten, in denen er noch der Georg war, den sie geliebt hatte. Genau dieses Lächeln, verschmitzt und verwegen zugleich, ließ sie an gemeinsame Abende bei ihrem Stammgriechen, am Baggersee oder im Freundeskreis denken.

Emma versuchte augenblicklich, diese Bilderflut abzustellen, was aber erst gelang, als sie wieder Blickkontakt zu David hatte, der ihr ebenfalls ein Lächeln schenkte, warm, charmant und umrahmt von diesen unglaublich süßen Grübchen, in die man sich einfach verlieben musste. Aber auch in Georg hatte sie sich seinerzeit verliebt. Warum stellte sie ausgerechnet jetzt Vergleiche zwischen dem Georg, der er früher einmal gewesen war, und David an? Mit David war es anders. War es besser? Anders! Auch die Art, wie Paul sie ansah, als sie an ihm vorbeitanzten, hatte etwas Angenehmes, sein Lächeln hatte etwas Vertrautes, Freundschaftliches und war voll Wohlwollen. Wieder so ganz anders. Besser? Das wusste sie nicht, aber sowohl Pauls als auch Davids Augen waren ehrlich. Georgs Augen waren es nicht mehr. Stopp! Emma erinnerte sich daran, dass er ihr die Wahrheit über Irina und sich gesagt hatte. War jener Georg, der sie seelenruhig beim Tanzen beobachtete, etwa wieder der Mann, den sie einst geliebt hatte? Mittlerweile war Emma nicht nur vom Tanzen ganz schwindlig. Georg hatte sicher liebenswerte Facetten, aber andere hatten das auch. Dennoch war sie immer noch mit ihm verheiratet, und genau jene Vermutung, dass es mit jedem anderen Mann nicht besser, sondern nur anders sein würde, kam genau zum falschen Zeitpunkt. Georg brachte es tatsächlich fertig, nach dem Chanson auf die Tanzfläche zu kommen, um David abzulösen.

»Sie sind sicher David«, sagte er und hielt seinem Widersacher die Hand zum Gruß hin, ganz so, als ob sie einen Geschäftstermin hätten. »Hätten Sie etwas dagegen, wenn ich mit meiner Frau tanze?«, fragte er.

David erholte sich schneller von seiner Überraschung als befürchtet. »Sollten Sie nicht besser erst mal Ihre Frau fragen? Wer weiß, vielleicht hat sie ja gar keine Lust, mit Ihnen zu tanzen?« Georgs ausgestreckte Hand übersah er dabei einfach.

Georg lachte. »Sie gefallen mir, David. Ich mag Ihre Art von Humor.«

Wieder ein Spiel. Sein Spiel. Nun schimmerte wieder genau jene Seite an Georg hervor, die Emma sich nicht mehr gefallen lassen wollte.

»Gehört Tanzen etwa zu den ehelichen Pflichten?«, fragte sie mit dem süffisantesten Lächeln, das sie sich abringen konnte. Wie gut es sich doch anfühlte, bei diesem Spiel nun mithalten zu können.

»David hat recht. Es geht um dich, Emma«, sagte Georg.

Klang das nicht wieder zweideutig? Hörte sie aus Georgs Stimme so etwas heraus wie: Ich meine, was ich sage?

David erweckte nun den Eindruck, als frage er sich, ob er sie mit ihrem Mann guten Gewissens allein lassen konnte.

Sie nickte ihm zu, signalisierte damit, dass alles okay sei, und wandte sich anschließend wieder an Georg. »Du hast dir diesen Tanz in keiner Weise verdient, und das weißt du«, sagte sie und fühlte sich auch noch wohl dabei.

Normalerweise hätte dies Georgs berühmt-berüchtigten Zorn heraufbeschworen, doch der blieb diesmal aus. Richtig zahm wirkte er. Lilly strahlte sie von ihrem Tisch aus glückselig an. Hoffentlich malte sie sich jetzt nicht aus, dass Emma sich mit ihrem Mann wieder versöhnte, auch wenn sich Georg überraschend vertraut anfühlte, als er seine linke Hand in die ihre und seine rechte um ihre Hüfte legte.

»Wie ich Emma kenne, liegen sie sich bald wieder in den Armen«, kommentierte Nora Davids fragenden Blick mit einer gesunden Portion Zynismus.

»Das glaube ich nicht«, erwiderte David, der neben ihr Platz genommen hatte und das tanzende Paar beobachtete. »Emma ist stärker, als du glaubst«, fügte er noch hinzu.

Dass Emma stark war, stand für Nora außer Frage. Hätte sie es sonst so lange an Georgs Seite ausgehalten? David schien zu übersehen, dass Emma, wie sie sich ihm gegenüber gegeben hatte, nicht sie selbst war. Nur konnte dies ja auch heißen, dass sich ihre Freundin tatsächlich drastisch verändert hatte. Einiges, was in den letzten Tagen passiert war, sprach dafür. Paul schien sich die gleichen Fragen zu stellen wie sie. Ihr Bruder beobachtete mit unverkennbar gemischten Gefühlen, was sich vor ihnen auf der Tanzfläche abspielte. So wie Emma und Georg miteinander tanzten, konnte man fast glauben, es wäre nie etwas zwischen ihnen vorgefallen. Sehr befremdlich, fand Nora. Davids irritierter Blick sprach Bände. Vermutlich fragte er sich genau wie sie, was da auf der Tanzfläche vor sich ging. Nagte es an ihm, dass die beiden so harmonisch das Tanzbein schwangen und Emma dabei keinen sonderlich unglücklichen Eindruck machte?

Spielte sie etwa mit ihm? Das traute Nora ihr gar nicht zu, aber sah es nicht ganz danach aus? Warum redeten sie kein Wort miteinander, sondern strahlten sich an wie bei einer Weltmeisterschaft im Paartanz?

»Irgendwie erinnert mich das Ganze an den Uni-Ball«, sagte Nora – nicht ohne Hintergedanken – zu ihrem Bruder. Damals hatte Georg zugeschlagen und sie ihrem Bruder sozusagen vor der Nase weggeschnappt. Pauls leicht versteinerte Miene verriet, dass er sich sehr wohl daran erinnerte und wahrscheinlich die gleiche Szene vor Augen hatte. In ihm brodelte es ordentlich, was Nora wiederum von ihrem Bruder gar nicht kannte. Dieses Grasse mit seinen intensiven Düften hatte mittlerweile wohl schon allen den Kopf verdreht.

Es hatte beinahe etwas Makabres, sich mit dem eigenen Ehemann auf der Tanzfläche zu duellieren, wenn auch nur mit Blicken. Zudem war es furchtbar anstrengend, nicht nur mental. Georg setzte zweifelsohne auf die Karte: »Schau mir in die Augen, Kleines.« Er wusste ganz genau, dass er sie bisher damit immer herumgekriegt hatte, doch auch die Augen anderer Männer konnten einen verzaubern, und dafür musste Emma sich noch nicht einmal zu David oder Paul umdrehen. Dieses Wissen gab Auftrieb. Wie schön, dass nun Georg als Erster das Handtuch warf und das Schweigen und Wiegen im Takt der Musik offenbar nicht mehr ertrug. Der erste Punkt ging also klar an sie.

»Dir tut Südfrankreich richtig gut«, sagte er.

»Ich weiß.« Jetzt nur keinen Fehler machen und auch den nächsten Punkt in ihrem kleinen Match machen, nahm sie sich tapfer vor.

»Wie ich höre, bist du jetzt unter die Parfümeure gegangen. Du hattest ja schon immer eine gute Nase.«

Lilly hatte ihn also auf den neuesten Stand gebracht, was sie ihr nicht verübeln konnte.

»Das ist dir aufgefallen?«

»Braucht man dafür nicht jede Menge Talent, um so richtig erfolgreich zu sein?«, fragte er mit altbekannter Süffisanz in seiner Stimme.

Wie anmaßend, von sich auf andere zu schließen. Emma wusste, wie sehr er darunter litt, selbst keine nennenswerten Talente zu haben, noch nicht einmal für seinen Beruf. Er würde es nicht ertragen, wenn sie damit erfolgreich wäre.

»Du hast doch auch Architektur studiert«, gab Emma zurück und stellte sicher, dass er auf dieses Thema nicht mehr näher eingehen würde. Überraschenderweise fing Georg sich aber schneller als gedacht.

»Glaubst du immer noch, dass Irina meine Geliebte ist?«, fragte er.

»Lilly glaubt es jedenfalls nicht«, erwiderte Emma leichthin.

»Hat sie dir auch von ihren Modelplänen erzählt?«

Das brachte Emma ein wenig aus dem Konzept. Beim Thema Lilly hörte das Spiel auf. Über ihre Tochter und deren Zukunft zu sprechen hatte zudem etwas Vertrautes, und Emma merkte, dass sie einen Teil ihrer Souveränität augenblicklich einbüßte. Dieser Punkt ging an ihn.

»Ich halte nichts davon, aber wenn ihr Glück daran hängt …«, erwiderte sie.

»Das finde ich auch. Wir sollten sie darin unterstützen.«

»Und woher nehmen wir das Geld?«

Georg schien für einen Moment zu überlegen und wiegte sie weiter zum Takt der Musik. Dann sagte er: »Ach, Emma. Alles wäre kein Problem, wenn wir ein passendes Grundstück hätten.«

Da hatte er zweifelsohne recht. Sein »wir« klang allerdings noch viel vertrauter als sonst.

»Was hat deine Grundstückrecherche eigentlich ergeben?«, fragte er eher beiläufig.

Sollte sie ihm wirklich reinen Wein einschenken und von Davids Verkaufsabsichten erzählen, die ja noch nicht einmal mehr sicher waren und zudem davon abhingen, ob sie zusammen bleiben würden?

»Sag bloß, du hast etwas Passendes gefunden?«, bohrte er nach.

»Vielleicht möchte David sein Grundstück verkaufen. Das hängt aber von unseren Plänen ab.«

Nun hatte sie wieder die Nase vorn. Und Georg wirkte

ordentlich geknickt, nachdem sie von ihren und Davids Plänen gesprochen hatte.

»Verstehe«, erwiderte er nur. Offenbar tat es ihm aufrichtig leid, was er angerichtet hatte, und so blass, wie er jetzt aussah, schien er nicht gerade glücklich darüber zu sein, dass sie über David als Lebensoption nachdachte. »Du möchtest also mit ihm zusammenbleiben?«

»Ich weiß es noch nicht«, gestand Emma.

Das schien Georg auf einen Schlag zu erleichtern. »Wir könnten noch einmal von vorn anfangen«, sagte er nun etwas kleinlaut. »Wäre doch schade, alles so wegzuwerfen.«

Ausgleich und Matchball! Georg hatte einen verdammten Matchball! Noch viel schlimmer aber war der Umstand, dass sie jetzt nicht nur gegen ihn spielte, sondern auch noch gegen einen anderen Gegner, nämlich gegen sich selbst. Natürlich wäre es unvernünftig, alles hinzuschmeißen. Wie oft hatte sie sich das selbst schon gesagt? Das Doppel, bestehend aus Georg und ihrer eigenen inneren Stimme, die wusste, was eine Ehe wert war, hatte einen unerreichbaren Ball in ihr Feld geschmettert. Aber Moment! Um es noch einmal zu probieren, müsste sich Georg ändern. Konnte er das? Wollte sie denn einen Neuanfang mit ihm? Nun trudelte auch noch Irina in Begleitung ihres Mannes in dem Lokal ein.

»Da ist ja Irina mit ihrem Mann«, sagte Georg erfreut, wahrscheinlich um sicherzustellen, dass sie es mitbekam und ihm endlich glaubte, dass er wirklich nichts mit der Russin hatte. Dieses Spiel musste aufhören. Wenn nur der Song schon zu Ende wäre. Ihr kleines Stoßgebet, das Match nicht augenblicklich zu verlieren, wurde von oberster Instanz erhört. Wie aus dem Nichts tauchte Paul neben ihr auf der Tanzfläche auf.

»Gestattest du?«, fragte er Georg, den Pauls selbstsicheres Auftreten offenkundig verblüffte. Kein Wunder, so abfällig und überraschend souverän, wie Paul ihn ansah.

So viel Dreistigkeit, sie aus den Armen des Ehemannes zu reißen, hatte sie Paul gar nicht zugetraut.

Und Georg wohl auch nicht. »Natürlich«, sagte er konsterniert.

Paul nickte Georg dankbar zu und schenkte Emma ein erleichtertes Lächeln. Der liebe Gott hatte ihr einen Engel geschickt. Das Spiel wurde unterbrochen. Noch war nichts verloren!

Immerhin hatten ihre Eltern wieder miteinander geredet. Schon mal ein erster Schritt in die richtige Richtung. Ihr Vater wirkte zufrieden, als er sich zu ihnen setzte, auch wenn ihre Mutter nun mit Paul tanzte und dabei so konzentriert war, dass sie nicht einmal mehr zu ihnen herübersah. Nora und David blickten ebenfalls auf die Tanzfläche. Nora interessiert, David in Gedanken versunken. Dass ihr Vater nun bei ihnen saß, schienen beide zu ignorieren. Sie beachteten ihn nicht, was ihm ganz und gar nicht gefiel.

»Na, amüsierst du dich?«, fragte er Nora und erntete von ihr prompt die passende Antwort.

»Wie könnte ich mich in deiner Gegenwart nicht amüsieren?«, erwiderte sie.

Warum nur musste ihr Vater unentwegt andere Menschen provozieren? Die Blicke, die sich die beiden zuwarfen, deuteten darauf hin, dass sie sich bereits seit längerem kannten und, wie es aussah, nicht sonderlich mochten. David ließ das Geplänkel zwischen den beiden offenbar unberührt. Sein Blick galt nur ihrer Mutter und Paul.

»Ich muss euch unbedingt Irina vorstellen«, sagte ihr Vater nun und winkte in Richtung der Russin, die in Begleitung ihres Mannes an einem der benachbarten Tische saß und ebenfalls das Treiben auf der Tanzfläche beobachtete.

»Ihre Auftraggeber?«, fragte David knapp und musterte die beiden neugierig.

»Ja, und seitdem ich sie kenne, sehe ich Russland mit anderen Augen«, schwärmte ihr Vater. »Man stellt sich Russland ja immer noch recht wild und kulturlos vor. Neureiche, Mafia, Moskauer Millionäre, die sich in halb Europa einkaufen.«

»Ist es nicht so?«, warf Nora ein und musterte dabei Irina, die auf ihren Tisch zusteuerte und sie artig begrüßte.

»Du bist wahrscheinlich Lilly«, sagte Irina schließlich.

Lilly musste sich eingestehen, dass Irina eine äußerst attraktive Erscheinung war und sogar Laufstegqualitäten hatte.

»Dein Vater hat mir erzählt, dass du Model werden möchtest.« Irinas Stimme klang warmherzig und hatte einen charmanten russischen Akzent. Entweder wusste Irina zu punkten, oder sie interessierte sich tatsächlich dafür. »Ich hab das früher mal gemacht, nichts Großartiges, Kataloge, aber es war eine tolle Zeit«, fuhr Irina fort.

»David hat ein Grundstück, das Sie interessieren könnte«, warf ihr Vater in diesem Moment ein.

»Ich weiß noch nicht, ob ich es überhaupt verkaufen werde«, erwiderte David, woraufhin Irina ihn mit einem erstaunten Blick bedachte.

»Wir haben noch nicht über den Preis gesprochen«, versuchte Georg, sich vor Irina zu rechtfertigen.

Hatte er ihr etwas anderes erzählt und es so aussehen lassen, als seien sie sich bereits einig? Ziemlich geschickt. Nicht das Gesicht zu verlieren und gleichzeitig anzudeuten, dass alles nur noch Formsache war, war eine seiner Qualitäten, die Lilly schon oft genug im Kreise seiner Geschäftspartner mitbekommen hatte. Irina reagierte genauso, wie ihr Vater es beabsichtigt hatte.

»Wenn uns das Grundstück gefällt, spielt der Preis keine Rolle«, sagte sie, ohne dabei überheblich zu wirken. Sie hatten anscheinend Geld im Überfluss und mussten damit auch nicht prahlen. Umso stärker schien der Eindruck zu sein, den sie bei David hinterließ.

»Mein Mann und ich lieben Südfrankreich. Es ist schon lange unser Wunsch, hier ein Ferienhaus zu bauen«, fügte sie hinzu.

David gab nun seine anfangs eher abweisende Haltung auf. Es war unübersehbar, dass ihn der Jackpot aus Fleisch und Blut nicht unbeeindruckt ließ.

»Mein Mann und ich, wir möchten, dass unsere Kinder eines Tages hier mit uns die Ferien verbringen«, erklärte die Russin, und es klang so, als sei dies ihr innigster Herzenswunsch. Und wer konnte dies einer liebenden Mutter schon abschlagen? Irina blickte zu ihrem Mann, der sich mit Einheimischen unterhielt, als ob sie den familiären Gedanken, der sie offenbar antrieb, damit untermauern wollte. Und die Art, wie sie ihren Mann ansah, machte vollends klar, dass sie ihn liebte.

Mama musste sich also definitiv in Papa getäuscht haben. Warum nur starrte Nora die Russin fast schon feindselig an, fragte sich Lilly. Sicher, etwas großkotzig war das schon, wenn man sich ein Luxusferienhaus in Südfrankreich für die künftige Familie bauen lassen wollte, aber Nora schien dies richtiggehend persönlich zu treffen. Vermutlich war sie aufgrund ihrer eigenen finanziellen Misere allergisch gegen Reiche, die sich mit einem Fingerschnippen jeden Wunsch im Leben erfüllen konnten. Nora stand abrupt auf und entschuldigte sich damit, ein bisschen spazieren gehen zu wollen, was Lilly ihr aber in Anbetracht ihrer starren Miene nicht abnahm.

Mama und Paul kamen zurück, und obwohl Irina bestimmt keinen Grund hatte, besonders freundlich zu ihrer Mutter zu sein, reichte sie ihr die Hand.

»Ich werd dann wohl wieder zu meinem Mann gehen. Wie ich ihn kenne, verhandelt er bestimmt schon den Kauf dieses wunderschönen Restaurants. Außerdem sitze ich auf Ihrem Platz.«

»Bleiben Sie doch«, sagte Emma. »Paul möchte mich sowieso noch jemandem vorstellen.«

Dies verblüffte offenbar nicht nur Papa, sondern auch David, der sowieso schon etwas angesäuert darüber zu sein schien, dass Emma noch etwas vorhatte.

»Lassen Sie uns über das Grundstück sprechen«, schlug David der Russin zur Freude ihres Vaters deshalb vor.

Emma musste Davids Verstimmung nun auch bemerkt haben. Sie hielt inne und erklärte: »Paul kennt jemanden von Galimard. Es geht um das Parfüm.«

David nickte nur kurz. Seine Stimmung hellte sich nicht sonderlich auf.

Auch Georg sah Emma nun irritiert an.

Sicher beschäftigt ihn der Gedanke, dass Mama irgendetwas in petto hat, von dem er noch nichts weiß, überlegte Lilly. »Parfüm« und »Galimard«. Das klang nach »Geschäft« und »Alleingang«. Schon war ihre Mutter mit Paul in Richtung eines Tisches am anderen Ende des Lokals gegangen. Was ist nun wieder los?, fragte sich Lilly. Das Leben ihrer Mutter schien sich in einer solchen Geschwindigkeit zu verändern, dass einem davon richtig schwindlig werden konnte.

Kapitel 13

Emma fühlte sich verkatert, obwohl sie am Tag zuvor auf dem Rosenfest kaum etwas getrunken hatte. Sie nippte an ihrem Kaffee und sah David an, der ihr schweigend gegenübersaß und einem frischen Croissant mehr Aufmerksamkeit schenkte als ihr. Was war nur los mit ihm? Zwar hatte er sie mit einem Guten-Morgen-Kuss auf die Wange begrüßt und sich zu ihr an den Holztisch auf der Terrasse gesetzt, sich von ihr eine Tasse Kaffee einschenken lassen und sie dabei angelächelt, aber Emma spürte genau, dass irgendetwas in ihm brodelte, was mit den Ereignissen auf dem Rosenfest zu tun haben musste. Außerdem hatte er sich gestern Nacht, obwohl sie gar nicht so spät aus Grasse zurückgekehrt waren, gleich zurückgezogen – nach nahezu wortloser Autofahrt, bei der nur sie sich mit Paul über seine Geschäftskontakte zu den Reichen und Schönen der Côte d'Azur unterhalten hatte. Dass es Paul und ihr gelungen war, eine Audienz bei einem der einflussreichsten Parfümeure zu bekommen, schien das einzig positive Ergebnis des vergangenen Abends zu sein. Wie enttäuschend, dass David noch nicht einmal jetzt ein Wort darüber verlor. Auch bei allen anderen schien das Rosenfest nachhaltige Spuren hinterlassen zu haben.

Nora hatte auf der gestrigen Fahrt zurück zum Hof ebenfalls kein Wort geredet und war heute Morgen immer noch nicht aufgestanden. Lilly hatte sich von Georg nach Hause bringen lassen, vermutlich um wiedergutzumachen, dass sie ihn im Verdacht gehabt hatte, untreu gewesen zu sein. Auch Georg hatte Grasse anscheinend den Kopf verdreht, so handzahm, wie er sich gestern gezeigt hatte. Die Stadt der Düfte schien jeden irgendwie zu verändern – und sei es nur für einen Abend. Was das Rosenfest mit David angestellt hatte, wollte Emma nun herausfinden. Wer weiß, was ihm Georg alles erzählt hatte.

»Alles okay mit dir?«, fragte sie ihn und bewog ihn damit, von seinem Croissant abzulassen und sie zur Abwechslung mal wieder anzusehen.

»Klar.« So, wie er das sagte, war allerdings nur eines klar: dass nichts klar war.

David war zudem ein schlechter Lügner. Man konnte ihm an den Augen ablesen, wenn er traurig war oder ihn irgendetwas belastete.

»Worüber habt ihr denn gestern so lange gesprochen? Georg und du?«

»Er möchte, dass ich verkaufe.«

»Naheliegend. Das hier ist einmalig.«

»Und du? Möchtest du auch, dass ich verkaufe?« David sah sie nun ungewohnt ernst an. Es war klar, dass seine Frage noch etwas anderes implizierte.

»David. Es ist dein Haus, und es ist deine Entscheidung«, antwortete Emma.

»Verstehe.«

»Was gibt es daran zu verstehen?«

»Das weißt du ganz genau«, erwiderte er etwas pampig. Natürlich wusste sie es, aber David konnte unmöglich von ihr erwarten, sich Hals über Kopf für ein neues Leben an seiner Seite zu entscheiden. So etwas brauchte Zeit.

»Du und Georg. Ihr habt euch gestern recht gut verstanden …«, sagte er bedeutungsvoll und sah ihr dabei in die Augen.

»Unsinn! Aber mir geht das alles viel zu schnell.«

Kaum hatte sie es ausgesprochen, machte sich Emma klar, dass Davids Überlegung nicht nur naheliegend, sondern rein rational betrachtet natürlich alles andere als Unsinn war.

»Ist mir schon klar. Es sah nur gestern so aus …«, lenkte David ein.

»Die Dinge sind nicht immer so, wie sie scheinen«, sagte Emma.

»Du brauchst das Geld doch auch, hab ich recht?«, fragte er und spielte dabei nachdenklich mit seiner Kaffeetasse.

»Mir ist das Geld gleichgültig. Von mir aus gehen wir eben pleite. Mach deine Entscheidung bloß nicht davon abhängig.«

Das, was sie ihm sagen wollte, schien nun doch bei ihm angekommen zu sein. In Frankreich an der Seite eines Lavendelbauern zu leben, von heute auf morgen vom Touristendasein auf ein Leben auf dem Land umzuschwenken war nicht innerhalb von wenigen Tagen zu entscheiden. Punkt! Außerdem war sie nicht der Typ, der sich aushalten ließ. Gut, sie konnte genau wie für Georg seine Buchhaltung übernehmen, aber das war ihr zu wenig. Davids Gesichtsausdruck wirkte so, als ob er sie verstehen würde.

»Tut mir leid. Ich möchte dich nicht unter Druck setzen«, sagte er und legte dabei eine Hand auf ihre. Wieder diese Vertrautheit, das schöne Gefühl, in seiner Nähe zu sein, ihn zu spüren. Und doch gesellte sich ein gewisses

Unbehagen hinzu. Seine Hand legte sich zu fest auf die ihre, fordernd, besitzergreifend und Halt suchend. Warum suchte er an ihr Halt? Warum hatte er sich in sie verliebt?

»Ich hab heute eine Lieferung nach Marseille. Hast du Lust, mich zu begleiten? Es gibt dort eines der besten Fischrestaurants der Côte.«

»Ich kann leider nicht. Paul holt mich in einer halben Stunde ab.«

Davids Hand verlor sofort ihre Kraft. Er wirkte enttäuscht, zog seine Hand zurück und schmollte wie ein kleiner Junge.

»Wir haben einen Termin bei Galimard«, rechtfertigte sie sich, obwohl sie sich eigentlich gar nicht rechtfertigen musste.

David nickte nur. »Das Parfüm«, mutmaßte er.

»Wer weiß, vielleicht lässt sich daraus ja was machen«, erklärte sie ihm, in der Hoffnung, dass er dadurch ihre Absicht, auf eigenen Beinen stehen zu wollen, verstehen würde.

»Ja, klar.« Was passte ihm jetzt schon wieder nicht? Schließlich war es der Duft seines Großvaters, der posthum nun zu Ehren kommen würde.

»Du freust dich ja gar nicht.«

»Doch.«

David log schon wieder, denn jemand, der sich aufrichtig freute, sah anders aus.

»Ich verstehe nur nicht, warum du ausgerechnet jetzt damit anfängst. Du sagst, du brauchst Zeit für dich, um über uns nachzudenken, und jetzt wird das Parfüm vermarktet.«

Verständlich, dass er darüber verärgert war, aber erwartete er tatsächlich von ihr, das Heimchen am Herd zu spielen? Nur von Luft und Liebe zu leben?

»Für mich ist das eine Chance. Ohne dich hätte ich mein

Talent doch gar nicht entdeckt, und jetzt auf einmal, wo ich etwas daraus machen möchte ... Ich verstehe dich nicht, David.«

Für einen Moment schien er zu überlegen, starrte auf sein Lavendelfeld, letztlich aber auf sein Leben, denn dafür stand es.

»Manchmal verstehe ich mich selbst nicht«, sagte er und zuckte mit den Schultern.

Schon wieder erinnerte er Emma an einen kleinen Jungen, der nichts weiter wollte, als jede Minute seines Tages mit ihr zusammen zu sein. In diesem Augenblick fuhr Pauls Wagen vor. »Ich muss los!«, sagte sie nun.

»Viel Glück, Emma!« Er warf ihr ein aufmunterndes und zugleich versöhnliches Lächeln zu. Wie schön, dass David sich offenbar doch noch für sie freuen konnte.

Auf ihrem Weg zum Campus dachte Lilly darüber nach, ob sie jetzt nicht viel lieber auf Davids Hof wäre. Schon allein deshalb, um mitzubekommen, was ihre Mutter nun als Nächstes anstellen würde. Nora hatte es ihr angeboten, aber gerade jetzt, kurz vor Semesterende, wurde es Zeit, ein paar Dinge an der Uni auf die Reihe zu kriegen. Zwar war ihre Mutter ihr entgegengekommen und würde ihr in puncto Modelkarriere keine Steine mehr in den Weg legen, aber so ganz unrecht hatte sie ja nicht. Das wusste Lilly selbst, und je weniger Druck sie nun vonseiten ihrer Mutter verspürte, desto größer wurde ihr Wunsch, es ihr trotzdem recht zu machen und zumindest dieses Studienjahr mit allen noch ausstehenden Scheinen erfolgreich abzuschließen. Dass Mama eine »Supernase« sei, wie ihr Nora auf dem Rosenfest beim Spaziergang durch die engen Gässchen gesteckt hatte, war schon wieder ein völlig neuer Aspekt an ihrer Mutter, der aber vor dem Hintergrund ihrer stundenlangen Aufenthalte in Parfümerien und der damit eingehenden Fachsimpelei nicht einmal so überraschend war. Ein wenig beneidete sie ihre Mutter sogar darum, ein so außergewöhnliches Talent zu haben.

Ausgerechnet jetzt kamen ihr in der Parkanlage des Unigeländes Luc, Emanuel und Frédéric entgegen. Auch sie hatten Talent, und was noch viel wichtiger war, sie wussten genau, was sie im Leben erreichen wollten. Luc, ein rastagelockter Marokkaner mit Nickelbrille, war ein großartiger Redner und bereits jetzt politisch engagiert. Er träumte davon, eines Tages ein so bedeutender Politiker wie Mitterrand oder Chirac zu werden. Emanuel und Frédéric, äußerlich eher blasse Typen, aber immer stylish gekleidet, schrieben sich immerhin schon seit einem Jahr für den *Nice-Matin,* aber auch für kleinere Lokalblätter die Finger wund. Begabte Journalisten. Und sie, was hatte sie? Talent zum Modeln? Bisher hatte ihr jeder gesagt, dass man dafür Talent brauchte, auch Nora, aber hatte ihre Mutter am Ende recht? Was bedurfte es schon, außer sich einen Bikini anzuziehen und sich darin ablichten zu lassen oder den Rollkragenpullover eines Discounters zur Schau zu stellen und dabei debil zu grinsen?

»Ça va?«, fragte Emanuel sie im Vorbeigehen, und zum ersten Mal hasste Lilly diese dämliche französische Grußfloskel. Sich abermals aus Pflichtgefühl in eine Vorlesung zu schleppen, die einen nicht interessierte – wie konnte es einem da gutgehen? Wieso tauschten Frédéric und Luc so einen eigenartig konspirativen Blick?

»La jolie Lilly«, feixte Luc dann, und Frédéric prustete los.

»Ça va, toi?« Wie schön, dass man mit »ça va« auch ›Geht's noch?‹ zum Ausdruck bringen konnte.

Nun lachten beide.

»Qu'est-ce qu'il ya?« Was war denn los?

Auch Emanuel schien irgendetwas zu wissen. »On savait pas que t'est tellement sexy«, gab er sich kryptisch.

Was wurde hier eigentlich gespielt? Wieso wunderten sich die drei Jungs darüber, dass sie so sexy war? Emanuel zückte sein Smartphone, drückte auf ein paar Eingabefelder und hielt ihr das Display mit der Bemerkung hin, dass sie Frankreich so bestimmt noch besser als die Bardot repräsentieren könnte und mit so viel Haut hätte sie Sarkozy, den französischen Womanizer, sowieso auf ihrer Seite wissen.

Lilly traf fast der Schlag. Nein! Ihre Fotos, die Oben-ohne-Aufnahmen von der Yacht auf einer schmuddeligen Pornoseite. Lilly spürte, wie ihre Knie nachgaben. Alain! Dieses Schwein! Und für so etwas sollte sie auch noch dreitausend Euro löhnen.

»Tu le savais pas?«

Blöde Frage, die sich Emanuel auch hätte sparen können. Natürlich wusste sie nichts davon, aber Hauptsache, sie wusste es jetzt. – Lilly hatte das Gefühl, dass ihr gerade jemand den Stecker vom Notstromaggregat gezogen hatte. Da war er, der berühmte Schuss, der nun nach hinten losgegangen war. Die Totalblamage! Das Ende! Eine neue Karrierestrategie musste her – aber für eine neue Strategie brauchte sie Alternativen, die sie im Moment nicht hatte.

Ein neuer Duft sei äußerst heikel, erklärte ihr Philippe Deschamps, ein Mann, der etwa in Emmas Alter war und sowohl mit der Art, wie er sprach, als auch damit, wie er sich bewegte, einen aristokratischen Touch vermittelte.

Paul hatte ihr auf dem Weg zu Deschamps' Landhaus

mitten im Weingebiet der Provence erzählt, dass Philippe seit Jahren zu seinen besten Kunden gehörte. »Altes Geld«, hatte Paul gesagt, was die aristokratische Note und seinen beeindruckenden Landsitz, eine Art Herrenhaus, an dessen ehrwürdigen Steinmauern Efeu emporwucherte, erklärte. Ein Treffen im Firmensitz von Galimard wäre ausgeschlossen gewesen. Emma machte sich erst jetzt klar, dass die Parfümindustrie nach ganz eigenen und sehr strengen Regeln funktionierte und ein Duft mindestens so heiß gehandelt wurde wie das Patent eines neuartigen Hybridantriebs für ein Fahrzeug.

»Möchten Sie etwas trinken?«, fragte ihr Gastgeber. Deschamps stand vor einer antiken Anrichte, auf der nicht irgendwelche profanen Flaschen herumstanden, sondern Getränke in feinstem Kristall, das perfekt zum edlen Interieur von Deschamps' Salon passte. Am beeindruckendsten jedoch waren die Vitrinen, die mit so ziemlich allen edlen Parfümsorten, die man sich denken konnte, protzten. Deschamps war ein Duftsammler und eine der feinsten »Nasen« Frankreichs – zumindest hatte ihn Paul als solche bezeichnet.

»Vielleicht einen Chardonnay? Oder einen von Pauls Weinen?«

»Sie beschämen mich, Philippe.«

Wie meinte Paul das? War er nicht sein Lieferant? Wieso reagierte Paul nur so verlegen? So viel Ehrerbietung dafür, dass er ihr einen Wein anbot, den Paul ihm verkauft hatte? Emma blickte irritiert von einem zum anderen.

»Pauls Weinberg ist klein, aber fein«, half ihr Deschamps auf die Sprünge. »Beste Reben für beste Weine. Nur keine falsche Bescheidenheit, Paul.«

Nun sah Paul sie etwas betreten an. Er hatte einen Weinberg? Gut, das würde ja zu seinem Job passen, aber irgendwie nicht zu ihm. Paul entsprach in keiner Weise ihrer Vorstellung von einem Winzer. Doch wie hatte ein Weinbauer auszusehen? Wie irgendein männlich-markanter und unglaublich sinnlicher Typ, schoss es Emma durch den Kopf. Wieder so ein Klischee, dachte sie.

»Ich mach das nur nebenbei, wenn ich Zeit habe«, erklärte Paul mit der ihm offenbar in die Wiege gelegten Bescheidenheit.

»Wenn der Wein von dir ist, probiere ich gerne davon«, sagte sie.

Paul wand sich nur, doch zugleich schien er sich zu freuen und sah sie erwartungsvoll an, als sie den Wein im Kelch kreisen ließ, bevor sie versuchte, dessen Blume zu erfassen, und schließlich davon trank.

»Erdig, trocken, mit einer leicht süßlichen Note. Betörend, aber nicht aufdringlich, kraftvoll.« Das gleiche Dilemma wie bei den Düften. Wenn man das entsprechende Fachvokabular nicht kannte, fiel es einem schwer, das eigene Geschmackserlebnis in Worte zu fassen. Auch wenn sie mit Sicherheit den Jargon von Weinkennern nicht hundertprozentig getroffen hatte, nickte Deschamps dennoch anerkennend. Letztlich kam es sowieso auf den Geschmack eines Weines an, und das, was Pauls Weinberg hergab, sprach mindestens so viele Sinne an wie ihr Parfüm. Auch bei Wein gab es einen ersten Eindruck, bei Pauls Lese eine gewisse Frische, bevor sich der vollmundige Geschmack im Mund entfaltete und Emma sich einbildete, die Trauben dieses Rotweins förmlich schmecken zu können. Emma faszinierte dieses Geschmackserlebnis, hatte es sie doch eben auf eine ähnliche Reise wie auf ihrer Entdeckerfahrt ins Reich der Düfte, die sie Davids Großvater zu verdanken hatte, geschickt.

»Schmeckt er dir nicht?«, fragte Paul leicht verunsichert.

»Phantastisch. Ich bin wirklich beeindruckt«, erwiderte Emma. »Aber wie machst du das eigentlich? Du bist doch so viel unterwegs?«

»Irgendwas muss ich ja in meiner Freizeit tun. Ich bin allein. Gut, ich könnte auch ins Kasino gehen.«

»Du und Kasino?« Deschamps lachte herzlich. »Du solltest in der Tat mehr ausgehen, aber wie es scheint, hat man auch beruflich das Glück, einer so charmanten und attraktiven Frau wie Emma zu begegnen.«

Was für ein Charmeur. Er nahm jetzt bestimmt an, dass sie Pauls neue Flamme war. Für charmante Komplimente bedankte man sich am besten mit einem verlegenen Lächeln, das Paul mit ihr teilte. Auch er fühlte sich anscheinend geschmeichelt. War Paul wirklich so ein Einzelgänger? Auf der Yacht hatte er nicht den Eindruck gemacht, als scheue er den Kontakt zu Mitmenschen. Vielleicht tickte er beruflich auch nur ganz anders als privat.

»Düfte sind die Gefühle der Blumen«, sagte Deschamps bedeutungsschwanger.

»Das haben Sie schön gesagt.« Emma nickte. Treffender konnte man die Seele eines Dufts nicht beschreiben.

»Heinrich Heine. Schade, dass der Spruch nicht von mir ist«, sagte Deschamps und sah sie erwartungsvoll an. »Ich bin sehr gespannt. Hoffentlich hat Paul mir nicht zu viel versprochen.«

Auf diese versteckte Aufforderung hin holte Emma das Fläschchen aus ihrer Handtasche und reichte es ihm zusammen mit einem Duftstreifen. Deschamps nahm es wie etwas ganz Kostbares an sich. Seine Augen funkelten. Es konnte keinen Zweifel daran geben, dass Deschamps für die Düfte lebte, sie verehrte, so ehrfürchtig, wie er das

Fläschchen öffnete und, noch bevor er den Duftstreifen eintauchte, mit halb geschlossenen Augen den ersten Eindruck ihrer Kreation, oder vielmehr dessen, was sie aus dem Duft von Davids Großvater gemacht hatte, erfasste.

Seine Gesichtszüge entspannten sich augenblicklich. Zugleich wirkte er aber auch sehr ernst und konnte den Duftstreifen nun nicht mehr schnell genug eintauchen, nur um sich sogleich wieder auf jene Reise zu begeben, die gerade in seinem Kopf stattfinden musste. Es wäre übertrieben, sein leicht geneigtes Haupt als Geste extremer Lust zu deuten, aber so, wie er sich zurücklehnte und den Duft erneut inhalierte, konnte Emma dies nur als gutes Zeichen werten. Deschamps schien eine ganze Weile zu brauchen, um wieder in der Realität anzukommen – mit verzücktem Blick und einem ehrfürchtigen Nicken.

»Das ist der originellste und zugleich perfekteste Duft, der mir jemals begegnet ist.«

Paul wirkte sehr gefasst, so, als hätte er nichts anderes erwartet. Er warf Emma einen kurzen Blick zu und nickte anerkennend.

Sollte ihr wirklich etwas so Einzigartiges gelungen sein?

Eine kleine Burgruine auf einer Anhöhe, umgeben von Mischwald, zeugte davon, dass dieses Weinbaugebiet einmal in adeliger Hand gewesen sein musste. Paul hatte ihr schon auf der Fahrt zu seinem Weingut davon erzählt, dass er den Hof vor gut fünfzehn Jahren günstig hatte erwerben können und dass sie kein großartiges Anwesen erwarten dürfte. Und dass er nicht dazu gekommen war, das Haus auf Vordermann zu bringen, hatte er gleich zum Anlass genommen, sich im Vorhinein dafür zu entschuldigen.

Warum nur entschuldigte er sich unentwegt? Emma erwartete doch gar nichts, ganz im Gegenteil. Eigentlich müsste sie sich dafür entschuldigen, dass sie ihn nahezu gedrängt hatte, auf dem Rückweg nach Grasse einen Abstecher zu seinem Weingut zu machen. Dieser Mann war die Bescheidenheit in Person und somit das genaue Gegenteil von Georg.

Emma ertappte sich bei dem Gedanken, wie viele kleine Geheimnisse sie Paul noch entlocken würde. Eines davon lag jetzt vor ihr. Zahlreiche Weinstöcke, die strahlenförmig direkt auf ein mit roten Ziegeln gedecktes Haupthaus zuliefen, das aus drei Teilen bestand. Richtig idyllisch und ruhig.

»Während der Erntezeit ist hier richtig was los. Einmal täglich schaut jemand nach dem Rechten. Ein benachbarter Weinbauer. Er kümmert sich auch um die Reben«, erklärte ihr Paul beim Spaziergang durch die Felder.

Als sie wieder beim Haupthaus angelangt waren, holte Paul ihre Einkäufe aus dem Wagen und führte Emma zu einer Gartenlaube, die nicht weit vom Hauptgebäude entfernt stand.

»Ziemlich unromantisch, diese Plastiktüten«, sagte er, »aber was soll's. Die Dinger sind praktisch.« Schon drapierte er den Käse, das Brot, die Wasserflaschen und den Schinken auf den Tüten, die er zu provisorischen Tischdecken umfunktioniert hatte.

Emma musste unwillkürlich lachen. Ja, Plastiktüten waren praktisch.

»Warum lachst du?«, fragte er etwas verunsichert.

»Ach nichts.« Sie konnte ihm ja kaum von Georgs Plastiktütenphobie erzählen.

Paul entspannte sich zusehends und genoss den Blick auf seine Weinstöcke. In seinem eigenen Reich war Paul wie ausgewechselt, viel offener und freier.

»Wirst du hier in Frankreich bleiben, wenn Galimard dein Parfüm vermarktet?«

»Ich weiß es noch nicht«, erwiderte sie.

»Du könntest doch auch für eine andere Parfümfirma arbeiten – bei deinem Talent.«

Emma zuckte mit den Schultern und stützte ihren Kopf auf die Hände, so, wie sie es in der Schule und in der Uni immer gemacht hatte, wenn sie keine Antwort auf zu viele Fragen wusste.

Paul schien ihre Geste richtig zu deuten.

»War nur so eine Idee.«

»Nein, ich habe selbst schon darüber nachgedacht.«

»Hierzubleiben?«

Emma nickte.

»David?«, fragte er vorsichtig, was ihn offenbar ziemlich viel Mut kostete, so unkonzentriert, wie er jetzt am Käse herumsäbelte und sich dabei fast in den Finger schnitt.

Mehr als ein erneutes Schulterzucken konnte sich Emma aber dazu nicht abringen, was Paul registrierte.

»Ich schätze, er ist ganz schön in dich verliebt«, sagte er.

»Ja …«, gestand sie und klang dabei alles andere als glücklich. »Aber ich hab das Gefühl, dass es auf Dauer nicht gutgehen kann.« Emma fragte sich, warum sie ausgerechnet mit Paul über ihre Gefühle sprach. Vermutlich, weil er sich merkwürdig vertraut anfühlte. Das hatte sie früher auch schon gemacht, und immer hatte er ihr mit Rat und Tat zur Seite gestanden.

»Denkst du, dass er zu jung für dich ist?«, fragte er mit nachdenklicher Miene.

»Nein, aber ich merke einfach, dass der Altersunterschied mich stresst.«

»Stresst?«, fragte er.

»Ich fange an, mich zu schminken, um einem jüngeren Mann zu gefallen, ertappe mich dabei zu kontrollieren, ob alles sitzt.«

Paul nickte und hörte aufmerksam zu.

»David überlegt, den Hof an Georg zu verkaufen. Ich müsste mich schnell entscheiden, weil auch seine Lebensplanung davon abhängt. Das ist total stressig. Aber es ist auch das Leben auf dem Hof, das mich verunsichert. Ich könnte nicht dort leben und nichts tun.«

»Verlangt er das denn von dir?«

»Natürlich nicht, aber ich spüre, dass er es sich wünscht. David erwartet aber noch irgendetwas anderes von mir, nur weiß ich noch nicht, was es ist. Ich weiß nur, dass ich es ihm wahrscheinlich nicht geben kann. – Hältst du mich jetzt für völlig verrückt? Gott, was musst du nur von einer Frau halten, die sich mit einem jüngeren Mann …« Um ein Haar wäre ihr herausgerutscht, dass sie sich »mit ihm eingelassen hatte«. Bei aller Vertrautheit hätte dies Paul sicher verletzt, und Emma hoffte inständig, dass Nora ihm nichts davon erzählt hatte.

»So schlimm ist das nun auch wieder nicht.«

Dass Paul schmunzelnd darüber hinwegging, war wieder eine Seite, die sie an ihm noch nicht so häufig erlebt hatte.

»Und Georg? Wirst du dich von ihm scheiden lassen?«

»Es wäre vermutlich das Beste.«

»Wäre?«

Emma nickte. »Du hast ihn ja auf dem Rosenfest erlebt. Wie ausgewechselt«, sagte sie.

»Emma. Dieses Hin und Her ist nicht normal und …« Paul schien sich erst mit einem tiefen Atemzug Mut machen zu müssen, um fortzufahren. »Ich glaube einfach, dass er dir nicht guttut.«

»Da bist du nicht der Einzige«, gestand sie ihm.

»Warum denkst du dann überhaupt noch darüber nach?«

»Ich weiß es nicht. Er ist mein Mann. Manchmal denke ich, dass er irgendwann ruhiger wird.«

»Ist er jemals ruhiger geworden?«, fragte Paul und blickte sie sehr ernst dabei an.

»Nein, eher im Gegenteil.«

»Das ist nicht gut. Eine Partnerschaft sollte einen nicht belasten, sondern Kraft geben. Sie darf einen nicht stressen oder anstrengen. ›Un amour sans effort.‹ Manche Dinge kann man auf Französisch viel besser auf den Punkt bringen«, sagte Paul.

Eine Liebe, für die man sich nicht anstrengen musste, die einfach da war, ohne dass man sie hinterfragen oder um sie kämpfen müsste. Paul hatte recht, aber war so eine Liebe nicht eine Illusion? Sie hatte weiß Gott lange genug um Georgs Liebe gekämpft. Aber durfte man jemanden, der offenkundig massive Probleme mit sich selbst hatte, einfach so aufgeben? War das nicht Weglaufen? Sie war noch nie vor einem Problem weggelaufen. Und was, wenn er sich tatsächlich eines Tages ändern würde? Mit ihrer Hilfe?

»Mein Leben mit Georg war in den ersten Jahren gar nicht so schlecht. Gerade in der Zeit, in der Lilly zur Welt kam. Doch dann wurde es immer anstrengender ... Ja, dieser ganze Stress«, sagte sie fast mechanisch und bemerkte, dass sie diese Leier, seine Leier, selbst schon nicht mehr hören konnte.

»Kann es sein, dass du gerade versuchst, sein Verhalten zu rechtfertigen?«

Natürlich tat sie das. Das war es ja, was sie so ärgerte. »Das Thema ist durch«, entschied sie schließlich.

Paul schien ihr dies noch nicht so ganz zu glauben.

»Nein, wirklich. Aber ich habe auch Verantwortung, für Lilly ... für die Firma ... Georg und ich, wir hängen da ja gemeinsam drin.«

Emma merkte, dass sie immer hektischer am Baguette zupfte und zunehmend unruhiger wurde. Das Thema wühlte sie ordentlich auf.

»Emma. Du trägst auch eine Verantwortung für dich selbst«, sagte Paul nun in aller Ernsthaftigkeit. »Und was das Finanzielle betrifft – ich leihe Lilly das Geld für ihre Ausbildung gerne.«

Mittlerweile hatte Emma das Baguette fast völlig zerlegt. »Du trägst auch Verantwortung für dich selbst!« Dieser Satz brannte sich buchstäblich in sie ein.

Was um alles in der Welt hatte Georg bei ihnen auf dem Hof zu suchen? Seine Stimme war klar und deutlich durch das offene Fenster ihres Ateliers zu vernehmen. Die Frage beschäftigte Nora gerade mehr als die Auswahl des richtigen Blautons, mit dem sie den Himmel über einem bereits fertiggestellten Lavendelfeld nuancenreich ausarbeiten wollte. Nora legte ihren farbgetränkten Pinsel und die blauverschmierte Palette zur Seite und ging zum Fenster. Erst jetzt bemerkte sie Irina, die anscheinend noch einen letzten Blick auf das Gelände warf und dabei einen ziemlich begeisterten Eindruck machte. Irinas Mann und David gesellten sich zu ihr, und dann folgte ein Händeschütteln, das nach einem Deal aussah. Was ging hier vor? War der Verkauf perfekt? Alles, bloß das nicht. Wozu hatte sie gerade erst ihr Atelier hierherverlegt? Wenn Georg das Grundstück kaufen würde, stünde hier bestimmt bald kein Stein mehr auf dem anderen. Die Russen würden sie mit Sicherheit nicht als Untermieterin dulden. Doch so, wie es aussah, gab es nichts mehr zu besprechen. Das russische Paar stieg in den Wagen und fuhr davon. Georg und David nahmen auf der Terrasse Platz, und so ernst, wie ihre Mienen aus der Distanz wirkten, besprachen sie nun sicher die Einzelheiten. Durch das offene Küchenfenster könnte sie die beiden sicher belauschen. Gesagt, getan! Nur ein paar Schritte waren es bis dorthin. Immerhin ging es auch um ihre Zukunft, was einen Lauschangriff zumindest moralisch rechtfertigte.

»Zwei Millionen, das ist eine Menge Geld. An deiner Stelle würde ich nicht mehr lange überlegen«, hörte Nora Georg sagen. Jetzt duzten sie sich auch schon.

David antwortete nicht sofort, was Nora ein wenig erleichterte. Das letzte Wort war anscheinend noch nicht gesprochen, aber Georg ließ nicht locker.

»Überleg mal, was du mit dem Geld alles machen kannst. Eine schöne Wohnung in Paris, die kostet. Da bleibt aber immer noch genug Kapital, um deine Firma aufzubauen.«

Wieder reagierte David nicht sofort. Er schien es sich nicht leichtzumachen. Nora stellte sich etwas näher ans Fenster und sah, dass David in der Tat recht nachdenklich wirkte.

»Ich kann das nicht sofort entscheiden«, sagte er dann doch. »Ich möchte vorher noch einmal mit Emma sprechen.«

Gott sei Dank war er nicht aus demselben Holz geschnitzt wie dieser Egomane, der ihm gegenübersaß. Schon dreist genug, dass Georg die Frechheit besaß, in Emmas Abwesenheit hier aufzukreuzen und den Russen das Anwesen zu zeigen.

»Seien wir doch mal ehrlich. Du und Emma? Das ist nicht dein Ernst, oder? Ja, sie ist ein bisschen verliebt, aber …«

Diesmal brauchte David nicht so lange, um zu antworten. Er fiel Georg sogar ins Wort. »Was weißt du schon über uns oder was in Emma vorgeht? Nach dem, was ich mitbekommen habe, war Emma an deiner Seite nicht sonderlich glücklich«, sagte David in scharfem Tonfall.

Nora war gespannt, was Georg darauf zu sagen hatte. Zunächst einmal gar nichts. Schön! Davids direkte Art hatte seine Wirkung also nicht verfehlt.

»Ich hatte eine sehr schwierige Zeit …«, stammelte Georg nun doch.

Georg kam wieder mit der alten Leier: Arbeit, Stress, Sorgen. Er war ja nie schuld. Es waren immer die anderen. Wie bequem es doch war, sich immer mit äußeren Faktoren herausreden zu können, nur um sich selbst nicht in Frage stellen zu müssen. Andererseits verständlich. Wer hat schon Lust, zu erkennen, was man für eine jämmerliche Gestalt ist.

»Ich glaube, dass Emma und ich noch eine Chance haben. Mensch, David, wir sind seit über zwanzig Jahren verheiratet. Da gibt's immer wieder mal Knatsch. Das ist normal. Außerdem ist Emma eine vernünftige Frau. Sie wirft doch nicht alles weg, was wir uns gemeinsam aufgebaut haben, um fortan auf dem Land in der Provence zu leben und mit Düften herumzuexperimentieren. Emma braucht eine Herausforderung. Sie leitet mit mir zusammen unsere Firma.«

David schwieg. Ein äußerst schlechtes Zeichen. Es schien in ihm zu arbeiten, und wie es aussah, fraß er Georg nun aus der Hand.

Georg hätte Priester werden sollen, dachte Nora, so geschickt wickelte er David um den Finger. Doch damit nicht genug.

»Könntest du mich zum Bahnhof fahren? Ich möchte Emma gerne den Wagen dalassen.«

David sah ihn erstaunt an, nickte aber. Wenn Georg ihr den Wagen daließ, konnte dies nur bedeuten, dass er fest an den Deal glaubte. Eine weitere Suche nach Grundstücken schien für ihn nun hinfällig zu sein.

Was für ein perfides Aas Georg doch war! Nora schüttelte den Kopf und zog sich wieder in ihr Atelier zurück. Hoffentlich blieb ihre Freundin standhaft.

Kapitel 14

Am liebsten hätte Emma noch den Sonnenuntergang über Pauls Weingut mitgenommen. Etwas Abstand von ihrem aktuellen Gefühlschaos gefunden zu haben war einer der positiven Aspekte dieses Tages – neben Deschamps' überwältigender Resonanz auf ihre Duftkreation.

Die Landstraße statt der Autobahn zu nehmen und durch die Kräuter- und Blütenpracht der Provence zu fahren war richtig gewesen. Paul hatte sich als grandioser Reiseführer erwiesen und wusste von jedem Ort, durch den sie gefahren waren, eine kleine Geschichte zu erzählen, die er von seiner Kundschaft oder den Lieferanten aufgeschnappt hatte. Besser konnte der Tag nicht ausklingen. Urlaub vom Urlaub, wobei man ihren bisherigen Frankreichaufenthalt beileibe nicht als Urlaub bezeichnen konnte. Obgleich Paul schon sehr lange hinter dem Steuer gesessen hatte, schien er immer noch topfit zu sein, als sie von ihrem Ausflug zurückkamen und Davids Hof erreichten. Galant öffnete Paul ihr die Tür seines Wagens und reichte ihr die Hand, damit sie bequemer aus dem Lieferwagen aussteigen konnte.

»Es war ein wunderschöner Tag«, sagte er, ohne seinen Blick von ihr zu wenden, was Emma etwas verunsicherte, zumal dies nicht der Paul war, den sie kannte. Hatte ihr gemeinsamer Nachmittag etwa seine Gefühle für sie verstärkt? Selbst wenn es so wäre. Es fühlte sich überraschend gut an.

»Mein erster richtiger Urlaubstag«, schwärmte sie.

»Das freut mich«, erwiderte er und wirkte nun doch etwas angespannt und verlegen, wie der »alte Paul«, den sie kannte.

»Wenn du möchtest … wir könnten das gerne wiederholen«, bot er ihr an.

»Wie lange bist du noch hier?«, fragte sie.

»Ich kann meine Termine frei einteilen«, erwiderte Paul, fast so, als sei dies bereits beschlossene Sache.

Wenn es nach ihm ginge, würden sie also mehr Zeit miteinander verbringen. Ein schöner, aber zugleich beunruhigender Gedanke. Nun war auch noch Paul mit ins Spiel gekommen. Als ob das Gefühlschaos nicht schon groß genug wäre. Sie mochte ihn, aber würde das reichen, um seinen Erwartungen zu entsprechen? Schwierig zu beantworten, wenn man die eigenen Erwartungen nicht mehr einzuschätzen wusste. Abstand! Nur Abstand würde sie aus diesem zunehmend komplizierter werdenden Dilemma retten können. Seitdem sie in Frankreich war, schienen ihr keine fünf Minuten Ruhe vergönnt zu sein, sah man von der Zeit, die sie im Duftkabinett von Davids Großvater verbracht hatte, einmal ab.

»Ich ruf dich an, okay?«, sagte sie.

Paul nickte nur, schien zu spüren, dass er sie jetzt nicht weiter bedrängen durfte. Ihn in den Wagen einsteigen zu sehen war wie ein Abschied, zumindest hinterließ dieser Moment bei Emma ein starkes Gefühl der Melancholie. Vermisste sie ihn etwa schon jetzt?

Und schon wieder war ihr keine Verschnaufpause vergönnt, um sich zu fangen oder in Ruhe in sich hineinzu-horchen. Schon kam David aus dem Haus und sah Pauls Wagen nach, der in Richtung Landstraße abbog.

»Und, wie war's?«, fragte er und stellte sich mit ver-schränkten Armen neben sie. Wahrscheinlich hatte er sie schon eine ganze Weile beobachtet.

»Es lief gut. Erstaunlich gut. Monsieur Deschamps hat angebissen.«

»Schön für dich.«

Zum ersten Mal spürte Emma einen Hauch von Kälte in Davids Stimme. Er hätte sich genauso gut mit ihr darüber freuen können. Schließlich ging es um das Werk seines Großvaters, das sie lediglich veredelt hatte. Allein schon dieser Ansatz von Gleichgültigkeit genügte, um sie wütend werden zu lassen. »Das ist sogar sehr schön«, sagte sie ge-reizt, »und stell dir vor, ich kann mich immer noch darüber freuen.« Wie gut das tat, einfach mal rauszulassen, was sie gerade belastete.

»Tut mir leid. Heute war einfach ein Scheißtag«, erwi-derte er.

So kraftlos, wie David sich auf die Bank vor seinem Haus plumpsen ließ, musste ja weiß Gott was passiert sein.

»Georg war hier«, erklärte er.

Georg! Immer wieder Georg. Sofort hatte Emma das alt-vertraute ungute Gefühl in der Magengegend. »Was wollte er?«, fragte sie.

»Wir haben über das Grundstück gesprochen. Die bei-den Russen waren auch da.«

»Und, was ist dabei herausgekommen?«

»Sie bieten zwei Millionen.«

Nun musste sich Emma auch erst mal setzen. Sofort hatte sie wieder im Ohr, was Nora über Georg gesagt hatte. Er wusste, wie man Menschen kauft, und so betreten, wie David gerade schaute, hatte er ihn bereits auf seiner Seite.

»Ich weiß nicht, was ich tun soll«, sagte er.

»David. Ich kann dir diese Entscheidung nicht abnehmen«, erwiderte sie so sachlich sie nur konnte.

»Sie hängt aber nicht allein von mir ab, verdammt noch mal!«, fluchte er.

Wieder eine neue Facette an ihm. So richtig wütend, und vor allem wütend auf sich selbst, hatte sie ihn noch nie erlebt. Er stand auf, holte tief Luft und rang für einen Augenblick nach Worten.

»Wenn du hierbleibst, bei mir … Ich würde nicht verkaufen«, sagte er dann und suchte ihren Blick.

»Ich weiß genauso wenig wie du, was richtig oder falsch ist. Meine Güte! So etwas kann ich nicht ad hoc entscheiden.«

»Das klingt nach einer Ausrede.«

»Nein, es ist so«, sagte Emma.

»Kannst du nicht einfach nur auf dein Herz hören?«, fragte er und sah ihr dabei eindringlich in die Augen. »Hör einfach zu, was es dir sagt«, fuhr er mit sanfter Stimme fort.

Wenn das so einfach wäre. Georg tauchte hier auf und setzte alle unter Druck. Emma fragte sich momentan, auf wen sie wütender war, auf Georg, auf David oder auf sich selbst. Ein Leben miteinander zu teilen war nicht nur eine Angelegenheit des Herzens. Es ging um mehr. Den Alltag teilen, gemeinsame Wertvorstellungen, Ansichten über das Leben, die Bereitschaft, gemeinsam zu wachsen, Verantwortung für den anderen zu übernehmen. Es gab so vieles jenseits von Leidenschaft und einem körperlichen Verlangen, das über kurz oder lang sowieso einschlafen würde. Das hatte auch viel mit dem Kopf zu tun. Auch Pauls Rede von der »amour sans effort« hing ihr noch nach. Müsste sie sich nicht verdammt anstrengen, um einem jüngeren Mann auf Dauer gerecht zu werden? David konnte sich aufgrund ihres Schweigens nun sicher denken, dass sie nicht nur der Stimme ihres Herzens zu folgen bereit war. Er stand auf, machte auf dem Absatz kehrt und ging mit hängenden Schultern zurück ins Haus. Hatte sie jetzt mit einem Schlag alles kaputtgemacht? Nora hatte ihr nicht zu Unrecht vorgeworfen, dass sie sich viel zu oft von ihrem Verstand leiten ließ. Und wennschon. Es war ihr Leben, und hatte Paul nicht gesagt, dass sie auch dafür verantwortlich sei?

Feierabend! Nora trat ein paar Schritte von ihrer Staffelei zurück und betrachtete ihr Landschaftsbild, dessen Himmel mittlerweile nicht nur facettenreich in verschiedenen Blautönen schimmerte, sondern auch noch mit herrlich kitschigen Wattewölkchen aufwarten konnte. Schön, aber ein bisschen zu schön, um wahr zu sein. Anfängerbild! Die meisten fingen mit Kohleporträts und Landschaften an. Heutzutage konnte jeder nach auf Leinwand aufgedruckten Zahlen malen und dabei recht gelungene Werke zustande bringen. Im Abstrakten lag die eigentliche Schwierigkeit, die wahre Herausforderung. Nur darin konnte ein Künstler sich ausprobieren, an eigene Grenzen stoßen und ungezügelt Kreativität, Gedanken und komplexe Zusammenhänge, sprich eine Botschaft zum Ausdruck bringen. Das hatte Nora zumindest lange Zeit gedacht. Falsch! Warum wohl hingen in den größten Museen der Welt ganze Säle voll mit Landschaftsmalereien; nicht alles war abstrakt. Sie liebte die Impressionisten. Wie oft hatte sie das kleine Monet-Museum in Paris besucht und sich manchmal sogar eine Stunde lang in den Keller gesetzt, um die berühmten Seerosengemälde zu bestaunen, die dort nahtlos über vier Wände gespannt waren und die eine unglaubliche Ruhe ausstrahlten.

Die Farbe wollte heute einfach nicht von den Fingern gehen, hatte sich darin eingefressen. Genauso hätte sich die Abneigung gegenüber diesem Bild in ihr festgesetzt, von der sie sich gar nicht erklären konnte, woher sie kam. Handwerklich perfekt, sogar mit eigener Handschrift, aber viel zu idyllisch. Das Leben war aber keine Idylle. Das Leben war grausam. Es war nicht gerecht. Warum hatte dieser Ort sie zur Heuchlerin werden lassen, die ihre eigene Kunst verriet? Je länger sie das Bild betrachtete, desto mehr hasste sie es. Es war zu romantisch, zu süß. Es lud zum Träumen ein. Es war eine Landschaft wie gemacht für Liebende und erinnerte sie an eine Zeit, in der sie genau diese Stimmung in sich trug. Was Jeff, der bezaubernde Amerikaner und ihre einzige große Liebe, jetzt wohl machte? Wer weiß, vielleicht lebte er schon gar nicht mehr. Egal! Ein Bild war nur ein Bild. Es würde sich gut verkaufen lassen. Nora beschloss, sich lieber einen ruhigen Abend zu gönnen, als weiter darüber nachzudenken. Sie kramte nach ihrem Handy, die allabendliche Routine. Während sie malte, war es aus. Nichts war schlimmer, als sich ständig aus der Konzentration reißen zu lassen. Vielleicht hatten ein paar Kunden Nachrichten hinterlassen. Offiziell hatte sie ja Urlaub, bis entschieden war, ob sie den kleinen Laden in der Stadt bekommen würde. Kaum eingeschaltet, klingelte es auch schon. Es war Lilly, die ziemlich aufgeregt klang.

»Nora, na endlich. Ich versuche schon den ganzen Nachmittag, dich zu erreichen.«

»Lilly? Was ist denn passiert?«

»Wie gut kennst du Alain?«

»Alain?« Für einen Moment musste Nora überlegen, welchen Alain Lilly eigentlich meinte. »Meinst du den Fotografen?«

»Dieser widerliche Typ.« Lilly schrie beinahe.

»Alain?«, fragte Nora nach.

»Nora, es sind heute Nacktbilder von mir im Internet aufgetaucht, und rate mal, wer sie gemacht hat?«

Das verschlug Nora erst einmal die Sprache. Alain arbeitete für eine der renommiertesten Agenturen. Das war unmöglich.

»Seit wann kennst du den denn überhaupt?«, hakte Lilly nach.

»Ich hab ihn letztes Jahr auf einer Party kennengelernt. Bei Françoise Flaubert. Lilly, ich schwöre dir, dass ihre Agentur eine der besten in ganz Frankreich ...«

»Toll! Was mach ich denn jetzt?«

»Hast du schon mit deiner Mutter darüber gesprochen?«, fragte Nora.

»Bist du verrückt? Die reißt mir den Kopf ab, und das zu Recht.« Wenn man vom Teufel sprach! Durch das Fenster des Ateliers konnte Nora sehen, dass Emma im Anmarsch war.

»Hör zu, Lilly, ich kümmere mich darum, okay?«

»Danke.«

Kaum war das Gespräch beendet, betrat Emma schon das Atelier.

»Hallo, Nora«, begrüßte sie ihre Freundin.

Ein Wunder, dass sie überhaupt noch Zeit für sie fand, überlegte Nora, so beschäftigt, wie Emma mit David und Paul war. Als sie das Handy zurück in ihre Tasche packte, musste sie daran denken, dass Lillys Anruf geradezu an Ironie grenzte. Am liebsten würde sie Emma jetzt haarklein erzählen, mit wem Lilly gerade telefoniert hatte, und dabei explizit betonen, dass dies nicht ihre Mutter gewesen war. So viel zum Thema »bei Kindern und in Erziehungsfragen nicht mitreden können, weil man selbst keine hat«. Eine unverzeihliche Bemerkung, die sich Emma auf dem Rosenfest auch hätte sparen können.

»Wie war dein Tag?«, fragte sie stattdessen unverbindlich.

»Schön. Paul war mit mir bei einem Parfümeur, bei Monsieur Deschamps. Er arbeitet für Galimard und mag meinen Duft. Das hab ich nur Paul zu verdanken. Er bemüht sich wirklich sehr um mich.«

»Ach, das ist dir auch schon aufgefallen?« Nora hatte nicht vorgehabt, schnippisch zu sein, doch Emmas jahrelange Blindheit gegenüber Pauls ehrlichen Gefühlen war einer ihrer wunden Punkte.

»Ich kann deinen Bruder einfach nicht einschätzen. Wir kennen uns jetzt schon so lange. Ich kann prima mit ihm reden – so ziemlich über alles … Wie früher, aber …«, fuhr Emma fort.

»Was aber?«

»Wir waren heute auf seinem Weingut. Paul macht mir Avancen, aber du kennst ihn doch besser … Er hat so lange allein gelebt. Vielleicht will er es nicht anders.«

Da täuschte sich ihre Freundin gewaltig. Nora würde die Hand dafür ins Feuer legen, dass Paul sich nichts sehnlicher wünschte, als mit Emma zusammen zu sein. Schon immer, aber daraus wurde ja, wie es nun den Anschein hatte, sowieso nichts. Georg war noch mit im Spiel, David, aber nicht mehr in erster Reihe. So langsam beschlich Nora das Gefühl, dass Georg auch diesmal wieder gewinnen würde.

»Georg glaubt übrigens, dass ihr wieder zusammenkommt«, sagte Nora, in der Hoffnung, etwas aus ihrer Freundin herauszukitzeln.

»Wie kommst du denn darauf?«, fragte Emma perplex.

»Ich hab rein zufällig ein Gespräch zwischen ihm und David mit angehört.«

»Glaubst du, dass er das ernst gemeint hat?«

»Meine Meinung dazu willst du sowieso nicht hören.«

Emma nickte wortlos und verstand offenbar, dass Nora keine Lust hatte, ihr erneut darzulegen, dass Georg ein Jammerlappen und der größte Fehler im Leben ihrer Freundin war.

»Wie hat er das gesagt? Meinte er es auch so?«, fragte sie schließlich.

»Er hat dir gnädigerweise sogar euren Familienwagen dagelassen. Na, wenn das mal keine Geste der Größe war«, spottete Nora.

Emma schüttelte nur den Kopf.

»Emma. Er will das Grundstück haben. Dafür würde er das Blaue vom Himmel herunterlügen.«

»Und wenn er es doch so meint? Nur mal angenommen …«

»Liebst du ihn noch?«, fragte Nora ihre Freundin direkt und ohne Umschweife.

»Nein«, erwiderte sie und wirkte dabei ausgesprochen traurig.

»Warum denkst du dann noch darüber nach?«

»Weil es im Leben nicht immer nur um Liebe geht.«

Am liebsten hätte Nora laut aufgeschrien.

»Wenn nicht um Liebe, um was geht es denn dann?«

»Ein gemeinsames Leben, Verantwortung, nicht vor Problemen davonzulaufen und – er ist Lillys Vater … Ich möchte einfach sichergehen, dass Georg nicht vielleicht doch …«

Jetzt reichte es aber! Dieser Sermon war ja nicht mehr auszuhalten.

»Was willst du dir eigentlich beweisen?«, echauffierte sich Nora. »Oder wem? Mir vielleicht, dass du eine starke Frau bist, die sogar mit einem Arschloch wie Georg leben kann? Dass du in deiner Ehe nicht versagt hast? Oder geht es dir nur um deine Scheißprinzipien? Ja, du hast dich damals für Georg entschieden, aber hat er sich jemals für dich entschieden?«

Dass Emma nun schwieg, regte Nora nur noch mehr auf.

»Du hattest doch deinen Traum von der perfekten Familie! Ziel erreicht. Bravo!«, setzte Nora nach.

Emma hatte eine großartige Tochter, nun einen jungen Lover, für den andere Frauen töten würden, und einen Mann in petto, ihren Bruder, der sie schon immer geliebt hatte. Mitleid fällt einem in so einer Situation schwer, vor allem, wenn man selbst keinen einzigen dieser Träume hatte verwirklichen können.

»Wieso verdammt noch mal lebst du nicht einfach dein Leben? Genieß deine Freiheit!«

»Ich bin nicht wie du. Ich brauche ein Nest … das Gefühl von Geborgenheit, inneren Frieden.«

Wer brauchte das nicht?

»Jetzt sag mir nur noch, dass du an Georgs Seite jemals inneren Frieden gefunden hast. Dann drehe ich durch.«

Emma schwieg. Nun betrachtete sie auch noch mit verklärtem Blick die perfekte Idylle, an der Nora den ganzen Nachmittag herumgepinselt hatte, als ob dieses Bild für genau dieses Gefühl stehen würde, von dem sie sprach.

Höchste Zeit, ihrer Freundin diese Illusion endgültig klar zu machen.

»Mir war klar, dass dir dieses Bild gefallen würde«, kommentierte sie Emmas Andacht.

»Es ist schön.«

»Nein. Es ist verlogen. Das Leben ist hässlich, aber du wolltest es ja nie sehen. Du wolltest nie sehen, was Georg für ein verdammtes Arschloch ist, noch nicht einmal jetzt. Das Leben ist beschissen, Emma. Wann wachst du endlich auf?«

Emmas Blick klebte nun förmlich an ihrer idyllischen Landschaftsmalerei, als ob sie daran Halt suchen würde.

»Ich glaube dir nicht, was du da sagst. Du bist nicht so, Nora. Jemand, für den das Leben so hässlich ist, der könnte gar kein so schönes Bild malen«, sagte sie.

Nora spürte, wie ihre Wut ins Unermessliche wuchs und der Hass auf das Gemälde weiter zunahm. Sie wollte es einfach nicht mehr sehen. Diese Lebenslüge, nach der auch sie sich gesehnt hatte, musste aus ihrem Leben verschwinden, aus diesem Raum. Sie musste zerstört werden. Es gab nichts Schönes, es gab keinen inneren Frieden, keine Liebe. Mit nur einem Handgriff riss sie das Bild von der Staffelei und zerfetzte es vor Emmas Augen, nur um ihr die Fetzen vor die Füße zu werfen.

»Flick es doch, das schöne Bild. Vielleicht wird dein Leben dann auch wieder schön«, schrie sie Emma an und rannte aus dem Atelier. Emma sollte nicht sehen, dass ihre Augen bereits feucht wurden, und kaum war sie im Freien, konnte Nora ihre Tränen nicht mehr zurückhalten. Sie weinte, weil sie so gemein zu ihrer besten Freundin war, aber auch aus Verzweiflung, einen ihrer Träume viel zu früh zu Grabe getragen zu haben.

Emma merkte, dass sie am ganzen Körper vor Aufregung zitterte. Noch immer starrte sie auf die Fetzen des schönen Gemäldes, das so viel Ruhe ausgestrahlt hatte. Es war mit so viel Liebe zum Detail gemalt. Traurig nahm sie eines der Teile an sich. Warum nur hatte Nora dieses Kunstwerk zerstört? Schon seit dem Rosenfest hatte sie sich ihr gegenüber eigenartig verhalten, reserviert, als ob irgendetwas vorgefallen wäre. Sie konnte doch nicht darüber sauer sein, dass sie sich mit ihrem Bruder so gut verstand … Oder gönnte sie es ihr etwa nicht, dass sie mit ihrer Duftkreation so gut angekommen war? Was war nur in ihre Freundin gefahren? Emma hielt es nicht mehr im Atelier aus. Sie musste Nora finden und mit ihr reden. Weit konnte sie nicht sein, doch vor dem Haus war keine Spur von ihr zu finden. Emma lief ein Stück hinunter zum Anfang des Weges, der zur Landstraße führte. Von dort hatte man einen guten Überblick über die Trampelpfade, die in das Lavendelfeld führten. Wieder keine Spur von Nora. Das Bild! Emma hatte nun wieder das Bild vor Augen. Nora musste es auf jener kleinen Anhöhe gezeichnet haben, die ganz in der Nähe von Davids Lieblingsplatz war. Dorthin ging Emma nun. Noch immer war nichts von Nora zu sehen, dafür durchdrang ihr Schluchzen die Stille der Nacht. Sie saß auf der Anhöhe unter einem Baum, die Beine ganz eng an den Körper gezogen, die Arme darumgeschlungen. Sie musste Emma sehen, reagierte aber nicht.

»Nora«, rief Emma.

Wieder keine Reaktion. Nora schniefte und wischte sich mit dem Ärmel ihrer Bluse über die Augen. Emma setzte sich schweigend zu ihr. Wenn Nora reden wollte, würde sie es sicher tun. Emma griff zaghaft nach ihrer Hand. Nora ließ es zu und schien sich dabei sichtlich zu beruhigen.

Nun sah sie Emma direkt in die Augen, für einen langen Moment, bevor sie ihren Blick wieder in die Ferne richtete und endlich anfing zu reden.

»Du hast dich doch gefragt, warum wir keinen Kontakt mehr hatten«, sagte Nora mit dünner Stimme.

»Du warst auf Reisen, und wir haben uns aus den Augen verloren. Das waren doch deine Worte«, sagte Emma.

»Bullshit«, zischte Nora, doch es klang nicht aggressiv, eher wütend, wütend auf sich selbst. Sie brauchte noch ein paar Atemzüge, um sich wieder zu fangen. Dann sprach sie weiter. »Ich war auch mal verliebt, so richtig ... Und ich hab an die große Liebe geglaubt, an etwas Solides, an den Mann fürs Leben.«

Emma traute ihren Ohren kaum. Nora? Ihre Nora, die noch vor kurzem abgestritten hatte, jemals vom großen Familienglück geträumt zu haben? Nora, die die Ehe als etwas Altbackenes und nicht mehr Zeitgemäßes ansah? »Das wusste ich nicht ...«, gestand sie.

»Ich hab es dir auch nie erzählt«, sagte Nora.

»Warum?«

Nora wirkte nun noch abwesender, so als würde sie in eine andere Zeit eintauchen. »Er hieß Jeff. Strahlend blaue Augen. Ein Amerikaner. Ich hab ihn in Burma kennengelernt. Mein Zelt ging auf unserer Tour kaputt, war eingerissen und unbrauchbar geworden. Es hat so was von geregnet, und er hat mir angeboten, bei ihm zu schlafen.« Sie lächelte kurz, offenbar in Gedanken an ihre große Liebe. »Du warst schon wieder in Deutschland, als er hierherkam. Er hat bei mir gewohnt, drei Monate. Ich war so glücklich. Ob du es mir glaubst oder nicht. Ich wollte ihn heiraten. Der Mann fürs Leben. Was für eine Farce.«

»Was ist passiert?«

»Er ist abgehauen. Was sonst? Und ich war …«

Nora brachte keinen weiteren Ton mehr heraus. Ihre Augen füllten sich wieder mit Tränen. Emma legte einen Arm um sie, zog sie nah zu sich.

»Ich war schwanger …« Nora schluchzte auf.

Emma drückte sie nun noch fester an sich.

»Und er wollte nichts von dem Mädchen wissen. Weißt du, dass ich sie auch Lilly nennen wollte? Wie deine Lilly.«

Nun wurde Nora von einem Krampf geschüttelt. Ein lange verdrängter großer Schmerz brach aus ihr heraus, und es vergingen einige Minuten, bis Nora wieder sprechen konnte.

»Ich wollte dich überraschen. Du hattest Georg geheiratet, Lilly war unterwegs und du hast mir so oft von deinem Glück geschrieben. Ich wollte dich so gerne überraschen …«

Emma ahnte, dass etwas Schreckliches passiert sein musste.

»Ich hab sie verloren, im fünften Monat … Verstehst du jetzt, warum ich es nicht mehr ertragen habe, mit dir zu telefonieren, dir zu schreiben … Es tut mir so leid, Emma. Ich hab dich all die Jahre so sehr vermisst …«

Nora warf sich in ihre Arme. Beide saßen nur da, spürten die Nähe, die Freundschaft, die auf einmal wieder die gleiche Intensität hatte wie früher, als sie sich in ihrer Studentenbude in Nizza sogar gelegentlich ein Bett geteilt hatten. Sie hatten einander wieder, nach so langer Zeit, verlorener Zeit!

Es musste schon weit nach Mitternacht sein. Emma blickte aus dem geöffneten Fenster ihres Zimmers und sah hinaus auf die Lavendelfelder, die der Mond in fahles Licht tauchte. An Schlaf war nicht zu denken. David musste schon sehr früh zu Bett gegangen sein, und Nora hatte der Ausflug in einen äußerst schmerzhaften Lebensabschnitt allem Anschein nach so erschöpft, dass sie es gerade noch zurück zum Haus geschafft hatte und sich gleich hinlegen wollte. Emma kam immer noch nicht darüber hinweg, dass ausgerechnet Nora genau wie sie selbst von einer Familie, von einem ganz normalen Leben, ja sogar einer Ehe geträumt hatte. Ihre ganzen Reisen und ihre Parolen von der großen Freiheit waren also nur Ablenkungsmanöver gewesen. Wenn man etwas nicht haben konnte, redete man es sich schlecht oder versuchte, Vorteile in dem zu sehen, was für einen selbst machbar war. Gerade Noras vermeintlich glückliches Leben, das sie ihr jahrelang vorgegaukelt hatte, war eine jener Kraftquellen gewesen, aus der sie in den letzten Tagen ihre Energie gezogen hatte. Aus dieser Lüge konnte sie nun aber keine Kraft mehr schöpfen. Und wie hatte sie Nora noch vor Tagen um ihre Freiheit beneidet. Emma ärgerte sich über die innere Stimme, die sie trotzig wie ein kleines Kind immer wieder daran erinnerte, dass sie dabei war, etwas sehr Wertvolles aufzugeben, für immer. Dass es in keiner Familie immer nur schöne Zeiten gab, war ihr ohnehin klar. Aber war nicht auch klar, dass Georgs Lebenslügen kein Fundament mehr für eine Ehe boten, für all das, woran sie am liebsten festhalten würde? Ihr altes Leben war sowieso passé. Familie? Nest? Fehlanzeige! Lilly war flügge, lebte ihr eigenes Leben, und Nora hatte sie zu Recht auf ihrem nächtlichen Spaziergang zurück zum Haus dazu ermahnt, Lilly stärker dabei zu unterstützen, anstatt ihr Steine in den Weg zu legen.

»Auch wenn du sie ihren Weg gehen lässt. Das reicht nicht. Du musst an sie glauben«, hatte sie gesagt. Noras Worte wirkten auch jetzt noch in ihr nach. Im Gegensatz zu Lilly hatte sie noch nicht einmal versucht, ihren Traum noch zu leben. Letztlich hatte sie sich tief in ihrem Inneren erhofft, dass Lilly dies für sie nachholen würde. Trotzdem konnte Emma sich nicht mit dem Gedanken anfreunden, dass ihre Tochter um jeden Preis eine Modelkarriere machen wollte. Umso mehr, als ihr Nora auch noch erzählt hatte, was passiert war. Nacktfotos! Und das Schlimmste daran war, dass Lilly nicht sie angerufen hatte, sondern Nora. Ziemlich niederschmetternd, wenn die eigene Tochter bei Problemen lieber mit einem anderen Menschen sprechen wollte. Lillys Problem ließ sich bestimmt beheben. Die Probleme anderer in den Griff zu kriegen war für Emma immer einfacher gewesen, als sich mit den eigenen auseinanderzusetzen. Gleich am nächsten Morgen wollte Emma die Sache für Lilly regeln. Mit diesem erleichternden Gedanken stellte sich dann überraschenderweise doch etwas Müdigkeit ein. Sie musste in dieser Nacht Schlaf finden, um morgen fit zu sein, für Lilly.

Françoise Flauberts Agentur lag, wie bei ihrer Reputation nicht anders zu erwarten, in einer der besseren Gegenden von Nizza. Wie oft war Emma als Studentin den Boulevard Hugo entlanggefahren. Einer der schnellsten Wege, um das Zentrum von Nizza zu durchqueren. Die Allee hatte nichts von ihrem Charme verloren. In den Gärten zu beiden Seiten wuchsen Palmen und repräsentative und gut restaurierte alte Gebäude mit hohen Fenstern verliehen dem Boulevard einen noblen Charakter. Gott sei Dank fand sie einen Parkplatz in unmittelbarer Nähe des Gebäudes. Die »Agence Flaubert« machte einen äußerst edlen Eindruck. Dafür, dass sie, wie Nora gesagt hatte, nur eine Dependance des Pariser Büros war, wirkte schon die Eingangshalle ungewöhnlich groß und beeindruckend. Sich ohne vorherigen Termin bei Flaubert ein Gespräch zu erhoffen war ziemlich gewagt, und natürlich hatte die brünette Schönheit an der Rezeption sie zunächst einmal höflich, aber bestimmt abgewiesen. Als jedoch der Name Alain Sillard fiel, schien die junge Frau hinter dem Tresen für einen Moment zu überlegen. Ein kurzer Anruf genügte, und schon durfte Emma den Aufzug benutzen, der direkt zu Flauberts Büro führte. Emma rechnete fest damit, auf eine ziemlich hochnäsige Modetussi zu treffen, auf einen Teufel, der Prada trug.

Der erste Eindruck bestätigte ihre schlimmsten Befürchtungen. Françoise Flaubert thronte hinter ihrem ausladenden antiken Schreibtisch in einem Büro, das von Auszeichnungen und Bildern von Model-Schönheiten übersät war, Gesichter, die Emma größtenteils aus der Werbung bekannt vorkamen. Madame Flaubert selbst war eine überaus attraktive Erscheinung, eine Frau mit Charisma, die Emma sofort an Catherine Deneuve erinnerte, vielleicht auch deshalb, weil sie eine ziemlich altmodische Frisur hatte, die jedoch sehr gut zu ihrem makellosen Teint und ihrem Typ passte.

»Was kann ich für Sie tun, Madame …?«, fragte Françoise Flaubert, ohne sie zu begrüßen.

»Bergmann, Emma Bergmann«, stellte sie sich daraufhin vor.

Madame Flaubert ließ erst jetzt von einem Stapel diverser Modeaufnahmen ab, die ihren gesamten Schreibtisch bedeckten.

Gut, wenn sie so beschäftigt war, konnte Emma auch gleich zur Sache kommen. »Es geht um meine Tochter«, sagte sie.

»Ist sie bei mir in der Agentur?«, fragte Flaubert überraschend interessiert.

»Nein, aber sie hat sich von einem Ihrer Fotografen ablichten lassen – nackt.«

Flaubert versteifte sich augenblicklich und verdrehte die Augen.

»Also doch! Alain ... Ich hätte ihn schon viel früher feuern sollen.«

»Er macht das also öfter? Verspricht jungen Mädchen die große Karriere und verdient dann mit Pornoseiten und diversen Seminarangeboten Geld?«

Flaubert stand auf, ging zu einer kleinen Sitzgruppe und bot Emma an, sich zu setzen.

»Leider. Mir fiel es zunächst schwer, das zu glauben. Wir arbeiten schon seit vier Jahren mit ihm, aber Ihre Tochter scheint kein Einzelfall zu sein. Das tut mir wirklich sehr leid.«

Erstaunlich, dass Flaubert sich die Angelegenheit so zu Herzen nahm.

»Ich möchte es wiedergutmachen. Wenn Sie möchten, verschaffe ich Ihrer Tochter ein paar Jobs, um den möglichen Schaden auszugleichen.«

Das überraschte Emma nun doch.

»Wie alt ist Ihre Tochter?«, wollte Françoise Flaubert wissen.

»Zweiundzwanzig.«

»Dann hat sie doch sicher schon eine langjährige Erfahrung.«

»Nein, ich fürchte nicht. Sie ist Studentin in Nizza und bildet sich ein, die große Karriere als Model zu machen. Dabei hat sie ganz andere Talente. Sie ist sprachbegabt, kann super organisieren, Menschen mobilisieren. – Aber nein, sie will Supermodel werden.«

»Ich fürchte, dafür ist sie schon etwas zu alt. Heutzutage fangen die Mädchen schon sehr viel früher an. Das Geschäft ist so schnelllebig geworden. Sie sollten ihr das ausreden.«

»Meine Worte!«

»Wissen Sie, meine Tochter ist einundzwanzig und träumt davon, in einer der Casting-Shows als Sängerin entdeckt zu werden. Dabei hat sie wirklich keine so tolle Stimme … Aber wehe, ich sage etwas dagegen. Dann herrscht Krieg.«

Offenbar lag hier eine Seelenverwandtschaft vor. Mütter schienen überall auf der Welt die gleichen Probleme zu haben.

»Und jetzt, was macht sie jetzt?«

»Wir haben uns überlegt, welche Talente sie wirklich hat. Clara hat einige Praktika gemacht und für sich herausgefunden, dass sie unglaublich gut mit Menschen umgehen kann. Sie arbeitet jetzt in einem Personalbüro.«

»Und wie haben Sie das geschafft, dass Ihre Tochter ihre Träumereien aufgegeben hat?«

»Ich habe ihr klargemacht, dass es mehr Mut erfordert, etwas im Leben, was keinen Sinn mehr hat, aufzugeben, als wie ein Fisch so lange auf dem Trockenen zu zappeln, bis einem die Luft ausgeht. Falscher Ehrgeiz. Aber den hat sie vermutlich von ihrer Mutter«, amüsierte sich Flaubert.

»Sie haben es doch zu etwas gebracht.«

»Sicher. Erfolg, Anerkennung, dafür aber zwei gescheiterte Ehen. Ich hab darum gekämpft, tägliche Kämpfe daheim – und im Büro sowieso. Die Modelbranche besteht aus Geiern und Hyänen, aber irgendwann hatte ich keine Kraft mehr. Ich hab losgelassen, mich treiben lassen. Aufgehört, etwas erzwingen zu wollen. Etwas aufzugeben, was einem nicht guttut, ist keine Niederlage.«

Madame Flauberts Worte fühlten sich wie Balsam auf Emmas Seele an. Anscheinend war sie mit ihrem Ehedebakel nicht allein. Keine Niederlage, hämmerte es in ihrem Kopf. Es war keine Niederlage! Hatte sie deshalb so lange an Georg festgehalten, um sich nicht eingestehen zu müssen, dass ihre Ehe schon seit langem eine Farce war? Woher hatte sie nur die Kraft genommen, so lange bei ihm zu bleiben? Im Nachhinein überlegte Emma, ob sie sich dafür nicht selbst für das Bundesverdienstkreuz vorschlagen sollte. So verführerisch dieser Gedanke auf den ersten Blick auch war, ein Bundesverdienstkreuz gab es nur für herausragende Leistungen, nicht für Dummheit. Und es war ziemlich dumm gewesen, sich nicht schon viel früher von ihm zu verabschieden. Emma machte sich klar, dass sie diesen Mann nicht nur aus den falschen Gründen geheiratet, sondern auch noch aus ebenso falschen Gründen viel zu lange an ihm festgehalten hatte. Liebe konnte ein Gefängnis sein, doch hatte sie sich selbst darin eingesperrt und den Schlüssel zu ihrem Verlies verlegt, in blindem Glauben an die Liebe eines Mannes, der nicht einmal sich selbst lieben konnte. Die Angst vor dem Schmerz einer Trennung, die Angst, alles, was sie sich gemeinsam aufgebaut hatten, zu verlieren, die Angst, eine Familie zu sprengen, aber auch die Angst vor dem Alleinsein – all dies hatte auch eine Rolle gespielt. Letztlich, und dies schmeckte bitter, war es aber die Angst vor dem Scheitern, die sie an ihrem Projekt »Ehe« hatte festhalten lassen, dem Projekt, aus einem »Arschloch, das er schon immer war«, wie Nora es so schön formuliert hatte, einen liebenden Mann zu machen. Bitter!

»Ist alles in Ordnung?«, fragte Flaubert etwas besorgt.

»Ja, mir kommt das alles nur so bekannt vor«, sagte Emma.

»Willkommen im Klub«, erwiderte Flaubert trocken und stand auf. »Wenn Sie möchten, kann Ihre Tochter in meiner Agentur in Paris ein Praktikum machen, um ihre Talente zu entdecken. Wenn sie erst einmal sieht, wie hart das Modelgeschäft ist und wie ihre Chancen wirklich stehen, findet sie ihren Weg.«

Wenn das kein vernünftiges Angebot war! Jetzt musste Emma es ihrer Tochter nur noch verkaufen.

»Vielen Dank.« Emma stand ebenfalls auf und reichte Françoise Flaubert die Hand. »Für alles.« Das war eine Begegnung, an die sie sicher noch lange denken würde.

Kapitel 15

Lilly kochte vor Wut auf Alain, aber noch mehr auf sich selbst. Hätte sie sich doch nur durchgelesen, was sie an Bord dieser Yacht unterschrieben hatte. Das Formular hatte ausgesehen wie immer. Die gleichen Angaben auf einem Standardvordruck, nur das Kleingedruckte, der ganze rechtliche Kram, in welchen Medien das Material ausgewertet werden durfte, hatte ein paar Ergänzungen gehabt, die ihr offensichtlich entgangen waren. Alain war sich immer noch keiner Schuld bewusst.

»Lilly. Das ist keine Schmuddelseite, sondern eine der meistbesuchten Seiten im Internet. Du wirst damit viel schneller bekannt als auf jedem anderen Portal«, hatte er noch versucht, ihr zu erklären, bevor sie wütend aufgelegt hatte. Das war's. Dieses Schwein war rechtlich auf der sicheren Seite und sie die Gelackmeierte. Am liebsten hätte sie ihre Mutter angerufen. Die hatte bestimmt einen guten Anwalt zur Hand, aber das ging ja nicht. Sie würde ausrasten, wenn sie wüsste, welche Dummheit ihre Tochter unwissentlich begangen hatte. Selbst war die Frau! Mit einer ordentlichen Portion Penetranz war es ihr gelungen, telefonisch bis zum Chef dieser dubiosen Internetseite durchzukommen. Erstaunlicherweise war ihr Gesprächspartner kein Kotzbrocken. Die Webseite schien also doch seriöser zu sein als sie erwartet hatte.

»Wenn ich es Ihnen sage. Er hat uns reingelegt. Ich hätte diese Erklärung nie unterschrieben, wenn ich gewusst hätte, was Alain damit macht«, erklärte Lilly einem Monsieur Garibaldi, der ihr versprochen hatte, die Fotos aus dem Netz zu nehmen, aber nicht dafür zu haften, falls sie bereits anderweitig eingestellt waren. Hatte ihre Drohung mit einem Anwalt, einer einstweiligen Verfügung und einem Rücktrittsrecht wegen arglistiger Täuschung also doch gegriffen. Lilly hoffte inständig, dass ihre Bilder nicht die Runde machten. Oft genug hatten ihre Kommilitonen kompromittierende Fotos von Saufgelagen oder Partys sogar bei Facebook gepostet. Einmal auf so einem Portal, schienen sie überall im Internet gleichzeitig aufzutauchen. Schon wieder das Telefon. Bestimmt Alain, der inzwischen einen Anruf von Garibaldi bekommen haben dürfte. Doch diesmal kannte sie die Nummer. Es war Nora.

»Lilly. Ich habe leider eine unangenehme Nachricht für dich. Dein Vater ist im Krankenhaus. In der Notaufnahme.«

»Was? Papa? Was ist denn passiert?«

»Das kann ich dir nicht genau sagen. Wir wissen es von seiner russischen Kundin, Irina. Sie hat bei David angerufen, und der hat es mir eben gesagt. Irgendwelche Herzprobleme. Mehr weiß ich nicht.«

Lilly erinnerte sich nicht daran, dass ihr Vater jemals Herzprobleme gehabt hätte.

»Wo liegt er?«

»Zentralkrankenhaus.«

»Weiß meine Mutter schon Bescheid?«

»Nein, ich hab sie noch nicht erreicht.«

»Danke, Nora. Ich melde mich, wenn ich Näheres weiß.«

Ihr Vater im Krankenhaus. Furchtbar, aber wer weiß, wozu es gut war. Vielleicht würden sich ihre Eltern darauf besinnen, was sie an einander hatten, insbesondere ihr Vater. Wenn es ans Eingemachte ging, wurde vielen Menschen klar, was wirklich wichtig war, zumindest war dies in Filmen immer so, meistens in den schlechten. Lilly musste dringend ihre Mutter erreichen, doch schon wieder hatte sie das gleiche Problem. Ihre Mutter ging einfach nicht ans Telefon. Wo steckte sie denn nun schon wieder?

Emma war sich sicher, dass Lilly außer sich vor Freude sein würde, wenn sie erfuhr, dass Alain so gut wie gefeuert war und sie einen Job in Paris in Aussicht hatte. Schon in den nächsten Semesterferien konnte sie in die Modewelt hineinschnuppern. Natürlich hätte sie sie auch anrufen können, doch um diese Zeit war Lilly sicher zu Hause. So eine gute Nachricht überbrachte man am besten persönlich.

Es war nur ein kurzer Weg durch die Stadt, doch um die Mittagszeit war Nizza komplett verstopft. Emma fiel ein, dass die CDs von Georg ja noch im Auto sein müssten. Tatsächlich, sie lagen im Handschuhfach. Der Eurovision-Sampler. Darauf hatte sie jetzt Lust. Einlegen und sich vom Zufallsgenerator des CD-Players überraschen lassen. Voll aufdrehen. So war der Stau am besten zu ertragen. Wow! Fetzige Nummer. Dancefloor. War das nicht der ungarische Titel von 2011? Ja, Emma erinnerte sich nun genau daran. Die Blonde im hellblauen Kleid. Das Lied hatte ihr gefallen. Jetzt fiel ihr wieder ein, dass die Ungarn eher schlecht abschnitten hatten, obwohl der Song in der Halle tosenden Beifall geerntet hatte. Selbst Georg hatte er gefallen.

Emma griff nach dem CD-Cover und suchte nach dem Namen der Interpretin. Kati Wolf hieß sie, »What about my dreams?« der Song. So eine kräftige, starke Stimme. Ein Aufschrei. Moment! Was sang sie da? Emma hatte bisher noch nie auf den englischen Text geachtet. Warum ausgerechnet jetzt? Er sprach sie an, Wort für Wort. »Ich stand immer an deiner Seite, ungeachtet des Preises, den ich dafür bezahlen musste.« Immer war sie für ihn da gewesen? Ihr ganzes Leben hatte sie nur auf ihn ausgerichtet? Emma musste sich die Passage gleich noch einmal anhören, diesmal noch bewusster, und dann den Refrain. »What about my life? What about my dreams? What about how I feel? What about my needs?«

Der Aufschrei einer Frau, die sich klarmachte, dass sie ein eigenes Leben hatte, eigene Bedürfnisse, Träume. Sie sang, dass sie nichts mehr von dem, was sie schon so lange belastete, zurückhalten konnte, nicht mehr zurück zu ihm gehen würde und frei sein musste.

»I need to be all I can be.« Eine Frau wollte all das leben, was in ihr steckte. Noch mal hören. Emma kam zu dem Schluss, dass Kati mit ihrem Liedtext ihr eigenes Leben perfekt beschrieben hatte.

Jahrelang hatte sie auf ihr eigenes Leben verzichtet, gekämpft, um die Liebe eines Mannes, der sie nicht verdient hatte. Um jeden Preis gekämpft, auf ihre Kosten, zu Lasten ihrer Seele. Dabei konnte Liebe so befreiend sein. David hatte es ihr gezeigt. Sie konnte lieben. Ihr Mann konnte es nicht. »What about my life? What about my dreams?« Emma stellte das Radio noch lauter. Gänsehaut. So ließ es sich im Stau aushalten. Um ein Haar hätte sie nicht mitbekommen, dass es bereits wieder vorwärtsging. Genug gehört. Emma drehte die Lautstärke wieder herunter und hörte nun ihr Handy, das in ihrer Handtasche steckte und ohne Unterlass klingelte.

»Ja. Hallo?«

»Mama! Papa ist im Krankenhaus. Es geht ihm nicht gut. Du musst sofort kommen.«

Georg? Angeblich hatte er Herzprobleme. Emma versprach ihrer Tochter, so schnell sie konnte dort zu sein, erschrak aber darüber, dass sie nach Lillys Anruf nicht mehr, wie es noch vor ein paar Wochen der Fall gewesen wäre, in Panik geriet.

Andere verbrachten an der Côte d'Azur herrliche Ferien, entspannten sich am Strand oder fuhren stundenlang mit dem Auto oder Fahrrädern durch die herrliche Landschaft der Provence. Alle, bis auf Emma. Auf dem Weg zum Zimmer, in dem Georg lag, stellte sie fest, dass Krankenhausbesuche wohl zu den touristischen Highlights ihres diesjährigen Südfrankreichurlaubs gehörten. Aufregung, emotionale Achterbahnfahrten, Einsichten über ihr Leben – alles inklusive. Georg und Herzprobleme? Komisch, dass er nie darüber geklagt hatte. Sicher, er war nicht mehr der Jüngste, und sein letztes EKG musste auch schon einige Jahre her sein. Er trieb keinen Sport. Letztlich konnte es jeden über fünfzig ohne Vorwarnung erwischen. Dass er nicht auf der Intensivstation lag, war schon mal ein gutes Zeichen. Merkwürdig war jedoch, dass Irina und eine ihr unbekannte äußerst attraktive Frau etwa in Irinas Alter auf dem Gang bei einer Sitzgruppe saßen und ihr einen neugierigen Blick zuwarfen, als sie auf Georgs Zimmer zusteuerte. Irina nickte Emma sogar höflich zu und schenkte ihr ein Lächeln, das ihr wohl Mut machen sollte. Suchte Irina etwa ein Gespräch mit ihr? Fast schien es so, doch erst einmal interessierte Emma, was mit Georg los war. Sie klopfte kurz an und trat ein. Lilly saß bereits bei ihm am Bett und wirkte erleichtert, sie zu sehen. Georg war weiß wie die Wand. Eine Infusionsnadel steckte in seinem Arm.

»Emma«, hauchte er mit schwacher Stimme.

»Wie geht es dir? Was ist denn passiert?«, fragte sie und ging zu ihm.

»Das Herz. Ich war in der Mittagshitze auf einem Boot. Irinas Mann hatte uns eingeladen. Mir wurde schwindlig und dann schwarz vor Augen. Irina hat mich sofort ins Krankenhaus gefahren.«

Immerhin konnte er sprechen, zwar etwas langsam, aber es schien dann wohl nicht ganz so ernst zu sein.

»Setz dich doch zu mir.« Georg klopfte mit seiner Hand auf die Bettkante. Dazu hatte sie aber keine Lust, was sowohl ihn als auch Lilly etwas irritierte.

»Was sagt der Arzt?«, fragte sie.

»Ich brauche einfach Ruhe. Zu viel Stress«, seufzte er.

Emma wunderte sich erneut darüber, wie wenig er ihr leidtat. Ganz im Gegenteil. Wie oft hatte sie das schon gehört. Stress, seine Universalausrede für alles.

»Hast du mit David über das Grundstück gesprochen?«, fragte er.

Wenn ihn jetzt schon wieder das Geschäftliche interessierte, konnte es ihm ja gar nicht so schlechtgehen. So viel zum Thema Stress.

»Frag ihn. Es ist seine Entscheidung.«

Lilly schien nun hellhörig zu werden, so, wie sie sie und ihren Vater musterte.

»Mir hat er gesagt, dass es von dir abhängt«, erwiderte Georg.

Er wollte also heraushören, ob sie bei David bleiben würde. Ging ihn das überhaupt etwas an? Und Lilly ging es im Grunde genommen auch nichts an. Sie war sicher einfühlsam genug, um die Blicke einer Mutter zu verstehen. »Kind, wir reden jetzt über Privates, das dich nichts angeht«, versuchte sie ihr ohne Worte zu sagen, und es klappte.

»Ich hol mir was zu trinken. Wollt ihr auch was?«

Emma schüttelte den Kopf, und Lilly verzog sich, was Georg offensichtlich nicht passte. Vielleicht sah er in seiner Tochter eine Verbündete. Dass Lilly an ihrem Vater hing, war klar. Am Ende hatte er sie auch noch damit geködert, ihr die Modelausbildung zu bezahlen. Es würde ihm ähnlich sehen. Egal. Hauptsache, sie waren jetzt allein.

»Ich weiß nicht, wie es mit mir und David weitergeht«, sagte sie ganz offen. Es gab schließlich nichts mehr zu verbergen.

Georg lächelte erleichtert. »Er ist ja auch viel zu jung. Das hat doch keine Perspektive.«

Selbst wenn er damit recht haben könnte, missfiel Emma die Art, wie er es sagte.

»Du hast dich in ihn verliebt, weil ich dich in letzter Zeit nicht gut behandelt habe«, fuhr Georg fort. »Okay, Lektion erteilt. Es lief ja nicht mehr so viel zwischen uns. Ich versteh das, glaub mir.«

Es war offenbar das, was Georg gern glauben wollte, entsprach aber nicht der Realität. Noch viel ärgerlicher war aber, dass er schon wieder versuchte, ihr unterschwellig die Schuld zuzuschieben und gleichzeitig Größe zu demonstrieren, indem er ihr signalisierte, er könne ihr verzeihen. Die alte Masche, die Emma jetzt aber durchschaute. Der alte Motor der Schuldgefühle sprang nicht mehr an, wie Emma zu ihrer Zufriedenheit feststellte.

»Das ist es nicht, Georg. David ist ein liebenswerter Mann. Ich hab mich verliebt, ja, aber das hatte nichts mit dir zu tun.«

»So?« Da war er wieder, der altbekannte Zynismus. Spätestens jetzt verflog der leiseste Hauch eines Zweifels. Es wurde höchste Zeit, sich aus den Fesseln ihrer Prinzipien zu befreien. Um ihre Ehe weiter zu kämpfen wäre ein aussichtsloses Unterfangen.

»Wenn du mir noch etwas bedeuten würdest, hätte ich mich nie auf David eingelassen«, sagte sie.

»Ich bedeute dir also nichts mehr?«

»Nein.« Die Leichtigkeit, mit der ihr dies über die Lippen kam, war erschreckend und befreiend zugleich.

»Du willst also alles wegwerfen?«

Georg wusste genau, auf welche Knöpfe er drücken musste, doch hinter diesen Knöpfen gab es keine Kontakte mehr. Sie waren in den letzten Jahren korrodiert, und er hatte die wenigen feinen Drähte, die sie noch miteinander verbunden hatten, selbst gekappt. Diese Leitung war tot, und dies gedachte Emma ihm ein für alle Mal klarzumachen. Hier und jetzt.

»Was werfe ich denn weg? Unser gemeinsames Leben, das schon lange nicht mehr gemeinsam war? Einen Mann, der die eigene Familie und andere nur dazu benutzt, um mit seinem geringen Selbstwertgefühl zurechtzukommen? Wie oft hast du mich fertiggemacht? Mich deinen Jähzorn spüren lassen. Mir die Schuld an allem Möglichen gegeben, nur damit du dich dabei groß fühlen konntest. Ich hab einfach keine Lust und keine Kraft mehr, um deine Liebe zu kämpfen.«

Georg brauchte offenbar eine Weile, um dies zu verdauen. Klar, schließlich hatte sie ihm das Messer genau dorthin gestoßen, wo es am meisten weh tat, was überfällig war.

»Und das fällt dir erst jetzt auf, dass ich so ein schlechter

Mensch bin?«, erwiderte er ziemlich trocken und lächelte sie dabei auch noch abfällig an.

»Das weiß ich schon lange, Georg. Aber ich weiß jetzt auch, dass du mich nie geliebt hast. Du hast mich nur benutzt, für dein beschissenes Ego.«

»Du irrst dich. Ich habe dich geliebt, Emma.«

Wieder diese verführerisch gut gespielte Aufrichtigkeit in seiner Stimme, auf die sie diesmal aber nicht mehr hereinfallen würde.

»Ja, ich weiß, *manchmal*«, zitierte sie ihn. »Und nur, wenn es *dir* in den Kram passte.«

»Ich habe dir doch nichts getan«, empörte er sich. Georg wirkte entrüstet und verzweifelt zugleich, als ob er es auch so meinte. »Nichts« war allerdings relativ. Wenn man von jahrelangen seelischen Misshandlungen absah – und nichts anderes hatte sie an seiner Seite erlebt –, hatte er ihr wirklich »nichts« getan. Diese Tour konnte er sich sparen, und wenn er eine Sprache verstand, dann war es die des Sarkasmus.

»Nein, Georg, du bist nicht schuld. Es liegt an mir. Ich bin schuld. Ich habe etwas Besseres verdient, und glaub mir, wenn ich mich auch nur noch ansatzweise dazu überwinden könnte, dich zumindest ein bisschen zu lieben, ich würde es tun. Vielleicht hatte ich einfach nur zu viel Stress. Wenn jemand das versteht, dann ja wohl du.«

Georg verstand nun endgültig, dass das Spiel aus war. Mehr war nicht zu sagen. Emma war klar, dass sie sich damit endgültig von ihm getrennt hatte, auch wenn Ort und Rahmen unpassender nicht hätten sein können. Georg realisierte jetzt, dass sie es ernst meinte. Schweigen! Wieder sein Schweigen und der starre Blick. Er versuchte nicht einmal mehr, sich zu rechtfertigen oder Besserung zu geloben.

Vermutlich dachte er jetzt bereits wieder an das Grundstück, das er von David erwerben wollte. In so einer Situation hätte ein Mann, der sie angeblich liebte, ihr sagen müssen, dass sie es noch einmal miteinander versuchen könnten, er sich bessern könne, aber dies wären aus seinem Munde sowieso nur Lippenbekenntnisse gewesen.

»Leb wohl, Georg«, sagte sie und ging zur Tür. Ihre Ehe war gescheitert. Eine Niederlage, die für Emma aber keine mehr war, sondern eine Befreiung. Die Tür hinter sich zuzuziehen und nicht mal mehr das Bedürfnis zu haben, einen letzten Blick auf ihn zu werfen, war dennoch ziemlich schmerzvoll. Seine verhärmte, starre Miene und sein Zynismus würden ihr sicherlich noch eine ganze Zeit zu schaffen machen, wie ein Gift, das sich über Jahre in ihrer Seele angesammelt hatte und nicht so schnell abzubauen war. Im Moment fühlte sie nur den Trennungsschmerz, aber sie nahm sich vor, ihn zu ertragen, mutig und aus der Hoffnung Kraft schöpfend, dass ihr Leben von nun an nur noch besser werden konnte.

Raus an die frische Luft! Emma sog sie tief ein, um den Mief von Desinfektionsmitteln loszuwerden, der ihr immer noch in der Nase lag.

Am liebsten hätte sie das Krankenhaus sofort verlassen, aber Lilly war noch nicht wieder aufgetaucht, und auch mit ihr musste sie reden. So blieb ihr nichts anderes übrig, als erst einmal hinaus auf den Balkon zu gehen, von dem aus man zumindest einen schönen Blick auf die Pinien und Palmen des Parks hatte. Im Nu ging es ihr besser. Atme! Lebe!, sagte sie sich. Die würzige Luft zu spüren fühlte sich bereits wie eine beginnende Entgiftung an. Zumindest eine Entscheidung war getroffen, aber sosehr sie sich auch bemühte, sich zusammenzureißen, der Schmerz des Endgültigen war immer noch ziemlich stark.

Dazu kamen Selbstvorwürfe, ihrem Mann ausgerechnet an seinem Krankenbett eröffnet zu haben, dass er sich zum Teufel scheren konnte. Er war geschwächt, hatte Herzprobleme. Was, wenn sie sich jetzt verschlimmern würden? Emma wusste, dass Georg sich nie hatte anmerken lassen, wenn es ihm schlechtging, und er nach außen ziemlich viel überspielen konnte. Wenn es ihm gutginge, hätten ihn die Ärzte sicher nicht hierbehalten. Emma versuchte, diesen Gedanken zu verdrängen. Auch das trotzige Nachhaken ihrer inneren Stimme, die sie fragte, ob sie die Entscheidung, sich von Georg zu trennen, nur unter Davids und Noras Einfluss getroffen hatte, versuchte sie zu ignorieren.

Im Moment fühlte sie sich stark, doch was würde passieren, wenn sie wieder zurück in Deutschland war? Eine Scheidung mit allem Drum und Dran würde ihr bevorstehen. Ein Nervenkrieg. Das Schlimmste daran war aber die Gewissheit, dass Georg sie immer noch liebte, auf seine Art. Doch eine Liebe, die nur dann bestehen könnte, wenn er sie weiterhin schlecht behandelte, die ihr nicht mehr genug gab, hatte keinen Sinn. Wahrscheinlich würde sie diesen Blick auf den Park nie im Leben vergessen.

»Emma?« Das war Irinas Stimme. Was wollte sie von ihr?

»Wenn es um geschäftliche Dinge geht, dann sprechen Sie besser mit meinem Mann darüber«, wandte Emma sich an die Russin.

»Sie täuschen sich. Es gibt nichts Geschäftliches mehr zu besprechen.«

Das überraschte Emma nun doch.

»Ich möchte mit Ihnen über Georg sprechen.«

Emma merkte, wie ihr sofort heiß wurde. Kam jetzt die Stunde der Wahrheit? Würde ihr Irina nun eröffnen, dass sie sich in Georg verliebt hatte? Mittlerweile hielt sie alles für möglich.

»Meine Schwester und ich haben auf Sie gewartet.«

Das wurde ja immer kurioser.

»Wollen wir uns setzen?«, fragte Irina. Ihr Lächeln wirkte freundlich und nicht aufgesetzt.

»Gut, setzen wir uns.«

Die Plastikstühle waren zwar alles andere als bequem, aber die Art, wie Irina sie ansah, deutete darauf hin, dass das nachfolgende Gespräch Anlass dazu geben würde, sich hinzusetzen.

»Ich war ziemlich sauer auf Sie, weil ich in Europa immer wieder diesen Vorurteilen begegne«, sagte Irina mit ihrem charmanten russischen Akzent. »Kein Wunder, dass Sie mich im Hotel als Schlampe beschimpft haben.«

»Worauf wollen Sie hinaus?«, fragte Emma.

»Die Ironie dabei ist, dass Sie über eine ziemlich gute Intuition verfügen.«

Also hatte sie doch etwas mit Georg? Warum kam Irina nicht endlich zum Punkt?

»Georg wusste, dass ich verheiratet bin, aber er hat mich trotzdem angebaggert. Zwar nicht uncharmant, aber er hat es getan. Das ist auch nicht weiter schlimm. Ich hab es als Kompliment gewertet, aber als ich Sie sah, wusste ich, dass sein Verhalten nicht in Ordnung war. Ich ging bewusst auf Abstand. Meinem Mann habe ich davon zunächst nichts gesagt, sonst hätte er schon vor Tagen keine Geschäfte mehr mit Georg gemacht.«

Emma verstand zwar nicht alles, aber es war beruhigend für sie zu wissen, dass sie recht hatte.

»Hat Ihr Mann Ihnen gesagt, warum er hier ist?«, fragte Irina und sah sie dabei neugierig an.

»Ja, wegen der Hitze auf dem Boot.«

Unvermittelt lachte Irina auf.

»Ist das so komisch? Was war denn los?«, fragte Emma nach.

Irina schüttelte ungläubig den Kopf und fuhr mit ihren Enthüllungen fort. »Vorgestern kam meine Schwester hier an. Sie ist alleinstehend. Georg hat mit ihr geflirtet. Ich hab ihr gesagt, dass er verheiratet ist. Tanjuscha ist ein verrücktes Huhn. Sie spielt gerne mit Männern, vor allem, wenn sie so plump mit ihr flirten. Und dann hat sie sich einen Spaß erlaubt ...«

Spaß? Welchen Spaß? So, wie Irina schon wieder grinste, musste Georg einen ganz schönen Bock geschossen haben.

»Sie hat ihn in ihre Kajüte bestellt. Dort sollte er nackt auf sie warten.«

Irina hatte sichtlich Mühe, ernst zu bleiben, räusperte sich aber gleich.

»Jetzt sagen Sie mir nicht, dass er so blöd war ...«

»Doch!«, stieß Irina aus. »Und wir wollten ihn dabei überraschen. Mein Mann hatte sogar schon überlegt, ihn in dieser Situation zu fotografieren.«

So herzerfrischend komisch Emma Irinas Bericht auch fand, lachen konnte sie nicht darüber. »Und was hat das jetzt mit seinem Herzen zu tun?«, fragte sie stattdessen.

»Nun ja, Georg hatte wohl vor, den Hengst zu spielen, und hat sich dabei ein bisschen zu viel Viagra eingeworfen.«

»Viagra? Woher wissen Sie das?«

»Der Arzt hat ihn danach gefragt, und ich war dabei, als er von hundertfünfzig statt fünfzig Milligramm sprach. Ich kenne mich da nicht aus, aber das scheint etwas zu hoch dosiert gewesen zu sein.«

Emma war fassungslos. Nicht dass es sie gestört hätte, wenn Georg potenzsteigernde Mittel einnahm, aber wieso hatte er sie nie zu Hause eingenommen? Wozu hatte er sie überhaupt dabei? Wer weiß, was er auf seiner letzten Geschäftsreise in St. Petersburg getrieben hatte. Kein Wunder, dass er nie ans Telefon gegangen war, mit der Ausrede, dass Ferngespräche nach Russland zu teuer seien.

»Ich bin froh, dass Sie mir das erzählt haben. Danke.«

Nun sah Irina sie ziemlich irritiert an. Verständlich, denn wer rechnet schon damit, dass eine Ehefrau nach einer derartigen Geschichte so wohlwollend reagiert?

»Ich habe mich eben von Georg getrennt. Für immer.«

Irina nickte kurz, als ob sie das sehr gut verstehen könnte. »Bestimmt die richtige Entscheidung«, fügte sie hinzu.

»Und deshalb möchte Ihr Mann keine Geschäfte mehr mit Georg machen?«, schlussfolgerte Emma.

»Igor ist kein Moralapostel. Es ist ihm nur zu kompliziert geworden. Er hat mit David gesprochen und glaubt nicht, dass er verkaufen wird.«

»Und warum denkt er das?«

»David scheint davon zu träumen, mit Ihnen auf diesem Hof alt zu werden, und wenn ich ihn richtig verstanden habe, dann sind Sie und David …«

»Ich kann Ihnen versichern, dass es nicht dazu kommen wird.« Erst jetzt wurde Emma klar, dass sie sich just in diesem Moment auch gegen David entschieden hatte. Nicht, weil er zu jung war, auch nicht, weil er kein großartiger Mann wäre, und schon gar nicht, weil ein Leben auf so einem Anwesen nicht etwas wäre, wofür manche Menschen viel geben würden.

345

Auch wenn sie noch nicht genau wusste, was es war – intuitiv fühlte sie, dass es mit David und ihr nicht gutgehen konnte. Er brauchte sie, zwar nicht als Mutterersatz, aber sie sollte auch für ihn letztlich nur eine bestimmte Funktion übernehmen, genau wie sie für Georg nur eine Funktion erfüllt hatte. Für Georg war sie die intelligente und attraktive Frau, die er vorzeigen konnte, aber auch das Opfer, um sein Selbstwertgefühl zu stärken. Und was war es bei David? Sie wusste es nicht, eines war jedoch klar. Sie wollte nicht mehr dafür geliebt werden, eine Funktion zu erfüllen, sondern um ihrer selbst willen. Alles andere war keine Liebe, sondern ein Aufopfern, für das sie sich wieder selbst aufgeben müsste. Liebe durfte kein Kampf sein.

Was hatte Paul ihr gesagt? »Un amour sans effort?« Er hatte recht.

»Sind Sie okay?«, fragte Irina.

Emma nickte, auch wenn einiges alles andere als in Ordnung war. Die Trennung von Georg hatte einen ziemlich kraftraubenden Prozess in Gang gesetzt. Ihre Gedanken waren trotzdem klar, und sie konnte ihrer inneren Stimme wieder vertrauen. Allein schon, sie wieder hören zu können, fühlte sich gut und richtig an.

»Denken Sie, dass David dann doch verkaufen wird? Mir gefällt das Grundstück sehr«, sagte Irina.

»Vielleicht sollten Sie den Gedanken nicht so schnell aufgeben.«

Nun konnte Lilly sich noch nicht einmal mehr eine Cola besorgen, ohne dass in ihrer Abwesenheit schon die nächste Katastrophe über sie hereinbrach. Mama hatte sich von Papa getrennt. Auf der einen Seite konnte sie jedes Wort von dem nachvollziehen, was ihre Mutter ihr auf ihrem

Spaziergang durch die Parkanlage des Krankenhauses und auf der Fahrt nach Hause erklärt hatte.

Sie wusste, dass ihr Vater immer wieder Aussetzer hatte und sich ihrer Mutter gegenüber mehr als nur einmal unfair verhalten hatte, auch wenn sie immer versucht hatte, das zu verdrängen. Möglicherweise war die ungute Situation zu Hause, über die ja nie geredet worden war, auch der Grund dafür gewesen, dass sie unbedingt in Frankreich studieren wollte. Auf der anderen Seite saß ihr der Schock tief in den Knochen, vor allem deshalb, weil ihr Vater tatsächlich vorgehabt hatte, fremdzugehen. Er hatte sie belogen, eiskalt. Lilly fühlte sich wie ein von allen Seiten geprügelter Hund und saß nun genauso jämmerlich auf der Couch in ihrer Wohnung, wie sie ihre Mutter nach dem Streit mit ihrem Vater erlebt hatte. Die gleiche Situation, nur war es jetzt ihre Mutter, die ihr Tee machte.

»Lilly, es wird sich alles irgendwie einspielen«, sagte Emma, als sie mit der Teekanne aus der Küche kam.

»Wo wirst du denn jetzt wohnen? Bleibst du hier?«, fragte Lilly.

Ihre Mutter setzte sich zu ihr und schenkte den Tee in die bereitgestellten Tassen.

»Ich muss erst einmal mit David reden.«

Das konnte nur bedeuten, dass sie sich gleich auch noch von ihm trennen wollte, wobei man in diesem Fall nicht von einer richtigen Trennung, sondern eher vom Ende einer Amour fou sprechen konnte.

»Es tut mir immer noch weh, das zu sagen, aber ich glaube, dass er dich tatsächlich liebt«, gestand Lilly ihrer Mutter, noch bevor sie an der Tasse mit dem dampfenden Tee nippte.

Ihre Mutter sah sie überrascht an.

»Als er mich abends nach dem Rosenfest nach Hause gefahren hat, haben wir auch über dich geredet«, erklärte Lilly weiter.

»Was hat er denn gesagt?«

»Er hat von dir geschwärmt, meinte, dass du so verlässlich bist, weißt, was du willst …«

»Und?«

»Das hat mich etwas stutzig gemacht. Mama, er ist Anfang dreißig. Das klang irgendwie so, als würde sich ein reifer Mann eine Frau nach bestimmten Kriterien suchen. Er hätte ja genauso gut sagen können, dass er dich einfach nur liebt.«

Hatte sie etwas Falsches gesagt? Warum saß ihre Mutter plötzlich wie versteinert da?

»Gut möglich, dass ich das alles missverstanden habe, aber …« Lilly überlegte. »…vielleicht hat er nur Angst, wieder verlassen zu werden und … Na ja, er hat ja mitbekommen, wie lange du es mit Papa ausgehalten hast. Vielleicht meinte er das mit verlässlich …«

Medusas Zauber ließ peu à peu nach. Es kam wieder Leben in ihre Mutter. Entspannt lehnte sie sich zurück und lächelte für einen Moment verklärt, bevor sie Lilly aus heiterem Himmel in den Arm nahm.

»Du bist ein Schatz, nein – ein Geschenk«, sagte Emma merkwürdig euphorisiert.

Die Umarmung fühlte sich gut an, sogar ziemlich gut. Auf einmal keimte wieder Hoffnung auf, dass alles nur halb so schlimm war. Ihr Vater würde sich sicher bald erholen. So, wie es aussah, und angesichts seines schon seit längerer Zeit promiskuitiven Verhaltens, war er als Single mit ein paar Golfer-Freunden im Rücken und gelegentlichen Flirts sowieso besser bedient als in einer Ehe, die ihm nicht mehr genug geben konnte, um sich »groß« zu fühlen, wie Mama dies so schön auf den Punkt gebracht hatte.

Und was Madame Flauberts Jobangebot betraf, das Praktikum in Paris, von dem ihr ihre Mutter erzählt hatte, so konnte sich Lilly erst jetzt so richtig darauf freuen. Ihre Mutter war eben auch ein Schatz. Vielleicht sollte sie ihr das auch mal sagen, aber der Moment wortloser Nähe war jetzt einfach zu schön, als dass sie ihn auch nur mit einem winzigen Mucks zerstören wollte.

Nora musste sich unbedingt ablenken. An Malen war nicht zu denken. Die Nachricht, dass Georg im Krankenhaus lag, nagte an ihr. Vor ihrem geistigen Auge sah sie ihn röchelnd im Bett liegen und Emma um Verzeihung bitten. Am Ende machte ihm seine Herzschwäche noch klar, dass er es vergessen konnte, noch mal auf die Überholspur auszuscheren, und er würde sich tatsächlich vornehmen, seine Ehe zu retten. So, wie sie Emma einschätzte, würde sie sich darauf einlassen. Nicht auszudenken und mit Sicherheit ein guter Grund, um Emma die frisch wiederbelebte Freundschaft zu kündigen. Nur, so doof konnte Emma doch gar nicht sein. Aber warum meldete sie sich nicht? Was ging im Krankenhaus vor? Apropos Freundschaft. Vor ihr lagen die Fetzen des Gemäldes, an dem Emma so gehangen hatte. Schade um das schöne Bild. Ja, es war schön gewesen, und es gab sehr wohl Momente perfekter Harmonie. Diese einzufangen war weder verwerflich, noch würde sie ihre Kunst damit verraten. Nora hob die Teile auf und ging damit zur Staffelei, an der sie das größte Stück befestigte. Ein zweites legte sie an. Es passte. Schnell benetzte sie die Rückseite des zweiten Schnipsels mit Ölfarbe, die recht klebrig war, und setzte ihn passgenau ein. Wenn sie Farbe über die Risse pinseln würde, könnte sie die Landschaft wiederherstellen. Die Rückseite ließ sich bestimmt mit Klebestreifen fixieren. Damit würde sie sich über den Abend retten, um nicht unentwegt an Emma denken zu müssen und an eventuelle Dummheiten, die diese beging. Zwei weitere Bildteile waren schnell befestigt. So ließ sich das Landschaftsbild wieder reparieren, aber erneut stellte sich bei Nora ein Gefühl der Unzufriedenheit ein, als sie das Bild betrachtete. Etwas fehlte. Die Schönheit dieser Landschaft erdrückte sie schon wieder, aber anders als an dem Abend, als sie mit Emma gestritten hatte. Es war eher ein gewisses Unbehagen. Das Bild war immer noch zu perfekt, fühlte sich deshalb nicht ehrlich an. Es fehlte ein Bruch, um diese Ehrlichkeit zu erlangen, etwas Vergängliches, wie bei einem Stillleben, das in der Regel mit mindestens einem nicht perfekten Element aufwarten konnte. Nora tauchte den Pinsel in den Farbtopf und schloss für einen Moment die Augen. Sie setzte den Pinsel an und fuhr damit über die Leinwand. Sie kannte diesen Moment purer Inspiration. Wie von Geisterhand geführt, wurden aus den wenigen Strichen die Umrisse eines Gebäudes. Eine Kapelle. Ja, das war es. Sie würde eine verwitterte Kapelle in diese Landschaft stellen. Ein Bruch, der sie daran erinnern sollte, wie vergänglich das Leben war. Nora musste unwillkürlich über diesen Gedanken schmunzeln. Wer weiß, vielleicht therapierte sie sich gerade selbst von einem Schmerz, den sie viel zu lange verdrängt hatte. Das Gotteshaus stand für viel mehr, machte sich Nora klar.

»Ich hatte schon Angst, du schmeißt es weg.«

Nora vernahm Emmas Stimme und drehte sich nach ihr um. »Nein. Du hattest recht. Es ist schön und hat seine Berechtigung«, sagte sie.

Emma nickte nur, ging zu ihr und betrachtete das, was sie hinzugefügt hatte.

»Eine Kapelle?«

Nora nickte. »Für Lilly, meine Lilly.«

Emma verstand. Gerührt fuhr sie mit ihren Händen über die wieder aneinandergefügten Teile des Gemäldes.

»Wie geht es Georg?« Nora brannte darauf zu erfahren, was los war.

»Er ist bald wieder auf den Beinen«, erwiderte Emma erfrischend lapidar.

»Und?«, hakte Nora nach.

»Er hat alle Register gezogen«, sagte Emma. Dass sich dabei ihre Gesichtszüge aufhellten, konnte nur bedeuten, dass sie endlich gegen seine Spielchen immun war.

»Liebe ist keine Einbahnstraße. Er soll sich ein anderes Nest suchen, Nähe, Geborgenheit – aber davon natürlich nur so viel, wie sein Ego verträgt.«

»Es ist also wirklich vorbei?« Nora konnte es immer noch nicht ganz glauben.

Wieder nickte Emma, und sie sah erleichtert aus.

»Mensch, Emma.« Nora hatte nur noch das Bedürfnis, ihre Freundin in die Arme zu schließen. »Ich bin stolz auf dich!«, fügte sie freudestrahlend hinzu und genoss den Moment, in Emmas Augen wieder den Ansatz jenes Leuchtens zu sehen, das sie von früher an ihr kannte. Emma lebte wieder, und diese Energie war so stark und elektrisierend, dass sie sie direkt spüren konnte, als sie ihr in die Arme sank.

Es gibt Momente im Leben, da spürt man, dass irgendetwas in der Luft liegt. Dieser Morgen fühlte sich in seiner Frische und Klarheit nach so einem Moment an, und dies lag sicher nicht an dem kurzen Spaziergang hinüber zur Destillationsanlage, in der Emma David vermutete. Diese Klarheit der Gedanken erklärte sie sich vor allem dadurch, dass ihr am Tag zuvor eine große Last von den Schultern gefallen war. Seltsam, dass man sich von einem Tag auf den anderen wie ein neuer Mensch fühlen, sich selbst fremd und zugleich vertrauter denn je vorkommen konnte. Wieder in sich selbst zu Hause sein, das beschrieb diese Vertrautheit am besten. Etwas von der Frau, die sie schon immer gewesen war, kam wieder zum Vorschein, ein fast jugendlicher Lebensmut und die Hoffnung, dass jetzt vieles besser würde. Etwas Neues zuzulassen erzeugte aber zugleich ein Gefühl der Entfremdung. Letztlich hatte Emma sich aber nur von alten Gewohnheiten verabschiedet, von einem Leben, das ihr nicht mehr guttat.

David war so damit beschäftigt, abgefüllte Fläschchen zu verladen, dass er sie zunächst nicht bemerkte. Erst als er sich zur Destillationsanlage umdrehte und sie für einen Moment fast andächtig ansah, nahm er Emma aus den Augenwinkeln war.

»Hallo, Emma.«

»Morgen, David.«

David rang sich ein Lächeln ab, wirkte aber betrübt.

»Das waren die letzten«, sagte er und ließ seinen Blick an der Anlage entlangschweifen, als ob er sich ihren Anblick einprägen wollte.

Emma ging zu ihm und spürte eine gewisse Distanz, die ihr aber nicht unangenehm war.

»Ich hab mit Irina telefoniert«, sagte er. »Ich werde verkaufen.«

Emma nickte nur und merkte, dass seine Entscheidung sie erleichterte.

»Ich hoffe, dir ist das recht«, fügte er hinzu, obwohl er ihr doch angesehen haben musste, dass dies der Fall war.

»Du wirst dein Glück in Paris finden«, sagte sie und lächelte ihn zuversichtlich an.

»Was macht dich da so sicher?«

»Ein Bauchgefühl.«

David blickte ihr in die Augen, fragend und nicht so ganz überzeugt.

»Es ist einfach nicht gut, an manchen Dingen um jeden Preis festzuhalten.«

David schien genau zu wissen, worauf sie hinauswollte.

»Ich bereue trotzdem keinen Moment mit dir«, sagte er sanft. Die alte Vertrautheit zwischen ihnen flammte für einen kurzen Moment auf, nur die Leidenschaft fehlte. Das Feuer wollte nicht mehr auflodern, und das war gut so.

»Ich glaube, wir mussten uns begegnen. Schicksalhaft. Das klingt zwar jetzt pathetisch, aber es kommt mir so vor, als hättest du mich aus einem langen Schlaf geweckt«, sagte sie.

»Ich war also dein Prinz, der dich vor dem feuerspeienden Drachen gerettet hat?«, fragte er mit seinem entwaffnenden Charme.

»In einem Märchen könnte man dies so beschreiben. Und ich habe immer noch ein schlechtes Gewissen, weil der Prinz die Prinzessin trotzdem nicht bekommen kann.«

»Ich werd's überleben«, sagte er und schmunzelte. »Zumindest weiß ich jetzt sicher, dass du mit mir hier nicht glücklich geworden wärst. Du hättest ihren Platz nie einnehmen können.«

Lilly hatte ihn also richtig eingeschätzt. Letztlich hatten sie beide füreinander eine Funktion erfüllt: die Befreiung von etwas, an dem sie viel zu lange festgehalten hatten. Das reichte aber nicht als Basis für ein ganzes Leben, schon gar nicht, wenn man eine Partnerschaft darauf gründete. Auch David hatte das erkannt, und Emma war ihm dankbar dafür.

»Lilly hat sich übrigens heute Morgen bei mir gemeldet. Ich hab ihr gesagt, dass ich nach Paris gehe«, sagte er mit deutlich aufgehellter Miene.

»Vermutlich ist sie immer noch ein bisschen in dich verliebt.«

»Nein, aber wir haben uns vorgenommen, gemeinsam umzuziehen. Lilly kann fürs Erste bei mir wohnen, zweihundert Quadratmeter mit Dachterrasse im Marais. Besser geht's nicht.«

»Das klingt nach genug Platz für ein Gästezimmer.«

»Bien sûr, Madame«, sagte er lächelnd.

Das waren gute Nachrichten. Schön, dass Lilly für den Neuanfang jemanden, den sie kannte und dem sie vertrauen konnte, an ihrer Seite hatte. Ausgerechnet in diesem versöhnlichen Moment klingelte ihr Handy. Es war Philippe Deschamps …

Emma suchte bereits seit einer halben Stunde nach der Rezeptur von Davids Großvater, mit der sie das Parfüm reproduzieren konnte. Der kleine Holztisch in Davids Duftzimmer war bereits übersät mit allen möglichen Rezepturen und Büchern. Wo hatte sie seine Aufzeichnungen nur abgelegt? In der Hektik und Aufregung darüber, dass Deschamps ihr grünes Licht gegeben hatte, konnte man ja auch nichts mehr finden.

Selbst David hatte sich nach der guten Nachricht nun aufrichtig gefreut. Für Emma – aber auch für seinen Großvater, dessen jahrelanger Tüftelei nun ein später Erfolg vergönnt war.

Emma ließ sich Deschamps' Worte noch einmal durch den Kopf gehen. Kaum vorstellbar, dass Frauen auf der ganzen Welt sich diesen Duft auflegen würden. Eine Pariser Firma wäre bereit, große Summen in die Vermarktung dieses Parfüms zu investieren. Von Paris bis London, New York, Berlin, ja selbst in Asien würde das Parfüm Einzug in Kaufhäuser und die großen Parfümketten finden. So viel Potential in diesem kleinen Fläschchen, das vor ihr stand? Emma musste einfach noch einmal daran riechen. Bedächtig öffnete sie den Flakon, tupfte mit einem Duftstreifen hinein, verrieb den Tropfen auf der Haut und gab sich dem intensiven Erlebnis hin. Sofort hatte sie David vor Augen, den Abend bei Gibier, als sie miteinander getanzt hatten, sie seinen Blick gespürt hatte. Sie erinnerte sich an ihre weichen Knie, an jenes Beben am ganzen Körper, als er sie in ihrer Liebesnacht berührt hatte. Sie konnte ihn beinahe riechen, seine Hand in ihrer spüren. Prickelnd. Der erste Moment, in dem man sich für jemanden zu interessieren beginnt, flirtet, ihn attraktiv findet und es genießt, Aufmerksamkeit zu erregen. Emma lehnte sich mit geschlossenen Augen zurück, ließ der Kopfnote Zeit zu verfliegen. Es war so schön, dieses Gefühl noch einmal zu erleben, jenen Moment, den man nicht oft im Leben spürt. Die Kopfnote wirkte wie eine Droge, doch ihre Wirkung hielt nicht lange an. Schon kam die Herznote, jener eher schwere Duft, blumig, aber nicht zu aufdringlich. Man konnte sich ihm hingeben, genau, wie sie sich David hingegeben hatte. So viel Nähe, Gefühl, Intensität, ein anhaltender Strom, in dem man geradezu ertrinken konnte. Leidenschaft pur. Immer wieder ließ sie ihre Nase über jene Stelle an ihrem Arm gleiten, die sie mit dem Duft benetzt hatte. Sie dachte erneut an David und jenen perfekten Augenblick, doch je länger sie den Duft einsog, desto deutlicher kristallisierte sich der Fond heraus. Er hatte etwas Ernüchterndes und war harmonisierend zugleich. Er löschte das Feuer, aber seine Glut wärmte sie immer noch, hüllte sie in Geborgenheit, die sie bei David aber nie finden würde. Ein Hauch von Melancholie übermannte sie. Sie hatte jenen Bruch selbst herbeigeführt und den Duft damit perfektioniert. Aber allein der Fond mit seiner Beständigkeit, seinem Versprechen, nicht so schnell zu vergehen, war das Einzige, was sie noch interessierte. Zu vergänglich waren die anderen Bestandteile, zu flüchtig trotz ihrer Intensität.

Emma stellte sich vor, wie irgendeine andere Frau sich diesen Duft auflegen würde, voller Erwartungen und Träume. Mitten in einem sterilen Einkaufszentrum in Tokio. Niemand würde die Essenz dieser Rezeptur auch nur annähernd verstehen. Er wäre ein banales Geschenk zu Weihnachten. Man würde das Parfüm zu irgendwelchen Anlässen kaufen, es schön verpacken lassen. Jede Frau, die es auftrug, würde es in die Irre führen, ihr etwas vorgaukeln, sie verführen, ihr etwas versprechen, was das Leben nicht halten konnte. Perfekte Liebe mochte auf der Haut gut riechen, doch nichts war perfekt an der Liebe. Emma wurde heiß, sie wurde immer unruhiger. Der Duft war nicht die Liebe. Niemand durfte das glauben oder fühlen. Es war *ihr* Duft, den nur sie verstehen und nachvollziehen konnte, etwas, was sie nicht mehr mit anderen teilen wollte. Ein Teil ihres Lebens, konserviert in jenem Flakon. Emma verschloss ihn wieder und stellte ihn auf das Sideboard neben der Duftorgel am Fenster. Da war sie ja, die Rezeptur. Emma zog sie hinter einem Buch auf dem Fenstersims hervor und starrte sie an. Ohne ihre Zusätze war die Rezeptur wertlos. Emma beschloss, den Duft für sich zu behalten. Er würde sie ein Leben lang daran erinnern, was es hieß, sich zu verlieben, und um wie viel wertvoller wahre Liebe war, auch wenn sie sie weder in ihrer Jugend noch in ihrer Ehe gefunden hatte.

Ihr Vater war nicht mehr der Gleiche wie noch vor ein paar Tagen. Lilly hatte ein äußerst flaues Gefühl im Bauch, als sie das Klinikgelände betrat, und es wurde schlimmer, je näher sie seinem Zimmer kam. Was sie von ihrer Mutter erfahren hatte, insbesondere, was sein Verhalten in den letzten Tagen betraf, war jenseits dessen gewesen, was sie sich in ihren kühnsten Träumen hätte vorstellen können.

Er hatte sie alle betrogen, ihnen etwas vorgespielt, aber trotzdem konnte sie ihm nicht auf ewig böse sein. Er war immer noch ihr Vater. Im Grunde genommen tat er ihr sogar leid. Wie tief musste man sinken, um sich von einer jungen Frau so auf der Nase herumtanzen zu lassen. Er hatte offenbar massive Probleme mit sich selbst, aber, und damit hatte ihre Mutter wohl recht, das war seine Sache, und weder sie noch ihre Mutter durften sie sich zu eigen machen. Trotzdem brachte sie es nicht über sich, ihn nicht aus dem Krankenhaus abzuholen. Er hatte ja noch nicht einmal frische Sachen zum Anziehen. In seinem angeschlagenen Zustand und bei der Hitze würde er sich bestimmt freuen, wenn er eine helfende Hand zur Seite hatte. Von ihrer Mutter konnte er diese nicht mehr erwarten, das hatte sie Lilly deutlich zu verstehen gegeben. So, wie er sie benutzt und vor allem belogen hatte, war selbst ein freundschaftliches Verhältnis zurzeit undenkbar.

»Lilly.« Mehr brachte ihr Vater nicht heraus, als er sie an der Türschwelle zu seinem Krankenzimmer sah.

»Ich hab dir frische Sachen geholt, aus dem Hotel.«

In seinem Bademantel und den Frotteeschläppchen sah er ziemlich verloren aus.

»Das ist lieb von dir, danke.« Mehr sagte er nicht, bevor er mit der Hose, einem frischen Hemd, Socken und Unterwäsche im Badezimmer verschwand. Wie ein Fremder, der es nicht schaffte, ihr ganz unbefangen in die Augen zu schauen. Kein Wort, dass es ihm leidtat. War er zu sehr mit sich selbst beschäftigt, um sich daran zu erinnern, dass er die eigene Tochter auch belogen hatte? Was spielte das jetzt noch für eine Rolle? Vielleicht begegneten sie sich von nun an auf einer neuen, viel sachlicheren Ebene.

»Das vergesse ich dir nicht, meine Kleine«, sagte er mit leiser Stimme.

Zumindest das schien er ehrlich zu meinen, doch wahrscheinlich war er in Gedanken schon bei der Neuordnung seines Lebens.

»Soll ich dich mit dem Taxi an deiner Wohnung absetzen? Ich muss noch in die Stadt. Ich treffe mich mit David. Er wird das Grundstück verkaufen.«

»Und wie geht's dann weiter?«, fragte Lilly. »Ihr lasst euch scheiden, nehme ich mal an.«

Ihr Vater nickte nur, ohne eine Spur von Traurigkeit.

Lilly erschrak geradezu. Am liebsten hätte sie ihm gesagt, wie dumm er doch war, den einzigen Menschen, der ihn mit all seinen Fehlern akzeptiert hatte und es bis an sein Lebensende mit ihm ausgehalten hätte – nämlich ihre Mutter –, aus seinem Leben zu vergraulen. Doch sie verkniff sich diese Bemerkung, so gefühlskalt, wie er auf sie gerade wirkte.

»Ich werde deiner Mutter vorschlagen, unser Haus zu verkaufen. Wir teilen alles fair, auch den Gewinn aus dem Bauprojekt. Und dir überweise ich das Geld für den Kurs«, sagte er auf dem Weg zum Taxistand vor dem Klinikgelände.

Papa hatte anscheinend noch gar nicht mitbekommen, dass Alain sie hatte über den Tisch ziehen wollen. Irgendwie symptomatisch. Hatte er in den letzten Jahren überhaupt etwas von ihrem Leben mitbekommen? Wenn, dann nur sehr wenig, dachte Lilly. Wie enttäuschend!

»Das brauche ich nicht mehr«, sagte sie. »Ich werde im Sommer in Paris arbeiten, in einer Agentur. Das mit dem Modeln ist nicht mehr aktuell.«

Ihr Vater nickte nur, bevor er in das Taxi stieg. Das Einzige, was Lilly ihm zugutehalten konnte, war, dass ihn die neue Lebenssituation anscheinend völlig überforderte. Jemand, der zeit seines Lebens versucht hatte, groß zu erscheinen, und jetzt jämmerlich klein am Boden lag, hatte bestimmt jede Menge mit sich selbst zu tun.

»Ich ruf dich an, Lilly. Machs' gut.«

»Du auch!« Schön, dass sie dies aus vollem Herzen sagen konnte. Ein gutes Zeichen dafür, dass zumindest ihre Seele durch die Ereignisse der letzten Tage keinen Schaden genommen hatte.

»T'est complètement dingue.«

Emma hatte aufgehört zu zählen, wie oft Nora ihr auf ihrer Fahrt in die Innenstadt vorgehalten hatte, dass sie völlig durchgeknallt sei. Nora konnte es nicht fassen, dass sie ihre Duftkreation nicht mehr vermarkten wollte. Ihr würde ein Vermögen durch die Lappen gehen.

»Wer weiß, was man damit wirklich verdient. Das meiste geht sowieso fürs Marketing drauf. Du glaubst doch nicht etwa im Ernst, dass da viel für mich zusammenkäme?«, versuchte Emma sich zu rechtfertigen.

»Du redest dir das doch jetzt ein, oder?«, fragte Nora.

Damit hatte ihre Freundin nicht ganz unrecht, allerdings hatte ihre Blitzrecherche im Internet auf Davids Computer tatsächlich ergeben, dass sie der Duft wahrscheinlich nicht zur Millionärin machen würde. Die Einzigen, die sich damit eine goldene Nase verdienen würden, waren der Konzern und die anhängigen Vertriebswege. Im Musikgeschäft war dies ja auch nicht anders.

Kaum hatten sie ihren neuen Laden in spe, eine ehemalige Schneiderei in einer Seitenstraße des Boulevard Gametta, in Begleitung eines Maklers betreten, war das Thema vom Tisch. Ihr neues gemeinsames »Projekt«, wie es Nora nannte, sofern sie die Räumlichkeiten überhaupt bekamen, erforderte all ihre Aufmerksamkeit.

»Dahinten könnte ich meine Bilder ausstellen«, schwärmte Nora und deutete auf einen Gang, der in einen kleinen Nebenraum führte.

»Ich kann Ihnen den Laden für zwei Wochen reservieren«, versicherte ihnen der Makler, ein sehr sympathischer junger Mann in flottem hellem Anzug, der überaus seriös wirkte. Emma hatte ihm erklärt, dass sie so schnell kein Geld lockermachen könnte. Mit Irina hatte sie immerhin einen Vorschuss vereinbart. Damit stand ihnen genug Eigenkapital zur Verfügung, so dass sie eine Hypothek aufnehmen könnten. Das war allemal billiger, als einen Laden zu mieten. Bis Georg einen Käufer für ihr Haus in Deutschland gefunden hatte, würden noch Monate vergehen, doch das konnte Emma nun in Ruhe abwarten.

»Da vorn kommt der Tresen hin, hier die Regale. Links die Farben, in der Mitte der Malerbedarf«, entschied ihre Freundin.

Nora war ganz in ihrem Element, und so langsam konnte

sich Emma auch vorstellen, in Noras neuem Laden auszu-
helfen.

Nun würde ihr gemeinsamer Traum aus der Studienzeit
doch noch wahr werden. Auch wenn der Laden anfangs
sicher nicht viel abwerfen würde, zum Leben reichte es
sicher.

»Hab ich dir eigentlich schon erzählt, dass Irina sich von
mir malen lassen will?«

»Etwa als Akt?«, fragte Emma, während sie die bereits
möblierte Küche inspizierte, in der sie in den Pausen an
verregneten Tagen zusammensitzen könnten.

»David hat ordentlich Werbung für mich gemacht, und
das Beste daran ist, dass sie sein Haus nicht abreißen werden.«

»Da weißt du ja mehr als ich.«

»Es wird ein Gästehaus. Irina gefällt der französische
Charme. Sie wollen es renovieren.«

»Und die Destillation?«

»Dort soll Georg ihnen das neue Haus hinstellen, mit
Pool und allem Schnickschnack.«

»Schade um den Hof und die Lavendelfelder.«

»Der bleibt, und die Felder werden von einem anderen
Lavendelbauern weiterhin gepflegt und abgeerntet.«

David hatte Nora offenbar schon alle Details gesteckt.

»Was wohl aus Georg wird?«, fragte Nora.

»Ist mir egal. Wahrscheinlich nimmt er sich eine kleine
Wohnung in München«, mutmaßte Emma.

»Brauchen Sie noch irgendwelche Unterlagen für Ihre
Bank?«, fragte der Makler. »Ich schicke Ihnen eine Mail.
Die Daten hab ich ja.« Mit einem zuversichtlichen Lächeln
verabschiedete er sich schließlich.

So weit war alles unter Dach und Fach. Hoffentlich standen ihnen keine weiteren Überraschungen mehr ins Haus. In diesem Moment betrat Paul den Laden.

»Ich fand, er sollte sich alles mal ansehen«, erklärte Nora, nachdem Emma ihr einen fragenden Blick zugeworfen hatte.

So richtig schien er sich aber nicht für die Immobilie zu interessieren. Stattdessen lud er Emma zu einem Spaziergang ein, und da sie den neuen Laden bereits ausgiebig begutachtet hatten, stimmte sie zu.

An sich hatte Emma damit gerechnet, dass sie am Strand oder zumindest in einem der Stadtparks spazieren gehen würden, aber Paul wollte ihr offenbar etwas zeigen.

»Mit dem Auto ist es bequemer«, hatte er nur gesagt.

Schön und gut, aber warum fuhren sie in eines der Wohnviertel? Auf der Fahrt hatte sie zumindest genug Zeit, um ihn auf den neuesten Stand zu bringen. Georgs Eskapaden auf der Yacht und ihre Trennung waren in nur zehn Minuten erzählt. Es fühlte sich gut an, wenn man über unangenehme Dinge, die einen noch vor Tagen belastet hatten, nun ganz nüchtern sprechen konnte.

»Und er hat sich echt ausgezogen und in der Kajüte auf Irinas Schwester gewartet?«, hatte Paul gefragt und sich köstlich amüsiert. Er hatte natürlich gut lachen, aber letztlich war Georg ja auch nichts weiter als eine Lachnummer, auch wenn Emma dies in den letzten Jahren nicht hatte sehen wollen.

Paul hielt an der Rue Vernier. Eine sehr schöne Lage mit vielen massiven Steinhäusern, die reich mit Ornamenten verziert waren. Griechische Säulen, verspielte Dachgiebel, ein kirchenkuppelähnliches Dach, die Gebäude umgeben von Laubbäumen am Straßenrand – kurzum: ein sehr sym-

pathisches Viertel, aber für einen Spaziergang eher unge-
eignet.

»Ich hab gehört, dass du eine Wohnung suchst«, sagte er,
als sie vor einem der Häuserblocks ausstiegen.

Nora hatte ihm wohl von ihrem Wunsch erzählt, am
liebsten in Nizza bleiben zu wollen, und so, wie sie Paul
kannte, hatte er bestimmt schon wieder seine Fühler ausge-
streckt. Leute kannte er ja genug.

»Vorerst kann ich bei David bleiben. Nora hat dir sicher
erzählt, dass sein Haus nur renoviert wird.«

»Ist es nicht ein bisschen weit von Grasse nach Nizza?
Täglich pendeln?«

Natürlich wäre es umständlich, aber es war ja keine Eile
geboten. Den Laden würden sie sowieso nicht so schnell
eröffnen können. Zu viel war noch zu tun, vom Anstrich
bis zum Füllen der Regale.

»Ich kenne da jemanden, der gerade hier ausgezogen ist.
Der Altbau gleich da vorn, letzter Stock, ganz oben.«

Ein Traum von einem Haus, auf das sie da gerade zu-
schlenderten, aber in dieser Lage sicherlich unbezahlbar.

»Einer deiner Kunden? Deschamps? Nein, das kann
nicht sein. Den habe ich mit meiner Absage bestimmt für
immer vergrault.«

»Ganz im Gegenteil. Er hat großen Respekt vor deiner
Entscheidung. Er hat mich sogar gefragt, ob du für ihn arbeiten möchtest.«

Das erstaunte Emma allerdings sehr. Sie versuchte es
sich damit zu erklären, dass Deschamps einfach nur ihre
Arbeit respektierte, die Qualität dieser einzigartigen Komposition.

»Möchtest du dir die Wohnung denn nicht wenigstens
mal ansehen?«

Natürlich wollte sie das. Sie konnte es kaum erwarten. So, wie es von unten aussah, musste die Wohnung sogar eine Dachterrasse haben, und eine Schräge war mit Sicherheit verglast. Unbezahlbar eben! Genauso sah es auch innen aus. Feinstes Parkett, weiße Einbauschränke, eine Schiebetür, die vom Salon zum Wohnzimmer führte. Eine Küche, die allein schon ihr Budget sprengen würde, und tatsächlich eine im Wohnbereich komplett verglaste Schräge, deren Fensterelemente sich elektrisch verschieben und ganz nach oben fahren ließen. Man saß somit, wie Paul ihr gleich vorführte, in der eigenen Wohnung unter freiem Himmel.

»Ich möchte die Höhe der Miete gar nicht wissen. Wahrscheinlich ist so eine Wohnung teurer als unser Haus in München.«

Paul zuckte nur mit den Schultern und lächelte etwas verwegen. Wieder eine neue Seite. Hatte er sie schon jemals so angesehen?

»Jetzt sag schon! Wie hoch ist die Miete?«

»Hab ich was von Miete gesagt?«

Das wurde ja immer schöner. Sicher, das Geschäft mit den Russen würde einiges einbringen, der Verkauf ihres Hauses auch. Ihre Schulden wäre sie los, und es würden noch genügend Reserven übrig bleiben, aber dieses Objekt auch noch zu kaufen lag sicherlich weit außerhalb des Möglichen. Aber zumindest träumen konnte man davon. Emma schnappte sich einen Klappstuhl, der neben einem Tisch einsam und verlassen in der ansonsten unmöblierten Wohnung stand, und setzte sich unter das zurückgefahrene Fenster. Wenigstens für einen kurzen Moment wollte sie diese Räume und die Sonne, die von oben direkt hereinschien, genießen.

»Die Wohnung ist schon verkauft«, sagte er.

»Und warum zeigst du sie mir dann überhaupt?«, fragte sie.

Paul rang sichtlich mit sich. Was war nur mit ihm los?

Endlich gab er sich einen Ruck. »Ich hab in den letzten Jahren gut verdient und bin so gut wie nie ausgegangen. So eine Wohnung ist eine gute Wertanlage, und ich hab ja noch den Hof und mein kleines Studio in Lyon …«

Emma schwirrte der Kopf. Hatte er die Wohnung etwa für sie gekauft?

»Wenn sie dir gefällt, dann bleib doch eine Weile hier. Vielleicht …« Mehr brachte Paul nun nicht mehr heraus.

»Paul. Das ist Wahnsinn. Warum tust du das alles für mich?«, fragte Emma fassungslos.

Paul brauchte eine ganze Weile, um ihre Frage zu beantworten. Sie merkte ihm an, dass er dabei war, ordentlich Anlauf zu nehmen, um über seinen eigenen Schatten zu springen.

»Weil ich möchte, dass du für den Rest deines Lebens glücklich bist«, brach es schließlich aus ihm heraus. Und so, wie er sie nun ansah, wirkte er fest entschlossen. »Das wollte ich schon immer, aber – es kam halt anders«, fügte er hinzu und zuckte die Achseln.

Sie glücklich machen zu wollen, das war aus seinem Munde bestimmt keine Floskel. Das waren die aufrichtigen Worte eines Mannes, der sie mehr liebte, als sie sich bisher hatte vorstellen können. Paul, der schüchterne Paul, der nie über seine Gefühle gesprochen hatte, von dem sie früher geglaubt hatte, dass er sich sowieso nicht für sie interessierte, der ihr nicht stark genug, nicht interessant, nicht schrill genug gewesen war. Aus diesem Paul war ein Mann geworden, der weitaus mehr Größe und seelische Kraft in sich trug als hundert Lebemänner à la Georg zusammen. Und dieser Mann kaufte auch noch eine Wohnung für sie.

Was war das nur für ein grandioser Systemwechsel. Von einem Mann, der nicht mehr von Freunden dafür kritisiert werden wollte, dass er seine Frau schlecht behandelte, weil sie nicht das tat, was er von ihr erwartete, von einem Egomanen, der fortan tun und lassen wollte, was ihm in den Sinn kam, hin zu einem Mann, der nichts weiter wollte, als dass sie glücklich war. »Un amour sans effort.« Emma merkte, dass ihre Augen feucht wurden. Diese Geste war überwältigend ... Aber war es denn realistisch? Konnte sie diese Wohnung allen Ernstes annehmen? Paul würde sich sicherlich mehr von ihr erhoffen, aber dazu war es einfach noch zu früh. Konnten aus guten Freunden Liebende werden? Es ging einfach alles viel zu schnell.

»Paul ... Ich kann dir nichts versprechen ...«, sagte sie aufrichtig und sah ihm dabei direkt in die Augen.

»Ich weiß, aber das macht nichts. Ich habe mein halbes Leben auf dich gewartet. Ich bin ja nichts anderes gewohnt«, erwiderte er. Und schon wieder erhellte dieses verwegene Schmunzeln seine Miene, das ihr immer besser an ihm gefiel.

Epilog

Um ein Haar hätte Paul sie dabei ertappt, wie sie wieder an ihrem Parfüm schnupperte. Er machte sich gerne darüber lustig, dass sie es vor allem immer dann, wenn sie nach Paris fuhren, um Lilly und David zu besuchen, aus seinem Schrein befreite.

Gut verschlossen und abgedunkelt aufbewahrt, hatte die Substanz kaum an Kraft verloren, aber an Wirkung, und das lag bestimmt daran, dass Paul das Badezimmer betrat.

»Ich hab meine Rasierklingen vergessen«, bemerkte er und hielt kurz inne. Der Duft war obwohl er sich nur für kurze Zeit im Raum hatte entfalten können, auch für normale Nasen noch deutlich wahrnehmbar.

»Du solltest es tragen. Es steht dir gut«, sagte er, schmiegte sich an sie und legte seine Arme um ihre Taille. »Sonst verkommt es noch als Raumduft fürs Badezimmer.«

Er küsste sie zärtlich auf den Hals, und dies fühlte sich mindestens so gut an wie die Momente, die sie mit David erlebt hatte.

Ganze drei Monate hatte es gedauert, bis Emma Paul zum ersten Mal hatte küssen können, ohne an ihr früheres Leben denken zu müssen. Wie schnell doch die Zeit verging. Nun waren sie schon fast ein Jahr zusammen, mühelos, stressfrei, harmonisch. Wie flott sich im Leben doch eine neue Routine einspielen konnte. Emma arbeitete wochentags in Noras Laden und gelegentlich als Beraterin für Deschamps. Er ging seinen Geschäften nach. Sie hatte Spaß daran, in Abendkursen das Geschmacksuniversum guter Weine zu entdecken. Essen gehen mit ihren und Noras Freunden, Kino, Konzerte, Kulturevents, von denen es an der Côte mehr als genug gab – all dies sorgte dafür, dass ihr bis jetzt noch keine Sekunde langweilig geworden war. Das Leben war schön, und vor allem war es ein ganz normales Leben – genau das, was sie sich letztlich immer gewünscht hatte. Wie himmlisch es doch war, für das geliebt zu werden, was man war, ohne dabei irgendwelche Erwartungen oder gar eine Funktion erfüllen zu müssen.

»Lilly ist bestimmt sauer, wenn wir zu spät kommen, und in Paris ist immer viel Verkehr«, ermahnte er sie liebevoll.

Wenn man schon zu einer Modenschau eingeladen war, die die eigene Tochter mit organisiert hatte, sollte man besser pünktlich sein. Da hatte Paul recht.

»Hat sie Georg eigentlich auch eingeladen?«, wollte Paul wissen.

»Ja, aber er hat keine Zeit.« Emma war froh darüber, ihn nicht sehen zu müssen, und an Lillys großem Tag hätte sie ihn sowieso nicht sehen wollen.

Von einer gemeinsamen früheren Freundin hatte sie erst kürzlich erfahren, dass er neuerdings in Swingerklubs herumhing und sein Glück auf Flirt- und Sex-Portalen im Internet suchte. Einer ihrer Freunde hätte ihn zusammen mit einem seiner Golf-Freunde in einem Nachtclub gesehen, betrunken, aber in den Armen zweier jüngerer Frauen. Angeblich fuhr er jetzt einen Sportwagen und hatte sich die Haare tönen lassen. Im Freundeskreis prahlte er damit, wie einfach es heutzutage sei, sich Körperfett mit Ultraschall entfernen zu lassen. Mein Gott! Jetzt machte er auch noch mit Gewalt auf jung. Gut, dass sie nicht unter diesem Wahn litt und lieber in Würde mit Paul alt werden wollte, ohne sich dabei alt zu fühlen. Wer weiß, wohin Georg sich noch verändern würde. Absturz auf Raten? Es war ihr mittlerweile egal. Und wie dreist er doch im Freundeskreis behauptet hatte, dass es wieder etwas mit ihnen hätte werden können, wenn sie nicht ausgerechnet an seinem Krankenbett mit ihm Schluss gemacht hätte – in *seinem Zustand*. Die alte Mitleidstour. Jämmerlich! Gut, dass sie von alldem erfahren hatte. Umso sicherer wusste sie nun, dass Georg nicht mehr in ihr Leben passte. Seine Welt war dunkel, ihre Welt wieder hell. Nur das zählte.

»Wer weiß, vielleicht ändert er sich«, warf Paul ein, der sehr wohl spürte, wie erleichtert sie darüber war, Georg nicht in Paris begegnen zu müssen. Nein! *Erleichtert* traf es nicht ganz. Sie wollte diesen Mann, mit dem sie wertvolle Jahre ihres Lebens vergeudet hatte, nie wiedersehen und hielt es für wahrscheinlich, dass er ihrem Wunsch, den sie unmissverständlich geäußert hatte, auch nachkommen würde. Er hatte zu viele Leichen im Keller, von denen sie wusste. Um aber ganz sicherzugehen, hatte sie sogar einer gemeinsamen Freundin gesteckt, dass sie mit seiner Schwester telefonieren würde, um ihr reinen Wein über den *erfolgreichen Architekten* einzuschenken, falls er es jemals wagen würde, ihren Lebensweg auch nur noch ein einziges Mal zu kreuzen. Denn daran würde er zerbrechen. Drastisch, aber effektiv.

»What about my life? What about my dreams? I need to be all I can be.« Das Lied hatte es auf den Punkt gebracht. Emma hatte ein Recht darauf, zumindest die ihr verbleibenden Jahre glücklich zu sein, und auch wenn Paul nicht unbedingt falsch damit lag, dass Georg sich vielleicht irgendwann ändern würde, spürte sie noch immer eine Art Ekel vor ihm, der gerade deshalb von Tag zu Tag größer geworden war, weil sie an Pauls Seite endlich erfahren durfte, wie schön es war, aufrichtig geliebt zu werden.

Emma blickte zurück zu dem Schrank, in dem sie den Duft aufbewahrte. Konnte es sein, dass sie immer wieder daran schnupperte, um diesen Ekel zu überdecken, ihn zu überwinden? Um sich an jene Befreiung zu erinnern, die ihr das Land der Düfte geschenkt hatte? Wenn ja, wäre es höchste Zeit, mit diesem Ritual zu brechen, schließlich hatte sie jetzt keinen Grund mehr dazu. Sie war es Paul schuldig, sich von Vergangenem restlos zu befreien. Zu groß und zu rein war seine Liebe zu ihr. Paul hatte es nicht verdient, dass die Frau, mit der er den Rest seines Lebens verbringen wollte, diese negativen Gefühle weiterhin in ihrem Herzen trug. Kurz entschlossen nahm Emma den Flakon heraus und tupfte einen Tropfen an jede Seite ihres Halses. Es fühlte sich erstaunlich gut an, ihn an sich zu riechen. Die Substanz trug nicht mehr die Erinnerungen an David und machte sie auch nicht mehr melancholisch. Der Duft war einfach nur schön. Paul lächelte sie an. Er schien zu begreifen, dass dies eine letzte Geste der Befreiung war. Nichts stand nun mehr zwischen ihnen. Nur noch die Zukunft zählte. Ihre gemeinsame Zukunft!

»Ich liebe dich«, sagte er, und Emma genoss das Gefühl der Gewissheit, dass dieser Mann es auch so meinte.

Sieben Fragen an Tessa Hennig

1. Die Abenteuer von Mutti, Elli und Emma begeistern inzwischen Tausende von Lesern. Was inspiriert Sie zu Ihren Geschichten?

Themen, die mich selbst beschäftigen, und Begegnungen mit Menschen. Man muss nur mit offenen Augen durchs Leben gehen und auf die innere Stimme hören. Die Geschichten sind schon da. Ich muss sie nur noch aufschreiben.

2. Oskar, der kleine Chihuahua aus *Elli gibt den Löffel ab*, war für viele Leser der heimliche Star des Romans. Stimmt es, dass er auf einem realen Vorbild basiert?

Mein kleiner »Mäusebär«, den meine Kinder auch gerne »Kampfwurst« nennen, ist in der Tat mein treuer Wegbegleiter. Er bringt mich unentwegt zum Lachen.

3. Ihre Bücher spielen immer an beliebten Urlaubsorten. Was sind Ihre Lieblingsreiseziele?

Früher waren es die USA und Südostasien. Heute sind es eher europäische Metropolen und Spanien. Aber zur Tiefenregeneration gibt's nur eins: »künstliches Koma« in den Dünen von Maspalomas auf Gran Canaria – »Tessa steigt aus«.

4. Wo schreiben Sie am liebsten?

An einem der Münchner Badeseen, inmitten einer Clique aus Rentnern und Freiberuflern.

5. Was tun Sie am liebsten, wenn Sie nicht gerade schreiben?

In der Sonne lesen, Spanisch lernen, Ausflüge mit der Familie und natürlich verreisen.

6. Haben Sie ein Lebensmotto?

Für das Schöne im Leben dankbar zu sein und Liebe zu schenken sind die Schlüssel zum Glück.

7. Was ist Ihnen beim Schreiben besonders wichtig?

Meine Leser zu unterhalten, aber ihnen dabei auch Gedanken zu bestimmten Themenbereichen mit auf den Weg zu geben. Zum Beispiel: den Mut zu haben, sein Leben auch im Alter noch mal radikal zu ändern wie bei Elli *oder darüber nachzudenken, ob man vielleicht aus den falschen Gründen zu lange an etwas festhält wie bei* Emma.

Meine Schwester, das Erbe und andere Katastrophen

Tessa Hennig

Elli gibt den Löffel ab

Roman

ISBN 978-3-548-61049-8

Ein Brief aus Italien stellt Ellis Leben völlig auf den Kopf: Die liebenswerte 60-Jährige hat eine kleine Pension auf der Ferieninsel Capri geerbt. Als ihr museumsreifer VW-Käfer auf dem Weg in den Süden schlappmacht, bekommt sie ausgerechnet Hilfe von Aussteiger Heinz, der Elli in seinem Wohnmobil nach Capri bringt. Aber dort wartet eine unangenehme Überraschung auf sie: Ellis ältere Schwester Dorothea.

List

[...]

Gott sei Dank kein Verkehr! Elli hatte sich mit Google-Maps ausgerechnet, dass sie in neun Stunden in Neapel sein konnte, doch allein bis Innsbruck hatte sie wegen eines Unfalls im zähflüssigen Verkehr schon zweieinhalb Stunden gebraucht. Immerhin war der lahme Käfer dabei nicht weiter aufgefallen. Alles unter neunzig Stundenkilometern ließ sich mit dem knallroten Gefährt, dessen Stoßstange trotz Garagenhaltung im Laufe der Jahre einige Rostflecken abbekommen hatte, prima machen.

Als Elli nun endlich freie Fahrt hatte und ordentlich auf die Tube drücken konnte, wurde aus dem rhythmischen Tuckern, an das sie sich in den letzten Jahren gewöhnt hatte, ein lautes Röhren mit gelegentlichen ächzenden Protestlauten, die ihr sogleich ein Stoßgebet entlockten, da sie die Grenze gern lebend erreichen wollte. Noch vor dem Durchtreten des Gaspedals hatte Drupis »Piccola e fragile«, das aus der ebenfalls in die Jahre gekommenen Stereoanlage dröhnte, wie ein Lobgesang auf ihr kleines, zerbrechlich erscheinendes Markenzeichen des deutschen Wirtschaftswunders gewirkt. Bei über hundert Stundenkilometern war aufgrund der hohen Dezibelwerte so gut wie nichts mehr zu hören.

Mist! Kopfschmerztabletten zu Hause vergessen. Bei diesem Höllenlärm, noch dazu in einem Wagen, der keine Klimaanlage hatte, war sie trotz ihres luftigen Sommerkleides der inzwischen schon recht starken Frühlingssonne hilflos ausgeliefert. Nach nur etwa zwei Stunden Schlaf, Konsequenz der Kofferpackorgie und der schier endlosen Gedankenschleifen, die um Capri gekreist waren, war es

— LESEPROBE —

sowieso kein Vergnügen, eine derart lange Autofahrt anzutreten. Dennoch freute Elli sich auf Italien. Zu viele gute Erinnerungen hingen daran.

Zwar hatte sie gemeinsam mit Josef schon die halbe Welt gesehen, doch vermutlich hinterließ die erste große Liebe die nachhaltigsten Spuren. Nur so konnte sie sich erklären, warum der Strom deutscher Touristen, die in den Ferien wie die Lemminge nach Italien pilgerten – zumeist auch noch an denselben Ort und trotz eindeutig überhöhter Preise –, einfach nicht abreißen wollte. Dabei gab es rein objektiv betrachtet schönere Plätze, malerischere Landschaften, idyllischere Urlaubsoasen.

Sofort fielen ihr die tiefen Schluchten des Grand Canyons ein, die sie auf einer Ballonfahrt in Josefs Begleitung hatte erleben dürfen. Einfach atemberaubend. Wie sehr hatte Elli die dreiwöchige Canyon-Rundreise durch Nevada, Utah, Colorado und Montana beeindruckt. Unberührte Natur, befreiende Stille, klare Luft. Dazu Josef mit Cowboyhut wie der Marlboro-Mann – zumindest wenn man sich seinen Bierbauch wegdachte. Trotzdem schlug Ellis Herz höher, wenn sie an die kitschig-verträumte Landschaft der Toskana oder an die Fischer im Hafen von Capri dachte. Erfreulicherweise setzte sich nun die kräftige Stimme von Adriano Celentano, der sie mit »Soli« beglückte, gegen die Protestlaute des Käfers durch. Bis zum Brenner war es zum Glück nicht mehr weit. Der liebe Gott musste ihr Stoßgebet erhört haben.

»Italien, ich komme!«, rief sie und trat aufs Gas.

Die Intervalle, in denen Heinz ein zaghaftes Winseln an seiner Seite vernahm, wurden immer kürzer. Langsam, aber sicher würde er nach einem geeigneten Gassi-Rastplatz

Ausschau halten müssen. Ein Blick auf die Tankanzeige unterstrich die Dringlichkeit einer Fahrtunterbrechung. In Österreich wäre das Benzin allerdings billiger gewesen. Heinz ärgerte sich darüber, dass er vor dem Brenner nicht noch einmal getankt hatte.

»Du darfst ja gleich raus«, tröstete er seinen treuen Begleiter und tätschelte ihm das kleine Köpfchen, was Oskar sogleich mit erfreutem Schwanzwedeln und Schmuseblick kommentierte.

Ein Chihuahua wusste nun mal ganz genau, wie er sein Herrchen für sich gewinnen konnte. Den Hals hinstrecken, kraulen lassen, mit diversen wohligen Fiep- und Grunzlauten Zustimmung signalisieren und für den Fall, dass es nicht reichte, sich blitzartig auf den Rücken werfen – die Hinterläufe entspannt gespreizt, die Vorderpfötchen vor der Brust, als würde er im Liegen Männchen machen. Dazu dieser verschmitzte und gerade deshalb so liebenswerte Blick. Oskar hatte weder ein Rehpinscher-Gesicht noch ein Schrumpfköpfchen. Ein richtiger Hund eben.

Oskar erinnerte Heinz zudem stets an seine Mutter, die ihm kein besseres Erbe hätte hinterlassen können. Er hätte es sowieso nicht fertiggebracht, Oskar in ein Tierheim abzuschieben. So ein kleiner Kerl fraß ja nicht viel und gab sich auch mal mit kürzeren Spaziergängen zufrieden. Der ideale Hund für seine langen Reisen, zumal ihn seine Mutter an ein Katzenklo gewöhnt hatte, das selbstverständlich zum Inventar des Wohnmobils gehörte. Einfach perfekt, und zwar nicht nur aus rein praktischen Erwägungen.

Oskar war ihm bald zu einem treuen Freund geworden, machte Heinz sich klar, als er das Fell des Hundes ordentlich durchknuddelte. Auf der einen Seite war er sehr einfühlsam und sensibel, auf der anderen Seite spielte er gerne den Chef. Nein, eigentlich war Oskar der Chef. Mit einem einzigen Augenaufschlag konnte er Steine zum Schmelzen bringen, und immer wenn Heinz sich einsam oder unwohl fühlte, schmiegte der Hund sich an seinen Bauch oder die Seite. Kaum auf der Straße oder sobald ein anderer Hund auch nur in Sichtweite kam, mutierte er allerdings zum Werwolf, ob nun Vollmond war oder nicht.

Mut und Herz – zwei Eigenschaften, die sich Heinz ebenfalls zuschrieb – machten den kleinen Kerl zu einem Seelenverwandten. Ein richtig süßer Fratz mit ausdrucksvollen, aber nicht aus den Höhlen quellenden Froschaugen, wie dies bei manch überzüchtetem Chihuahua der Fall war.

Tätschel, tätschel. Eines Tages würde er wegen Oskar noch einen Unfall bauen. Der nächste Rastplatz war in Sicht. Sogar mit Tankstelle! Blinker setzen und raus. Kaum war das Ticken des Blinkers im Führerhaus des Wohnmobils zu vernehmen, hüpfte Oskar auf die Hinterbeine, stützte sich mit den Pfoten am Fenster ab und lugte hinaus, wobei er in Propellergeschwindigkeit mit dem Schwanz wedelte. Pfoten vertreten und pinkeln waren angesagt. Die einfachen Dinge des Lebens, über die sich ein Chihuahua bis zur Ekstase freuen konnte. Wo war nur seine Geldbörse? Sicher irgendwo zwischen den Papieren im Handschuhfach. Oskars freudiges Winseln war ja kaum noch auszuhalten. Noch mal tätscheln, und dann ging alles sehr schnell.

Ein roter Käfer schoss zeitgleich mit ihm von links auf die einzige freie Tanksäule zu. Vollbremsung! Oskar segelte blitzartig vom Sitz. Das laute Gerumpel im hinteren Teil des Wohnmobils signalisierte Heinz, dass er Teile der Einrichtung später nicht mehr an ihrem Platz vorfinden würde. Eine Frau mit lockigem Haar versuchte unter größ-

~ LESEPROBE ~

ter Kraftanstrengung und ziemlich hektisch das Seitenfenster ihrer antik anmutenden Rostmühle herunterzukurbeln. Dem Äußeren nach zu urteilen würde die italienische Omi sicher gleich loswettern. »Bastardo!«, war das Mindeste, womit er rechnete. Die Alte hatte sie ja nicht mehr alle, einfach so aus dem Nichts auf die Tanksäule zuzuschießen.

»Geht's noch? Haben Sie denn keine Augen im Kopf?«, beschwerte die Fahrerin sich.

Aha, eine Deutsche also. Bodenlos! Auch auf Tankstellen gab es so etwas wie Vorfahrtsregeln. Fenster runter – natürlich vollelektrisch, was ihm ein Gefühl der Überlegenheit verlieh. Nun fing auch noch Oskar an, wütend zu kläffen. »Wer von rechts kommt, hat Vorfahrt!«

»Sie hätten mich um ein Haar gerammt«, plärrte sie.

»Es ist ja nichts passiert«, versuchte Heinz sie zu beschwichtigen.

»Das wäre ja noch schöner.« Sie schien sich einfach nicht beruhigen zu wollen.

Wie hieß es noch so schön? Der Klügere gibt nach. »Ich habs nicht eilig. Die Zapfsäule gehört Ihnen.«

»Pah!«

Typisch! Immer wollten sie das letzte Wort haben. Rückwärtsgang rein und nichts wie weg. Auf eine hysterische Deutsche hatte er jetzt wahrlich keine Lust. Offenbar hatte die Frau ihren Käfer nicht mehr ganz so gut im Griff. Er hoppelte wie ein Hase ruckartig an die Zapfsäule. Dass sie damit überhaupt noch durch den TÜV kam. Nun klemmte auch noch die Tür, die schließlich ruckartig aufflog und das Fast-Unfallopfer förmlich ausspie. Ganz schön frech von der Lady, ihm auch noch einen vorwurfsvollen Blick zuzuwerfen, als sie sich den Zapfhahn schnappte. Nach drei gescheiterten Anläufen, die den Anschein erweckten,

⸺ LESEPROBE ⸺

als würde sie mit einer ausgewachsenen Anakonda um ihr Leben kämpfen, versenkte sie den Schlauch endlich im Tank ihrer Rostmühle.

Wurden Frauen ab einem gewissen Alter automatisch so zickig? Beim zweiten Hinsehen war sie zugegebenermaßen überaus attraktiv. Quirlig, ein hübsches Gesicht.

Ein herzerweichendes Winseln riss Heinz aus seinen Gedanken. Es wurde Zeit, Oskar ein bisschen herumzuführen. Was hatte seine Mutter immer gesagt? »Erst kommt der Hund, dann der Mensch.« Er hätte diesen Satz zwar niemals unterschrieben, aber angesichts der angespannten Lage war diese Maxime bestimmt keine schlechte Idee.

Im Grunde genommen hatte dieser versiffte Typ ja recht, musste Elli sich eingestehen, als sie im Stechschritt auf den Tankstellen-Shop zuschoss. Ja, sie war von links gekommen. Die Sonne hatte sie so stark geblendet, dass sie nur noch die Umrisse der Zapfsäule vor sich gesehen und dummerweise auch noch Vollgas gegeben hatte. Man sollte beim Autofahren eben niemals versuchen, mehr als zwei Aktionen gleichzeitig auszuführen. Nach der Sonnenbrille zu suchen, zu schalten und zwischendurch in der Handtasche zu wühlen, um ihren Geldbeutel ausfindig zu machen, war angesichts ihres von Ermüdung und Hitze gepeinigten Körpers wohl ein Tick zu viel gewesen.

Immerhin hatte der unfreundliche Kerl sich vom Acker gemacht. Das Wohnmobil, im Gegensatz zum Äußeren des Fahrers in einem Topzustand, parkte auf einem der freien Parkplätze unweit der Kasse. Aha! Das kläffende Viech, das durch die Scheibe gefährlich die Zähne gefletscht hatte, entpuppte sich bei näherem Hinsehen als Liliput-Ausgabe eines Hundes. Cremefarbenes Fell und flink wie ein Wie-

‿ LESEPROBE ‿

sel. Eigentlich ganz süß, was sie von dem Herrchen nicht gerade behaupten konnte. Wie konnte sich ein Mann in seinem Alter nur derart gehen lassen? Abgewetzte Jeans, ein T-Shirt, das auch aus der Ferne ungewaschen und verknittert aussah, und dann dieser Stoppelbart und das strohblonde, ungepflegte schulterlange Haar. Vermutlich lag der letzte Friseurbesuch Jahre zurück. Nun warf er ihr auch noch ein Lächeln zu. Vermutlich ein Übriggebliebener aus den Siebzigern, der eine Joint-Pause einlegte. Der arme Hund! Mit dem Herrchen war er echt gestraft.

© Ullstein Buchverlage GmbH Berlin, 2011

LESEPROBE

Tessa Hennig
Mutti steigt aus

Roman
ISBN 978-3-548-60967-6

Maria, Elke und Sigrun sehen sich nicht auf der Warteliste für ein Altersheim. Die drei eingeschworenen Freundinnen haben ganz andere Pläne: Gran Canaria, das Rentnerparadies, wartet auf sie. Ausgerüstet mit ihrer Rente und dem Traum vom eigenen Haus setzen sie sich ins Flugzeug.
Eines haben sich die drei dabei fest vorgenommen: Männerfreie Zone! Kein Wunder, denn Maria will ihrem verstorbenen Gatten für immer treu bleiben. Elke hat vom anderen Geschlecht die Nase voll. Und für Sigrun sind die Herren der Schöpfung die schlechteren Frauen. Doch dann hält die Insel nicht nur in Sachen Männer so manche Überraschung für sie bereit ...

»Ferienstimmung pur, mit tiefblauem Himmel, goldenen Dünen und glitzerndem Meer.« *WDR 4*

www.list-taschenbuch.de